暗宇宙

韩泽枰 著

台海出版社

图书在版编目（CIP）数据

暗宇宙 / 韩泽枰著 . -- 北京：台海出版社，
2022.10

ISBN 978-7-5168-3418-3

Ⅰ . ①暗… Ⅱ . ①韩… Ⅲ . ①幻想小说－中国－当代
Ⅳ . ① I247.5

中国版本图书馆 CIP 数据核字 (2022) 第 194241 号

暗宇宙

著　　者：韩泽枰	
出 版 人：蔡　旭	封面设计：明翊书业
责任编辑：王　艳	策划编辑：李梦黎

出版发行：台海出版社
地　　址：北京市东城区景山东街 20 号　　　　邮政编码：100009
电　　话：010 — 64041652（发行，邮购）
传　　真：010 — 84045799（总编室）
网　　址：www.taimeng.org.cn/thchs/default.htm
E - mail：thcbs@126.com

经　　销：全国各地新华书店
印　　刷：三河市国新印装有限公司
本书如有破损、缺页、装订错误，请与本社联系调换

开　　本：710 毫米 ×1000 毫米　　　1/16
字　　数：453 千字　　　　　　　印　　张：19.5
版　　次：2022 年 10 月第 1 版　　印　　次：2022 年 10 月第 1 次印刷
书　　号：ISBN 978-7-5168-3418-3

定　　价：78.00 元

目 录

大灾变

这应该是吕轮人生中的第一次主动搭讪。

眼前的姑娘玉貌花容，梳着一头长长的秀发，深棕色，自然垂下，将白皙的脸颊藏去一抹，露出一双桃花眼，迷人又令人神往，精致的鼻子小巧却挺拔，嘴唇红润，像是一枚毫无瑕疵的车厘子，让人看了就不忍把目光移走。她的美清丽脱俗，性感中带着清纯。

吕轮从未见过如此漂亮的姑娘，只是第一次看见她时，姑娘却是坐在公园的长椅上默默地流泪。

把一包纸巾递到姑娘的面前时，吕轮说了那声"呶"。

姑娘抬起头，愣了片刻，接过纸巾，嘴角露出一丝苦笑，道了一句："谢谢。"

她的声音清甜，像是一汪清水，透彻心扉。吕轮本打算递过纸巾就离开的，却被这美妙的音色引得迟疑了半秒。

也许是真的关心姑娘，又或许是鬼使神差，吕轮竟然不自觉地说了一句："想开些吧，都会过去的。"

就是这句无脑的安慰让姑娘的目光再一次转到吕轮的身上，她的笑容消失，表情中带着一抹吃惊。她似乎要说什么，却欲言又止，眼神中满是期许，也正是这样的举动令吕轮心动了。

静止了两秒，吕轮突然产生一股初恋般的滋味。当他回过神时才意识到自己的失态，淡淡地一笑，略显尴尬，准备离开了。

"等一等。"然而姑娘却叫住了他。

回头时，姑娘已经站起来了。此时此刻吕轮才注意到姑娘的身材也是模特级别。

"可以……"姑娘似乎难以张口，犹豫后才道，"可以陪我坐一次摩天轮吗？"说话的同时，姑娘伸出手，那是两张摩天轮的票。

"啊？"吕轮简直不敢相信自己的耳朵。

姑娘再一次张口，只是这一回她给出了解释。"可以陪我坐一次摩天轮吗？我一个人坐……会害怕，我……刚好有两张票。"

吕轮的内心乐开了花，但是却装作淡然。"好吧。"

姑娘的脸蛋泛了微微的红，不知道是因为刚刚的要求有一点突兀，还是就要和吕轮单独相处而害羞，但是看得出来，她如释重负。

摩天轮地处城市中心的游乐园，身处其中可以欣赏整座城市的风景。

两个人相对而坐，没有对话，四目望着窗外，空气略显尴尬。吕轮不愿错过这人生中最幸福的四十分钟，他鼓了鼓勇气。"我叫吕轮。"

姑娘转过头，挤出一抹微笑，却没有说话。

吕轮尴尬地乐着。"那个……我……还不知道你的名字呢？"

姑娘犹豫，用嗓子眼答了一句："就叫我兰兰吧。"

"兰兰……"吕轮重复着，不知道为什么，他感觉这个名字既陌生又亲切。"我可以问你一个问题吗？"吕轮的身体稍稍前倾，这是一种主动示好的动作。

"可以。"

"你为什么邀请我坐摩天轮？"

姑娘似乎被问住了，犹豫片刻才说："因为你递给我纸巾。"

"你是遇到伤心的事儿了吗？"

兰兰的眼中多了一层失落，她努力掩饰，却难以掩盖。目光有了躲闪，望向远方，没有回答。

吕轮识趣，没有继续追问，也将视线转向远处。

摩天轮渐渐升到了最高点，从此处望去，可以看得见繁华的街道，也能望见旖旎的风景。

兰兰站起。"你看，多美！"

吕轮跟着站起，同兰兰并排而立，望向远处。从这样的高度看，城市变成了乐高般的世界，几乎每一寸土地都逃不过二人的视野。

"其实……"姑娘刚要回答吕轮的问题，可是她的声音却突然变成了惊恐。"啊！"

吕轮不自觉地看向姑娘。"怎么了？"

"那……那边……"

朝着兰兰视线的方向，吕轮望向远方。

那是一辆大卡车，在步行街内直冲人群，没有任何减速，周围的人被吓得惊慌失措，四处逃散，卡车司机却肆无忌惮，直到撞向一幢大楼。事发突然，停止得也突然。

然而，恐怖才刚刚开始，就在卡车的后方，惊魂未定的人们突然毫无征兆地倒地，像是被推倒的多米诺骨牌。

吕轮注意到，街道的更远处，同样诡异的事情也在发生。

恐怖还在继续，不单单是行人，横冲直撞的汽车越来越多。吕轮终于意识到，卡车的危险驾驶不是个例。令吕轮更感恐惧的是，"晕倒"的人越来越多，且正朝着这边袭来，好像有一股神秘的力量正把人们击倒。

"不好。"吕轮意识到不妙，他转向兰兰。"我们必须马上离开。"

兰兰的眼中满是惊恐。"怎么逃？"

两个人被关在摩天轮里根本没有办法在短时间内逃离，再看远方，"晕倒"的人越来越多。

急中生智，吕轮想到了自己刚刚购买的破窗器，那本该是放在汽车里的。

没有任何犹豫，吕轮掏出破窗器向着摩天轮的玻璃敲去。

几声脆响，摩天轮的窗户出现了数道裂痕。

用力的两三脚，一大片玻璃被踢开，吕轮爬了出去。

站在摩天轮的钢架上，吕轮回过头，伸出手臂。"快，过来。"

兰兰抓住吕轮的手，此时的二人与地面还有一段距离，为了尽快逃离，他们只能铤而走险，沿着钢架慢慢向下移动。

在远处，"晕倒"的人数还在增多。

经过五分钟左右，吕轮与兰兰终于来到了地面，两颗悬着的心放下了一半，然而他们并没有完全脱离危险，诡异的现象还在向这边逼近。

吕轮与兰兰片刻不停，继续逃跑。

周围的人群没有发现危险临近，吕轮也不打算通知众人，他晓得一旦出现恐慌，他与兰兰逃走的概率将会大大降低。

挤出人群，二人向着园外奔去，前方是一片平坦，吕轮悬着的心放了下来。

可是后方却突然传来一阵阵恐怖的尖叫声，人群中已经有人开始"晕倒"。

刚刚放下的心再一次绷紧，他拽着兰兰，使出浑身的力气逃跑。

"诡异事件"的扩散速度很快，一个又一个人倒下，从地面看去更加恐怖。

吕轮与兰兰向着他的汽车奔去，如果可以进入车内，他们或许能够逃生。

如同一场百米竞赛，两人用尽了浑身的体力。

轿车就在前方。三十米，二十米，十米，五米。

就在吕轮刚要触摸到汽车的一刻，他的右手突然变得很重，一个趔趄，吕轮被拽得差一点跌倒。

他本能地回过头，兰兰已经趴在了地上。0.1秒钟后，吕轮也倒下了，和其他人一样，他们像是中毒晕倒，可是周围的空气却没有任何改变。

安静得令人窒息，这里本是城市中最繁华的街区，现在却变得如荒漠般死寂。

一支全副武装的特殊队伍正朝这边移动，越是靠近，他们的速度就越是缓慢。

十二个小时以前，这支特殊队伍被总司令接见，他们得到的消息正是调查昏迷事件。

此刻，特殊队伍已不再前移，这里是发生昏迷事件的地区边缘，区域以外再没有昏迷发生。

"检测空气成分。"领头人吩咐。

官方首先怀疑的是毒气。

十分钟左右，检测结果出来了。没有任何有害气体。

领头人点点头，他早就知道答案。摘下防毒面具，露出一张沧桑的脸，他的名字叫海乙默，是物理学教授。"检查磁场。"

"好。"只用了半分钟。"磁场也没有异常。"

海乙默微微点头，向前迈出脚步。

"教授……"队员们想要阻止。

海乙默摆一下手，表示没有问题。他的脚步不快，仅仅七八米的距离却像是跨越了一片大洋。

来到一位昏迷者旁，海乙默没有如他一样昏迷，所有人才松了一口气。

队员们纷纷上前，海乙默蹲下身，将手指移到昏迷者的鼻孔处，可以感觉到他的呼吸。

"还活着。"

"也就是说，他们只是昏迷，而非死亡？"一名队员说。

海乙默没有吭声，他不像其他人那么乐观。

拿出对讲机，海乙默向一公里外的总部发出消息。"让医护人员过来吧。"

特殊队伍继续向事件区域的中心赶去，在那里也许能找得到昏迷事件的真相。

越深入，城市越恐怖，周围到处是昏迷的人，好像是人间地狱。

"那是什么？"一名队员突然叫道。

众人纷纷转头去看。

"大惊小怪，是一只野猫而已。"

见是野猫，众人悬着的心放下了，可是海乙默却眉头紧锁。

"教授，你怎么了？"

"这只野猫是一直都在，还是在事件以后跑进来的？"海乙默的声音不大。

"你是想说，如果那只猫一直都在……就说明昏迷不会影响到猫？"

"不只是猫，还有其他动物。"海乙默向队员们问："进来以后，你们见过昏迷的动物吗？"

"没有。"众人面面相觑。

"再找一找。"

众人开始了新一轮的寻找。然而，除了昏迷的人类，队员们没有发现任何特殊的现象，空气是正常的，大地是正常的，其他的生物也是正常的。

这支队伍的最终目的地是事件发生的中心，而所谓的中心没有任何标记，只是根据昏迷者的范围来判断的中心。

这是一个十字路口，有多辆车相撞，像是一个汽车报废中心，驾驶员们突然昏迷，汽车因惯性相撞。不过除此之外，没有发现任何异常。

海乙默命令队员们继续寻找答案。

七个小时后。

一座基地内，海乙默一行人刚刚返回。一个男人已在会议桌旁等候，他是军队的首领，名字叫白启，是调查此次事件的负责人。

"请坐吧。"白启做了一个请的手势。

没有人落座，队员们的脸上写着肉眼可见的失落。

海乙默沉着脸，发出没落的声音："对不起……"

白启略微点一下头。"没关系，很正常。"他已经猜到了结果。

"不过我们发现了一个奇怪的现象。"

"是什么？"

"昏迷只发生在人类的身上，对其他动物没有任何影响。"

白启皱起眉头，他明白海乙默的话意味着什么。这或许是一场只针对人类的攻击。只是没有人知道是谁发起的攻击。

事件发生以后，军队开始利用各种手段寻找背后的始作俑者。作为军人，他们首先想到的是敌国。

这可能是敌国制造的一种武器，可以让人瞬间失去意识。但是它的原理是什么？人类有能力制造这样的武器吗？

另一个猜想是，它可能是一种超自然现象，由某种宇宙射线导致。目前，多个天文局已经着手开始研究，但是还未发现任何有价值的线索。

为了获得线索，人们只能从受害者的身上寻找答案，所有昏迷者都被送入医院，一方面是要抢救，另一方面也是为了研究。

截止到目前，近60%的受害者已经死亡，他们之中有的是在昏迷之后意外丧生，但更多的是由于长时间的无人救治。

医护人员对幸存的受害者进行了格拉斯哥昏迷评分，评分结果为3分，是最低分，深度昏迷，而核磁共振与脑电图的数据评估则认为受害者的神经联系较差。从理论分析，受害者已经没有苏醒的可能。为了救援和寻找真相，多位神经学专家被派到一线。

十几个小时后，事件进一步恶化，原本还能自主呼吸的受害者相继失去了自主呼吸能力，脑干反射与脑电波也纷纷消失，瞳孔散大到边缘，只能依靠呼吸机维持生命。他们的临床医学表现为脑死亡。

专家与医护工作者全力抢救，可是没有任何缓解的迹象。

"所有人都……死了，或者严格意义上说是脑死亡。"白启与海乙默坐在一间小屋里，逐渐恶化的消息令二人心情抑郁。

"找到原因了吗？"海乙默希望可以在医学上发现答案。

"没有。大脑、脑干没有发现损伤，身体也完好无损，不是因为疾病，不是激素，也不是药物、酒精和毒品，不是任何一种我们已知的因素。"

海乙默沉默了，他再次想到——只发生在人类的身上，再加上临床医学的表现，让他不寒而栗。"知道背后的凶手是谁吗？"

"我们在全世界安插了情报人员，没有得到任何有价值的反馈，我们认为没有国家或组织可以制造如此恐怖的武器。"

"但我不认为它是自然现象，哪个自然现象是只针对人类的？"

"所以它不是大自然，也不是人类……"白启的忧虑肉眼可见，"军队在考虑要不要通知其他国家，人类可能正在面对同一个敌人。"

"你是说……外星文明？"

白启没有回答，但是他的眼神不置可否。

"这就是人类的特点，遇到搞不懂的现象就要推给未知的生命，古代是鬼神，现在是外星人。如果真有地外文明，他们在哪里？"

"不知道，高层正在商讨要不要共享信息。纸很快就包不住火了，8万多人突然消失，没有人能封锁住消息，流言已经甚嚣尘上。"

纸的确包不住火，即使官方动用了最严的保密措施。

事件发生后的第十天，来自世界各地的50位顶尖专家学者被邀请参加一场特别的秘密会议。

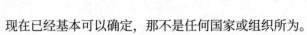

现在已经基本可以确定，那不是任何国家或组织所为。

总共 87812 人遇难，部分遇难者已被送进实验室做进一步的观察。他们好像是被抽去魂魄，突然遇害。

会场内，专家学者们各抒己见，却没有一个推论可以被所有人认可。

不过有一个结论是被普遍认同的，该股力量并非来自地球。

会议是在维尔茨堡召开，所以这一次的合作被称为维尔茨堡合作，海乙默被选为首位会长。

为了避免因过度恐慌而引起的骚乱，官方在正式公布消息前调配了大量的警力。

FAST 超级天眼、詹姆斯·韦伯太空望远镜等全世界最先进的望远镜开始为维尔茨堡合作服务，全力以赴寻找答案，或者说是在寻找"他们"。

每一个月，维尔茨堡合作都会召开一次会议，汇报最新的发现与研究成果。

第二次会议时，尽管专家们已经想尽办法寻找答案，但是依旧无果。

会议开始时，几百位专家学者在不同的会场内连线，虽然不在同一个房间，但是依然可以感受到气氛的沉重。

科学发现是一个漫长的过程，每一位科学家都必须耐得住寂寞，然而这一次，他们却急于找出真相。只可惜事与愿违。

会议已经进行了数个小时，专家们各抒己见。现在轮到一位欧盟的学者发言。"如果真是外星文明所为，他们的目的是什么，入侵地球吗？"

"我并不这么认为。"一位亚洲学者说。

"可是，他们杀了 8 万多人。"

"我想强调，那不是杀，只是昏迷而已。"

"可是最终还是死亡了。"

"的确，也许他们的本意不是想要杀害我们，只是意外罢了，他们高估了我们的医疗。"

"意外？什么意外？若是他们不想杀人，又为什么让几万人昏迷？"

"一个值得研究的问题。"海乙默说话了，"很明显，这是一场只针对人类的攻击。除了人类以外，其他生命没有受到任何影响，就连与人类基因最相似的灵长类动物也在动物园里活蹦乱跳，所以他们的目标只有人类。如果真的是地外文明对人类发起的一场攻击，他们的目的是什么？意义何在？他们为什么不直接杀掉人类，而是让人类昏迷？在我看来，杀死 8 万人要比弄昏 8 万人容易得多。"

会场陷入短暂的寂静，随后一位美洲学者说："也许对于他们而言，杀掉我们更加复杂。"

一位亚洲的专家道："另外，可能只有用这种手段，他们才能更好地隐藏自己，无须现身。"

"这些都是猜测，有待真相被找出。"

会议虽然讨论得热烈，但是却没有任何实质性的进展。

幸存者

世界的各个角落，一部分人因为昏迷事件而改变，他们成了昏迷事件的崇拜者，这群人以天文和外星文明的爱好者为主，过去的 UFO 事件多是捕风捉影，而这一次，昏迷事件在某种程度上意味着"他们"或许真的存在。崇拜者给自己起了一个梦幻般的名字："迷徒"，意为昏迷事件的信徒。

普通民众多是健忘的，昏迷事件发生后的一年，官方不再大范围报道，它的热度迅速下降。生活还在继续，人类经历过太多的灾难，多数人不会因为一个事件而改变固有的生活。

然而，平静也许是黑暗前的宁静。

一个阳光明媚的下午，恐怖再一次降临。

大约在东经 130 度，北纬 47 度，下午的 3 点 14 分，昏迷事件再次发生。这一回的覆盖面积更大，整整一座城市，所有人，全部失去意识。

外界是在 3 点 23 分得到的消息，已经有多地反映与这座城市失联。

官方近乎崩溃，因为可能会有 70 多万人在此次事件中昏迷。

接到通知时，海乙默的整张脸瞬间苍白，一年过去了，研究没有任何进展，人类不知道它从何而来，也不晓得它的原理。好在只发生过一次，人们还可以心存侥幸，也许那只是一个未知的自然现象，可是现在，它再次降临。

海乙默乘坐直升机第一时间抵达，还是同样的画面，人们安静地躺在地上，虽然只是昏迷，但是再一次醒来的概率几乎为零。

在一位昏迷者的身边停下，海乙默蹲下身子，目光呆滞地看着，脚下躺着的仿佛是他的亲人。他沉重地叹出一口气，这是一种绝望，无能为力的绝望。

各国也尤其紧张，从得到消息的那一刻起已经把全部的注意力投入了第二次昏迷事件，同时调派大量人力前往事发地展开救援与研究。

白启也立刻赶到了事发地，他与海乙默在同一个地点着陆，刚走下飞机，就看到神情凝重的海乙默。"教授，有新的发现吗？"

海乙默没有吭声，只是轻轻地摆了摆头。

白启可以体会他的低落。"不用心急，事情总会有起色。"

"嗯，继续往里走吧。"海乙默面无表情。

一个又一个昏迷者被抬入救援直升机，救援人员正在与死神争分夺秒。

与此同时，巡视工作也在进行，数万架无人机在空中寻找可能未被发现的蛛丝马迹。50 公里外的临时指挥中心，无人机驾驶员正在远程作业。屏幕上显示着传回的画面，可以在屏幕中看到活蹦乱跳的猫狗，却没有一个可以自由行动的人类。从空中望去，画面更显悲凉，仿佛是刚刚结束战斗的战场。

"那是什么？"一个激动的声音突然在指挥中心响起。

所有人都把注意力转过来。

"是……是活人。"

"我也看见了，是一个人，他……他在动。"

指挥中心的领导立刻向这边赶来。那是一个男人，外表略显成熟，坐在公园的长椅上凝视着无人机。

"你好！"无人机的扬声器里传出声音。

男子的眼神充满好奇，看了看两边，然后用手指着自己的鼻子，似乎在问：是在和我说话吗？

"对，就是你。"驾驶员立刻给出反馈，用缓和的语气说，"你可以说话，我们听得见。"

"有什么事儿吗？"男子问。

"请问你是什么时候到这儿来的？"指挥中心想要确定该人是否在昏迷事件发生以前进入的公园。

看看表。"大约……三个小时以前吧。"

指挥中心瞬间激动，因为昏迷事件才发生两个小时。"请先不要离开，我们立刻派人过去。"

城市的边缘，白启的对讲机传来有幸存者的消息。他与海乙默立马钻进汽车，向男子所在的公园驶去。

指挥中心又对无人机驾驶员们下达了认真搜索的命令，众人认为，这一次的昏迷事件可能会有更多的幸存者。

不到十分钟，白启与海乙默赶到了公园。

看到"活人"，海乙默激动不已，他刚要伸手触摸对方，却又停了下来，因为担心这样的触碰会使男子突然昏迷。

"你的身体有没有异常？比如说头有没有昏昏沉沉的感觉？"

男子摸了摸脑袋。"没有呀！"

海乙默尝试着用手触摸对方的身体，一切正常，长舒一口气，海乙默坚信此人就是突破口。"你叫什么名字？"

"慕千林。"

"好，慕千林，跟我们走一趟吧。"

"等一等。"慕千林警惕地问，"你们是谁？为什么要带我走？"

海乙默与白启相视，又瞅了瞅四周，这才发现公园的偏僻，从这里看不见任何昏迷的人。

白启说："我们是要保护你。"

"保护我？"

"你知道一年前发生的昏迷事件吧。"

"当然知道。"

"现在又发生了。"

"这里？"

"对，目前你是这座城市唯一的幸存者，所以跟我们走一趟吧。"

慕千林被安排在一间戒备森严的房间，海乙默和部分领导正在与他交流。

慕千林在一家石油公司工作，平时酷爱天文，刚刚搬到这座城市一年左右，今天闲来无事的他无意间走到了公园。慕千林不是一个爱热闹的人，人少的时候，他总喜欢天马行空地胡思乱想。公园的僻静是舒适的，于是他便坐在长椅上漫无目的地发呆，这一发呆就是三个多小时，直到天空发出无人机的嗡嗡声。那时的他还不知道整座城市已被昏迷事件改变。

"你再好好回忆一下。"海乙默面容严肃，"3 点 14 分左右，你有没有感觉到异常？"

慕千林的眼睛稍眯着，双眼失神地回忆着。海乙默已让他回想了多次，可是结果始终一样，没有任何异常。也许那时的温度稍微提高了一度，又或许湿度降低了一些，但是对于一个走神的人而言根本无法察觉。慕千林轻摇一下头。"没有任何异常，至少我没有感觉到。"

"你是这座城市唯一的幸存者，可能只有你能帮上忙，所以请务必再回忆一下。"

被给予厚望，慕千林微微点头，却没有回答。

几万架大大小小的无人机在空中地毯式搜索，加上随后赶来的军队，仅仅两天，整座城市已经被找了个遍，可是仍然一无所获。除了慕千林，没有发现第二个意识清醒的人类。

这样的结果更为震惊，如果有人可以在昏迷事件中幸存，那么不应该只有一个人，除非他待在了某个特别的区域，或者他本人特殊。

海乙默一行人来到了僻静的公园，它的地理位置并不特殊，在老城区，因位置偏僻而少有人来。正对公园大门的是一座不高的假山，年久失修，已有几分沧桑，整个公园除了一条悠悠的长廊与一座破旧的凉亭已没有其他建筑。

"你们查一查吧，要认真。"海乙默命令说。

在公园的门外曾发现多名昏迷者，显然，只有公园里才能幸免于难。公园成为疑点后，门外的昏迷者被带去实验室做进一步的观察研究。

海乙默来到慕千林坐过的长椅旁细细观察，不经意间看到地上一颗带有糖衣的药片，附身拾起，未发现异常，于是交给了工作人员。

起身坐在长椅上，闭上双眼，海乙默用身体感受着四周，他可以感觉到风的流动，嗅到空气的清香，听见鸟的歌声，可是这些并不特别。

手机突然响起，是白启的来电。

"教授，不好了，病人们正一个个死去。"

为了保住 70 多万条人命，从各地调来了大量医护人员，可是仍然无法战胜死神。

海乙默体会到了绝望的滋味，他一个趔趄，差一点跌倒。

工作人员立刻跑来搀扶。

"我没事。"海乙默摆摆手，"有什么发现吗？"公园现在是为数不多的希望。

几个人面面相觑，低落地摇头。

"继续查，我先回去了。"

海乙默和白启会面，白启现在是这里的最高长官。

"我们必须保护慕千林，不能让他发生意外。"相继死去的人让海乙默意识到了慕千林的重要性。

"我已经安排了，慕千林将会被送往最安全的地方。"

"哪里？"

"教授，这是军方的秘密，慕千林得到的将是最高级别的保护，我会考虑安全抵达后再透露给你。"

慕千林坐上了军用飞机，他还不知道自己的去处。飞行的过程中，他表现得尤其激动，不止一次与士兵争吵。

大约五个小时后，飞机降落在了一处戈壁。这里是无人区，连一条像样的公路也没有。一行人又坐上越野车，车行两个多小时后才抵达最终的目的地，一座以深山为掩体的军事基地。

乘坐电梯，慕千林等人来到了基地的地下。这里像是一座地下迷宫。

一位身着军服的中年男人向慕千林敬了军礼。"你好，我是这里的负责人张博伦。"

见到负责人，慕千林终于可以把疑问全盘问出："你们把我带到这里来做什么？"

"这是上级的指示，我想一定有重要的原因。"

"什么意思，难道你也不知道原因？"

"实不相瞒，我确实不知。"张博伦的心里也很疑惑。

科研人员已经在公园里调查了三天，他们不放过每一处细节，但依旧没有收获。

似乎留给海乙默的选择就只剩下了慕千林，他找到白启问："慕千林怎么样了？"

"放心吧。"

"我可以见一见他吗？"

"我不确定你是否有权限去那里，我需要请示。"

"时间对于我们非常宝贵，世界已经出现动荡了，如果迟迟不能给出答案，世界可能会陷入混乱。"

"我晓得，我这就去请示。"

走进办公室，白启并没有拿起电话，他半眯着眼睛，似乎在抉择着什么。白启不是一个优柔寡断的人，可是今天他却犹豫了。

五分钟后，白启走出办公室。"我已经请示了，上级表示同意。"还没等海乙默高兴，白启再一次开口，"但是有一个条件。"

"什么？"

"你不可以随意离开。"

"我知道。"

"我的意思是，你有可能要待很久。"

"多久？"

"不知道，五年、十年，或许更久。去到那里的人都不能随意离开，有人甚至一生都留在了那里。"白启用余光打量着海乙默，不经意的眼神好像是头巨兽，可以将海乙默吞没。

海乙默的表情严肃，他正面临艰难的抉择，失去自由或者失去寻找答案的机会。

"五年的时间，对于我而言太久了。"

"是呀，所以我希望你慎重选择。"

海乙默不由地起身，来回踱步，良久，他无奈地摇了摇头。"可惜了。"

"教授指的是？"

"可惜这一次机会了，说不定慕千林是唯一的线索，如果没有专业人士的研究，这个线索等于废了。"

一句话击中了白启的神经，他的眼球转动。"教授，如果慕千林是关键点，你认为你需要多久能找出答案？"

海乙默的视线转向白启，他明白，只要自己的回答令人满意，白启是可以帮助自己在事成之后离开的。"三个月。"

白启似乎在盘算着什么。"好，如果你能在三个月内找出答案，我就想办法把你弄出来……"

"如果不能呢？"

"对不起，就要等上级的命令了。"

"可以，不过我有一个要求。"

"请讲。"

"如果在公园内发现了新的线索，请务必在第一时间告诉我。"

"放心吧，教授。"

一座城市的居民全部遇难，如此骇人听闻的事件不可能隐瞒。第二次昏迷事件的消息如同病毒一般四处传播，引起了不小的社会动荡。

昏迷事件又一次成为讨论的热点，现在，人们更倾向于认为它是其他文明所为。

在未知面前，人们只能发挥想象力。

有人认为，地外文明是恶意的。那应该是一个邪恶的文明，又或许是因为"黑暗森林"法则，他们要在我们发现他们之前消灭我们。他们的技术远远超越人类，我们只看到了一部分人类因"昏迷"而失去生命，却不知道他们已经开启了灭绝人类的计划。

也有人认为，地外文明并非恶意，他们只是为了研究人类而在进行某种特殊的实验，对于他们而言，人类就像是细菌。地外文明使用一种超出人类认知范围的方法使人类昏迷，死亡只是一种实验结果。这种观点认为，地外文明已是超越人类认知的存在，也许在他们的眼中，银河系只是一个小小的细胞。

当然，不仅仅只有地外文明说，还有更多的理论也在解释着昏迷事件，比如平行宇宙说。这种观点认为，昏迷事件是平行宇宙相互接触的结果。人类的不同选择会产生不同的平行宇宙，正常情况下，平行宇宙之间不会接触，彼此独立互不影响。然而，也许是宇宙膨胀的原因，又或许是因为空间扭曲，两个或多个平行宇宙在某一点有了接触，这就导致本应该坍缩的意识反向处于叠加态。叠加态又类似于相互接触的物质与反物质，只能湮灭，无法共存，因而导致人类的昏迷。

　　无论这股未知的力量是善是恶，人类都必须面对，而唯一的办法就是团结。

　　各个国家达成共识，并对外宣布联合国正式进入全新的管理模式。常任理事国由 5 个增加到 20 个；联合国的宗旨由维持世界和平与安全变为保护人类文明；联合国配备自己的军队，并成立联合国军事组织；给予联合国秘书长更大的权力，甚至可以命令各国的元首。同时，联合国秘书长的职位也要重新选举。

　　躺在飞机的沙发上，海乙默的双眸凝望着天花板，他的神色显得焦虑。

　　海乙默把全部的希望都寄托在了慕千林的身上，对昏迷事件的研究使得他得出一个结论，人类才是"它"的目标，如果有哪个人没有昏迷，他一定是解开答案的钥匙。

　　见到慕千林时，他正躺在一间房间里，为了安抚慕千林的情绪，张博伦给他安排在一个单间内。这里食物充足，娱乐设施应有尽有，唯一的缺点是不能与外界联系。

　　如同废人一般躺在床上，慕千林没有理睬走入的海乙默，他只是朝门口瞟了一眼。

　　"你应该还认得我吧。"海乙默走到慕千林的身边，"听说，你很不满意他们的安排？"

　　"没有人会满意。"

　　"他们的安排虽然鲁莽，却也是为你的安全着想。不久后，外面就会乱成一片，甚至可能爆发战争，世界会越来越危险。"海乙默着重强调说，"尤其是对你而言。"

　　"因为我是唯一幸免于难的人？"

　　轻轻点了两下头，海乙默说："是的，你是幸运的，也是不幸的，在这里你会很安全。"

　　"没有安全与不安全之分，其他组织也会和你们一样，得到我以后，把我'保护'起来，就像现在，看似为了我的安全，其实是在剥夺我的自由，并在我的身上做各种实验，为了找出我未昏迷的原因。"

　　可以看得出来，眼前的年轻人很理智。"在各个组织争夺你的时候，肯定会爆发冲突，你的安全将很难保证。既然任何一个组织得到你都会令你失去自由，还不如配合我们。"

　　"哼。"慕千林冷笑一声，"说说吧，你们准备拿我做怎样的实验？"

　　"也没有什么，更多的还是想要保证你的安全与健康……"

　　"所以要做医学检查，是吧？"

　　"看来，你已经猜到了。"

　　"什么时候开始？"

"我来基地以后咨询了一下，这里的医疗仪器并不先进，不过还好，有 CT、MRI 等，对你身体的检查足够了。我们随时可以做检查，你更希望在什么时候？"

"作为一个实验品，我有得选吗？"

"当然，你不是实验品，你是幸存者。"

"那就明天吧，我今天累了，想要休息。"

"好。"

第二日，当海乙默来到慕千林的房间时，他依然没有起床。走到慕千林的身边，海乙默提醒道："我们该去体检了。"

没有任何回应，这令海乙默不解。

"我们说好的，今天做体检。"

"我们什么时候说好了？"慕千林没有好气。

"昨天，你不是说……"

"我是说今天再说。"

海乙默明白了，慕千林是在玩文字游戏。"我理解你，无缘无故地被剥夺了自由，换作是谁都会生气，但这都是为了人类，你要担起这份重任。"

"等我心情好一点的吧，今天我不想做。"

"你什么时候心情会好？"

"我怎么知道，到时候我会通知你，请你离开吧。"

慕千林下了逐客令，海乙默还想说些什么，可是为了不让对方反感，还是把话咽了回去。

回到医务室，海乙默对两名医生道："你们先回去吧，今天的体检取消了。"

两名医生常年驻扎在基地，一男一女，男医生五十几岁，名叫兰天，已经在基地里待了三十几年，女医生只有二十几岁，二人是父女关系。

"等到什么时候？"男医生问。

"不知道，等他心情好一些吧。"

"心情好！做体检与心情有什么关系？"女医生火冒三丈，在这座军事化管理的基地，每一个人都是无条件地服从。前几日，她就听说来了一个桀骜不驯的年轻人，这让从小就生活在基地的她十分不理解，那时，她还未与慕千林接触，只是当作故事来听。可是今日，慕千林的不靠谱已经影响了她的工作。"他是做什么的，为什么会来基地？"

"他不属于基地，是客人。"

"客人？我要去见一见这位客人，看看他不同在哪里。"说着，女医生朝门口走去。

兰天想要阻止，却被海乙默拦住了，也许这个年轻气盛的女医生可以治得了慕千林。"她叫什么名字？"海乙默问。

"兰沐儿。"

兰沐儿气呼呼地走到门口，对两名卫兵道："里面的人病了，我要进去。"在基地，兰沐儿可以以治病为理由去见任何一个人，卫兵不会有怀疑。

走进房间，兰沐儿更是气不打一处来。"听说你有心病了？"

一听是女声，慕千林先是一慌，看到兰沐儿的脸蛋后，他更感震惊。常年生活在基地的兰沐儿长着一张清秀的脸，虽然已经二十几岁，却好似高中生的模样，没有都市女生的世俗气息，给人的感觉朴实而又动人。

慕千林的吃惊持续了两秒钟，随后又恢复到慵懒的状态。"你是谁？"

"心理医生。"

"心理医生！来做什么？"

"你不是心情不好吗？我们可不能怠慢了你，所以特意来给你看看病。"兰沐儿的语气并不友善。

"我只是心情不好而已，没有心理问题，不用麻烦了。"

"没有心理问题的人会因为心情不好而取消体检？"兰沐儿的语调里带着讽刺。

慕千林听出来了，原来是因为自己不去体检惹的祸。"回去告诉姓海的老头子，我没有心理问题，等心情好了我自己会去。"

"既然如此，由我来帮你改善心情吧。"说罢，兰沐儿坐在了旁边的沙发上。

"你要做什么？"

"陪你聊天，帮你改善心情喽。"兰沐儿翻着白眼，语气略带傲慢。

"不用了，我不需要。"不晓得为什么，慕千林似乎尤其排斥心理治疗，他拒绝的语气中夹杂着一丝胆怯。

"不，你需要。"

"我不需要。"

"不，你需要。"

"我说了，我不需要。"慕千林的情绪突然激动，大声地喊了出来。

突然的大吼似乎吓到了兰沐儿，她张着嘴巴，眼睛里满是惊惧。

片刻，兰沐儿站起，一股委屈涌上心头。"既然如此，我先走了。"兰沐儿的语气中没有了傲慢，像是一只被主人抛弃的小猫，灰溜溜地离开了房间。

慕千林想要说些什么，却没有开口，他感到懊悔，可是连他自己也没有办法控制。兰沐儿离开时的可怜样在他的脑中盘旋，他仿佛犯了一个天大的错误。

下床，在房间里徘徊，慕千林觉得应该做些什么，他也不知道为什么会产生这种奇怪的想法。

终于，慕千林打开了门，对卫兵说："告诉他们，我可以做体检了。"

慕千林在医务室等待着兰沐儿，看到她时，他本打算说些什么，兰沐儿却没有给他机会。慕千林可以感觉到对方的冷漠，只能把道歉的话咽回肚子里。

一项又一项的检查，都是兰天负责，兰沐儿只在背后操作仪器。当进行最后一项 MRI 检查时，慕千林才对兰天说："可以让那个姑娘来一趟吗？"

兰天先是一愣，随后看向不远处的女儿。显然，兰沐儿也听到了慕千林的话，她极力地摆头，转身离开了。

"对不起，她拒绝了。"兰天说。

看到兰沐儿的背影，慕千林的内疚更深了一层。在兰天的指导下，他躺在了MRI 的仪器中。

白启一个人坐在空荡荡的房间里，双手、双脚被固定在椅子上，屋内没有窗户，只有一盏昏暗的灯。与前一段时间相比，白启苍老了许多，从意气风发到沦为阶下囚仅仅过了一周。

一位身着西服的男子走进房间。"说出他的下落，你想要什么都可以。"

白启露出一抹轻蔑的微笑。

"看来你不想交代呀？"

"不是不想交代，我是真的不知道。"

海乙默离开后的第三天，白启遭遇了不明组织的袭击，混乱中，他昏了过去。醒来时，白启已被带到一个陌生的地方，而且手脚被绑住，他明白自己是被人绑架了。

白启默不作声，准备寻找工具解绑，可是被绑得太紧，直到有人走进房间。

那是一个秃头壮汉，带着邪魅的笑。"白将军，你终于醒了。"

"你们是谁，想要做什么？"

"我们想要将军的配合，寻找一个人。"

虽然已经想尽一切办法隐蔽，但是仍有一些组织得知有人在昏迷事件中幸存。对于科学界，慕千林是一把可以解开疑团的钥匙，可是对于一些别有用心的组织，慕千林另有他用。

不得不说白启的行动是迅速的，如果再晚几天，慕千林就可能会被恐怖组织夺走。现在，除了秘密基地的人，只有白启一个人知道慕千林的下落，他没有向任何人透漏过。

被关押的这段日子，白启被严刑拷打，可是他没有吐出半句，无论对方怎样逼问，他只有一个回答："我不知道。"

硬的不行，就来软的。

这一回，来者是一位身着西装的中年男人，他笑笑说："前几日，是我的手下怠慢了将军，我深表歉意。如有冒犯之处，还请你多多包涵。"

"我见过他，只不过是一个普通人而已……"

"唉。"西装男子摇摇手指，"将军，你我都知道他的重要性，否则你也不可能把他藏起来。"

"人不是我藏的。"

"我能看得出来，将军是一个硬汉，不如我们做一笔交易吧，你把人交出来，我让你享尽荣华富贵。"

"我真的想不明白，那个人到底有什么特殊？"

"将军，那我就讲一讲你我都知道，但是你又装作不知道的吧。昏迷事件将会彻底打破人类对世界的认识，甚至会超越文艺复兴、工业革命。人类将重新认识世界和宇宙，现有的秩序会被打破，人类将走进新的历史时期，这就需要新的政治秩序。在这个过程中，动荡、战争不可避免，混乱将会在世界各地爆发，人类需要新的精神寄托、新的信仰。而他，那个幸存者就是解决问题的关键。"

"你认为那个人可以帮助人类避免动荡？"

"当然，只要你肯把他交给我。"

"怎么可能，你把他神话了？他只是一个普通人而已。"

"他也许是普通人，但是却可以被赋予神的故事。"

"拜托，现在不是几千年前，科学已经取代了迷信。"

"好一个科学，那可不可以用科学来解释一下昏迷事件呢？"

"当然可以。但是科学需要时间，光速恒定、星系红移、β衰变时消失的能量，每一种诡异现象背后的原理都需要时间来证明，昏迷事件也不例外。"

"但是人类不会给科学太多的时间。光速恒定、星系红移、β衰变时消失的能量不关乎人类的生死存亡，所以人类不着急。但是昏迷事件不同，它直接夺走了几十万人的生命。这一次人类害怕了，在恐惧的笼罩下，人类需要的不是科学，是希望与精神寄托，而他是唯一的希望和精神寄托。"

"如果得到他，你们想要怎么做？"

"白将军不必操心，那是我们的工作，你只需要享受荣华富贵。"

没有吭声，白启变成了面瘫脸。

"我知道将军还有顾虑，我会给将军更多的时间，也会在这段时间让将军相信我的诚意。"说着，西装男子打了一个响指。立刻有两位女郎走入房间，一个是金发碧眼的欧美女子，一个是亚裔模样的窈窕女子。

MRI 检查共持续了三十分钟，这是慕千林第一次做 MRI，狭小的空间里，他好像是被关进了棺材，身体不能自由移动，周围又是轰隆隆的噪音，他感到呼吸困难，如同被锁住了喉咙。慕千林不知道自己有轻微的幽闭恐惧症。检查结束时，慕千林感觉自己好像是在地狱走了一圈。

兰天将机器关闭。"检查结束了，你可以回房间了。"

行尸走肉般地挪动脚步，慕千林直勾勾地看着前方，MRI 的经历正在侵蚀他的大脑，那种被封锁在幽闭空间里的感觉已经占据了所有的回忆。

回到房间后，慕千林好像是丢了魂一般，直勾勾地看着天花板，呼吸也变得急促。

这以后的慕千林变得反常，时而愤怒，时而兴奋，时而善谈，时而沉默寡言，正常人的情绪很少会出现类似的急剧变化。海乙默感到兴奋，因为这意味着慕千林可能并非常人。海乙默认为慕千林的体内可能隐藏着某种激素，正是这种激素的存在才帮助他在昏迷事件中躲过一劫。

直到第二天，海乙默突然听到有人大叫："快来救人呀！"

一股不祥的预感涌来，海乙默不顾一切地向着慕千林的房间奔去。

白启已经被转移到一栋巴洛克风格的建筑里，他还不知道自己身在世界的哪个角落。

电视机，是白启获得信息的唯一方式。在这里，白启可以做除了与外界联系以外的任何事情。

第二次昏迷事件以后，世界不再平静，各地相继出现不同规模的暴乱，犯罪率不断攀升，每天都有人在混乱中死去，各国虽然在极力地维护稳定，但是昏迷事件带来的冲击太大了，人类不再有安全感。

为了维护大多数人的利益，联合国必须尽力遏制混乱的继续蔓延，而唯一的办法就是加大联合国的权力，统一调配世界资源，用武力镇压。虽然许多国家表示反对，但是不断蔓延的动乱让他们别无选择。

联合国的政治地位达到了历史之最，而联合国秘书长的职位也成了各个政治势力争夺的焦点，谁都知道得到它就意味着控制了世界。

今天是各位候选人竞选联合国秘书长的日子，总共 11 位候选人，来自不同的地区，其中亚洲东部 2 人，澳洲 1 人，中亚 1 人，北美洲 3 人，南美洲 1 人，欧洲 2 人，非洲 1 人。他们代表不同的政治势力，胜者将会成为联合国秘书长，其余人则以地区主席的身份参与联合国的管理。

白启饶有兴致地看着电视中的选举，当一张熟悉的面孔出现时，他的心中一震。

西装革履，棕黑色的头发，眉骨突出，眼睛深邃，鹰钩鼻。这人不正是那天与自己见面的西装男子吗？再看姓名，沃伦·金斯伯格，他以候选人的身份出现。

慕千林平躺在床铺上，双眼闭合，一动不动。那一日，如果不是工作人员及时发现，慕千林早已离开人世了。

有人提议在慕千林的房间里安置摄像头，却被海乙默否决了，他觉得慕千林应该存在某种心理疾病，如果不尊重他的隐私可能会使病情更加严重。目前的解决办法是每天安排人照看，可是慕千林却表现得极其冷漠，从未与工作人员交流过。

慕千林的检查结果已经出来，一切正常，没有任何特殊。海乙默不得不把注意力转到其他的方向，他回想起在公园里发现的药片，他曾让工作人员鉴定过，那是氟哌啶醇片，一种治疗精神分裂症、躁狂症的药物。再想想慕千林最近的奇怪表现，时而兴奋，时而安静，海乙默意识到慕千林可能存在某种心理疾病。

找到兰天，海乙默询问："基地有心理医生吗？"

兰天想想说："没有，不过兰沐儿学过心理方面的治疗。"

"兰沐儿？"海乙默认为这个丫头可能是最佳的人选。也不解释，他直接让兰天通知兰沐儿来一趟。

见到兰沐儿，海乙默迫不及待地问："听说你精通心理学？"

"也不算精通吧，只是自学过而已。"

"太好了。现在有一项任务需要你来完成。"

"什么任务？"

"治疗一个有心理疾病的病人。"

"谁？"

"慕千林。"

一听是他，兰沐儿极为排斥。"我拒绝。他是一个怪人，我不想与他接触。"

"对呀，他是一个怪人，一个有心理疾病的人能不怪吗？你也听说了吧，他那天自杀了。如果再不治疗，我担心他还会自杀。兰沐儿，你不会见死不救吧？"

兰沐儿是一个善良的姑娘，那一日听说慕千林自杀后，她第一时间跑去医务室帮忙抢救。这一幕被海乙默看在眼里，他断定只要动之以情，对方就一定会答应帮忙。

"我……"果然，兰沐儿不知道该如何反驳了，"我……我是可以，但是不知道他愿不愿意呀？"

"放心吧，我来说服他。"

"他得的是什么心理疾病？"

"我认为可能是双相情感障碍。"

"双……双相情感障碍！"兰沐儿吃惊。双相情感障碍也叫躁郁症，是既有躁狂发作又有抑郁发作的一种疾病。兰沐儿知道这种疾病有多么痛苦，她为慕千林的境遇感到怜悯。在兰沐儿的心中，她已经决定要帮助慕千林走出阴霾。"我会尽力的。"

海乙默欣慰地笑了，却不知道自己的选择是否正确。双相情感障碍的确会令患者备受煎熬，但是他也知道，人类大脑的稳定性和创造性不可兼得，当稳定性减少时就有可能增加创造性，凡·高、贝多芬、海明威等人都是双相情感障碍的患者，也创作出了伟大的作品。而慕千林能在昏迷事件中幸存，有可能正是因为这种疾病的。如果真的将他治愈，是否意味着再也找不到他幸存的真相了？

走入慕千林的房间，兰沐儿缓缓坐下，清了一下嗓子。"有什么想不开的？"

慕千林翻了下身子，瞅一眼兰沐儿，又将视线挪开。"你来做什么？看着我，不让我自杀吗？"

"不是，如果你自杀，我一个小女子，怎么可能拦得住。"

"那你就是来给我治病的，治心病吧？"

兰沐儿没有回答，她转移话题说："上一次你做体检时，我对你的态度不太友好。这段日子我反省了，当时不应该那样，所以想和你说一声对不起。"

兰沐儿主动表达歉意，慕千林立刻坐起。"其实我也不对，不应该对你大吼大叫。"

两个人化解了误会，很简单也很纯粹，兰沐儿是一个单纯的女生，她不会记仇，当内心生出对慕千林的怜悯时，她对他的印象改善了许多。

可就在兰沐儿与慕千林的关系越来越近时，慕千林的呼吸突然异常，他极力地调整呼吸的节奏。

"你怎么了？是……哪里不舒服了吗？"

"还好。"

"你要是身体难受就告诉我，我毕竟是一个医生。"

"没关系。"慕千林强颜欢笑，"要不然，让我一个人待一会儿吧。"

"你应该相信我。"

看着兰沐儿的眸子，慕千林读到了真诚与体贴，犹豫片刻，他终于决定讲出："我可能有精神疾病。有时抑郁，讨厌自己，感觉自己是一个多余的人；有时又极其兴奋，就像现在，有讲不完的话，思绪如潮水一般，不只是喜欢讲话，还喜欢大喊大叫，甚至是发怒……"慕千林长篇大论着，可以看得出来，他在努力地压抑着自己。

"已经很久了吗？"

"这两年才出现的，我看过心理医生，也给做了诊断，还开了药。吃了那种药以后，我的狂躁感缓解了许多，可是这里没有药，我感觉自己又回到了发病的状态。我不喜欢这种坐过山车的感觉，好像刚刚被太阳炙烤得滚烫，下一秒又被扔进了冰窖，而且反复无常。这种感觉……你懂吗？"

"我懂。"兰沐儿的回答坚定又有力，"所以你在兴奋的时候会自我压抑，尽量不让兴奋感释放出来，比起冰火两重天的折磨，你更愿意只在一端痛苦。"

"对……"

"而且，你讨厌这种精神疾病，你希望把它永远隐藏，不被任何人知道，如果某个人发现了你的问题，你会发怒，是吗？"

"是……你怎么知道？"

"所以那一日，我以心理医生的身份与你对话时，你因为担心被我发现你的心理问题而产生排斥，所以才对我发火，对吧？"

慕千林失落地低下了头，兰沐儿的推理完全正确。

兰沐儿带着温柔的笑容。"请你相信我，我会帮助你走出来。"

慕千林看着兰沐儿的双眼，好像是两汪清泉，令人心旷神怡。"我愿意相信你。"

沃伦·金斯伯格再一次来见白启，与电视中的形象一样，他的步伐矫健且沉稳，散发的气势使人感到压迫。"白将军，别来无恙。"

"沃伦先生说笑了，我哪里还是将军，阶下囚而已。"白启自嘲。

"不，将军是我的客人，从来不是阶下囚。"

白启苦笑。"感谢沃伦先生的照顾。"

沃伦·金斯伯格微微点一下头，表情中带着一层看不透的笑。"我想白将军已经通过电视知道了我的身份和目标。"

"当然，我对沃伦先生的演讲印象深刻，如果我能投一票，肯定会投给先生。"

"是吗？"

"当然，你关注的是实际问题，是昏迷事件本身，你向世界承诺会揭开它的真相。世界走到今天的局面，本质上是昏迷事件导致，谁可以破解它，谁将会成为拯救人类的英雄。沃伦先生，你抓到了重点。"事实上，沃伦·金斯伯格在 11 位候选人中没有任何优势，包括白启在内的大多数人也并不看好他，没有人会认为一个政客可以找出昏迷事件的答案，那应该是科学界的任务。

"看来你真的注意到了我所表达的核心，只可惜我的观点不被大众认可。"

"怎么会？"

"民调显示，我在 11 位候选人中的支持率排在倒数第 3。"

"不可能吧？"白启装作不信的样子。

"我的观点看似直面问题，但却少了一枚关键的棋子，如果没有这枚棋子，即使这盘棋下得非常完美，也是必输无疑。"

白启明白了沃伦·金斯伯格来此的目的。"你所指的是？"

"慕千林。"果然，沃伦·金斯伯格是来要人的。的确，以沃伦·金斯伯格在竞选中主张的观点，如果慕千林被他所用，那么获胜的概率会大大提高，因为只有他是直面昏迷事件本身，也只有慕千林是得到答案的唯一途径。"倘若白将军把慕千林交给我，我向你保证会安排最优秀的科学家对他进行研究，只要有足够的时间，肯定能找到答案。"

白启犹豫片刻后做出了决定。"慕千林的确是关键人物，他的身上可能隐藏着很多秘密，我也相信，如果沃伦先生得到了他，人类将能找到昏迷事件的答案。如果我知道他的下落，我百分之百会告诉你，只可惜我是真的不清楚。"

沃伦·金斯伯格似乎并不意外白启的回答，他也不发怒。"这么说，慕千林在这个世界上消失喽？"

"也许是被别人藏起来了吧。"

"全世界最有权势的人物都参与了这一次的选举，如果有人知道慕千林的下落肯定会用他做筹码，可是直到现在也没有人用出这枚棋子。据我掌握的消息，各方势力都在寻找他，同时还有一部分人在寻找你。"

"寻找我？"

"对，因为你是唯一一个知道慕千林藏身地点的人。"

"他们可能误会了，我是真的不知道。"

站起身，沃伦·金斯伯格不打算在白启这里继续浪费时间。"没关系，你不告诉我也不要紧，只要你人在我这里，我就能赢得选举。"

白启目送着沃伦·金斯伯格离开，他在进行一场赌博，赌注是他的生命。

兰沐儿对慕千林的治疗立竿见影，慕千林已逐渐恢复正常。

这段日子，兰沐儿经常光顾慕千林的房间，两个年轻人有聊不完的话题。"我听说……你是一个非常重要的人。"

"哼……"慕千林冷笑一声，不以为意道，"那是他们以为而已，我自己倒不觉得，那可能是因为巧合。"

"我有一点好奇，他们为什么会认为你很重要？"

"你还不知道那件事儿吗？"慕千林有点吃惊。

"不知道，从来没有人告诉过我。"

慕千林刚要说些什么，又咽了回去。"还是算了吧，你不知道更好。"

"为什么？"

"基地看似一个牢笼，但它也是世外桃源，生活在这里不用在乎外界的黑暗。"

"外面很恐怖吗？"

"是的。"

"但是这里更恐怖，一些人可能要一辈子都待在这里。"

"你呢？要一辈子留在这个地方吗？"

"不知道。"兰沐儿闪出一抹失落。

"有没有想过离开？"

兰沐儿的目光转向慕千林，虽然没有开口，但是可以从眼神中读出她对外界的渴望。"我可能并不适合外面的世界吧。"

"我知道了。"

"知道什么？"

"知道了你想出去，但是又怕不适应外面的生活。"

兰沐儿乐了，是遇到知己时才会流露的喜悦。

"你们为什么要守护这座基地？"慕千林问。

"我也只是听说而已。大约在二十多年前，基地已经被废弃了，是一位白姓的将军把它秘密留下来的，没有人知道原因是什么，这里的每一个人都被判了死刑，当初是白将军救了他们。现在守在这里，一是为了保命，二是为了报恩。"

"你呢？也被判死刑了？"

"因为我的父亲在这里呀。"

慕千林想要继续追问，可是话到嘴边又咽下了，他不确定关于兰沐儿私人的话题是否过于敏感，对于眼前的这个女生，他更多的情愫还是保护。

两个人漫无目的地闲聊着，而在另一个房间，海乙默正听着二人的对话。

两个人还不知道海乙默已经安装了窃听器，他曾经承诺过要在三个月内找出隐藏在慕千林身上的答案，所以不得不采取非必要的手段。

沃伦·金斯伯格走上演讲台，面带自信的笑容，这是投票前的最后一次演讲。通过卫星与网络，沃伦·金斯伯格的演讲会传到世界的每一个角落。

"各位好。"沃伦·金斯伯格的音色醇厚有力，他用朴实的语言表达着自己的竞选观点，依然是围绕昏迷事件，在很多人看来，他的论点已经没有吸引力了。

一位助理递上来的纸条打断了他。沃伦·金斯伯格接过条子，表情变得严肃。片刻后他问助理："你确定吗？"

助理重重地点点头。

沃伦·金斯伯格的眉头紧锁，他似乎在下决心，片刻后才说："我现在准备向全世界宣布一个极其震撼的消息。"沃伦·金斯伯格似乎在故弄玄虚。"其实在第二次昏迷事件中，有一个人幸存下来了。"

这是一个始终不被大众知晓的信息，所有知道消息的人都被要求不可以对外透露。可以想象，当听到消息时，大众会产生怎样的希望。

沃伦·金斯伯格继续道："各位，世界有救了。据可靠消息，很多组织早就知道有人幸存，其中也包括几位候选人。可能有人不解，他们为什么要隐瞒？现在我可以告诉大家，是因为幸存者消失了，他很神秘，在昏迷事件中幸存，又神秘消失。我曾找到部分候选人验证，却被告知只是谣言，但是我并不死心。终于，在我的团队不断地努力下，我们找到了他。现在，他已经被我们保护起来了。我的观点是对的，我们要直面昏迷事件，找出隐藏在背后的秘密。现在我宣布，对这位幸存者的研究将会立刻开始，我们要在最短的时间里找到他未昏迷的原因。"

整个世界为之震惊，其他 10 位候选人更是惊愕，他们根本没有想到沃伦·金斯伯格会在竞选前的最后关头抛出如此具有杀伤力的"武器"。它所带来的希望会让所有人热血沸腾，选举结果也将会因为他的演讲而彻底改变。

白启在电视前观看着沃伦·金斯伯格的演讲，他嘴角上的笑容是对沃伦·金斯伯格的肯定。只是白启没有想到他竟然会在最后关头使出这个"武器"。

当沃伦·金斯伯格又一次来见白启时，他迎着笑容主动上前。"恭喜沃伦先生。"

"恭喜什么？"

"第一，恭喜沃伦先生赢得了选举；第二，恭喜先生找到了慕千林。"

"白将军是在开玩笑吧。第一，选举的结果还没有产生，没有人可以确保胜选。第二，没有你的线索，我怎么可能找到慕千林。"

"可是沃伦先生在竞选演讲中说了……"

沃伦·金斯伯格摇头笑了。"也不知道白将军是没有看明白，还是在和我装傻。没有慕千林，我可以找一个人来假冒幸存者嘛。"

"假冒？你不怕被揭穿吗？"

"我怕什么，没有人知道慕千林的下落，也就没有人可以断定他是否被我找到了。不要忘了，你可在我这里。"

"我？我有什么用？"

"候选人们知道，只有你晓得慕千林的藏身地点，当他们得知你已经成了我的'客人'时，自然就会相信我找到了慕千林。"

白启沉默了，他与沃伦·金斯伯格对视，像是两位读心大师，正在猜测彼此的心思。

"怎么样？决定与我合作了吗？"沃伦·金斯伯格问。

"我非常想合作，可是我真的不知道慕千林的藏身地点。沃伦先生，你的算盘打错了，其他候选人根本不会相信你的话，他们很快就会揭发你的谎言。"

沃伦·金斯伯格笑着摇头。"我们就静候佳音吧。"话毕，他起身离开了。

白启最担心的事情发生了，沃伦·金斯伯格果然是在利用自己。现在他陷入了一场困局，如果真的没有人站出来质疑沃伦·金斯伯格，就相当于间接地证明只有白启知道慕千林的下落。可是，白启又不愿将慕千林交出，那是他最后的王牌。

白启正在赌一件事儿，一定会有人站出来对沃伦·金斯伯格提出质疑，他相信人性，其他的利益集团绝对不会因为沃伦·金斯伯格的一句话就投子认负。同时，白启笃定沃伦·金斯伯格在短时间内不会伤害自己，因为自己对他还有用途。只有自己还活着，沃伦·金斯伯格才能在紧要关头把自己抛出来，当作得到慕千林的证据，毕竟，只有他知道慕千林的下落。白启更明白，只要慕千林还没有被找到，自己就有价值。

如星火燎原，沃伦·金斯伯格的演讲正在全世界蔓延，人们重新看到了希望。

如白启所料，有 5 位候选人通过公开的方式质疑沃伦·金斯伯格的言论。他们指责沃伦·金斯伯格在投票的最后关头抛出幸存者的谎言，其目的之恶毒与无耻不言而喻，他们希望大众不要因为一时冲动就将一个谎言家选举成为秘书长。

5 位候选人的发言得到了很多人的认可，但是比起整个世界，那只是大海中的一座座孤岛。

最终选举结果产生，沃伦·金斯伯格获得压倒性胜利。

沃伦·金斯伯格的胜选让整个世界狂欢，幸存者在某种程度上成了人类的神，而沃伦·金斯伯格便是那个神的代言人。然而只有沃伦·金斯伯格知道这步棋有多么危险，他没有得到慕千林，即使得到了，又是否能在他的身上找到答案，也许他的存活只是一次意外罢了。

成为首位民选联合国秘书长的沃伦·金斯伯格立刻开始了他的政策。第一，要求全世界的专家学者加强对昏迷事件的研究，举全球之力破解昏迷事件之谜。第二，启动"避难计划"，沃伦·金斯伯格认为地下深处或许可以成为躲避昏迷的避难场所，于是他命令 16 支工程队在全球 16 个地点实行钻井计划，其中以马里亚纳海沟为深度之最，钻井深度计划达到莫霍界面。第三，加强核武器的研制，沃伦·金斯伯格认为，如果昏迷事件真的是地外文明所为，那么两种文明很有可能在未来爆发战争，以人类目前的科技水平，核武器仍然是最强大的武器，所以他希望制造出更多更强大的核武器，以备不时之需。第四，为保万无一失，沃伦·金斯伯格还启动了逃亡方案，他令人建造可以飞出太阳系的太空飞船，一旦无法找出昏迷事件的答案，他将会利用太空飞船为地球文明留下最后的种子。

失去意识

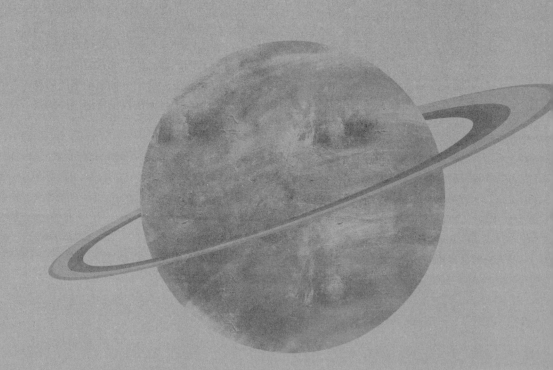

昏迷事件正在改变人类的信仰，其中一个自称为迷徒的组织已经再冉升起，与普通大众对昏迷事件感到恐惧不同，迷徒的情感更多是崇拜。迷徒认为，昏迷事件是超自然与神圣的，它比任何一种宗教都值得信仰，随着第二次昏迷事件的发生，迷徒愈发壮大。

在迷徒中，一位名字叫霍兹的人成了组织内部的精神领袖，他是一位天才，20岁时入侵银行系统，让纽约所有的ATM机同时吐出钞票。23岁时，为了阻止喜欢的女生结婚，他操控整座城市的信号灯与自动驾驶汽车，造成了全城交通大瘫痪。

霍兹最喜欢的电影是《黑客帝国》，他认为这个世界是一个虚拟的世界，他的人生目标就是要突破虚拟，去往真实的世界。为此，他需要找到世界的漏洞。第一次接触迷徒时，霍兹似乎找到了组织，他认为昏迷可能是踏入现实世界的一种途径，昏迷不是自然现象，也不是地外文明所为，而是世界的漏洞，就如同计算机出现漏洞时会丢失一些数据一样，那些人昏迷也是因为数据的丢失。

没有任何实质性的收获，海乙默对慕千林与兰沐儿的监听已经持续了数日，两个人的聊天内容大多是没有意义的闲谈，这令海乙默着急，他不得不亲自去找慕千林。

走入房间时，慕千林刚把一粒白色的药片送入口中，用清水服下，他把注意力转向海乙默。"你来了？"与面对兰沐儿时的态度不同，慕千林的语气显得生硬。

"怎么样？住着还适应吗？"海乙默的语气温和。

"教授，有什么话就直说吧，不用拐弯抹角。"慕千林知道对方来此的目的。

海乙默淡笑，他明白聪明人之间无须废话："我们聊一聊它吧。"

"昏迷事件？"慕千林的眉头不自觉地皱了一下。

"那一次事件改变了很多人，包括你，也包括我。"

"可我是被动的。"

"因为只有你活下来了。"

"那又怎样？"

"说明你的体内隐藏着一些特殊的东西，我们需要找到它。"

"你们总说我特殊，也检查了我的身体，可是有结果吗？我还是那句话，我的身体不特别，那只是一场意外。就好像是在核弹爆炸后幸存的老鼠，我们不能因为它活下来了就认为它特殊吧。"

"但是老鼠幸存下来的原因很有研究价值，如果我们找到了背后的答案，也许在核弹爆炸时就能逃过一劫。慕千林，我们需要你，人类需要你。"

"所有人都告诉我，我很重要，可是我到底重要在哪里，我自己都不知道，你想让我做什么就直说吧。"慕千林进入轻微的抑郁状态。

"我们先聊一聊那一天吧，你跟我说过，那天你在公园里什么也没做。"

"是的。"

"可是你足足待了三个小时，什么也没有做？"

慕千林闭眼回忆。"对，我始终坐在公园里。"

"你为什么会去公园？"

"不知道，可能是因为走累了。"

"去公园是为了休息？"

"也许是，但始终待在里面就不只是因为要休息了。"

"那是为什么？"

"没有原因，我习惯用发呆来打发时间，那天只是碰巧去了公园。"

"你在公园里思考了什么？"

"很多很多。"

"可以跟我说一说吗？"

"我什么都想，有的时候会想到生活，想到自己会有一个怎样的未来，有的时候会思考宇宙万物、哲学与科学，甚至还会编一些故事。也许那一天我在随意地编故事吧。"

"编故事？"

"对啊。我的故事天马行空，在我的故事里，我有时是主角，有时是配角，甚至我会错误地以为那里才是真实的世界，而现实只是虚幻。"

"可以回忆一下那天编的故事吗？"

慕千林摇摇头。"不可能了，我每天都在编故事，那天……太久了，我根本想不起来。"

"你可以的，请务必再好好想一想。"

慕千林努力地回忆着，可以从他的表情中看得出这样的回忆很困难。"对了，那一天我还思考了昏迷事件。"

海乙默变得严肃。"你想到了什么？"

慕千林闭上双眼，认真地回忆着，可越是回忆，他就越是感觉到压力，似乎正在经历痛苦的煎熬。海乙默的身子靠近，他觉察到了慕千林的异常，但却希望可以在对方的回答中发现蛛丝马迹。

慕千林的额头已经冒出汗珠，双眼闭得越来越紧。"我在想……他们不是死亡，应该也不是昏迷吧。"

"那是什么？"不知为何，海乙默开始紧张。

"他们失去的……应该不是生命。他们失去的……有可能是……意识。"与此同时，慕千林的躁狂突然发作，开始大声喊叫。

见此场景，海乙默立刻停止询问，并令人把兰沐儿喊来。

"投资界有一句话：不要把鸡蛋放在同一个篮子里。"沃伦·金斯伯格有节奏地敲击着会场的圆桌，他的面前坐着航天领域的专家、科研工作者。"但是，人类文明却将全部的鸡蛋放在了同一个篮子里，这非常危险，一旦发生意外，我们失去的将是全部。当然，这是无奈之举，地球毕竟是我们的出生地，过去的我们没得选，现在我们必须自救。"

众人明白，篮子指代的是地球，鸡蛋则是人类文明。不要把鸡蛋放在同一个篮子里，但是地球却是最适合人类生存的星球，也许人类向往过太空，但却很少会思考，当所有人类只生存在地球时，这将是一件多么危险的事情。昏迷事件让人类意识到了这一点，一旦在地球上爆发可以将人类灭绝的灾难，那么人类文明将会彻底消失。不要把鸡蛋放在同一个篮子里。这个投资领域里的提醒，同样也适用于人类。

沃伦·金斯伯格慢慢地转头，双眼扫视着每一个人，最终，他的目光停在了一位企业家的身上，那是一位致力于将人类送上火星的企业家。"我非常欣赏你的火星移民计划，不过计划还是过于保守了。火星与地球的距离太近了。"

"秘书长，"一位航天局的科研工作者道，"火星已经是太阳系里除了地球以外最适合人类生存的星球了，再往远，可能就是土卫六了。"

"不，土卫六也太近了。无论是火星、土卫六，还是太阳系的其他行星、卫星，都太近了。如果说地球是篮子，火星与土卫六也是篮子，那么它们都在太阳系的这个大筐里，我们不把鸡蛋放在同一个篮子里，也不能放在同一个筐里。"

"沃伦先生，这个想法太疯狂了，移民到太阳系以外的星球，以人类目前的技术还很难实现，况且我们要飞向何处？"

"格利泽832c、开普勒-1544b、格利泽180c，据我所知，有很多星球在理论上适合人类居住。"

"那毕竟只是理论，况且它们与地球的距离太遥远了。以人类的寿命，在有生之年根本不可能抵达。"

"谁说让活人去了。"

"你的意思是？"

"冷冻胚胎和人工智能。我们可以制造一个足够聪明的人工智能，由它来完成驾驶与护送任务，当探测到适合人类生存的星球后，再由它负责繁衍人类的冷冻胚胎，最终在另一个星球建立家园。"

"沃伦先生，我想你可能不知道利用冷冻胚胎来延续人类的文明是多么天真的想法，它成功的概率非常渺茫。"

"概率是多少？"

"我不知道，可能十万分之一都不到。"

"那就多送去几艘太空飞船，一千艘，一万艘……"

"可即使是发射一万艘太空飞船，我们成功的概率也只有9.52%。"

"这是一次赌博，人类可能有1%的概率因昏迷事件而灭亡，我们要为那1%的意外来决定是否要参加这场赌局，如果参加，我们赢下赌局的概率能有9.52%，也可能更低。"

会场陷入安静，片刻，那位企业家说："沃伦先生，我是一位赌徒。"

沃伦·金斯伯格笑了。"我也是。我们就叫它'种子计划'吧，为了延续人类文明种子的计划。"

这是迷徒的第一次大规模线下活动，世界各地的迷徒齐聚南太平洋的复活节岛，之所以选在这里，也许与复活节岛上的神秘石像有关，它们面朝同一个方向，好像是在期待着什么。

此次会议吸引了近2000位迷徒来到现场，其中不乏政治家、科学家……

会议并不复杂，大家畅所欲言，表达着对昏迷的理解。作为迷徒的精神领袖，霍兹没有来到现场，他以视频会议的方式参与其中。

屏幕上，霍兹戴着面具。"各位好，我是霍兹。"当霍兹自我介绍时，会场内出现了小小的骚动。"很遗憾，我没有来到现场。我知道很多迷徒对组织的未来充满信心，这令我欣慰。不过我也要提醒大家，我们对昏迷的崇拜已经被很多人定义为异类，所以一些国家开始秘密监视我们，这也是我无法现身的理由。"霍兹接着说，"我知道，你们的心中有许多关于昏迷事件的疑问，请各位随意提问，我会一一解答。"

会场陷入两三秒钟的安静，霍兹没有讲清提问的规则，大家都在等待。

"我有问题。"说话的同时，十几台音响一同发出声音，这是霍兹的杰作，只要有人举手提问，声音就可以通过距离提问者最近的麦克风传送到四周的音响。"请问迷徒组织在全球有多少人了？"

"这是一个不确定的数字，但是我可以告诉你，不少于100万。"

"喔！"提问者感到兴奋，这是令他满意的数字。

"昏迷事件是否还会再一次出现？"又有人起身提问。

"会的。"霍兹的声音低沉。

"如果昏迷事件发生在迷徒所在的城市，我们会和普通人一样昏迷吗？"

"会的，昏迷如同死亡一样，没有任何人是例外。"

"可是已经有例外了。"另一位迷徒插话，"有一个幸存者出现了。"

"我知道。"

"他为什么可以在昏迷事件中幸存？"

霍兹沉默了，在得知有人在昏迷事件中幸存以后，霍兹曾经试图寻找那个人，可是却以失败告终。"目前还不知道。"

"听说联合国已经开始着手研究幸存者了？"

"不，他们没有。"

"昏迷事件究竟是什么？昏迷的人到底怎么了？"另一位迷徒问。

"曾经有人提出一种假设，如果人类生存的世界不是现实，而是虚拟的，是一台超级计算机模拟的世界。那么我们如何才能证明？这是一道无解的问题，有人提出只要找到世界的漏洞即可证明。比如变慢的时间，当质量或速度达到一定程度时，时间就会变慢，一些人认为这是存在漏洞的证据，好比一台计算机，当需要运算的数据达到一定规模时，就会出现卡顿等现象，时间变慢就是卡顿的表现。又比如光速，速度的极限之所以是光速是因为这台超级计算机的运算速度就是光速……各种各样的说法还有不少，但无论是哪一种都被认为是强词夺理，人们从未找到过真正的漏洞。当然，没找到并不意味着这个世界不是虚拟的，有人认为漏洞没有被发现的原因是大脑的欺骗性。1995 年麻省理工学院的爱德华·阿德尔森教授制作了一个棋盘暗影错觉图，其中的 A 区域与 B 区域的颜色明明完全相同，但是所有看到棋盘的人都会认为两个区域的颜色截然不同。类似的错觉还有很多，多数人认为这只是感知错觉罢了，但是也有人坚信那就是大脑的欺骗性。这是一个"细思极恐"的现象，我们所看到的世界也许并不是真实的世界，而是通过大脑想象的世界，无论想象中的世界有多么的违反常理，我们都难以发觉它的荒谬。其中的一个证据就是梦境，梦境总是反常的，但是在梦中我们却难以察觉。我们所生存的世界是否为虚拟？有无数的人在寻找答案，却没有结果，直到昏迷事件的出现，也许它就是答案。大脑的所有想象都由意识产生，而昏迷事件失去的正是意识。"

"我不允许你再与他见面。"兰沐儿的态度坚决。

那一天，慕千林突然发作，整个人好像是一头发了疯的恶狼，兰沐儿被慕千林的躁狂症吓坏了。可是十几分钟后，慕千林又突然变得安静，他的双眼睁着，一眨不眨，好像是一个活死人。

从极度躁狂到极度抑郁，只间隔了十几分钟，那种感觉就好像是把一个人从太阳中心瞬间扔到冥王星表面，热与冷的转换，火与冰的交替，即使是一个承受力极强的人也难以忍耐。看着疯狂后又木讷的慕千林，兰沐儿知道他有多么煎熬。

她认为慕千林的躁郁症的发作完全是因为海乙默，他与慕千林聊了不该聊的话题，也是从那一天开始，兰沐儿拒绝海乙默再见慕千林。

虽然过去了多日，但是当海乙默再次提出会见慕千林时，兰沐儿仍然否决。

海乙默长叹一口气，他知道兰沐儿会拒绝，只是这一次他不打算轻易放弃。"我知道你关心慕千林的健康，但是我必须见他，他对我很重要，对这个世界也很重要。"

"正是因为如此，我才不同意你去见他，请你为他的生命着想，若是人没了，还有何重要性可谈？"

海乙默缓着语气。"你觉得我该怎么做才能与他静下心来聊那件事儿？"

"教授，我都不知道你要与他聊什么，怎么回答你？"

海乙默思考良久，才说："如果我把那件事儿告诉你，你能保守秘密吗？还有你可以代替我与他聊那件事儿吗？"

"教授，你认为我可以和他聊？"

"是的。"

兰沐儿始终好奇海乙默与慕千林之间的秘密，既然海乙默主动要讲，她当然乐得听一听。"如果教授信任我，我会尽力。"

于是，海乙默向兰沐儿讲述了两次离奇的昏迷事件，并将自己一年多的研究结果毫无保留地告诉给兰沐儿。

兰沐儿听得认真，她怎么会想到慕千林竟然是离奇事件的唯一幸存者，而她也终于明白了慕千林对于人类的重要。

海乙默最后说："兰沐儿，既然你已经知道了，就请帮助我找到原因吧，这关乎人类的生死存亡。"

一句话，把千斤重担压在了兰沐儿的身上。她长长地呼出一口气，算是一种解压。"教授，我应该怎么做？"

"我也不知道，但是我总觉得慕千林可以在昏迷事件中幸存是他在这个过程中做了什么，只是我始终没有发现。他似乎什么也没有做，可是又好像做了一些很重要的事。另外，还有一个奇怪的现象，他来到基地以前很正常，即使谈到昏迷事件也没有任何异常的反应，可是来到这里后，他变得特别敏感。"

"我想问一下，他是不是做了核磁共振后才变的？"

"应该是。"

"我怀疑慕千林不仅仅患有躁郁症，还有幽闭恐惧症。来到基地以后，因为房间的封闭，他的幽闭恐惧症逐渐显现，而核磁共振更加激发了他的恐惧，进而导致躁郁症的加重。现在，幽闭恐惧症与躁郁症正同时折磨着他，使得他一旦集中注意力去回忆某段经历就会产生更加严重的躁郁症。"

"你的意思是？"

"只有处于不会产生幽闭恐惧症的环境中去聊昏迷事件才可能不出问题。"

想要成为整个世界的领袖，单单依靠欺骗很难实现。随着时间的推移，越来越多的人开始质疑沃伦·金斯伯格。近段日子，他承受着巨大的压力。由于质疑声的扩大，沃伦·金斯伯格只能使出最后的王牌，这也是他软禁白启的原因。

"你应该知道外界已经出现质疑我的声音了吧？"

白启没有想到沃伦·金斯伯格会如此直白。"是的。"

"谎言可能会赢得一时，但不能赢得一世。哎，真不该撒谎呀。"

白启不知道这是沃伦·金斯伯格的有感而发，还是对自己的试探。"我倒不这么认为。有时谎言才是永恒，而真实却被淹没在了岁月之中。"

"比如呢？"

"比如历史。著名的学者威尔·杜兰特说过一句话：'大部分的历史是猜测，其余的则是偏见。'历史没有真相，人类也写不出真实的历史，只要执笔者存有私心就不可能写出真实的历史。我曾经写过日记，连我自己的故事都不能保证百分之百的真实，更何况是描写他人了。文章是写给别人看的，只要是给别人看的东西就避免不了谎言。"

"这么说谎言才是永恒，而真实只在它发生的那一刻才存在喽？"沃伦·金斯伯格的话锋一转，"你应该知道我来找你的目的吧。"

"我不敢肯定，还请沃伦先生直说。"

"白将军觉得这段日子里我的安排还算周全吧？"

"贵宾一样的待遇。"

"这就好。现在，外界对我的质疑声越来越大，几位地区主席要求我拿出得到幸存者的证据。我很为难。如果不能采取有效的措施，谎言早晚会被揭穿。"

"沃伦先生指的措施是？"

"如果白将军可以把幸存者交出来就好了。"

白启尴尬地笑道："沃伦先生还是不相信我呀。"

沃伦·金斯伯格脸上掠过一丝笑容。"开一个玩笑，我是想由你出面帮我证明。直接告诉几位地区主席，你已经把幸存者交给我了。"

这是白启始终担忧的问题，他知道这一天迟早会来。白启明白，只要自己出面，无论结果怎样，都对自己不利。一种结果是地区主席们选择相信，并且不再质疑沃伦·金斯伯格，这就相当于证明白启知道慕千林的下落，因为只有如此，地区主席们才可能无条件地相信，届时，沃伦·金斯伯格一定会逼他交出幸存者。另一种可能是，没有人相信白启的话，这表明白启是无用的，而那时，沃伦·金斯伯格可能会直接抛弃并除掉他。

"沃伦先生，恐怕我无能为力，没有人会相信我说的话。"

"不试一试怎么会知道。"

白启叹口气。"我可以尝试一下，但如果没有效果，还请先生见谅。"

"当然，我会找一个机会带你去见一些重要的人。"

霍兹的演讲带来了新的思潮，尤其是他的那个结论：昏迷事件失去的是意识。人们终于意识到，意识与身体也许不是统一的整体。

"我思故我在。"这是哲学家勒内·笛卡尔说过的一句话。人类之所以可以思考，可以感知宇宙，可以看到苍生，可以听见万物，可以品尝酸甜苦辣，是因为我们拥有意识，同样有眼耳鼻舌，但是死人却无法感知世界，因为他们没有了意识。意识究竟是什么，人类的文明历经数万年，无数哲人智者绞尽脑汁试图寻找答案，但却没有太多的收获。

自从霍兹发表了他的结论以后，人们开始探讨昏迷事件中的人为什么会失去意识。

自然论：这是一种自然现象，就像是生老病死一样。太阳系围绕银河系中心旋转一周的时间大约为 2.2 亿个地球年，换句话说，假如我们用太阳系的公转时间当作计量单位的"年"，那么太阳系也应该存在"春夏秋冬"，和地球的季节一样，"春天"万物复苏，"夏天"生机勃勃，"秋天"硕果累累，"冬天"万物凋零。地球的春夏秋冬影响的是生命的生存，而太阳系的"春夏秋冬"则影响意识的存在。如今的太阳系正好处于"秋季"转"冬季"的时节，所以会有人失去意识。因为人类的意识最容易受到"时节"的影响，所以我们成了第一批失去意识的物种。

虚拟论：人类只是生存在虚拟世界的代码，"现实"世界的文明用一台超级计算机创造了这个世界。现在，因为"虚拟"世界的发展速度太快，"现实"计算机的运算速度已经无法跟上，所以才会在部分地区出现"系统崩溃"的现象，其表现就是失去意识。

…………

无论哪一种假说都只是猜测，不过人类却发现了意识的重要性。意识，终于在这一刻被人类重视。

"你在干吗？"兰沐儿看着沙发上的慕千林，他的双眼无神，木讷地盯着前方。与慕千林的相处已经有一段日子，兰沐儿早已习惯了他的愣神，那是他经常会出现的状态。每一个人都有走神的时候，回过神来时，往往又记不清刚刚胡思乱想的内容，即使记得也会在若干天后彻底忘掉。慕千林也是一样，可与其他人不同，慕千林的走神尤其频繁。

"啊？"慕千林回过神来。

"你看你，又走神了。"

慕千林嘿嘿地笑着。

"你刚刚在想什么？怎么那么认真？"

慕千林抓了抓头。"我忘记了，都是一些没有意义的东西。"

"你好像经常会这样子。"

"是啊，从小就这样，而且是不由自主，即使我极力地控制也会在某个不经意间走神。我全把它当作一种放松。"慕千林憨笑着。

看着病情日渐好转的慕千林，兰沐儿打心底感到高兴，不过也多了一层压力，因为她答应了海乙默要帮忙寻找答案。"在基地里待着是不是特别无聊？有没有想过出去？"

"怎么突然问我这个问题？"

"因为……我想离开了。"

"你想离开基地！为什么？"

"我从小就生活在基地，外面的世界对于我而言既陌生又神奇，我知道世界很大，草原、森林、大海、城市……那么多美好又令人向往的地方，可是我从来没有见过，我很想出去看一看。"

"你不可以离开基地吗？"

"不，我可以离开，但是一旦离开了，就再也不能回来，这是基地的规定。"

"你应该舍不得这里吧？"

"不单单是舍不得，还有恐惧，我从未一个人离开过，不知道外面的样子，所以会害怕。"

"如果有一个熟悉外面世界的人带你走呢，你会选择离开吗？"

兰沐儿憨憨地笑着。"那要看是谁喽。"

"如果说是我呢？"

兰沐儿扑哧一下笑了，脸蛋瞬间红得像个苹果。

"那我就当你是默认喽？"

兰沐儿羞羞地点点头，动作很轻很轻。

虽然只是普通的对话，但却像是一句郑重的承诺。

片刻，兰沐儿似乎想到了什么。"你想不想去看星星？"

"看星星？"

"是呀，我就特别喜欢看星星，很美很美。"

"这里是地下，怎么看得到星星？"

"去基地的外面呀，有一个秘密通道，可以通往基地外，你要不要跟我一起去看？"

"当然，只是我可以出去吗？"

"放心，有我在。"

与慕千林共同乘坐狭小的电梯，兰沐儿可以从慕千林的表情中读出他内心的紧张，那是轻度幽闭恐惧症才会出现的状态。

走入一间仓库，这里已经闲置了多年，落了一层厚厚的灰。二人绕过一堆又一堆的杂物，来到角落的墙壁，兰沐儿用手电筒寻找着机关，那是一枚不起眼的螺丝钉，用力扭动，墙壁竟然动了。

"快，帮我推一下。"墙壁看似很厚，但是推起来却不费力，推开后，慕千林才在手电筒的照射下看到了那条望不到头的楼梯。

楼梯不窄，有时陡峭，有时平坦。不知道走了多久，他们终于来到了出口。

打开石门，天色已是漆黑，无人的戈壁，除了星光就只剩下无尽的黑暗。也正是因为如此，星空才会变得迷人，慕千林从未见过如此美丽的夜空。

兰沐儿与慕千林背靠背坐在山脉中，抬头仰望浩瀚的星海。一会儿，他们坐累了，又躺在地上，头挨着头，只要稍微侧脸就能看到彼此。二人的目光虽然望向天空，但心思却始终在对方身上。

这应该是白启被软禁后第一次"回归"社会，许久没有呼吸到外面的空气，城市已经发生巨大的变化，商铺是停业的状态，大街不再整洁，垃圾随处乱扔，行人不多。这是昏迷事件的后果，社会动荡，人们因为恐慌而逃出城市，很多人以为昏迷只会发生在热闹的都市。

车行三个多小时，沃伦·金斯伯格的防弹座驾来到一处玻璃幕墙结构的大楼下，光秃秃的杆子不再飘扬着各国国旗，远处的人群打着抗议的标语。

由保镖护送，沃伦·金斯伯格与白启进入大楼的内部，当走入一间会议室时，一张张熟悉而又陌生的面孔一同看向白启。

他在电视中见过他们，是曾经的候选人，还有一些官员及政要，其中一个东方面孔的男人吸引了白启的目光，他们是老相识了，他始终在盯着白启，面无表情，又好像是在传递着某种信息。白启也在看着他，似乎在接收着什么。

坐到主位，沃伦·金斯伯格说："在座的各位有人认得他吧？"

没有人回答，却是一种默认，因为知道白启身份的人并没有否定。

沃伦·金斯伯格缓慢扫视每一个人，继续道："幸存者对于人类而言太重要了，我必须保证他的安全，不让任何无关的人接触他，对不起，在座的各位也不可以。白启将军是当初发现并护送幸存者的人，他的话应该足够令人信服吧。"沃伦·金斯伯格向白启点了一下头。

清了一下嗓子，白启的目光再一次看向东方面孔的男子，对方微微地点了半下头。

"幸存者的确是我发现的。"白启说。

"他人现在在哪里？"一个男子问，他没有怀疑白启的身份。

白启瞄了一眼沃伦·金斯伯格。"可以问沃伦先生，人已经交给他了。"

"你为什么要交给他？"又有人问。

"我认为沃伦先生可以帮助人类找到昏迷事件的答案。"

"白将军，你难道不是被沃伦逼迫的吗？"

沃伦·金斯伯格显得极不高兴。"特兰托福，这话是什么意思？"

"沃伦先生，不要生气。"白启说，"不是，我是自愿的。"

"据我所知，你当初是被人劫持的。"

"对，一个恐怖组织劫持了我，我是被沃伦先生救下的。"

"你怎么确定是被沃伦救走的，而不是他演的戏？"

问题变得越来越刁钻，沃伦·金斯伯格立刻打断："各位，今天不是来验证你们的胡乱猜测。如果你们再问一些没有意义的问题，白将军会拒绝回答。"

"沃伦，单靠他的话，我们很难相信幸存者已经托付给了你。"

"我不可能为了消除你们的无理猜测而不顾幸存者的安全。"

"这样吧，"东方面孔的男子终于说话了，"让白启在电视直播中告诉全世界的人，幸存者已经交给了沃伦先生，这样我们就会相信。"他又将目光对向白启。"可以吗？"

四目相对，白启似乎读到了什么。"可以。"

沃伦·金斯伯格微皱眉头，这个要求并不过分，可是提出要求的人却令他担心。"我认为没有必要。"

"如果连这一点小小的要求都不能满足，我怀疑沃伦先生与白将军是在合伙演戏。"

沃伦·金斯伯格思索片刻，叹气说："好吧，你们喜欢多此一举，我无所谓。"

种子计划的第一艘太空飞船已经进入测试阶段，这项原本并不重要的计划却让科研人员无比重视，无论世界处于怎样的时代，总有人对人类的未来持消极的态度，他们认为一旦有地外文明入侵，人类的灭绝将不可避免。在这样的思潮下，种子计划成了延续人类文明的希望。所以当它被提出时，全世界的太空计划都被按下了暂停键，所有的火箭、太空船都在第一时间被种子计划征用。也正是因为如此，第一艘太空飞船才可以在如此短的时间进入测试阶段。

如今，火箭发射技术已经达到前所未有的高度，而人们最需要考虑的是如何保证冷冻胚胎的存活，并在找到合适的家园后将其"孵化"。

将冷冻胚胎置于零下196摄氏度的液氮环境中就可以长期保存。不过考虑到种子计划的星际旅程可能要达到数万年，而现有的技术只能保证冷冻胚胎的有效保存期在万年以内。而且这不是一件容易的事情，需要计算机不断地调整保存室的温度，几十年或数百年还相对容易，但是数万年却是一个相当艰巨的挑战。

人类还必须解决体外妊娠的技术难题，种子计划不能将人类送往太空，也就是说即使飞船可以找到适合人类居住的星球，如果没有"子宫"也不可能实现由胚胎到婴儿的妊娠过程。这就需要育宝技术的推进，也就是人造子宫。它需要生物技术和纳米技术的完美结合。首先制造出可以模仿真实子宫内膜的内衬；其次是人造胎盘，这是重点，它必须可以实现营养的输送、废物的排泄、气体的交换和免疫球蛋白的输送等功能，同时还要精准把控，以避免胎儿的延迟和过度生长；再次是合成羊水，其必须包含可以促进胎儿生长的营养物质和生长因子，保证胎儿的"呼吸"。在灾难面前，育宝技术正在快速推进，目前也已经达到试验阶段。

然后是婴儿的哺乳阶段，人类有可能是所有生物里最脆弱的物种，不仅要十月怀胎，还需要一年左右的哺乳期。如果没有特殊照料，婴儿根本无法在这个阶段存活。这一点可以由育宝机器人来完成，准备充足的奶粉，照顾日常生活……想要让婴儿可以在一个星球上独立生活，育宝机器人至少需要工作七年。

还有一个问题，送多少个冷冻胚胎去繁衍人类才合适。想要人类在另一个星球长久生存，不仅要确保异性繁殖，还需要考虑遗传的多样性。

对此，科学界的说法不一，有科研人员利用数学模型模拟，设定好各种复杂的随机变量，最终发现500人即可实现人类的传承，如果要达到最佳效果则需要1万人以上。以目前的技术，冷冻胚胎的成活率大约为95%，复苏妊娠率可以达到60%。可是考虑到外太空恶劣的环境、长时间的太空旅行等诸多因素，最终可以成功妊娠的概率也许不足1%。这是一个令人绝望的数字，如果想要达到最佳效果——确保1万个冷冻胚胎可被成功妊娠，1%的概率就意味着要将100万个冷冻胚胎送向太空。

这对于外太阳系空间太空飞船是一项巨大的挑战，它的空间有限，还要装载人造子宫系统、育宝机器人、营养及食物等。

有专家指出，可以参考最小生存种群数量，也就是500人，再将太空想象成为最理想的环境，使得冷冻胚胎的存活率达到90%以上，再保证人造子宫与育宝机器人实现理想化的工作状态，预估最终的成活率达到50%以上，如此只需要送出1000个冷冻胚胎即可。

有很多专家强烈反对，他们认为1000个冷冻胚胎根本经不起考验。

还好，第一艘太空飞船只起抛砖引玉的作用，航空局更希望它能早一点发射，所以尽量把所有的因素想象成最佳。

为了尊重个体，也是不愿引起太大的轰动，种子计划的第一次实验只在小范围内征集志愿者捐献胚胎。

本次报名的人数不多，仅有27653个胚胎，经过专业医疗机构的检查，最终选择了最佳的1000个作为首批拯救人类文明的太空"种子"。

要把人类的"种子"送去何方，这是另一个难题，天文工作者通过观察已经发现了多颗在理论上适合人类生存的星球，但那并不是人类可以把飞船送过去的理由，要考虑的因素有很多，比如距离、困难程度等。把一艘飞船射向几十光年外的行星远比将一颗子弹打在冥王星的靶心上困难得多。不过天文学家们仍然不遗余力地寻找目标，他们要对这1000个冷冻胚胎负责。在诸多可能适合人类居住的星球中有三颗候选星球，他们分别是格利泽832c、格利泽667Cc、卡普坦b。

格利泽832c位于一颗红矮星的宜居带，与地球的相似指数达到了0.81，质量约是地球的5倍，它的环境与地球极为相似，有着与地球类似的温度，公转周期却是三十六天。距离地球约为16光年。

格利泽667Cc与恒星的距离正好能够接收到适合人类居住的光热，它的表面温度可能比地球偏高一些，质量是地球的4.5倍，距离地球约为22光年。

卡普坦b环绕一颗红色次矮星运动，位于母恒星的适居带内，据称它是一颗古老的行星，大约有一百一十亿年的历史。如果年龄为四十七亿年的地球已经孕育了生命，那么它也许存在更高智慧的文明，卡普坦b与地球的距离仅为13光年。

霍兹利用自己强大的技术在网络中寻找着幸存者，他认为只要是人类就不可能摆脱互联网。

这一天的夜晚，霍兹从暗网中得到了一份医学体检报告，里面涵盖各种检查图像。体检是一件再平常不过的事情，随便找一家普通的医院就可以，完全没有必要使用见不得光的暗网。那么有谁会通过暗网向外求助体检结果呢？恐怖分子？国际通缉要犯？还有……

他们有一个共同的特征，不想暴露身份。

霍兹看着一张张的图片，以脑部检查为主，他明白一件事儿，或许那个人的大脑很特殊。不想暴露身份，特殊的大脑……所有的线索都指向了一个人——幸存者。

霍兹无法在暗网中得到信息发布者的真实IP地址，但是他可以由此推断一个事实，幸存者已经被人藏起来了，而那个人不是沃伦·金斯伯格。

很快，霍兹将自己的发现通知了迷徒，他要揭穿沃伦·金斯伯格的谎言。

迷徒的力量是强大的，仅仅三天，他们通过各种渠道将霍兹的发现传播到了世界的各个角落。

地区主席的怀疑已经令沃伦·金斯伯格身心俱疲，如今迷徒又在四处宣扬他在撒谎，这使得沃伦·金斯伯格的地位岌岌可危。

"这是发言稿。"沃伦·金斯伯格将三十页的打印纸交给白启。"后天你要向全世界证明已经把幸存者交给了我。"

白启打开发言稿，上面是密密麻麻的文字。

"你发言之后，媒体和民众一定会有很多问题，我已经将所有可能出现的问题全部整理，并列出了该如何回答。"

白启淡淡一笑。"沃伦先生还真认真。"

"白将军，这不是儿戏，后天，将有几十亿双眼睛盯着你，你的每一个动作、每一句话都会被放大研究，请你认真对待。"

白启收起脸上的笑容。"当然，我知道。"

"白将军，只要你和我可以瞒天过海，我保证你能得到更多的利益。"

"我明白。"

送走了沃伦·金斯伯格，白启的余光瞄了一眼摄像头，他明白沃伦·金斯伯格从来没有相信过自己。这很正常，对方的智商超群，任何精湛的演技在他的眼中只是小丑唱戏。

不要把鸡蛋放在同一个篮子。这是沃伦·金斯伯格对人类文明的警告，也是他的行事风格。当关系到个人的地位与利益时，他更加小心谨慎。

正如白启所料，沃伦·金斯伯格从未相信过他，若不是因为白启有着可以在危难时拯救沃伦·金斯伯格的价值，也许，沃伦·金斯伯格早就将他秘密处决了。

这一次的危机关系到沃伦·金斯伯格的权力与利益，他当然不会将所有的希望放在一个人的身上，白启只是他的A计划，另外还有B计划，也就是种子计划。事实上，在沃伦·金斯伯格的价值观里，种子计划从来不是为了人类文明的延续，无论人类的寿命能延长到多久，这一代人永远都不可能看到飞船的成功降落，更不要说证明计划的成功与否。种子计划只是沃伦·金斯伯格为了提高支持率的一种政治手段，为了让民众相信他真的是在为人类文明的延续而努力。

今日，沃伦·金斯伯格要通过昏迷事件的新闻发布会重新获得公众的信任。民众对于这一次的发布会也是相当重视，更多人坚信身为联合国秘书长的沃伦·金斯伯格不会撒谎。

这可能是有史以来受关注度最高的一次发布会，包括南极洲在内的七个大洲都有网络直播。

发布会前，沃伦·金斯伯格与白启同坐在一辆轿车内。

"准备得如何？"沃伦·金斯伯格问。

"沃伦先生还是不放心吧？"白启露出自信的笑容。

"我当然放心，不然也不会把这么重要的任务交给你。"沃伦·金斯伯格挤出一抹信任的微笑。

发布会是在一个大型体育场内举行，四周的场地座无虚席，上百台摄像机正对着主席台，还有多架无人机在空中拍摄。众多摄像机之中，白启在寻找一张亚洲人的面孔。

发布会的流程简单，第一个环节由沃伦·金斯伯格演讲，白启会在第二个环节上台发言并回答记者的提问，最后的环节是科研工作者介绍研究成果。

沃伦·金斯伯格是一名优秀的表演家，即使所有的发言都是虚假的，他依然能够鼓动大众的热情，演讲结束时，很多人都是意犹未尽。

轮到白启上台，他站起身，整理一下量身定制的西装。这是他有生以来第一次面对数万人发言，说内心毫无波澜是不可能的。

来到演讲台的中央，四周的掌声犹如奔腾的海啸，聚光灯下，白启深吸一口气，两手抬起，手心朝下，示意暂时保持安静，他好像是一名指挥家，在他的"指挥"下，现场鸦雀无声。所有人都把注意力放在他的身上，空气像静止了一般。

白启瞟一眼远处的观众席，又将目光看向近处的记者席，上百台摄像机，在这个角度看过去像是百枚大炮，每一名摄像师都紧盯屏幕，担心错过某一个重要的细节。其中只有一个人的双眼在盯着白启，并微微地点了一下头。

白启终于开口了。"女士们先生们，沃伦先生的演讲非常精彩，他给了我们信心，让我们相信人类终将找到昏迷事件的答案，并能战胜那个未知的力量。"白启的话锋突然一转，"但是我现在想要告诉大家的是，沃伦·金斯伯格从来就没有找到过幸存者，他欺骗了全世界，他为了获得联合国秘书长的职位撒了一个弥天大谎。"

整个世界为之震惊，沃伦·金斯伯格的眼睛紧盯台上的白启，他刚要下达命令。可还是晚了半步。

记者席的中央，突然一声巨响，一台摄像机发生爆炸，现场烟雾四起，像是几十枚烟幕弹同时被引爆。

只是半秒钟，现场被烟雾笼罩，人们以为是恐怖袭击，开始四处逃窜，尖叫声、呐喊声不绝于耳。

就连沃伦·金斯伯格也在混乱中手足无措，不过很快他就恢复了冷静，他明白这一切都是白启所为。

"快，抓住白启。"

"我们去看星星呀？"兰沐儿懒懒地躺在床上。

上一次偷偷跑出去后，两个人在星辰下睡着了，直到天空蒙蒙亮才回到基地。本以为会被发现，可是没想到所有人都未察觉到二人的消失。不过二人仍然心有余悸，近些日子，他们老老实实没有离开过基地半步。

"你不怕被人发现呀？"

"不怕呀，从他们把监视摄像头撤掉的那一天开始，我就知道他们已经放松警惕了。总在基地里待着太无聊了。"

又是长长的隧道，这一次，慕千林少了担忧，多了兴奋。

与上一回的夜空不同，今晚月亮高挂，皎洁的月光将大地照亮。在月色之下，兰沐儿的脸蛋被映得更加迷人，难怪有人把月亮联想成月老，它的确可以映衬女生的美，提高爱情的荷尔蒙。

"外面的空气好舒服。"兰沐儿深深地吸气，她是那样的贪婪，"没来基地前，你是不是经常可以呼吸这么美的空气？"

慕千林摇摇头。"不，城市的空气很糟糕。"

"比基地里的还要糟糕吗？"

"我倒是觉得基地蛮好的。"

"可真是奇怪，你竟然会喜欢这里，而我这个生活在基地里的人却向往外面的世界。"

"你为什么会向往外面的世界呢？"

"因为自由吧。"兰沐儿抬起头，看向了天空，"就好像是那些星星，多么自由自在，有时我真的羡慕它们，能够在空中自由翱翔，而不是封锁在一个空间里。"

慕千林嘿嘿地笑着。"你知道吗，被封锁在一个空间里完全可以用来比喻天上的星星。"

"是吗？"

"对呀，就比如那颗金星吧。"慕千林手指着天空，"它看上去自由自在，其实是在围绕太阳做圆周运动，被封锁在轨道内，周而复始。再看看其他的星星，绝大多数都是恒星，围绕着星河系的中心转动，周而复始，连我们的太阳也是一样，在特定的轨道内，一圈又一圈地公转。甚至连银河系也是围绕着质量更大的天体在旋转，宇宙中所有的物质都拥有着同一种规律，它们被封锁在自己的轨道内，周而复始。"

"这么美的夜空，被你一说，显得好无趣呀。"兰沐儿噘着嘴。

慕千林也觉得刚刚的话给夜色的浪漫减了许多分。"哈哈，是我的问题。"

"你好像对天文很了解。"

"还好吧。"

"能和我聊一些有趣的天文吗？"

慕千林思考了好一阵。"有一点难，如果不是天文爱好者基本不会对它感兴趣，天文其实挺无聊的，你想听什么？"

"嗯——比如天上有多少颗星星？"

"很多很多，银河系大约有 1500 亿到 4000 亿颗像太阳这样的恒星，而在可观测的宇宙内又有着 1000 亿个如银河系一样的星系。"

"这么多！"

"是呀，真实的数字可能比这个大得多。"

"这么大的宇宙，会有外星人吗？"

兰沐儿只是随口提问，却激起了慕千林小小的波澜。"有，一定会有的。"

"有？"

"对，茫茫宇宙，一百三十八亿年的历史，无数颗星球，怎么可能只有地球存在生命。"

"他们离我们一定很远吧？"

"不一定，也许并不遥远。宇宙看似辽阔，直径已经达到了 930 亿光年，而真正的宇宙甚至比这更加广阔无垠，但是他们与我们之间的距离也许并不遥远。或者，他们已经发现我们了。"

"我不太明白。"

慕千林看向兰沐儿，他的眼神认真，却欲言又止，过了好一阵，他终于把目光看向别处。

"怎么不说话了？"

"没什么，都是一些胡乱猜想，而且我也忘得差不多了。"话音落下，慕千林木讷地看着远方。

兰沐儿知道他又在发呆了，这样的状态经常出现，兰沐儿早已见怪不怪。

世界又一次陷入恐慌，人们不再信任联合国，人类文明的危机达到了历史之最。世界各地相继爆发不同规模的暴乱。

沃伦·金斯伯格没有抓到白启，他的谎言却在众目睽睽之下被揭穿，现在，全世界都知道沃伦·金斯伯格是一个骗子。

他没有料到白启会在最关键的时候给他最致命的一击。在这次意外发生以前，沃伦·金斯伯格甚至为自己对白启的不信任而感到内疚，现在看来白启其实一直都在隐忍和伪装。

此刻，沃伦·金斯伯格思考的问题只有一个，如何挽救败局？这似乎是一个无解的难题，白启只用一招便扰乱了他所有的计划。

B计划，这是沃伦·金斯伯格手中握着的唯一一张牌，只是他已不知这张牌是否还能起效。别无他法，只能死马当活马医。

来到发射中心，1000个冷冻胚胎已被装入一艘名为"天种一号"的太空飞船。明天，它将要被射向天鹤座方向，在那里有一颗名为格利泽832c的行星，沃伦·金斯伯格最终选择它作为种子计划的目标。

白启已经逃到了另一座城市。他从未与外界真正地沟通过，所有计划的筹备源于一次次不易被人察觉的眼神交流。

在联合国与多位地区主席碰面时，白启与亚裔男子的眼神交流是第一次沟通，当亚裔男子提出希望白启在世人面前证明幸存者已经交给沃伦·金斯伯格时，白启猜测这是一次逃跑的机会。而在发布会现场，那名记者的点头是对白启的暗示：一切准备就绪，可以行动了。

"白将军，你安全了。"说话之人名叫朴瑾智。

"辛苦了。"

"这是我们应该做的。白将军，现在可以告诉我慕千林的藏匿地点了吧？"

"还不行。"

"为什么？"

"被沃伦·金斯伯格软禁期间，他们用尽了各种手段，我现在对谁都有怀疑，所以在回国以前，我不会透露半点关于慕千林的消息，请你理解。"

朴瑾智点点头，没有继续逼问。

每个月的第一天，上级会给基地接通一次网络，这是海乙默与外界沟通的唯一机会。

进入暗网，有多封未读的邮件，全部是关于慕千林的检查结果，各大医院的检查报告均为正常，但是有一封让海乙默重新燃起了希望。

邮件只有五个字：脑部有异常。

海乙默立刻回复：什么异常？他希望可以在一个小时内得到对方的答复，否则他将要再等一个月才能再次连接网络。

然而，海乙默等了五十七分钟才收到对方的来信：我希望与你当面交流，你选地点。

海乙默不知道该如何回答，因为他根本无法走出基地。最后一分钟，海乙默没有发出任何消息，不过邮件却让海乙默看到了新的希望。

立刻跑到兰沐儿的房间，海乙默直接推开房门。

兰沐儿正在看书，海乙默的鲁莽令她很不高兴。"教授，我毕竟是一个女生，进来前能不能敲一下门？"

海乙默太着急了，他也不顾对方是否生气。"那边的进展如何了？"

"什么进展？"

"慕千林呀，你与他谈昏迷事件了吗？"

"还没有。"

"还没有！这都多久了……"

"教授，这件事儿急不得。"

"怎么可能不急，这是关乎人类生死存亡的大事儿。"

"我昨天已经尝试在基地外与他沟通了，这件事儿需要一步一步来。"

"在基地外？"

"啊！"兰沐儿这才发现说漏了嘴。"教授，你可千万不要告诉别人。"

"我答应你，但你要告诉我是怎么出去的。"

"基地里有一个秘密通道，可以通向外面。"

"你怎么不早说。"

"这个……如果被人发现了，我就不能跑出去了。我个人觉得在基地外聊天时，他的状态特别好，只是我还不敢直接与他沟通昏迷事件，如果他在基地外突发状况，我一个人根本解决不了。"

"这样吧，你告诉我通道在哪里，下一次你们出去时告诉我，我暗中跟着你们，如果有意外发生，我来处理。"

"这……可以吗？"

"你是担心我把通道的秘密讲出去吧？你放心，我需要你来帮助我找到昏迷事件的答案，出卖你，对我一点好处也没有。"

兰沐儿犹豫了半天，最终还是答应了。

因为海乙默的催促，兰沐儿只能尽快寻找再一次与慕千林跑出去的机会，为了尽量减小意外发生的可能，这一回，她选择了白天。

这是慕千林第一次看清隧道外的山脉，它蔚为壮观，错终复杂的地形把基地隐藏其中，若不知道隧道的出口，没有人可以找得到这条秘密通道。

戈壁、山脉与天空构成一幅颜色单调的油画。"真美。"兰沐儿不禁感慨。

"是呀，心旷神怡的美。"

"好想大喊一声。"

"那样会被他们发现。"

"不会，基地在另一个方向，而且很远。"

"那就喊吧。"

兰沐儿的脸蛋上显出兴奋，深吸一口气，大声喊着："啊——"

空气被一声长鸣打破，她的声音很长，一声过后又是一声，兰沐儿尤其享受这样的宣泄。

释放过后，兰沐儿转头看着慕千林。"你也喊一喊呀？"

"我不需要。"

"就一下，好不好？"

"啊。"慕千林只是发出微弱的声音，敷衍着。

"不是这样子呀。你要喊出来。"

"我不想。"

"不，你想。"兰沐儿显出一副可怜兮兮的样子。

慕千林知道不答应下来，兰沐儿肯定不会善罢甘休，他只好妥协，对着远处，大声呐喊。"啊——"

兰沐儿再一次高呼："啊——慕——千——林——"

"啊——兰——沐——儿——"

他们好像在做着某种游戏，你一嘴，我一声。

直到他们感到疲惫才停止，两个人坐在地上，欣赏着远处的美景。

"如果我们逃走，会怎样？"慕千林突然问道。

"你想要逃走？"

"留下来，我们早晚会分开，你没有办法离开，我迟早要被带走。"

"你可以选择留下呀。"

"有些事情，不是我能决定的。你知道我为什么会来基地吧？"

"嗯……教授对我说了。"

"他把昏迷事件也告诉你了？"

"对，没想到你竟然是唯一的幸存者。"

"我也没有想到。"

"你知道你为什么会幸存下来吗？"

"不知道，我从来不认为自己有何特殊。"

"可能你的身体里隐藏着某些不为人知的秘密，只是没有被发现而已。"

"都是主观臆断罢了。"

兰沐儿想了想说："我们能聊一聊昏迷事件吗？"

"你想听什么？"

"发生昏迷事件的时候，你在做什么？"

"一个人在公园里，什么也没做。"

"你喜欢一个人待着？"

"遇到你之前，是这样。"

兰沐儿害羞地乐了。"可以说一说你对昏迷事件的理解吗？"

"这个……我的理解有很多，你想听哪一种？"

"你认为最可信的那一种是什么？"

慕千林沉思了良久。"那我就随便说一个吧……你觉得……人类是宇宙中唯一的智慧生命吗？"

"不是。"

"对，不是。"

"所以你认为是外星人制造的昏迷事件？"

"'外星人'这个词不是很准确。如果有一种智慧文明不生存在其他的星球上，而是在空旷的空间中，我们能称它们为外星人吗？"

"这个……不能吧。所以你认为它们生存在空旷的宇宙中，而非某个星球上？"

"也不是很严谨，但是可以这样理解。"

"它们制造昏迷事件的目的是什么呢？灭亡人类吗？"

"不是，如果要灭亡早就灭亡了，我认为它们更需要我们。"

"我……越来越糊涂了。"兰沐儿挠挠头。

"再问你一个问题吧，你觉得宇宙中最稀缺的资源是什么？"

"这个……"兰沐儿思考了一会儿，"是钻石吗？"

"钻石只不过是由碳原子构成的普通物质，它与石墨、碳在原子构成上没有本质的区别，如果我们把全世界所有的钻石都挖掘出来，它将极其廉价。"

"那是黄金吗？"

"黄金的确稀缺，它的产生也非常困难，即使强如太阳也不可能创造黄金，或许只有超新星爆炸或中子星合并的能量才能创造出黄金，但是黄金还不是最稀缺的资源，超新星爆炸与中子星合并虽然并不常见，但若把视野转向整个宇宙，也常有发生。我提醒你一下吧，整个太阳系，只有地球拥有这种资源，而在可观测的宇宙中，人类还从未发现过它。"

兰沐儿认真地思考着。"是生……生命吗？"

"我们的确从未在任何一颗地外星球上发现过生命，生命是比黄金更为珍贵的资源。不过还有一样东西，它比生命更珍贵。"

"是什么？"

"意识。"

"意识？你曾经说过，昏迷事件的受害者被夺走的不是生命，而是意识，是这个原因吗？"

"对，但是意识也分高级与低级。"

"我们是高级意识？"

"是的，做一种比喻吧，意识对于它们就如同化石能源对于人类，低级的意识像是柴草与煤炭，高级的意识则是石油。它们将触手伸向地球是因为在这里发现了'石油'。对于他们而言，地球不重要，它们只需要'石油'，它们不会对'石油'以外的任何物质产生兴趣，所以只有人类失去了意识，其他的一切都未受影响。"慕千林继续道，"人类曾无数次幻想过，如果有其他的智慧生命存在，人类文明与他们之间差距会有多大，有的人认为差距应该不算太大，甚至人类的文明更先进一些；有的人认为差距很大，他们的文明要比人类高出几个级别，如果爆发战争，人类必败无疑。可是从来没有人想到，或许对于他们而言，人类只不过是一种资源，他们眼中的人类连'生物'的级别都达不到。他们只是把我们的意识当成'石油'罢了，他们在探索宇宙的过程中发现地球上拥有'石油'，于是着手开采，他们没有与人类爆发战争，没有征求人类的意见，甚至都不认为人类会产生痛苦，就好像人类开采石油一样。他们不杀死人类，也不对其他的动物造成伤害的原因只有一个——没有必要。"

"你为什么会有这样的判断？"一个熟悉的声音突然冒出，海乙默始终跟在慕千林与兰沐儿的身后。

"教授？"慕千林转过头，发现身后的海乙默。

"你为什么会有这样的判断？"海乙默又问了一遍。这是他第一次听到如此惊人的观点，可是不知道为什么，他有一种预感，这可能就是昏迷事件发生的原因。

"我也不知道，可能是胡思乱想吧。"

"你的判断不可思议，但它可能就是事实。"

"教授，那只不过是一个胡思乱想的假设而已。"

"不，通过我对昏迷事件一年多的研究，我更相信你的判断不只是空想。我曾经无数次地思考过，为什么是昏迷，不是死亡？到底是什么影响了他们的大脑？可惜始终没有找到答案，直到听见你说：他们失去的不是生命，是意识。是呀，身体是身体，意识是意识，身体与意识是可以分开的两种东西。也许他们只是把高级意识当成一种稀缺的资源，他们在地球上发现了这种资源，于是着手开采，所以只有人类失去了意识。"海乙默的话音落下，空气仿佛静止，三个人都沉默了。

"我希望我的判断是错的。"

"我也是。可惜……"海乙默的音色中带着一丝绝望，"我们该离开基地了。"

新的『学』

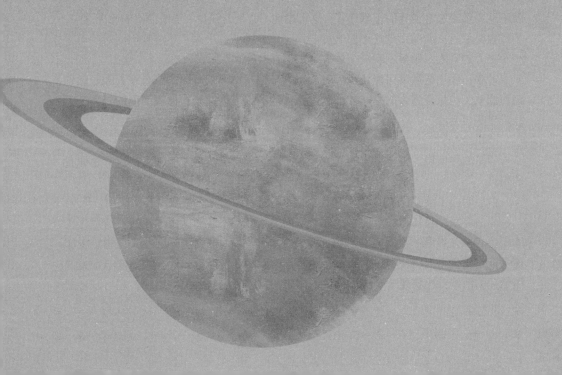

白启终于坐上了去往东方的飞机，此刻，他心如乱麻，过去了这么久，也不晓得海乙默是否找到了答案。

"白将军，很高兴见到你。"一个声音将他唤回现实。那是一个身着军装的男人，双眼炯炯，给人以硬汉之感。

目光只在男人的脸上逗留了一秒钟。"莱蒙托夫元帅？"莱蒙托夫曾是联邦国防部长，现在掌管着全世界最强大的海军和空军。"你怎么会在飞机上？"

"因为这架飞机就是由我安排护送你的。"

白启预感到了事情的不对劲，却表现得自然。"原来如此，这我就放心了。"

"真没有想到，沃伦竟然是一个骗子。"

"是呀，可能也是聪明反被聪明误吧。"在不知道对方的来意前，白启尽量说着含糊的话。

莱蒙托夫讥笑一下。"他聪明吗？也只是小聪明罢了，如果真的有大智慧就不会做出那么愚蠢的事情。任何人都应该明白，对全世界撒谎，除非你拥有可以让所有人相信你的实力，否则会死得很惨。"

"我不太明白你的意思。"

"沃伦的手中没有足够强大的军队，他又是一个民选的秘书长，权力是人民给的，不是自己打来的。一旦失信于民，免不了被赶下台。"

"莱蒙托夫元帅何出此言呢？"

"人类有太多的民族、文化、信仰……统一国家与民族，怎可能那么简单？联合国的选举改革就是一场儿戏，那是一群理想主义的白痴，从不考虑现实，如果仅仅一个覆盖了全世界的选举就能让不同民族、文化、信仰的人听从一个元首的命令，那么战争早就消失了。"

不得不说白启是认可莱蒙托夫的观点的，从获知联合国要选举的那一天起，他就不认为那是联合世界的正确途径，这也是他不肯配合沃伦·金斯伯格的原因之一。不过在莱蒙托夫面前，他还不愿表露心声。"元帅所言极是，不过我们面对的可是一个强大的敌人，如果不联合全体人类，很难取胜。"

"嘿，民主选举不可能让世界齐心协力，但是军事却可以，只有军人才能做到绝对服从，也只有强大的军队才能战胜强大的敌人。现在摆在你我面前的是一个千载难逢的机会。"

"机会？"

"正如你所说，把全世界的人联合在一起，人类的实力才能强大，这就是你我的机会。"

白启明白了莱蒙托夫的来意，不过他却不愿表现出来。"我没有听明白。"

"白将军，我知道你明白了，你我是同类人，不用装糊涂，你比我更清楚这次的机会有多么难得。我就直说了吧，被沃伦这么一搞，联合国的名存实亡肯定要加速了，它将会退出历史舞台。不过昏迷事件的威胁还没有散去，人类需要一个更值得信任的组织，这将是一个史无前例的组织，团结了所有人类的组织。它与联合国不同，联合国只是将各个国家拉拢到一起，每个国家仍旧保留着法律、军队与政治，但是这一次不一样，该组织成立以后，世界将会实现真正的大统一。"莱蒙托夫将头向前慢慢探出，"怎么样白将军，我们联手吧？"

"联手？"

"是的。"

白启沉默了，他明白莱蒙托夫的提议不仅仅是一个请求，更是一种威胁。"我一无所有，元帅为什么要与我合作？"

"第一，你揭穿了沃伦，现在你就是这个世界的英雄。第二，你知道幸存者的下落，他对于任何一个想要统治世界的组织而言都至关重要。第三，我是一个军人，掌管着最强大的海军和空军，而你曾经掌管陆军，如果我们联手，将再无对手。"

白启知道，从揭穿了沃伦·金斯伯格的那一刻起，他就再也不可能装作不知晓慕千林的下落了。"如果我不答应，恐怕将会葬送在这架飞机上吧。"

"白将军是聪明人，你我合作将是强强联合，但是你若与我对抗，也将是我最大的敌人。"

"看来我是别无选择了。不过我要声明，我手上已经没有任何军事资源了。"

"放心，你回去之后就会有了。"

"你就不怕我回国之后背叛你？"

"不会的，我知道你想要什么。"

B计划，沃伦·金斯伯格的脑子里只剩下了B计划，那是他唯一可以反败为胜的机会。这几日，示威人群已经包围了联合国大楼，如果不是有警察的保护，联合国早已被极端分子占领。

为了尽快挽救败局，沃伦·金斯伯格下令"天种一号"提前发射，今天正是它升空的日子，发射中心向全世界直播了"天种一号"的升空，火箭冉冉升起，它承载着沃伦·金斯伯格的希望，也承载着人类的命运。它是否可以抵达格利泽832c，数万年后才能被验证，而今日，沃伦·金斯伯格只需要"天种一号"帮助他获得一次赢得民心的机会。

发射"天种一号"的直播结束，沃伦·金斯伯格召开了新闻发布会，头发的凌乱与衣着的褶皱使他显得苍老。

"全世界的民众，大家好……"沃伦·金斯伯格开始了他的演讲，内容主要是为了给自己邀功。在他的领导下，仅仅用了三个月就成功地发射了第一艘系外太空飞船，未来还会有第二艘、第三艘升空……沃伦·金斯伯格希望通过这样的事实去赢得大众的支持，毕竟那是人类文明延续的希望。

沃伦·金斯伯格还不知道种子计划与新闻发布会可以达到怎样的效果，但是他坚信自己拥有挽回败局的能力。

然而他错了，种子计划是为了延续人类的文明而启动，对于当下的人类来说，他们更关注自身的安危，所以种子计划不会给民众带去任何好感。相反，种子计划的公布在某种程度上表明沃伦·金斯伯格承认了那个弥天大谎。

愤怒的人群开始涌向发布会的现场，沃伦·金斯伯格刚被护送上车，人群就将汽车团团围住，那是一辆可以抵御小型导弹的特殊轿车，但它毕竟只是一辆汽车，人们无法砸破它，却可以将其掀翻，示威人群的情绪激动，汽车被翻了个180度。

自傲的沃伦·金斯伯格怎么可能容忍如此侮辱，他决定下车亲自解决问题。

人们终于见到了他，愤怒犹如洪水猛兽，众人高呼着反对的口号，巨大的声浪下，沃伦·金斯伯格毫无反驳的能力，他的声音被淹没，意志被击碎。

不知是谁先动了手，紧接着大量的人群涌了上来，若不是警卫队的直升机及时赶到，沃伦·金斯伯格可能会丧生于此。

种子计划没有帮助他反败为胜，人们不仅呼吁沃伦·金斯伯格立刻下台，而且要求立即停止计划。大众的眼中，种子计划不是为了延续人类的文明，而是一个阴谋，权贵阶层想要利用种子计划帮助少部分人存活下来。所谓的延续文明只是一种掩饰，权贵阶层的真正目的是让自己离开地球而已。

这样的思想一经传播立即引起普通民众的不满，"人人平等"的思想早已深入人心，尤其是在灾难面前，生与死的分配是保证公平的最后一道防线，如果不能让自己逃离，那么大众宁愿所有人一同灭亡。

反对沃伦·金斯伯格的声音越来越大，游行抗议的队伍也越来越多，沃伦·金斯伯格自知再也无力回天。在示威人群冲进并占领联合国的这一天，沃伦·金斯伯格选择了跳楼自杀。

然而那并不意味着民众的怒气会被化解，愤怒的人群在占领联合国后开始打砸抢烧，不仅在联合国，世界各地也相继爆发了不同规模的暴力事件，人民高举"生存"的口号。这个时候，生存不再是理所当然，而是一种奢侈。这应该是人类历史上最黑暗的时刻，也许人类在被地外文明入侵之前就已走向自我灭亡了。

恐怖与暴力给迷徒组织带来了发展的机遇。现如今，迷徒已经达到了近5000万人，组织内部因为幸存者的存在分裂成了两个派系。一派认为幸存者是对昏迷的亵渎，他们仇恨幸存者，誓要找到幸存者并将他处死，这一派的迷徒被称为纯洁派，以认为昏迷事件是纯洁的、不可玷污的而得名。另一派则将幸存者供奉为昏迷的代言人，他们认为幸存者是神的代言人，会帮助人类走出黑暗，通往另一个世界，他们被称为指引派，以认为幸存者是指引道路的使者而得名。

无论是指引派还是纯洁派都信奉昏迷，迷徒们认为昏迷是一种新生，只有通过昏迷，人类才能实现更高级别的进化。

迷徒的壮大没有令霍兹感到高兴，若干天前，他在暗网中扔出的"鱼饵"引出了那条"大鱼"。可是仅仅交流了几句，那个人再一次消失。霍兹无法追踪信息的来源，于是又在暗网中回复了多次，却始终不见对方的回应。这令他十分懊恼。

霍兹并不在乎迷徒组织是否可以发展壮大，他只在意通往真实世界的出口。

同慕千林、兰沐儿回到基地后，海乙默每天都在筹备逃跑计划，直到这一日张博伦找到了他。"教授，白将军要来基地了。"

"白启？"海乙默诧异。

"是的，我也是刚刚得到的消息。"

一个多钟头后，基地内的一间秘密会议室，只有海乙默与白启两个人，他们没有任何的寒暄，直奔主题。

"有进展吗？"白启问。

"有，但是不多。慕千林患有躁郁症和幽闭恐惧症。一旦幽闭恐惧症发作，就会刺激他的躁郁症，尤其是在基地，这里的空间封闭。"

白启点点头。"明白了，这一次过来就是为了把你们转移到更安全的地方，之后我会派更多的专家帮你一同研究。"

"这就好……"紧接着，海乙默向白启详细地介绍了慕千林的"意识假设"和"资源说"。

白启也对慕千林的观点相当重视，他让海乙默通知慕千林下午就离开。

可是当海乙默将这个好消息告诉给慕千林时，慕千林却没有表现出任何的喜悦。"兰沐儿能和我们一起走吗？"他问。

"她本就生活在基地，应该不会与我们一起，而且我不认为她愿意离开。"

"如果她愿意呢？"

"我会帮忙沟通。"海乙默知道兰沐儿的重要性，但他也明白白启是不可能多带一个女生离开的。

"好，我这就去问她。"

兰沐儿已经得知了慕千林就要离开的消息，她没有主动去见慕千林，兰沐儿不是一个喜欢主动的人。

敲开兰沐儿的房门，四目相对，两个人好像是被点了穴位，讲不出半句话。安静了半分钟，慕千林才终于开口："我要走了……"

"我知道。"兰沐儿已经不敢再看对方的眼睛。

"我其实不想走。"

"我知道，但是……你做不了主。"

双眸与兰沐儿的汪汪大眼交会。"你……可以和我一起离开吗？"

"我可以吗？"

"为什么不可以，只要你愿意，我会向上级请示。"

兰沐儿终于笑了，原来刚刚的担心都是多余的。"我当然愿意。"

"好，我这就去申请。"说着，慕千林跑出了兰沐儿的房间。

飞奔着找到海乙默，慕千林喘着粗气。"她……她说她愿意。"

海乙默停下手头的工作，看着激动的慕千林，片刻后蹦出一句不痛不痒的话："我知道了。"

"她可以和我们一起离开了？"

"恐怕不能。"

"什么意思？"

"她可以走，但不是在今天。"

"那是哪一天？"

"我现在还不能确定，但是今天不行，白将军绝对不会同意。"

"我去跟他说，就多一个人，我不信他会反对。"

"不，兰沐儿是基地的人，她的调离需要程序，不可能立刻调走。你现在可以向兰沐儿解释一下。"

再一次来到兰沐儿的身边，她正心切地期盼着。可是看到慕千林脸上的僵硬笑容时，兰沐儿生出一股不祥的预感。"没有同意是吗？"

"不，不是没同意，只是不能将你一同带走，需要等。"

"吓死我了，我还以为他们没有同意呢。"兰沐儿如释重负。

"可是……我想让你今天就离开呀。"

"怎么可能，我哪能说走就走，而且我也需要一个准备的过程呀，我的家人都在这里，即使让我今天就离开，我也不可能同意。"

"我还担心你会失望呢。"

"不会，只要可以去到外面的世界，等一段时间又算什么。"

"我一定尽快帮你离开。"

"我相信你。"

混乱还在继续，小规模的军事冲突已经不再罕见，各个国家的军事力量都在躁动。

出乎所有人的预料，最先爆发大规模战争的地区不是矛盾积怨已久的中东，而是大洋洲。

起初，大洋洲的战争并未引起人们的重视，那里虽然发达，但还算不上是世界中心。不过很快，战争北移，直到殃及马来半岛与苏门答腊岛，世界各国的重视程度才开始提高，因为马六甲海峡就在那里。与此同时，巴拿马运河与苏伊士运河的所在地也爆发了不同程度的武装冲突，在世界出现动乱的时候，一些眼光"独到"的组织试图利用混乱争夺最重要的通道。

因为主要航道的争夺，六个大洲全部进入战争状态，真正的世界大战开始了。

"我曾经说过，如果真的有外星人，无须他们侵略地球，只需要一点点的策略，人类就会自我毁灭。"莱蒙托夫仿佛早已预料到了一切。

"欲望与恐惧是人类永远无法摆脱的弱点，只是没有想到，战争来得这么快。"一名副手说。

"来得快才好。白启已经将慕千林保护起来了吧？"

"是的。"

"他什么时候到？"

"马上。"

"好，属于我们的时代到了。"

这是一场关乎战争的会议，由白启、莱蒙托夫及他们的副手参会，会议持续十几个小时。结束后，其他副手相继离开，只有莱蒙托夫与白启单独留在了会议室内。

"白将军，其实我们没有能力打持久战。"莱蒙托夫叹气，"你应该知道我们快速取胜的方法吧。后天早上，我们即将向全世界宣布，你我是以正义之师参与这场战争，你的手中有慕千林，他是唯一的幸存者，这是收获民心的最佳武器，但也是一个危险的武器。你我都看到了沃伦的下场，如果我们不能在短时间内找到令人满意的昏迷事件的答案，很难想象会不会走向与沃伦相同的结局。"

"我明白。"

离开基地已有半个月了，慕千林的生活变得浑浑噩噩，他提不起精神，因为兰沐儿不在身边，而海乙默又始终没有明确给出兰沐儿离开基地的时间。

十天以前，世界最顶尖的生物学专家、医学专家开始利用最先进的医学设备对慕千林进行研究，他们也曾利用人工智能来精确检查慕千林的身体，但是得到的结果却不能令人满意。这使得白启心急如焚，他不得不来到昏迷事件科学研究中心亲自敦促。

海乙默向白启介绍了研究的过程与结果，种种迹象表明，慕千林只是一个普通人。

"难道我们要回到起点了？"白启极其失落，为了慕千林，他差一点丢了性命。

"将军指的是公园？"海乙默问。

"我已经派人去查了。"白启摇摇头，"没有任何收获。"

海乙默长叹一口气。"有时，我真的希望我不是一名科研工作者，面对无法解释的现象时我还可以把希望寄托于'神'。古人或许是幸福的，因为那时神学才是主流。"

"是呀。不知道什么时候开始，科学替代了神学。不知道未来的某一天，是否有另外一种'学'能替代科学，也许那时的人会嘲笑我们的愚昧，笑我们竟然会相信科学。"

虽然只是一句漫不经心的感叹，却在一瞬间激发了海乙默的灵感。"将军说，未来的某一天，另外一种'学'会替代科学？"

"有什么不对吗？"

"没有。"海乙默站起，在房间里来回踱步，他的大脑飞速运转。"将军，你觉得有没有这种可能，昏迷事件是一种无法用科学解释的现象，就像在科学被广泛应用之前，所有超出人类认知的现象都可以用神学加以解释。比如海市蜃楼，人们认为那是天宫；比如繁星，人们认为那是星座与天象，可以预测和启示人类。当科学发展以后，人类更习惯用科学解释宇宙万象，但是这样的思想真的完全正确吗？仍有许多现象是用科学无法解释的，例如时间的单向流动、三维空间等，再比如昏迷事件。我们一直试图用科学的思维去寻找昏迷事件的答案，就好像古人用神学的思想去解释海市蜃楼一样。看似合理，却是用错了方法。我们是否也走错路了？"

"你的意思是，不应该用科学解释昏迷事件？"

"至少不是现有的科学。我不知道那是否意味着另一种'学'的出现，但是人类在解释昏迷事件的过程中有可能走错方向了。就如同在相对论出现之前，我们对引力的认知只有牛顿的经典力学，真的遇到了超大质量的天体时，万有引力将失去功效，因为它没有考虑空间与时间的弯曲。"

"你就直接说结论吧，我们应该把研究的方向朝着什么方向改？我们是否要停止对慕千林的研究？"

"不能停，如果对昏迷事件的研究不应该只使用人类已经掌握的科学方法，那么大概率也意味着过去对慕千林的研究方向是错的。"

"所以，你要换一种方式研究？"

"对。"

"什么方法？"

"还不知道，需要进一步探索。"

就在二人对话时，门外突然发出一声叫喊。

白启起身，走出办公室。"什么事儿？"他不怒自威，门口的警卫立刻站直。

敬礼后，警卫报告说："有一位先生想要见你，我们拒绝并阻止了他，所以他大喊大叫，我们已经将他带走了。"

"不会是慕千林吧？"海乙默也跟了出来，他猜个八九不离十。

"他要见我？"

"是呀，应该是关于兰沐儿的事儿。"

"这个家伙。"白启无奈地摇摇头。"好吧，让他过来。"白启示意警卫。

被押到白启的身边，慕千林满脸的不高兴。

"松手吧。"白启吩咐说。

"你们为什么要骗我？"慕千林的眼神愤怒。

"骗你什么？"

"当初答应将兰沐儿带出基地，可是到现在还没有兑现？"

白启乐了。"我什么时候答应你了？"

"你没有亲口答应，但是他说了。"慕千林指着海乙默。

白启看了海乙默一眼，他猜到了其中的过程。"小伙子，你是不是喜欢上兰沐儿了？"

被这么一问，慕千林一愣，随后硬着嘴说："这与你的承诺无关。"

"既然你不是对人家姑娘有意思，我很难承诺将她带离基地。"

"为什么？"

"她从小就生活在基地，对外界很陌生，而且她的单纯不适合复杂的社会，如果没有一个可以依靠的人来照顾，她会受太多的伤。"

"我可以照顾她。"慕千林的神情认真。

"你……"白启却摇摇头，"你不行。"

"为什么？"

"我刚刚说过，兰沐儿是一个单纯的姑娘，她从未进过社会，照顾她的应该是一个有责任有担当的人，而不是自私自利没有责任心的人。"

"我有责任有担当啊。"慕千林的语气激动。

"如何证明？"

"我……我……我……"慕千林一时语塞。"我会用行动证明。"

"算了吧，地球的命运握在你的手中，你除了逃避与消极的应付，还做了什么？一个连人类命运都不在乎的人，我怎么可能放心地把兰沐儿交给他？"

此时，海乙默终于明白了白启的意思，他在用激将法。

"我明白了。"慕千林点点头，"你是想让我认真对待昏迷事件，对吧？好，我会向你证明的。"

"好，我等着。"

战争犹如病毒一般肆虐着整个地球，飞机、坦克、导弹、航母……甚至是太空空间站、卫星都已被用于战争，人类正在展示所有的科技，那是足以毁天灭地的威力，如果这个世界上真的存在神，想必也会感到恐惧。时间仅仅过去了3个星期，各方势力损失惨重。

在欧洲，一场大战即将爆发，在阿尔卑斯山南侧的一座城市，双方兵力集结，达到了50万人，进攻方正在等待上级的命令，防守方不敢有任何松懈，城里的难民已经逃走，剩下的人藏在家中瑟瑟发抖，一旦警笛响起，这座城市将变成废墟。

黄昏，黑暗的夜空被地域防空系统和反导系统点亮，警笛长鸣，密集的火炮好像是一条条会发光的长龙，紧接着是震耳欲聋的爆炸声。

从黄昏到清晨，一个不眠之夜，战争进入白热化。轰鸣声、爆破声不绝于耳，枪炮的射击声、飞机的嗡嗡声毫无停下来的迹象。

一架飞机从天空直奔地面，高楼挡住了它的去向，它却毫无减速，与楼体相撞。那是一架歼击机，飞行速度极快，在它划过天空时，没有任何防空系统击中它，也没有任何飞机与它对战，飞机好像失去了控制。这架失控的飞机并非个例，在远处，又是一架战斗机直冲地面，紧接着一架接着一架，在城市的不同地点，飞机好像是滴落的雨点。

如果有人看到了这一幕，他会以为那是某方势力使用了一种先进的干扰武器。然而，撞向地面的飞机不属于某一方，而是全部。

更令人感到不可思议的是，枪炮声越来越少，直到完全消失。城市内也不再有任何轰鸣与哭喊，与黄昏开始的爆炸声相比，现在的城市安静得诡异。

在一辆坦克内，终于出现了人的声音："请回答，请回答……"那是从无线电中发出的声音。"前方到底发生了什么？请回答……"

进攻方的指挥官意识到了事情不妙，己方的军队可能已经全部被消灭和俘虏，这是他不曾预料的结果，他立刻派出侦察部队去前方查看。

同样的震惊也出现在了防守的一方，指挥官根本无法想象会有哪种进攻方式可以将全部的防守部队消灭，他也不得不派出侦察部队。

无论是哪一方的调查都得出了相同的结论，士兵并非全部战死，而是昏迷，也就是说第三次昏迷事件突然降至战场。

消息很快就传遍了世界各个角落，昏迷事件并没有结束，它随时可能降临，人类并非无敌，在人类之上还有更强大的力量。

如果说有什么东西可以立刻停止人类的战争，那么可能只有昏迷事件。昏迷事件发生之后，战争被按下了暂停键，各方势力都意识到了一个事实，他们拼尽全力争夺的东西可能仅仅在一次昏迷事件之后就会荡然无存。

在战争与昏迷事件的双重恐惧下，人类出现了一种思潮，我们究竟需要一个怎样的世界格局。

莱蒙托夫等的就是这场思潮，就在第三次昏迷事件发生后的第六天，他和白启共同向全世界发出声明，他们正在着力研究幸存者，现在已经取得了一定的成果。

随后，白启通过各种媒介对外宣布了在慕千林身上发现的特点。包括慕千林对于昏迷事件的看法，也就是"失去意识"。白启的发言十分诚恳，不过他还是隐瞒了一些内容，比如"资源说"。

本次研究成果的对外公布让整个世界看到了希望，原来在战争之外还有一批人在为拯救人类而努力，加上白启在人们心目中的英雄形象，全世界都将他奉为了"救世主"。

这与为了获得权力而发起的战争形成了鲜明的对比，莱蒙托夫与白启被定义为正义之师，人们认为莱蒙托夫与白启才是为了人类而战。

那些已经厌倦了战争的军事力量纷纷转向莱蒙托夫与白启，一场波及世界的战争仅仅因为第三次昏迷事件的降临与白启的一番讲话便走向尾声。当然并非所有的势力都愿意屈于人下，仍有两三股武装力量挑战着莱蒙托夫的权威，只是他们过于渺小，不值一提。

莱蒙托夫建立了一个全新的组织——世界联盟，自此以后，国家的概念被淡化，联合国被弱化，整个世界将被世界联盟管理，而莱蒙托夫便是世界联盟的首位元帅。莱蒙托夫自信于自己的权力，因为他得到了幸存者，更重要的是他拥有一支强大的军事力量。

第三次昏迷事件发生后的第三天，七架直升机降落在了事件发生地，一架飞机的舱门缓缓打开，海乙默、慕千林与三位科研人员走出。

海乙默等人在重兵的保护下缓慢前行，倒在路上的人都已停止了呼吸，海乙默知道他们之中的绝大多数是先昏迷后死亡的，这与前两次的昏迷事件一模一样。看来昏迷事件的制造者并不畏惧人类的武器，即使是在战场，他们也能夺走人类的意识。

"好可惜。"一架损毁的飞机旁，士兵发出感慨，那是目前世界上最先进的第五代战斗机。

"飞机是被击落的吗？"海乙默问。

两名士兵上前察看。"不是，飞机的残骸上没有发现任何中弹的痕迹。"

"也就是说，以极快的速度在空中飞行也无法摆脱被夺走意识的命运。"

慕千林知道那意味着什么。"推断一下，它是从多高处坠落的？"

"应该是3000米以下的高度。"一位科研人员说。

"这么说3000米以内的高空，人类的意识依然会被剥夺。"海乙默的语气沉重。

继续向前，他们四处寻找着可能的幸存者，可越是寻找，他们就越是绝望，一座废墟般的城市没有任何一个醒着的人，哪怕只是一个。

黄昏，海乙默一行人没有离开，他们在废墟中扎下帐篷。几名士兵点了篝火，将这一片区域照亮。

海乙默看着昏暗的天空。"知道我为什么要在这里过夜吗？"

"不知道。"慕千林也瞅向天空。

"我也不知道，可能是盼望着你在这里睡上一觉可以找到更多的灵感吧。"

"这种想法有点可笑呀，寻找答案不是靠事实依据和科学推理，而是依靠灵感？"

"当科学发展到一定程度时，人类对于万物的研究已经不能单单依靠观察法了，而是灵感，然后推出结论，再找到证据。这里是昏迷事件的发生地，在这儿过夜可能会激发出你更多的想象。"

"在这里过夜就能激发出灵感？你为什么会有这么奇怪的想法？"

"我也不知道，你睡觉时做梦吗？"海乙默看向慕千林。

"当然。"

"我想，你应该是那种从有记忆以来就意识到自己每一天晚上都会做梦的人吧。"

"是的，这和昏迷事件有什么关系？"

"也许毫无关系，也许关系很大。其实人类至今还没能完全明白为什么会存在梦境。"

"因为部分大脑皮层区域的神经细胞没有完全处于抑制状态。"

"这只是多种可能中的一种，但是它却无法解释为何一些人的梦境会和未来发生的现实完全相同。梦境又为什么可以超越现实？如果梦境的根源是清醒时的经历，那么有一些梦为什么会违背物理规律？"

"教授，这些话不像出自科学家之口呀。"

海乙默叹了一口气，站起身将几根木条扔进篝火。"你觉得科学可以解释一切吗？"

慕千林思索片刻。"这个问题太深奥了。"

"神学呢？它可以解释一切吗？"

"那是迷信。"

"是呀，那是迷信，但是在神学兴盛的时代，它却可以解释一切现象。比如洪水、地震、台风，神学就可以将其解释为神的愤怒。你不觉得现在的科学也是一样吗？它用各种理论解释着万事万象，现代教育让我们对科学深信不疑，而古人的教育也让他们对神学执迷不悟。无论是古人还是现代人，其实都只是相信着内心相信的东西罢了。"

"你不会是想用神学来解释昏迷事件吧？"

海乙默摇摇头。"我只是觉得我们之所以找不到昏迷事件的答案，可能是因为使用了人类引以为豪的科学。也许它需要一种新的'学'来解释。"

半天没有回应，慕千林因为海乙默的一句话陷入深思。除了科学以外还有另一门"学"吗？如果有，它是什么？它又是否可以取代科学？一旦一门新的"学"诞生，并被认为是宇宙的真理，那么科学是否会和神学一样走向被淘汰的命运？爱因斯坦、薛定谔、波尔……那些伟大的学者是否会成为科学的"传教士"？继续推论下去就太恐怖了，可能要比神学的崩塌更令人崩溃。

看着吃惊的慕千林，海乙默拍了拍他的肩膀。"不要想太多了，我只是随口一说，至少现在的我还是相信科学的。"

"这么震撼的想法，以后最好在白天说。晚上会让人感觉瘆得慌。"

"小伙子，看来你的胆子需要练一练了。说到这儿，你知道人为什么会在夜晚感觉害怕吗？"

"在原始社会，很多大型野生动物会在夜晚偷袭人类，久而久之就刻在了基因里。"

"这只是科学的解释。"

"教授还有另一种'学'的解释？"

海乙默笑笑说："比如神学认为，鬼魂害怕光亮，所以只在夜晚出没。这种被科学排斥的解释却得到了很多人的认同，绝大多数的人都觉得晚上会有鬼出没。"

"若是这样，我们的周围应该都是鬼。"

海乙默看向远方的黑暗，他突然想起了什么。"如果神学真的存在，人类真的拥有灵魂，死人的灵魂会脱离躯体，而昏迷事件夺走的又确实是人类的意识，那么那群因昏迷事件而死去的人的灵魂是否还在附近的空间呢？"海乙默继续道，"如果有一种理论叫作灵魂守恒定律，那么那些灵魂去了哪里？"

"或许只有濒死之人才知道答案吧，要是有什么方式可以体验一次濒死就好了。"慕千林只不过是一句未经思考的表达，可是当这句话讲出口时，他和海乙默突然意识到了什么，两个人不约而同地讲出同一句话："濒死体验！"

海乙默兴奋地说："如果濒死不是真正的死亡，如果昏迷与濒死有着某种类似的经历，那么那些有过濒死经历的人是否可以形象地描绘昏迷的感觉呢？"

"我觉得可以研究一番。"

濒死体验

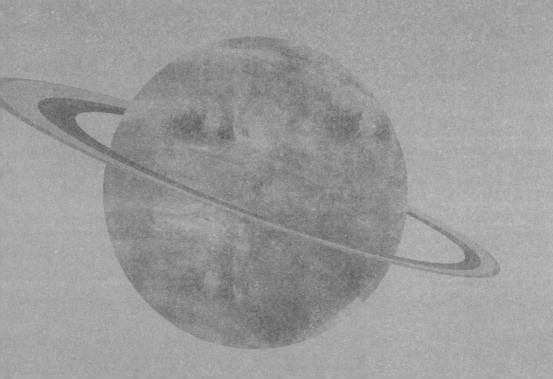

海乙默调查完毕后的数日，白启与莱蒙托夫向外界发出了那个声明。各个军事力量纷纷响应，战争由此宣告结束。不过另一方面，白启却在声明后背负着巨大的压力，他已经正式宣布科研人员正在对幸存者进行研究，这就意味着研究团队必须在一段时间内给出研究结果，如果太长时间没有消息公布，或者最终证明对幸存者的研究没有任何意义，那么他很有可能走向与沃伦·金斯伯格同样的结局。

　　白启当然明白这个道理，所以声明发出去的第二日他就来到研究中心，与海乙默交谈数个小时，他得知仍有大量士兵处于昏迷状态，其中以装甲兵居多，这其中的原因可能是装甲兵有外层保护，在战场上死亡的概率更低，所以只受昏迷事件的影响，而步兵的战死率则比较高。另外，海乙默又向白启汇报了他与慕千林对濒死的看法，并认为应该将其作为下一步的研究方向。

　　莱蒙托夫对海乙默的调研格外重视，他希望这支调查队伍可以在现场发现有价值的线索，不过因为与白启有协议，对慕千林的研究工作必须由白启全权负责，在没有得到可信的结果以前，白启没有义务向莱蒙托夫汇报调查细节，所以莱蒙托夫无从知晓海乙默在现场发现了什么。为了掌握一手信息，莱蒙托夫通过技术手段监听着白启与海乙默对话，又因为白启采取了反盗听措施，因此莱蒙托夫可以获得的信息并不全面，但他还是得到了一些调查线索。

　　三天后，一份报告交到了莱蒙托夫的手中。

　　翻阅着报告，莱蒙托夫认真阅读着每一个字，智囊团的首长名叫金国汗，这份报告由他亲自撰写。

　　"海乙默与白启在通话中多次提到，在现场发现有昏迷而未死亡的士兵？"莱蒙托夫一边阅读一边问。

　　"是的，我们截获的信息中有70%的内容是关于昏迷而未死亡的士兵。"

　　"所以你认为海乙默去现场的主要目的是调查这群人。"

　　"对。我始终有一个疑问，如果昏迷事件对每一个人的影响是相同的，那么为什么有的人很快就死了，一部分人却可以多活一段时间？这与人体本身有关，还是其他的原因？我从未去过现场，所以无法得出结论。但是通过分析海乙默与白启的对话，我发现了一些线索。他们在现场总共发现17名尚有呼吸的昏迷者，这群昏迷者全部是在坦克内被发现的。"

　　"这能说明什么？"

　　"这个战场所使用的坦克全部是中型坦克，且为钢制高硬度装甲，我们认为坦克上的装甲在某种程度上对一些士兵起到了保护作用。进一步分析，昏迷也许会受到某种材料的影响，如果一个人被防护装置保护，他受到的影响会大大降低。如果防护到位，他甚至可以幸存下来。"

　　莱蒙托夫认真地分析着金国汗的结论。"如果真如你所说，那么海乙默等人为什么没有发现？"

　　"我不认为他们没有发现，只是在隐瞒而已。海乙默等人很有可能正在着手研究防护装置，这一次的现场调研就是为了寻找可行的材料。"

莱蒙托夫微微点头，他认为金国汗的分析很有道理。"不过，坦克里的士兵即使多存活了一段时间，最终还是死了。如此看来，防护装置也不能防御昏迷的攻击。"

"不是的，他们之所以昏迷是因为防护装置的防护能力还未达标。像是穿着一层薄夹克去南极依然会被冻死一样，并非夹克没用，而是夹克的御寒能力不足以抵挡南极的寒冷。"

"关于防护装置的构成材料是什么，你有思路吗？"

"没有，我想海乙默应该也没有，所以他才会亲自到现场调查。不过……如果坦克的装甲可以起到一定的防护作用，我们可以由此着手。元帅，我们需要研究防护装置吗？"这是金国汗最想提出的问题，同时也是莱蒙托夫正在思考的难题。因为与白启有过约定，昏迷事件的研究由白启全权负责，莱蒙托夫并不希望打破平衡，不过另一方面，他也晓得研发出防护装置意味着什么。

金国汗再次劝道："元帅，防护装置一旦被研发出来，拯救的将是全人类，我认为多一支研发团队，成功的概率会高一些。"

"你说得对，多一支研发团队，成功的概率就能高一点，我们是为了整个人类的文明着想。"

"是的。"金国汗露出一抹窃笑。

"不过也要注意影响，一定要保密，不可以被任何人知道，尤其是白启的人。"

"我明白。"

金国汗离开，莱蒙托夫又找来了武器专家。"加快持爆核弹的研发。"他说。

所谓持爆核弹就是改变核弹爆炸的时长，将一次性爆炸改为持续爆炸，达到释放更多能量的目的。

海乙默、慕千林、白启来到了地球的另一端，他们要拜见一位重要的人物，冯教授。他和他的团队曾对 81 位有过濒死体验的幸存者进行了面对面采访，询问并详细地记录了每一个人的濒死过程。

几句寒暄之后，冯教授将当初的研究报告取出。"这是我的团队花费五年时间得出的研究成果。"

打开这份报告，海乙默说："五年的时间为什么只采访了 81 人？"

"其实我们走访了 200 多位幸存者，其中有 17 人因为回忆濒死体验而感到痛苦，甚至崩溃，所以不得不中断调查；剩下的 100 多位，我们认为他们的话不可信，所以被排除掉了。这种调查并不容易，主流科学从不认同濒死体验的研究，甚至有很多人反对，这五年，团队遭遇的阻碍要比支持多得多。即使最终形成了报告，也没有在任何权威期刊上发表过，更多的人将它视为一个个有趣的故事，而非科学调查。"

"这份报告的可信度高吗？"慕千林问。

"至少我敢保证，这 81 人讲的故事是真实的，虽然我不能确定那是梦还是濒死体验。"

冯教授的研究报告的确详细，其中包括每位叙述者差一点死亡的原因、濒死时的详细经历等。

　　研究报告中，3个人有着世界毁灭感，5个人是时间停止感，7个人感觉同宇宙融为一体，13个人被陌生人带到了陌生的地方，33个人回顾了自己的一生，还有59个人感觉自己的意识与身体分离……这些感觉不是独立存在的，有的人有着多种不同的感觉，比如回顾一生后，意识与身体渐渐分离，然后被陌生人带走。

　　对海乙默来说，他格外感兴趣的是回顾一生和意识与身体的分离。其中一个被调查者表示，她的意识仿佛在回顾着一生，从出生到死亡，这种回顾是瞬间完成的，好像是一瞬间经历了完整的一生。

　　看过报告后，慕千林认为那些描述详细的濒死体验不是随意编造的故事，而是大脑的真实记忆，这种记忆可能不发生在现实，如果用某种我们熟知的东西来形容，它更像是一场梦。

　　"濒死体验太不可信了。"海乙默指着报告说。

　　"不过他们的描述却被证实了。"慕千林说，"这个人是在病床上经历的濒死体验，他感觉身体被分成了两个部分，一部分躺在床上，另一部分飘向空中，他可以看到躺在床上的自己，还有正在做手术的医生，听见他们的对话，医生们说话时，他已经在医学上被宣告死亡。他还说他的意识飞出了手术室，看见了妻子和女儿，女儿不断地自责，说着致歉的话，而妻子则抱着女儿痛哭。后来也被妻子和女儿证明确有其事。"

　　白启说："教授，你是如何看待这份报告的？"

　　"说实话，我的内心深处仍然有一丝排斥，但是不得不承认，有一些东西的确需要好好研究一番，也许可以在其中发现昏迷事件的线索。我建议我们去拜访一位有过濒死体验的幸存者。"

　　约翰·沃尔曾在一场地震中幸存下来。大地震动时，他待在公寓里，倒塌的房梁砸在了他的脊柱上，一瞬间，约翰失去了知觉，也正是因为这一次地震，约翰成了残疾人，只能坐在轮椅上。

　　海乙默与慕千林乘坐直升机来到贫民窟，约翰·沃尔的家就在这里。为了安全起见，有一个连的兵力负责保护二人的安全。

　　在约翰·沃尔的居所前，海乙默示意士兵们留在外面，他不愿约翰·沃尔有压力。

　　对于当初的濒死体验，约翰·沃尔还记忆犹新。当被房梁砸到后，他只觉眼前一片漆黑，周围有奇怪的响声，令人恐慌，片刻之后，他的身体变得又轻又软，可以轻而易举地穿过压在身体上的横梁，甚至能在大楼里穿梭。根据他的描述，他当时看见很多人被困在钢筋混凝土下，有的人死了，还有许多人活着。后来被救出时，约翰·沃尔凭借记忆向救援人员描述了哪里有人活着，其中有3位幸存者是根据约翰·沃尔的描述被救出来的。为了验证真伪，冯教授的团队曾找到地震时的救援队，救援队证实确有一个人帮助他们救出了3位幸存者。

对于约翰·沃尔的经历，海乙默不得不重视。"你觉得这种濒死体验会不会是昏迷时做的梦？"

"我曾经也这么想过，不过这种经历与做梦有着完全不同的感觉。"约翰·沃尔说，"梦中的经历即使再真实，醒来后也会觉得虚假，即使是记忆深刻的梦，经过一段时间后也会淡忘，但是这种体验不一样。它给我的感觉，非常真实，如果那是梦的话，应该是我这辈子做过的最真实的梦。"

"我们看过冯教授的报告，你当初说，那种身体变轻的感觉更像是意识与身体的分离？"

"是的。"

"你为什么会觉得那是意识与身体的分离？"

"不知道，可能是因为我看见了自己的身体，以第三视角，他被压在横梁下，我那时想要救出身体，却碰不到横梁，我的意识似乎是一种比空气更加虚无的物质，不能与现实中的任何物体发生接触，只能眼睁睁地看着，不，那不应该叫作看。"

"不叫作看？"

"我无法描述，我似乎不是在用眼睛看，而是另外一种体验，它类似于看，却又与看不同。"

海乙默与慕千林对视了一眼，他们对约翰·沃尔的描述感到吃惊，却也在某种程度上证实了慕千林的猜测，意识是可以离开身体而单独存在的。

慕千林和海乙默在与约翰·沃尔交流濒死体验的时候，另一个人也来到了贫民窟。他穿着一身休闲装，眼神漫不经心，在距离约翰·沃尔的家10米左右的位置，他被要求禁止向前。

"站住。"一位士兵用枪瞄准了他，"请你绕路，这里暂时不允许通行。"

男子没有转身，也没有继续向前，而是面向士兵，挂着无所谓的笑容。"你们是在保护那个昏迷事件的幸存者吧？"

士兵吃惊，且更加警觉："不好意思，我们在执行公务，我不懂你在说什么。"

"我知道他在这里，放心，我不会伤害任何人。"

士兵已经向队员们做了手势，如果该人有异常的举动，他们将会立刻射击。"请你离开。"

"看来你们真的很小心。"

"第一次警告，请你离开。"

"不要紧张，我只是想要送给幸存者一封信，送完信，我立刻离开。"说着，他将手伸向裤兜。

这个动作足以令士兵们不安，他们神经紧绷。"把手举起来，立刻离开，这是第二次警告。"

男子却不紧不慢，他的双手举起，一只手拿着信件。"好，我这就离开，但是请你们把这封信交给幸存者。"说着，他将信件放在地上，转身离开了。

大约五分钟后，海乙默与慕千林从约翰·沃尔的房子中走出，连长走了过来。

"教授，刚刚有一个奇怪的人送来一封信，说是要交给幸存者。"

海乙默先是吃惊，随后警觉地问："奇怪的人，是谁？"

"不知道，我们将他赶走了。"

"信上说了什么？"

"我们没有打开。"

"交给我。"

"还不可以，我们担心信件上可能含有剧毒，必须化验确定无毒后才能交给你。"

"你说的对。"海乙默的眉头皱起，"那个人知道幸存者在这里？"

"是的。"

"我们立刻离开这里。"

经过层层检查后，这封普通的信件交到了慕千林的手中。

将信件打开，内容全部用英文撰写，慕千林认真地看着。

"是谁写的？"海乙默问。

"一个叫霍兹的人。"慕千林答。

"霍兹？"

"你认得这个人？"

"不晓得是不是那个迷徒的领袖。他在信上写了什么？"

"你看一看吧。"慕千林将信件递给海乙默，介绍说，"他知道我们正在调查意识与身体的分离，信上说，他对此有一些见解，希望能与我当面交流。"

海乙默看过信件。"看来是他了。"他介绍说，"你我还在基地的时候，这个霍兹就已经通过一次迷徒的聚会向外宣布了昏迷的实质其实就是失去意识。他的结论一经公布，立刻震惊了世界，也在某种程度上激起了大众的新思潮。不过随着战争的爆发，霍兹很少向外发表公开的言论。没想到，这个家伙竟然盯上你了。"

"我想见一见他。"慕千林似乎对霍兹尤其感兴趣。

"暂时还不可以。"

"为什么？"

"霍兹极其神秘，没有人知道他的真实身份。据传，霍兹曾入侵银行系统，让纽约所有的 ATM 机同时吐出钞票。为了阻止喜欢的女生结婚，他又造成了全城的交通大瘫痪。此人是全球通缉犯，是一个极其危险的家伙。"

"我有不同的看法。"慕千林反驳道，"其一，他入侵了银行的系统，说明他发现了银行的系统漏洞，这算是对银行的一种提醒。其二，霍兹造成全城的交通瘫痪只为阻止喜欢的女生结婚，这说明他是一个极其重感情的男人。"

海乙默不可思议地摇头，不以为然道："你们这些年轻人都是什么逻辑，按照你们的理论，如果被姑娘抛弃了，那岂不是要炸毁整个地球来泄愤？"

"也许我和他有着类似的做事风格吧，你不会懂的。"

"不管你们有多么相似，我不允许你去见他。"

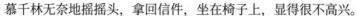

慕千林无奈地摇摇头，拿回信件，坐在椅子上，显得很不高兴。

当海乙默离开后，慕千林再一次打开那封信件，他认真地阅读着，试图寻找着什么。

慕千林觉得，如果霍兹是真的领悟了意识与身体的分离，且能够知晓自己的行踪，那么以他的能力，完全可以预判到这一次的碰面并不容易。慕千林认为，这封信中一定还隐藏着其他信息。

一边分析，一边仔细阅读着每一段文字。慕千林没有发现异常，难道是自己想多了？如果对方与自己都认为意识与身体可以分离，那么……

慕千林突然想到了什么，意识与身体的关系不正像是这封信件吗？意识是文字，身体是承载文字的纸张。意识可以在纸张上表达含义，也可以在其他的载体中表达含义，重要的不是纸张，而是文字。也可以说，对于一个人而言，重要的是意识，而非身体，身体只不过是承载意识的载体，如果可以将"我"的意识分离，载入另一个身体，那么"我"将会占据另一个身体，虽然改变了外表，不过"我"的思想仍在，"我"还是"我"，只是承载着"我"的身体有了变化。

慕千林再一次把目光转向信上的文字，如果文字代表意识，纸张代表身体，那么把这个"意识"放到另一个"身体"会发生什么呢？慕千林在四周寻找着"身体"，文字除了可以写在纸上，它还可以输进什么载体？他突然看到了手机。抱着试一试的态度，慕千林将信上的文字输入搜索网站，点击了搜索键，在手机的屏幕上跳出一个特殊的网址，上面赫然写着一个单词：迷徒。

点击进入网站，出现的是一个对话框：下载这个软件，我们的对话将不会被任何人监控。

慕千林毫不犹豫地点击了下载，他和霍兹都知道，他每时每刻都在被监视，想要不被他人发现，就必须使用一些特殊的手段。

慕千林向霍兹发出第一句话：你好，我是幸存者。

他本以为霍兹会立刻回复，可是过了一个多小时才收到对方的回信：你好，幸存者。我是霍兹，很高兴认识你。

慕千林问：你想与我交流什么？

如果可以，我更希望与你见面交流。

恐怕不行，除非你来我这里，而且必须是一个人。其实我们完全可以在网络里交流。

我不希望在网络中交流。

为什么？

如果你听过我的故事，你应该知道我是一个计算机高手。不过现在，我对计算机的兴趣已经大大降低，它太容易操控，人类发明的计算机与网络更像是玩具，它不高级，使得我失去兴趣。我是一个喜欢挑战的人，现在，我想要挑战的是破解现实密码。你来自现实，所以我更希望与你在现实见面。

我会向组织提出申请，可能需要一段时间。

我能理解，政府的办事效率一向很低。

慕千林与霍兹的对话时间不长，双方也没有表达太多的内容，更像是一种闲聊。不过沟通过后，慕千林却冒出一股奇怪的感觉，他觉得二人有着许多相似之处，一旦深入交流，很可能在思想上碰撞出剧烈的火花。

他立刻向海乙默提出见面的申请。

不出意料，海乙默没有立刻答应，他表示需要向白启请示。海乙默知道迷徒已经分成了纯洁派和指引派，他不晓得霍兹究竟属于哪一派，况且霍兹又是神话般的存在，即使他只身一人来研究中心，也有可能对慕千林的安全造成威胁。

海乙默第一时间将慕千林的申请汇报给了白启，并讲了自己的担忧。

然而白启却不以为意，他在电话中说："一个小小的霍兹，我就不信他能翻江倒海，几个师的兵力都在保护慕千林，而且都是精锐部队。"

"我信得过这些部队，但是仍有其他的潜在威胁。比如，我们对病毒的防御能力还不足，如果霍兹携带某种致命的慢性病毒，我们将毫无办法，还有基因病毒，一旦霍兹与慕千林接触，他就有可能获得慕千林的 DNA 密码，将 DNA 密码带出基地并交给病毒实验室，研发出只针对慕千林的基因病毒，这种病毒不会对慕千林以外的人造成影响，它寄生在大众的身体里，只会在慕千林的体内产生致命的疾病，一旦这种病毒通过层层传播寄生在每一个人的体内，慕千林将必死无疑。除此之外还有人工智能，霍兹是一个计算机天才，如果他将某种计算机病毒传入研究中心的系统，只需要将谋杀指令下达给人工智能，它就能帮助霍兹杀死慕千林。"

白启这才意识到事情的不一般。"我明白了，你告诉慕千林吧，我不允许他与霍兹见面。"

"将军，这恐怕也不行。"

"为何？"

"从慕千林的语气中我能察觉出，他对霍兹相当感兴趣，见面的期望值也非常高。更重要的是，慕千林认为他与霍兹会面后的交流有可能碰撞出灵感的火花，他个人认为，这有助于对昏迷事件的研究。"

一方面是对慕千林的生命安全造成威胁，另一方面是破解昏迷事件的机会。在矛盾面前，白启思考了良久。"教授，你的想法是什么？"

"让他们见一面吧，不过需要等上一段时间。我的团队会找到所有对慕千林的安全造成威胁的可能，并全力做好保护措施，确保万无一失。"海乙默不愿放弃希望，哪怕希望渺茫，他也愿意赌上一把。在昏迷事件的研究上，海乙默变得越来越像是一个赌徒。

"我同意。"

"不过在此之前，我们需要对霍兹进行调查，揭开他的神秘面纱，还要知道霍兹究竟是纯洁派还是指引派。"

"交给我吧，我会派人去调查。至于病毒与人工智能领域的防御办法，就交给你了。"

"放心吧，将军。"

霍兹始终神秘，有多国政府曾对他进行调查，中情局、摩萨德、军情六处、安全局都曾追踪过他，但却一无所获。

如今，调查霍兹的重任落在了白启的身上，他命令属下，无论采取什么手段必须查出霍兹的真实身份。

出乎所有人的意料，这一次，霍兹的信息不再难以获得，他们很容易就在约翰·沃尔居所附近的监控摄像中发现了霍兹。

这样的结果使得调查人员怀疑那个送信人是否为真正的霍兹。经过人脸识别，调查人员无法在身份系统里查找到他的信息，这表明那个送信人在过去始终隐瞒自己的身份，这也在某种程度上表明他是霍兹的概率极大。

随后，调查人员调取了全世界的监控摄像，通过筛查，他们寻到了霍兹的行踪。

霍兹身在南美洲的布宜诺斯艾利斯，为了获得更多信息，白启派出多位特工到布宜诺斯艾利斯跟踪调查。

霍兹究竟是纯洁派还是指引派，这不仅仅是白启等人需要调查的结果，也是迷途们希望得到的答案。随着时间的推移，纯洁派与指引派的分歧越来越大，他们为谁才是最正统的迷徒而争得不可开交。作为迷徒的精神领袖，霍兹却从未表达过自己的观点，纯洁派与指引派的争斗似乎与他毫无关系。

白启从不关心两派之间的矛盾，他唯一想知道的是霍兹是否会对慕千林造成威胁。

对霍兹的跟踪已经持续了三周，调查人员没有获得任何有价值的线索，霍兹除了正常的生活起居，没有任何特殊之处。

时间一天天拖着也不是办法，经白启同意，调查人员决定对霍兹实施抓捕。

另一边的海乙默一刻也没有停歇，他必须在霍兹抵达研究中心之前准备好一切的保护措施。他特意聘请病毒专家和计算机安全专家对研究中心进行全面改造。

白启的电话不期而至，他只有一个问题。"研究中心的保护措施准备得怎么样了？"

"目前已经进入测试阶段，给我三天的时间，我会交出一个万无一失的研究中心。"

"好，我们已经抓到霍兹了。"

"他是纯洁派还是指引派？"

"霍兹很神秘，他既不像是纯洁派，也不像是指引派，就连其他的迷徒也不知道他支持的是哪一方。所以我的想法是，研究中心的安全等级一定要做到最高。"

"我明白了。"

三天之后，在各个领域的专家的协助下，研究中心已经变成了全世界最安全的场所，无论霍兹有多么厉害，他都不可能在这里伤害慕千林。

就在这一天，霍兹被带到研究中心的外侧，他的私人物品不允许带入，金属探测仪对他进行全面扫描，在外更衣室，霍兹全身被消毒，随后脱衣淋浴，进入内更衣室更换防护服，又经过一次化学淋浴消毒才被允许进入研究中心。

工作人员交给霍兹一副特制的耳机和一个特制的随身话筒，用来与慕千林交流。

为了这一次的会面，海乙默为二人准备了一间特殊的房间，两个人分别站在特制玻璃的两侧，即使是小型导弹也不能将玻璃炸碎，他们被完全隔离，就连对方发出的声音和呼出的空气也不可能传到另一方的空间。

慕千林同样也带着话筒和耳机，只不过他穿着一身休闲装。

"你怎么穿成了这个样子？"慕千林吃惊。

"这要问一问他们了。"

"太夸张了，你可以脱下防护服。"

"怎么？你不担心我杀死你？"

"死有什么可怕，我从不担心有人谋杀我。脱掉防护服吧，我们可以面对面地正常交流。"

"这不是我可以决定的，我被要求必须'全副武装'地与你对话，否则我将会被赶出去。"

慕千林抬头寻找着什么，在一个摄像头的位置，他的目光停住。"你们应该懂得尊重人，让他脱下防护服吧。"

音箱内传出声音。"你可以摘下口罩、隔离面罩、防护眼镜，不过不可以乱走。"

"谢谢。"一句漫不经心的感谢，霍兹将头上的防护装置摘下，他的样子终于展现在慕千林面前。

一张普通的脸，没有任何出众之处，却给人以高深莫测之感。

慕千林的神情稍微严肃。"你我都认为昏迷事件是人类失去了意识。这是一个有趣的假设，我想听一听你为什么会有这样的观点。"

"指出你的一个错误，我不认为那是假设，昏迷事件就是失去意识，在这一点上没有任何异议。我去过每一座发生昏迷事件的城市，也看到了那些昏迷的人，所有的现象只有一种可能，他们丢失了意识。在我看来，这是因为我们生活在虚拟的世界里。"

"你的想法非常疯狂，但并不新颖。我想知道你的依据是什么？"

"数学。"霍兹郑重其事地说，"这个世界上最完美的语言就是数学，世界先有了数学才产生了科学，牛顿的万有引力使用的是微积分，爱因斯坦的相对论使用的是黎曼几何，海森堡的量子物理使用的是群论……如果没有数学，人类不可能认识宇宙。小到基本粒子，大到可观测宇宙，所有的一切都可以用数学公式表达。你有没有发现，这和另一个世界非常相似？"

"你说的是计算机？"

"对，计算机的基础是0和1，两个简单的数字却创造了一个丰富多彩的世界。

我们的世界又何尝不是，无论它有多么丰富多彩，都只是由数学组成的。一个真实的世界不应该用数学表达一切。"

"这与昏迷事件又有什么关系？"

"因为我们生活的虚拟世界出现了漏洞，那些昏迷的人是由于系统崩溃才无法正常运行。还有一种可能，他们的意识去了真正的现实，只有躯壳还留在这个虚拟的世界。"

"这只是假设，你没有任何证据证明这些假设。"

"所以要通过昏迷事件寻找到答案。"

"你的方向是徒劳的，昏迷事件无法给你想要的答案。"

"哦？愿闻不同的看法。"

"世界还是现实，只是这个世界之外还存在其他文明。"

"也就是外星人喽。"霍兹略带一丝讽刺的口吻。

"不，不是简单的外星人，他们的文明等级已经远远高于地球文明，他们不生存在如地球一样的行星，他们也许是漂泊于太空的生命，或者是恒星级文明，甚至是星系级文明，或者是我们无法想象的存在。"

霍兹却不以为然。"比如他们是神，比如地球只是一所监狱，又或者地球只不过是他们的实验室。这些假设有太多太多，并不稀奇。"

"你说的没错，这些假设的确不够稀奇，还有比这更加疯狂的假设。"

"所以你还有另一个不同的看法。"

"是的。"紧接着，慕千林将他的"资源说"讲给了霍兹——人类的意识只不过是高等文明眼中的资源。

站在慕千林的面前，霍兹对他的观点感到震惊。足足三分钟，霍兹一动未动，脸上的无所谓与不屑一顾荡然无存。"你找到可以证明这种假设的方法了吗？"

"我个人觉得只有一种方法。"

"体验昏迷，是吗？"

"是的，如果可以知道下一次的昏迷事件会在哪里发生，我们可以提前布局，利用特殊的探测器，或者我直接过去，体验一次昏迷。"

"如果昏迷事件对你无效呢？"

"也许还有另外一种方法。"

"濒死体验，对吗？"

"看来，你对我的调查了如指掌。"

"不，我不知道你认为其他的文明只是将人类的意识当作一种资源。而这或许就是促使我来见你的原因，我想要知道你的真实想法，因为在你调查濒死体验的同时，我也对濒死产生了兴趣。"

"我们虽然目的地不一样，但却选择了同样的途径。"

"只是可惜了。"霍兹摇摇头，"我以为我们的终点也相同。"

"那有何妨？"

"我希望亲自体验一次濒死，如果我们的目的地也相同，回来后，我可以与你分享我的濒死体验。"

"这太危险了，一旦失误，弄巧成拙，那就是真的死亡。"

霍兹露出了他那标志性的笑容。"没有一点牺牲精神，如何找寻真理？况且我所说的濒死体验并不危险，绝对不会死亡。"

"是什么方法？"

"问你一个问题吧，人在一天的生活中有哪种体验与死亡最相似？"

"睡眠？"慕千林脱口而出。

"是的，睡眠常见却又离奇，没有人知道自己是如何睡着的，在某一瞬间，我们突然就没有了意识，你甚至都不知道自己睡着了。醒来也是一个奇特的过程，一瞬间，我们有了意识，但是怎样醒过来的，却无人知晓。我们每天都在经历着现实与梦境的切换，却没有人可以解释它们是什么，梦境与现实也许是完全不同的两个世界。"

"你的意思是，睡眠也是一种昏迷？"

"可以这么讲吧，但是普通的睡眠没有用，我需要的是另一种睡眠。"

"那是什么？"

霍兹笑着摇摇头。"我们的对话可以到此为止了。"

刚被勾起了兴致，慕千林怎么可能就此结束。"不要卖关子了，你就直接说吧。"

"除非你想要体验，否则我不可能说。"

霍兹的欲擒故纵已经让慕千林的兴趣达到了最高值，他直接说："我想要体验。"

"现在吗？"

"对。"

"好，看着我的眼睛，我需要一分钟的时间，在这一分钟里，你的目光不要离开我。"说着，霍兹向前迈一步，他的脸几乎贴到了玻璃上。

慕千林没有思考太多，也上前一步，双眸与霍兹的眼睛仅有半分米的距离。

两个人对视，霍兹的口中小声地念着什么，通过话筒直接传到了慕千林的耳机里。

"霍兹在干什么？"一名工作人员突然问。

所有人都紧盯屏幕，看着摄像头传回的画面，他们可以听见霍兹的嘟囔声，但是却无法理解，那声音的频率让人觉得困得慌。

大约一分钟左右，耳机内传来的声音不再是无序的杂音，而是换成一句清晰的话。"好了，放松，放松，什么也不要想，什么也不要看，你就是一朵云，很轻，很轻……"

"不好。"一位工作人员惊呼，"霍兹可能是在催眠慕千林。"

所有人的神经绷紧，海乙默立刻打开话筒，大声呵斥："霍兹，你在干什么？快停下来。"

霍兹没有理睬他，继续引导着慕千林。

"我说停下来，你听不见吗？"

霍兹终于停止了。"这是你要求我帮你体验的，对吧？"

"对。"慕千林回答说。

虽然听到了慕千林的回答，但是海乙默却有一种不祥的预感，他的目光转到慕千林的身上，从霍兹发出奇怪声音的那一刻开始，他就一动未动。"好了，今日的对话到此为止。"

正常情况下，海乙默说出这句话后，慕千林一定会有所反应，或是反对，或是同意后离开，然而此时的他却仿佛一尊雕像，没有任何的动作。

两名身穿防护服的士兵始终在门口等候，一旦下达命令，他们会立刻进入房间将霍兹带离。

海乙默的心跳开始加速，他感觉到了事情不对。"工作人员，将霍兹带走。"

房间的门被打开，两名士兵快速进入，朝着霍兹的方向走去。

"你现在被关在一个狭小的空间里，只能容下你的身体，没有任何多余的空间，你完全动弹不得。四周是一片漆黑，你什么也看不见……"

声音随着霍兹的话筒传出，海乙默还没有来得及弄清楚这些话的含义，耳麦里传出了另外一个声音，是沉重的喘气声，紧接着是痛苦的叫喊。那是慕千林发出的声音。

"你出不来，只能待在这狭小的空间里……"霍兹用缓慢的语调说着。

海乙默这才意识到慕千林的痛苦来自霍兹。"霍兹，你对他做了什么？"

霍兹看着摄像头，脸上带着笑容。"他说想要体验濒死，我在满足他的愿望。"

"停下来。"海乙默终于明白了，霍兹在那一分钟里已经将慕千林催眠。现在，慕千林的"梦"完全被霍兹操控。"霍兹，你可知道他有幽闭恐惧症，最害怕的就是黑暗狭小的空间。"

霍兹耸了一下肩膀。"我当然知道喽。"

海乙默一屁股瘫坐在椅子上，他这才意识到霍兹的恐怖。与此同时，耳麦里又传来了慕千林的痛苦声，伴随着困难的呼吸声。

"你想要怎样？"海乙默已经失去理智。

霍兹笑着摇了摇头。"我已经回答过了，我在满足他的愿望。"

"停下来，立刻，马上。"海乙默的声音近乎崩溃，"如果你不停下来，别怪我不客气。"

"呦，这是在威胁我呀。"霍兹带着不屑的语气。"空间里的空气越来越少，你的呼吸越发困难。"

一刹那，慕千林如窒息一般煎熬。

"关掉慕千林的耳机。"海乙默命令，工作人员立刻照做。随后他又大喊。"快，医护人员。"

守在房间另一边的工作人员立即闯进房间，跑到慕千林的身边。只见他的脸色铁青，双眼直勾勾地盯着前方，呼吸困难。随后，医护人员赶到，他们将慕千林的身体放平，试图将他唤醒。

"不要徒劳了，你们不可能叫醒他。如果硬来，他有可能真的会死掉。"

"霍兹，如果他死了，你休想活着离开。"海乙默警告。

"放心，他目前死不了。"

耗费大量的人力、物力和财力，经过各个领域专家的精心设计，由最专业的施工团队打造，以确保慕千林的安全。在海乙默看来，霍兹根本不可能对慕千林造成任何伤害，所以他放心地撤走了工作人员，只留下慕千林与霍兹单独会面。然而海乙默还是忽略了一点，有一种方法叫作控制意识，然后利用对方的心理疾病将其杀死。

慕千林被送进了医务室，他的呼吸始终困难，仿佛真的被关进了空气稀薄的狭小空间。海乙默命人寻找最专业的心理医生。

霍兹被两名士兵押送到一个封闭的房间，他的手脚被镣铐锁住，插翅难飞。不过霍兹依然面带笑容，仿佛一切都在他的掌控之中。

为了解救慕千林，海乙默决定亲自审讯，他与负责保护工作的上将共同来到审讯室。

漫不经心地微笑，霍兹似乎在嘲讽着对面的两个人。

"说吧，你想要把他怎么样？"上将问。

"不想怎么样。"霍兹笑着说。

"你何时才能让他恢复正常？"

"等他的体验结束吧，好不容易体验一次濒死，当然要尽情享受了。"

"说一个时间吧，你想让他体验多久？"海乙默尽量让自己保持心平气和。

"不知道。"

海乙默用略带陌生的眼神盯着霍兹，说出了那个疑问："你是纯洁派，对吗？"

听见这句话，霍兹的笑容变大了，那是一种嘲笑。"你觉得呢？"

"看来是了。"

"那么我为什么不让慕千林直接停止呼吸呢？"

"为什么？"

"因为我还没有玩够啊。"

"霍兹，你不要太嚣张了。"上将大怒，"你以为全世界只有你会催眠吗？我们已经找到了最厉害的心理医生，他很快就会赶过来。"

"我奉劝你们一句，最好不要试图让其他人唤醒慕千林。否则后果自负。"

海乙默不得不重视。"其他人唤醒会怎样？"

"你可以试一试呦，我是无所谓，只怕你们承担不起那样的后果。"

霍兹那令人震惊的能力和自傲的语气令每一个人不得不心生顾虑。此刻，海乙默的额头流下了一滴汗，他害怕了。

工作人员带着一名催眠大师进入研究中心，他的名字叫大卫·罗宾逊，是全球最知名的催眠大师之一。

海乙默等人仿佛看到了救星，立刻将大卫·罗宾逊请到慕千林的身边。

他在慕千林的身边走了一圈，用手摸摸他的眼睛，然后趴在他的耳边轻声地说了什么，随后直起身子，问道："他被催眠多久了？"

"大约两个小时。"海乙默说。

"催眠后，催眠师都给了哪些负性暗示？"

"负性暗示？那是什么？"

"就是会影响正常知觉和活动的暗示，比如命令他的手脚不能动、不能说话等。在将被催眠者唤醒前必须消除这些负性暗示，否则即使醒来，他也会受到负面影响，甚至依然不能动、不能说话。"

海乙默与工作人员相互看看，说："他以为自己被关进了一个封闭的空间里，动弹不得，而且里面的空气稀薄，呼吸不畅。"

"就这些吗？"

"好像只有这些。"工作人员说。

"好吧，我试一试。"大卫·罗宾逊刚要尝试，却被海乙默叫停。

"这里有催眠时的录音，还是先听一听录音吧。"

把录音听完，大卫·罗宾逊的眉头皱起，问道："前面那段噪音，是催眠师发出来的吗？"

"是的。"

"好吧，那我试一试吧。"大卫·罗宾逊似乎没了信心。

又一次来到慕千林的身边，大卫·罗宾逊先是引导着让慕千林听从自己的命令，然后用缓和的语气说："你已经从封闭的空间里走出来了，周围是新鲜的空气，你可以自由活动，自由呼吸了。"紧接着，他开始测试解除负性暗示的效果，"好了，现在你动一动手臂。"

众人的目光盯着慕千林的身体，然而他的手臂却纹丝未动。

大卫·罗宾逊皱眉，他又一次试探性地解除负性暗示，可是依旧没有效果。总共测试了 5 次，每一次，大卫·罗宾逊都采取不同的解除办法，却始终没有效果。

"将他催眠的人是谁？"大卫·罗宾逊问。

"怎么？解除不了吗？"工作人员回问。

"这个人太厉害了，以我的能力恐怕很难将他唤醒。"

"怎么会，你可是全球最顶尖的催眠大师呀！"

"催眠的深度可以分成六个等级，达到第六级催眠深度时，被催眠者将看不见、听不到，可以产生负性幻觉。六级催眠深度以下，我可以消除其负性幻觉。可是这位被催眠者……我却无能为力。我怀疑他进入了更深一层的催眠状态。"

"那是什么？"

"我不知道，催眠界有一个传说，会不会有超过第六级的催眠深度，被催眠者只受一个人的控制，其他人不能将其唤醒，当然，这只是传说，可是我现在怀疑那个人已经掌握了第七级的催眠深度。"

"如果强制将他唤醒会怎样？"

"可能会有生命危险，我建议不要强制唤醒他。"

"还有其他的办法吗？"海乙默问。

"我不知道，如果可以知道这位催眠师的催眠原理就好了。"

"如果让你和他见一面，聊一聊，是否能帮助你了解他的催眠原理？"一位工作人员说。

"可以一试，我会有针对性地提出一些问题，在他的答案中找出破解的办法。"

海乙默与几位领导对视，没有立刻答应，现在，他们必须慎之又慎。

"我们需要商量一下，随后给你答复。"海乙默说。

海乙默等人就是否允许大卫·罗宾逊与霍兹直接见面产生了分歧，经过多番讨论，海乙默决定试一试。不过必须预防意外的再次发生，要时时监听二人的对话。

大卫·罗宾逊与霍兹隔窗而坐，二人分别由两名士兵看守，其他人则待在房间外使用耳麦监听。

两位大师的交谈持续了三个多小时，可是众人却找不出任何重点信息，他们更像是在闲聊，说一说睡眠，讲一讲休息，或者模拟一个催眠过程。不过众人却不觉乏味，好像被他们的交谈内容所吸引。

三个小时的对话时间很快就结束了，众人听见了大卫·罗宾逊的结束语："好吧，到此为止吧。现在可以回到现实了。"

大家伙迎了上去，然而当大门打开时，众人才发现走出来的人竟然不是大卫·罗宾逊，而是负责看守的士兵。

"大卫先生呢？"海乙默问。

"不……不知道呀。"士兵回答。

"什么？"海乙默心跳加速，他向审讯室内看去，霍兹和大卫·罗宾逊都不见了踪影。

他蒙了，回头看向众人，他们也和海乙默一样露出了惊恐的表情。

按响警铃，整个研究中心立即进入最高紧急状态，所有安保人员第一时间回到工作岗位，闸口关闭，连一只苍蝇也休想离开。

外围的安保负责人立刻跑步进入研究中心。"上将，请问发生了什么？"

"快，找到霍兹，还有……那个叫大卫·罗宾逊的催眠师，他们不见了。"上将心急如焚。

安保负责人略带不解的眼神。"可是……他们已经走了呀。"

"走了！什么时候？"

"大约……是在一个半小时之前。"

"你们为什么不阻拦他们？"

"那时……是教授和上将一同把他们送出的大楼。"

海乙默与上将相互对视一眼。"怎么可能？"所有人都好像是经历了一次灵异事件。

"快，去调监控录像。"上将立即命令道。

众人赶紧跑去监控室，他们急切地想要验证。

海乙默眉头紧锁，他在思考着什么。"难道，我们都被催眠了？"

一句话后，所有负责监听霍兹与大卫·罗宾逊对话的人都意识到了什么，仔细地回忆着刚刚的经历，他们这才发现那是有多么的不真实。

对话最初的一个小时，霍兹与大卫·罗宾逊都很正常。可是当时间过了一个钟头，包括海乙默在内的所有监听人员都进入到疲惫期，长时间的高度集中会使人发困，也是在这时，霍兹与大卫·罗宾逊的谈话内容开始变得奇怪，他们描绘了一幅舒适的画面，这是二人通力合作营造的氛围，让每一个监听者产生困意，然后实施催眠。为了确保万无一失，两个人整整催眠了十五分钟。

随后，霍兹命令已被催眠的工作人员解开镣铐，走出审讯室，霍兹又对海乙默与上将等人下达指令，将自己与大卫·罗宾逊安全地送出研究中心。

从视频中可以清楚地看到，在海乙默等人的护送下，霍兹与大卫·罗宾逊更像是两位客人。二人离开后，海乙默等人又回到了审讯室的门口，戴上耳麦，仿佛依然在监听着霍兹与大卫·罗宾逊的谈话。

霍兹与大卫·罗宾逊是乘坐直升机离开的，当海乙默等人醒来时，二人已经到了另一座城市。

"我已经把慕千林引导到更深的催眠状态，如果不能彻底解除负性暗示，没有人可以唤醒他。"原来，大卫·罗宾逊对慕千林的耳语是第二次催眠，在那之后，他一而再再而三地解除负性暗示其实是为了测试普通的方法是否可以将慕千林唤醒。事实上，霍兹对慕千林的催眠并没有达到最深，只要休息几个小时，慕千林就可以自己醒来。而大卫·罗宾逊的耳语才是最致命的。

霍兹点点头，没有回答。

大卫·罗宾逊犹豫了一下，小心翼翼地说："我可否问你一个问题？"

"说吧。"

"你是不是和我一样，同是纯洁派？"原来，大卫·罗宾逊也是一名迷徒。

霍兹瞅了对方一眼。"迷徒不应该有派系之分。有不同的观点很正常，但不应该产生隔阂。矛盾太大，对迷徒而言不是好事。"

"我明白。"

"不过，我本人更认同纯洁派的观点。"

"如果你支持纯洁派，为什么不让我杀死他呢？"在离开研究中心之前，大卫·罗宾逊曾提出杀死慕千林的请求，却被霍兹断然拒绝。

"为了不让迷徒分崩离析，指引派将慕千林视为指引者，如果他真的被我们杀死，纯洁派与指引派的矛盾将会愈演愈烈，两派发生冲突是我不愿意看到的。所以，长眠才是他最好的归宿。"

"我明白了。"大卫·罗宾逊认可地点着头。

霍兹对大卫·罗宾逊撒了谎，他不是纯洁派，也不是指引派，而他更倾向的是指引派。

为了这一次的计划，霍兹做了充足的准备，慕千林下载的软件不只有聊天功能，还可以监听慕千林的心跳、呼吸与生活规律，并在慕千林睡着时尝试用不同频率的音波进行干扰，以此获得最容易将其催眠的声音频率。至于大卫·罗宾逊为什么可以进入研究中心，一方面，他的确是顶尖的催眠大师；另一方面，为了进入研究中心，大卫·罗宾逊搬到了附近的城市生活。而更重要的是，研究中心也有迷徒潜藏其中，虽然这些人无法接触到慕千林，但是在寻找催眠大师时却有推荐权。

事实上，霍兹最开始的计划并不是将慕千林永久催眠，他更希望慕千林可以和自己一同离开，永久催眠只是 B 计划。至于是否要将其带离研究中心，完全取决于两个人的观点是否一致。如果慕千林也认为世界只是虚拟的，那么他将会被带出，相反则是长眠。

霍兹的计划中只有两种结果，可是他从未想过，离开慕千林后，脑子里思考的竟然全部都是对方说过的话。

脑机接口

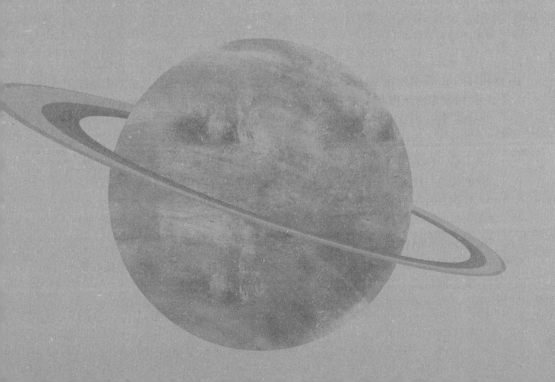

慕千林被永久催眠，霍兹也不见了踪影。军方和警方都已经发出通缉令，但是在海乙默看来，一切都是徒劳的。在与霍兹的第一次正面交锋中，他败了，而且是一败涂地。

获得消息后的白启更是心急如焚，他曾对全世界承诺过，要利用慕千林找出昏迷事件的答案，可是现在他却被永久催眠，这对白启的政治生涯是致命的打击。

来到研究中心后，白启大发雷霆，将所有人痛骂一遍。当得知医生与其他的催眠师也不能唤醒慕千林后，他更是愤怒。

等到白启稍微冷静一些，海乙默才小心翼翼地将他请进自己的办公室。

白启站在书柜前，看着架子上的图书，他的思绪却不在这个房间，而是思考着该如何编造一个合理的谎言，既能瞒天过海，又可以保住自己的权力。

然而，海乙默的一句话却把他的计划变成了空想。"将军，我有一层担心，霍兹会不会向全世界宣布他已经将慕千林永久催眠？"

白启转过头来，眼神略带惊恐。"会吗？"

"以霍兹的做事风格，有很大的可能。"

白启可以想象，如果自己向全世界撒谎，霍兹很有可能站出来揭露谎言，那时，自己将进退失据。

"不过，我还有一个疑问。"海乙默继续道。

"说。"

"他为什么不对外宣布呢？已经过去两天了，霍兹应该已经到了安全的地方，他在等什么？"

"是呀，他在等什么？"白启也恍然大悟。

"我觉得霍兹也不敢百分之百地确定他们已经把慕千林永久催眠，所以不敢轻举妄动，一旦他们宣布慕千林被永久催眠，我们却将慕千林唤醒，霍兹将会失去迷徒的信任。"

"你的意思是？"

"静观其变，只要让研究中心继续保持正常工作，霍兹就不敢对外发布任何消息。一段时间后，霍兹一定会寻求机会调查慕千林的情况，那时，他自然会露出破绽。"

"好，按照你的意思办，让研究中心恢复正常，我会派人继续追踪霍兹的下落。"

"另外，我认为这里有可能安插了迷徒的卧底。"

"我会派人去查，抓到了，一定叫他好看。"

"关于慕千林的遭遇，将军，我要诚恳地道一声歉，我确实大意了，对不起。"

"现在说这些已经没用了，还是想一想挽救的办法吧。"

"办法倒是有一个。"

"快讲。"

"心理医生和脑科大夫都提到，慕千林虽然处于深度睡眠，但也许可以听见外界的声音，他们认为如果能让慕千林听到一些熟悉的声音，或者安排一个他在乎的人长时间地与他对话，慕千林大概率可以醒过来。"

"哦？那还不赶紧试一试？"

"这件事儿还要请将军帮忙。"

"帮什么忙？"

"兰沐儿，她是最好的人选。"

"我知道了，我会尽快派人把兰沐儿接过来的。"

霍兹没有对外宣布慕千林已经被永久催眠的原因有二。第一，这对于纯洁派而言是特大喜讯，可是对于指引派来说却是坏消息，一旦对外发布，有可能加速两派的分裂。所以当大卫·罗宾逊提出请求时，被他断然拒绝。第二，慕千林的观点令霍兹的思想发生了微妙的变化，他现在会不受控制地朝着慕千林的观点思考，霍兹也不晓得这是为什么，但是他的潜意识已经开始重视起慕千林来。

目前，霍兹待在西伯利亚的丛林，那里人烟稀少，他喜欢这样的环境，寒冷会帮他保持头脑清醒。坐在一间小木屋内，他与世隔绝。这不仅仅是为了躲避白启的追捕，更是希望通过长时间不被人打扰的冥想去找出世界的真相。

兰沐儿怎么也不会想到，再一次见到慕千林时，他竟如植物人一般地躺在床上。

"他……他怎么了？"兰沐儿的声音沙哑。

海乙默叹一口气。"他……被人催眠了。"

"催眠！"紧张的心缓和了一些，兰沐儿知道催眠是什么，在她的观念中只需要简单的几个步骤就可以把一个被催眠者唤醒。"为什么不将他唤醒？"

海乙默低下了头。"我们没有能力唤醒他，他进入的是最深度的催眠，如果不能解除负性暗示，直接强制唤醒会非常危险。"

"我从未听说过不能苏醒的催眠，你们一定是被骗了。"兰沐儿的情绪激动。

"我们已经找了最顶尖的心理医生，可是无济于事，得到的回复都是……他有可能会永远地睡下去。"

好像是一道晴天霹雳，兰沐儿忍不住泪水。"不可能……不可能……"

眼泪从脸颊滴下，落在了慕千林的额头上，兰沐儿赶紧用手去擦，她又一次摸到了他，可是他却再也不能回应。

海乙默站在身后，他想要上前安慰，却也知道没有任何语言可以减轻兰沐儿的伤痛。

"一定有办法的，对吗？"兰沐儿似乎在寻求一丝心理安慰。

"对，有一个办法。"

"是什么？"兰沐儿仿佛看见了希望。

"需要你每天和他讲一讲话，这是医生的建议，如果有一个慕千林在乎的人可以天天和他沟通，也许慕千林可以恢复。这是乏味而又漫长的过程，没有人知道需要多久。兰沐儿，我们需要你的帮助……"

"我愿意。"海乙默的话还没有说完，兰沐儿立即答应了下来。对于她来讲，只要能把慕千林唤醒，无论做什么都可以。

在白启的努力下，幸存者被催眠的消息被封锁得密不透风，研究中心在第二天就恢复了正常。事实上，除了对慕千林的研究以外，研究中心还有许多其他任务，比如对昏迷者的研究，所有的工作都在有条不紊地推进着。

不过，慕千林的遭遇并不能百分之百地瞒天过海，仍有少部分人获得了消息，其中就包括莱蒙托夫。

元帅办公室，莱蒙托夫有节奏地敲击着桌子。"消息可靠吗？"

坐在莱蒙托夫对面的人是金国汗。"十分可靠。"

"白启竟然没有向我汇报。"

"所以我始终认为应该提防着他。"

莱蒙托夫却不以为意地摆摆手。"他不值一提，对我而言最重要的是防护装置，现在进展如何了？"

"还在研发中，研发人员正在寻找最理想的材料。"

"抓紧时间，慕千林的被催眠对于我们来说既是机会，也是危险。一旦被民众知道，我们将面临与沃伦·金斯伯格同样的窘境。但是只要防护装置被研发出来，民心将会倾向我们。"

"我明白。"

金国汗离开后，莱蒙托夫陷入沉思，当初与白启合作，他们二人算是伙伴关系。不过时过境迁，共患难容易，同享福却困难。两个人的交流已经越来越少，彼此之间的信任也在走低，他们之所以还能继续保持合作是因为彼此的制衡。莱蒙托夫控制着大量的军队，拥有绝对的武装力量，白启掌管的军队虽然有限，但是他在民众心中的地位极高。这样的制衡使得莱蒙托夫不敢轻易地废掉白启，而白启也没有绝对的实力去挑战莱蒙托夫。慕千林的长眠在一定程度上打破了这个平衡，而且是朝着有利于莱蒙托夫的方向倾斜，一旦民众认为对幸存者的研究又是一场骗局，那么白启将会失去民心。

另一边的白启当然知道自己的处境，现在的他必须封锁消息，但是他也知道纸包不住火。

终于，白启拨通了莱蒙托夫的电话。

世界元帅府，今日有一位贵宾到访，此人正是白启。两位领导人见面后有说有笑，像是许久未见的老友。

第二日吃过午饭，莱蒙托夫与白启来到庄园的会客厅，工作人员退下，房间里只剩下了两个人。白启这才汇报了研究中心发生的意外。

"这么大的事儿，你怎么才告诉我？"

"我起初没有把它当回事儿，催眠而已嘛，找一个催眠大师就将慕千林唤醒。但是事情远没有我想象的那么简单。直到三天前，也就是我给你打电话的那一天，我终于意识到了问题的严重，慕千林也许再也醒不来了。这件事儿非常棘手，为了防止被人窃听，我不能在电话中向你汇报，所以必须亲自来一趟。"

"我明白了，你做得对。"莱蒙托夫心中明白对方其实是有意拖延，却被说成了身不由己。

"特意跑来这里，除了向你汇报，也是想要征求你的意见。"白启在向莱蒙托夫表达绝对的忠诚，这是一种自我保护。没有了慕千林，他随时有可能被莱蒙托夫清理出局。

"我想听一听你的想法。"

"我认为只有两条路，一个是隐瞒，尽量不把消息传出去，研究中心继续工作，除了慕千林，还有很多方向可以研究，只是一旦被大众识破，我们将不可避免走向与沃伦类似的结局。另一条路是直接公布消息，如此我们可以避免如沃伦一样的结局，但是……"这算是白启对莱蒙托夫的一种测试，不同的选择将决定着白启的不同命运。直接向外公布在某种程度上意味着莱蒙托夫已经放弃了白启。

莱蒙托夫明白，这是白启将选择权交给了自己，无论是哪一种选项都存在风险。当然，莱蒙托夫的心中早已有了答案，只是他还不愿轻易表达。他站起身，走到窗边，背对着白启。"沃伦的结局让人记忆深刻啊，没有事情可以永久隐瞒。"

"的确，我们不该冒险。"

出乎莱蒙托夫的意料，白启没有任何反驳之意。

"如果对外公布消息的话，你打算怎么做？"

"全听元帅的安排。"

"这次意外是研究中心的责任……"

"对，责任主要在我，所以对外公布消息后，我会立刻关闭研究中心，引咎辞职，承担全部责任，请元帅放心。"白启的语气诚恳，所表现出来的态度是不考虑个人利弊，为了组织，可以牺牲一切。

莱蒙托夫转过身。"这样的话，你可就是众矢之的了。"

白启苦笑一下。"人总是要有点牺牲的精神嘛。"

"消息一经公布，研究中心关闭，民众会非常失望，你知道意味着什么吗？"

"我知道，但是元帅可以再造一个研究中心，换人管理，继续研究。"

莱蒙托夫摇摇头。"除了你，哪有什么得力之人。"他对白启的试探终于结束了，"我信不着别人，研究中心还需交给你来管理。"

"可是大众不一定还相信我呀，只有我下台，才能消除民愤。"

"你不用牺牲，也不会有民愤。我决定了，我们隐瞒消息。"

"如果我们不主动公布，而是被第三方曝光，后果将不堪设想。"

"无所谓，你是我最重要的伙伴，如果不能同享成果，那就一同承担后果吧。"

"元……元帅……"白启的目光中带着感动。可事实上他早已猜到了结果，白启笃定莱蒙托夫不敢轻易地向外公布消息，因为无论白启承担多少责任，莱蒙托夫都不可能全身而退。

莱蒙托夫当然也不是为了白启着想，他的统治还需要白启的帮助。

两个人各怀心思，但是每一个人说出的话都是为了对方着想；内心算计着自己的利弊，嘴上却讲着共同的利益。

接下来，两个人的话题来到了对昏迷的研究上，白启毫无保留地向莱蒙托夫汇报了研究成果，这其中也包括濒死体验与意识的特殊。

当飞机平稳地落在亚洲的土地上后，白启悬着的心才算落地，北美之行更像是他主动参加的一场鸿门宴，白启必须单刀赴会才有可能与莱蒙托夫继续合作。

从主动要求承担全责到分享研究成果，白启的每一步棋都是为了自保。这算是一种无奈之举，没有了慕千林，莱蒙托夫随时有可能将他除掉。不过白启仍然有所保留，那才是他重新崛起的关键一步。

将海乙默请到自己的办公室，白启喝了一口水，直接问道："现在你可以说了，你准备如何研究意识？"

在白启去见莱蒙托夫之前，海乙默就曾向他介绍过研究意识的方法，只是介绍到一半被白启叫停了。

白启有着自己的打算，北美之行，为了获得莱蒙托夫的信任，他必须毫无保留地向对方汇报。白启认为海乙默对于意识的研究方法不可外露，但是他又不能保证在向莱蒙托夫汇报时可以做到不被怀疑地隐瞒，所以他叫停了海乙默的介绍，因为只有不知道才能真正地瞒天过海。

海乙默说："互联网兴起的时代，设备终端随着互联网的发展而改变。最开始时只有电脑可以连接互联网，后来有了手机与汽车，人们始终在追求万物互联。但是有一种终端才是人类的终极目标。"

"你是说人脑？"

"对，因此出现了脑机接口的概念，很多企业致力于发明一种可以将人脑与网络连接的芯片，那是 IT 界追求的最终目标。"

"可是没有成功。"

"是的。一方面，这种连接在某种程度上是对人体的亵渎，它侵犯了伦理。另一方面是技术的不允许，多家市值过万亿美元的企业不惜花费重金研发脑机接口，可是都没能破解大脑的奥秘。"

"你的意思是重启脑机接口的计划？"

"是的。我认为脑机接口对于意识的研究很有帮助。"

白启思考片刻。"好，我同意你的观点。"

既
视
感

"很多时候，我们失去了最初的理由却依然不愿回头。我们是否应该停一停脚步，问一问自己，现在的这条路真的是当初想要的吗？曾经的那个理由，现在还在吗？"兰沐儿将一本书放下，这是她为慕千林读的第 37 本书，已经过去了一年零四个月，兰沐儿每天都为慕千林按摩身体、读书，陪他聊天，循环往复，从未停止。

这一年多，世界平静了许多，昏迷事件没有再发生，战争也偃旗息鼓，经济的发展让人们重拾自信。

当然，人类从未忘记昏迷事件，各地相继成立了 732 家研究昏迷事件的机构。它们有着不同的研究方向，有天文学，有相对论，有量子力学，还有生物学……只是无论哪个方向都没有实质性的突破。

"昨天晚上我又去看星星了，我已经数到第 500 颗星星了。"兰沐儿说，她每天夜里都会仰望天空，找一颗星星，夜夜如此，已经过去了五百天。"当初在基地时，我们曾一起数过星星，那时我很笨，不过现在，我可以记得每一颗数过的星星。如果你醒过来，你一定数不过我，信不信？"兰沐儿与慕千林说着话，只是他从未回应。"我真的担心，如果某一天我把所有的星星都数过一遍，你还没有醒来……"说到这里，一股失落感涌来，兰沐儿转过身，泪水从她的眼眶中流下，她拭去泪滴，强忍着哽咽。"对了，我昨天晚上看见流星雨，好美好美，我许了一个愿望，你猜猜是什么？"

"是让我醒来吗？"

除了兰沐儿，竟然传出另外一个人的声音，他在兰沐儿的脑后，像是一首柔和的曲子，把整个房间变得暖盈盈的。

兰沐儿回过头，看着躺在床上的慕千林，他正用朦胧的目光盯着自己，脸上带着虚弱的笑容。

"慕……慕千林……"兰沐儿已经抑制不住激动了，她大力地抱上去，眼泪止不住地往外流。

"你……你真的醒了吗？"兰沐儿起身，双眼一眨不眨地看着慕千林，她真的担心这是一场梦。

"不然呢？"

"我真的好担心，我真的好担心……"

"谢谢你，如果不是你，也许我真的会长眠不醒。"

"你都知道，是吗？"

"在梦中，每次感到无限的黑暗时，我都能听见你的声音，你陪着我，让我不再恐惧。"

两个人对视，脸上露出喜悦的笑，谁也没有想到，这一次的相见竟然如此突然。

慕千林醒了，这个消息足以使海乙默高兴得蹦起来。可是慕千林却"失忆"了，无论如何引导，他都不能回忆起催眠时的经历，那更像是一场梦，醒来后，梦中的经历会随着时间的流逝而消失，更何况那场梦已经过去了五百多天。但是那场梦却对昏迷的研究至关重要，因为那是一次难得的濒死体验。

渐渐康复的慕千林观看了霍兹催眠自己时的录像，他有一种感觉，找回濒死体验的记忆需要霍兹的帮助。于是他们决定引出霍兹，而最佳的办法就是对外传出慕千林已经苏醒的消息。

消息的公布需要精心设计，既要表达明确，又不能被世人察觉到慕千林曾经长睡不醒。

海乙默最终决定由慕千林向外公布研究中心的研究成果，如此一来，既能起到隐瞒的目的，又能通过慕千林的露面引出霍兹，还可以向世人展示成果，提振信心，可谓是一箭三雕。

这是一场全球直播，人们的关注热情再一次达到峰值，很多公司为此放假，全球股市因此停盘，重大项目因此延期。

在南美洲，世界杯的决赛即将在这一天进行，却也因幸存者的直播而被推迟。在城市中心的体育场外，本应直播足球赛事的大屏幕改播了慕千林的发布会，依然吸引大量民众前来观看，近10万人站在广场外，等待着幸存者的出现。

直播开始，主持人向世人介绍了慕千林，人们发出欢呼的叫喊声，堪比足球赛场最后的绝杀。

紧接着是慕千林的发言，为了使发布会取得最佳效果，研究中心展示了所有的研究成果。每当慕千林公布一个令人兴奋的消息时，总能引起人们的欢呼，尤其是在体育场外，几万人的呐喊仿佛是赢得了一场重要战役的胜利。

随着发布会的进行，人们的兴奋劲越发高涨，很多人因为激动地呐喊而缺氧晕厥，还好政府早有准备，20辆救护车分停在广场的周围。

医护人员忙碌着，对于轻微的晕厥者只需要简单的救治，而一些严重患者或突发心脏病的人则要立刻送往医院。

一位年轻的护士忙碌着，在救人的间歇，她的目光转向远处的大屏幕，她也想听一听慕千林的演讲，她始终把慕千林当作偶像，她享受着倾听偶像演讲的过程。只可惜这种体验很快就结束了，因为又有人晕倒。这个位置，护士可以清楚地看到人群中有人倒下。

哎，又要工作了。护士的内心默念着。

不过下一秒，她突然意识到了事情的不对。

那不是一个人，而是一群人。不，不是一群人，而是所有人。

人们如多米诺骨牌一般瞬间晕倒在地。她有一些不敢相信自己的眼睛，那是什么？很快，她猜到了答案。

是的，第四次昏迷事件出现了。

又是一座城市，又是所有的人类，又仅仅只有人类，昏迷从未远去，它始终俯视着地球，只要它想，就能轻而易举地夺走人类的意识。"石油"何时开采？只看我何时需要，与你们何干。

今天，本应该是一个振奋人心的日子，全世界都在为幸存者的出现而欢呼雀跃。

可惜一场昏迷事件把这一天变成了悲剧。

如果说第一次昏迷事件令世界震惊，第二次昏迷事件让社会动荡，第三次昏迷事件使得社会渴望重新团结，那么第四次昏迷事件的出现给这个世界带来的则是彻底失望。民众已经给了科学界和世界联盟太多的时间，可是当第四次昏迷事件降临时，人类依然没有自我保护的能力。尤其是昏迷事件到来，恰巧是慕千林向全世界展示成果的时候，这给大众的冲击难以想象。将刚刚燃起的希望之火扑灭才是最令人绝望的。

人们开始不再相信世界联盟，不再相信研究中心，不再相信慕千林，甚至不再相信科学。

当全人类都认为世界末日即将降临时，这个世界将会变成什么样？那应该是人类历史上最恐怖的时刻，人性的黑暗面将不再需要隐藏，欲望也不再需要控制，没有明天的人类将不再为明天考虑。

暴力、杀戮、犯罪……所有人类曾经排斥的东西，现在成了世界的常态。

不过，仍然有人寻找着延续人类文明的希望。种子计划再一次被想起，当初沃伦·金斯伯格只向太空发射了一艘飞船——"天种一号"，而后，种子计划被人类认为是没有意义的行为，现在它再一次承载着文明延续的希望。

这一回，种子计划不再是政治需要，它可能是人类的最后一张底牌。

继续实施种子计划，科学界需要找到一颗最适合人类居住的星球。由此，天文学家开始了寻找之旅，他们将所有的天文望远镜对准了天空。

不过，再次启动的种子计划没有给这个世界带来太多的希望，相反，很多人认为那是科学界绝望的表现。

如果连科学界都已经绝望，那么普通的民众该如何寻找希望？

工厂不再生产，商店不再营业，学校不再开课……人们开始大量屯粮、屯物，只要是商品，人们就要抢回家……接着，90%的软件和网站无法使用，城市的交通大面积瘫痪，火车、飞机纷纷停运，部分城市出现停水、停电现象。夜晚，没有人敢走出家门，人们只能在白天结伴出行。每一天都会有大量的平民在动乱中死去，人类进入了真正的黑暗时刻。

唯一还在运行的组织就只剩下了世界联盟，但仍有大批公务人员选择离职。莱蒙托夫正在面临执政以来最大的考验。

在元帅府外围，有大量的特种兵保护着莱蒙托夫的安全。世界各地发生骇人事件的消息每天如潮水般涌入，令莱蒙托夫身心俱疲。

会议室已经被烟雾笼罩，都是莱蒙托夫等人抽过的香烟，他们一根接着一根，也许只有尼古丁可以缓解内心的疲惫与压力。

"说说看吧，你们还有什么办法？"莱蒙托夫发出沙哑的声音。

"要不然，武力镇压吧。"金国汗说，这是他想到的唯一办法。

"有什么用？"托福尔泰反对，"现在，怕死的人都待在家里，不怕死的人还会怕武力镇压？况且，我们现在可以调动多少军队都是一个未知数。若运用不当，很有可能造成哗变。"

"那你说，该怎么办？"金国汗显得焦虑。

"白启就是一个废物，给了他们那么多时间，不但什么也没有研究出来，还非得赶在昏迷事件发生时召开发布会，结果导致全世界都对世界联盟失去了信心。"托福尔泰怒骂。

"白启是废物，你们呢？"莱蒙托夫没有好气地说，"研究中心把所有的数据都共享给了你们，可是防护装置呢？怎么还没有研发出来？"

金国汗低下了头。"对不起，元帅，我没有想到防护装置竟然这么难研发。不过这也是有客观原因的。"

"什么客观原因？"

"科研人员研发出了6种可能防止意识不被夺取的头盔，并且通过了初期实验，可是我们没有办法应用到实际，无法在昏迷事件中进行验证，就永远没有办法证明它是否有效。"金国汗狡辩道。事实上，这些头盔在理论上就不可行，金国汗只是不愿意承认错误罢了。

"这不是借口，你们完全可以让民众戴上它，一旦哪个地区发生昏迷事件，便可以得到验证。"

"是……是，是我的失误。"

"元帅……"托福尔泰说，"我们为什么不在这个时候向全世界宣布头盔的成果呢？如此一来将能起到一箭双雕的效果。一方面，可以吸引更多的人参与实验，在下一次昏迷事件时，我们将会知道哪一种头盔的效果最佳。另一方面，一旦向全世界宣布我们的研究成果，民众对世界联盟的信心将会立即恢复。"

"不行。"金国汗率先站出来反对，"如果所有的头盔都没有效果，下一次的昏迷事件就是我们的末日。"

"难道现在不是末日吗？万一成功了呢？元帅，我认为可以一试。"

莱蒙托夫看看金国汗，又瞅了瞅托福尔泰，陷入了深思，片刻后才张口说："金国汗，头盔能够起效的概率是多少？"

金国汗不敢说实话。"20% 左右。"

"一种选择是等死，另一种选择是 20% 的希望，你们会选择哪一种？"答案似乎一目了然，20% 的希望虽然不高，不过它却可以帮助莱蒙托夫解决眼前的困境，即使那是饮鸩止渴，即使他的心中明白，一旦选择了欺骗，他将再也没有回头的可能。

莱蒙托夫站起身，走向窗边，左手掐着雪茄，双眼望向窗外，此刻，阳光洒满大地。看到这一幕，一股莫名的信心涌现，也许，这就是某种特殊的寓意。

吸一口雪茄，莱蒙托夫下定决心，他要赌一把。"金国汗，向全世界宣布你的成果吧。"

金国汗立刻起身，愣了半秒钟，他想要拒绝，可是最终还是说了一句："是……"

"不过，要懂得技巧。第一，不要用确定的口吻，一定要表明防护装置还在改进中，其防护效果不能达到 100%，如此，我们还有回旋的余地。第二，防护装置尽量不要覆盖全世界，装置的批量生产也要能拖则拖。总之，你要做的是让大众尽快恢复对世界联盟的信心，还要给自己留有余地，懂吗？"

"我明白。"

也许金国汗不是一个出色的领导者，但他绝对是一个厉害的谎言家。慕千林在发布会上的发言全部是事实，没有任何夸张。然而金国汗却可以无中生有，凭空捏造，在防护装置没有取得任何实质性进展的前提下，将其讲得绘声绘色，可是细细听来，他又好像什么也没有向大众承诺。

在他那富有感染力的宣讲下，全世界竟然真的恢复了信心，即使很多人仍然心有怀疑，但是只占一少部分。

世界的秩序由此渐渐恢复，人们的生活也在回归正常。

研究中心之外，暴乱分子相继散去。不过，这一次的失利对研究中心的工作人员的心理打击还是蛮大的，很多人已经开始怀疑这一份工作是否存在意义。

已经向霍兹宣告了自己的苏醒，慕千林始终等待着霍兹的出现，却迟迟没有消息，慕千林却也不急。他与兰沐儿过着悠闲的生活，现在，兰沐儿算是慕千林的私人医生，负责他的身体与心理的健康管理。出乎意料，自从慕千林从长眠中醒来后，他对幽闭的恐惧感已经完全消失，躁郁症也没再发作，这算是因祸得福。

终于，在动乱结束后，霍兹出现了。

工作人员是在监控室里看到的霍兹，他正在朝着研究中心的大门走来。

安保人员不敢有任何松懈。"告诉所有部门，做好一级防护。"

20名全副武装的士兵将霍兹押送到研究中心的外围，那里有几间闲置的小屋，可以用来关押霍兹。

将霍兹的物品全部没收，然后又对他的身体进行了3次消毒，霍兹被软禁在小屋里。最初的三天，工作人员只是给霍兹送去食物和水，没有人去看望，也没有人去问话，他仿佛被遗弃一般。不过，海乙默始终在监视着霍兹。

到了第四日，海乙默身穿防护服来到小屋，与他一同的还有3名工作人员。

进屋时，霍兹正盘坐在床上，他的双手放于两腿上，背部挺直，双眼闭合，纹丝不动。这是霍兹最常做的动作，没有人知道他在干什么。

4个人走进房间时，霍兹没有任何反应，他依然闭目。

一位工作人员态度蛮横地问："霍兹，你干什么呢？"

霍兹依旧没有理睬，工作人员想要上前，却被海乙默拦住了。"由他吧。"

半分钟后，霍兹缓缓地睁开双眼，深呼一口气，面带笑容。"你们来了。"

"这是在干吗？"海乙默问。

"冥想。这是一种保持思维清晰的方法。"

海乙默笑了一声。"又来催眠慕千林，是吗？"

"放心吧，不会了。"

"上一次你可够厉害的，看来我小瞧你了。"

"运气好罢了，我的方法刚好是你们防护的弱点。"

"你催眠他的目的是什么？"

"我说了，为了让他体验濒死。"

"体验濒死完全可以在当天就唤醒他。现在可好，他不但睡了一年多，醒来后还把濒死的记忆全部给忘了。"海乙默的语气变得严肃。

"需要体验濒死的人不止他一个。"

"还有谁。"

"我。"

海乙默有些不可思议。"你？"

"貌似在那一天我就说过，我要亲自体验濒死。"

海乙默对霍兹的话半信半疑。"你为什么要体验濒死？"

"貌似我也说过，濒死体验也许与昏迷有着相似之处，我需要在濒死的过程中找到昏迷的答案。"

"答案呢？你找到了吗？"

"对不起，我不能回答你，这是我要和慕千林交流的话题。"

"我不可能允许你再去见慕千林了。"

"不，你会的。"霍兹似乎自信满满，"留给研究中心的时间已经不多了，第四次昏迷事件是最后一次警告。你我都知道，防护头盔只不过是莱蒙托夫的缓兵之计，那种东西没有任何效果，当下一次的昏迷事件降临时，将没有人可以拯救世界联盟，届时，民众的反扑会更加剧烈。如果不能解决昏迷的难题，你、研究中心、慕千林、世界联盟都会被愤怒的民众毁掉。现在你只有一个办法，相信我。"

"我们的研究已经有所进展了。"

"不，你们没有。海乙默教授，我们都是聪明人，谁也不用骗谁。全人类有着共同的敌人，但不是我，你我现在没有必要彼此试探。我的确是一名迷徒，但不是纯洁派，当然也不是指引派。对于我来说，最想要得到的是揭开世界的真相，至于其他，我不在乎。我来找慕千林，只为揭晓真相。"

海乙默沉默了，他双眉紧蹙，过了好一阵儿才说："回答我两个问题。第一，你为什么只愿与慕千林交流濒死体验？"

"因为只有我和他体验了长时间的濒死，只有体验了才能懂得真正的濒死。与不懂的人聊濒死，是在浪费时间。"

"第二个问题。你为什么需要与他面对面地交流？"

"因为面对面是两个意识最近距离的交流。对话不仅仅是言语的交流，更是意识的相互影响。"

霍兹的回答似乎得到了海乙默的认可，第二日，两位工作人员将他带到研究中心的内部。一间会议室，只有一张桌子、两把椅子。这一次，工作人员没有命令霍兹穿防护服，也没有阻隔的玻璃，这是慕千林的要求，他希望与霍兹的交流是平等的，而海乙默也认为，以霍兹的能力，任何的防护都没有意义。

走入会议室时，慕千林已在房间内等候一段时间了。"你好，霍兹。我们又见面了。"

"你不担心我再一次把你催眠？"

"睡眠是一种幸福，不用面对恐惧，不用承受苦难，不用思考难题。如果你愿意的话，可以将我永久催眠，这种一身轻松的体验，我求之不得。"

"你的求之不得却是他们的煎熬。"

"人需要自私一些，无私都是讲给别人听的。宣扬无私的人才是最自私的，所有人都无私了，他就是最大的受益者。"

"看来长眠帮助你领悟了不少的人生道理呀。"

"只可惜，我已经把所有的濒死体验忘记了。"

"濒死体验，我也忘得差不多了。"

"这么说，你来此是想要与我一同唤起濒死体验的？"

"算是吧。"

"如何唤醒？"

"你有没有过这样的一种体验，一瞬间，某一个场景，某一种感觉，某一次经历似曾相识，你似乎曾经来过、感受过、经历过，但是仔细想来却又记不得它在何时，而后那种似曾相识的感觉瞬间消失，人类给它取名为既视感。"

"当然有过，而且经常会出现。"

"这种既视感有很多种解释，其中有一部人认为，那是曾经梦到或经历过的场景，只是不记得了。人类的主意识是善忘的，不仅仅是梦，有许多真实的经历都会随着时间的流逝而淡忘。但是它们并没有消失，当某一个熟悉的场景又一次出现时，记忆将会被唤醒。"

"我们需要一个熟悉的场景？"

"对。"

"它是什么？还是催眠吗？"

"不，是冥想。我始终在训练冥想，它能让一个人达到新的境界。冥想后，每个人可以得到的体验不同。对于你我而言，也许就是再一次回味濒死。怎么样，你想要体验吗？"

慕千林将信将疑，同样的怀疑也在海乙默的脑中产生，但是他没有选择打扰，海乙默决定再信任霍兹一回，此刻的他深感压力巨大，若是慕千林再次发生意外，他将会用结束生命来惩罚自己。

慕千林虽然怀疑，却给出了肯定的回答。"好的。"

霍兹的嘴角轻轻上扬，身体笔挺，将双腿盘坐在椅子上，两手放于双腿上。"现在，你和我保持同样的坐姿。"

慕千林认真地学着，做着同样的动作。

"闭上双眼，慢慢呼吸，吸气，呼气，吸气，呼气……"霍兹的语调很慢很慢，"现在，集中你的注意力，将你的意识引到肚脐上方的一个点，保持呼吸，感受这个点的动态。"一分钟后，霍兹继续道，"现在我们开始扫描，忘却你的呼吸，我们从脚到头慢慢扫描，从每一根脚趾开始，让它们由紧张变成放松……然后是小腿……膝盖……"

不多时，慕千林与霍兹的身体已经完全放松，像是两朵云。

霍兹继续道："现在，我们进入到更深一层的冥想，默念一句话，反复地默诵。昏迷。你可以把它当作一个咒语，不停地默念，同时保持身体放松。现在，与我一同默念吧。昏迷……"

霍兹与慕千林好像是在打坐，大约五六分钟的样子，两个人的默念开始有了声音，他们的嘴唇在震动，似乎是一种不自觉的行为。

随着声音的发出，海乙默突然觉得好像在哪里听到过，很熟很熟。似曾相识的感觉不仅仅出现在海乙默的脑中，一些工作人员也有着同样的感觉，他们都在努力回忆。

"这……这声音……这声音不是当初霍兹催眠慕千林时发出来的吗？"

"不好，快阻止他。"一位工作人员大声吼道。

"不，再等一等。"海乙默拦住了他，他决定赌一次。

所有人都将注意力转向慕千林与霍兹，他们等待着、期盼着，同时也紧张着、担心着。从两个人口中发出来的声音好像是巫师的咒语，只是没有人知道，那扰心的咒语究竟是为了拯救世界，还是毁灭人类。

慕千林与霍兹几乎是在同一时间停止发出声音，他们睁开了双眼，四目相对，不知道为什么，两个人都流出了泪水。

"这就是濒死体验了？"慕千林的声音沙哑。

"对。"霍兹回答。

当海乙默等人来到房间时，霍兹与慕千林已经恢复了正常。兰沐儿第一时间冲到慕千林的身边，关切地问："你没事儿吧？"

慕千林摸一下兰沐儿的头，温柔地说："没事儿。"

"那就好……"兰沐儿没有再多说什么，她晓得比起自己的关心，还有更重要的事情，她让出一步，把空间留给了其他人。

"说一说吧。"海乙默的面色庄重。

"跟着霍兹的引导，我渐渐进入冥想的状态，某个时刻，既视感出现，我好像回到了被催眠的那一天。随后，眼前一片黑暗，我的身体被分成了两个部分，一部分沉甸甸，一部分轻飘飘，我感觉自己的意识与身体分开了，没有身体的意识仿佛是超越物理规律的存在。我的思想，我的智慧，我的意识离开了这个世界。"

"你……去到了另一个世界？"

"我不能确定，也许……没有吧。"

"如果没有，你的意识在哪里？"

"我不知道。"

"你看到了什么？"

"不应该用看见来形容，而是感知，那种感知似乎超越了物理规律。"

"超越物理规律？"

"我无法形容，因为有各种各样的信息传入我的意识，其中有一条非常重要。"

"是什么？"

"天鹅座方向，那里会有我们需要的信息。"

质数三维图

研究中心立刻命令全世界所有的天文望远镜将目标对准天鹅座方向，他们要在这个广袤的空间寻找那个的重要信息。

然而，没有任何一个天文台发现特殊信号，时间一天天地过去，漫长的搜索毫无进展，有人开始怀疑慕千林的濒死体验是否可靠，那会不会只是一场梦。

数月之后，北美天文台，一位名叫布克·李的天文工作者正在利用射电望远镜探测天鹅座。这个天文台的探测始终没有停止过，由于没有观察到任何有价值的信息，工作人员的态度早已变得消极。

深夜，一组信号数据在电脑中显现，布克·李瞟了一眼，那是频率大约在700MHz的无线电信号，这是并不常见的射电波频率，该频率的无线电信号多用于电视信号、通信网络等，在这个方向上从未出现过类似的信号。

布克·李没有在意，射电望远镜接收到特殊频率的无线电是一种常见的现象，它有可能是多种因素造成的，比如人造无线电信号，比如微波炉乌龙事件。

布克·李让计算机自动分析，而后向着厨房走去，工作了一个晚上，他的肚子有一点饿了。

大约两分钟后，布克·李捧着一碗泡面回到计算机前，瞟了一眼屏幕，他的饥饿感荡然无存。计算机屏幕上显示信号只有两种频率，这是什么？

它来自太空吗？这是布克·李心中的疑问。他第一时间给其他天文台打去了电话，询问是否接收到了同样的电磁波信号。

2000公里外的另一个天文台给出了肯定的回答，如果相隔2000公里的望远镜同时从同一个方向接收到了同样的电磁波信号，那么它大概率来自太空。

将近半个小时的时间，各大天文望远镜才接收到全部的射电波。此刻，没有人知道那是什么，7台望远镜将信号传送给电脑，四大天台又将这组射电波相互分享，用计算机进行计算、分析，以保证信号的完整。

经过几十分钟的计算，最终给出了答案。

这是一组来自太空，却包括两种频率的无线电信号，共计1031627321867个周期震动。

今晚注定是一个不眠之夜，所有的天文学家都意识到，它有可能来自另外一种文明，他们必须立刻破解射电波的奥秘。

如果人类与外星人交流，最好的方法是什么？大概率不是接触，因为人类已经探知，太阳系内没有第二颗星球孕育了生命，而距离人类最近的恒星也要4.22光年。人类与地外文明第一次接触的更大概率是利用电磁波传递信号。

若是一种文明已经可以在星际之间发送电磁波，那么他们的科技一定不弱于人类，而他们也一定掌握着科学的语言——数学。

不同文明的数学表达肯定不同，1、2、3的符号只属于人类社会，同样，不同文明的数学进制也肯定不一样。但是，二进制却是数学中最简单的方法。

如果采取二进制，那么传递信号将变得极其容易，文明之间可以只传递两种频率的信号，用高频代表1，用低频代表0。

如果另一种文明可以接收或发射无线电信号，那么他们大概率拥有类似于眼睛的器官，只要拥有视觉，交流的最佳方式便是图片。

两种文明之间可以发送一定单位的 0 和 1，0 代表白点，1 代表黑点，如此就能组成一张包含很多信息的黑白图片。

不过还有一个问题，由 100 个点组成的图片，既可以分成 10×10，也可以分成 5×20。因此，为了明确图片的长与宽分别是由多少个点组成，最好的办法就是让这组数字由两个质数组成。77 只能因式分解成 7×11，所以它长只能为 11，宽只能为 7。

天文学家们知道这个由两种不同频率的无线电波组成的信号意味着一个是长波，一个是短波，也可以将其理解为二进制的 1 与 0，如果 1031627321867 可以因式分解成两个质数，那么它将有很大概率来自另一种文明。

只可惜，1031627321867 无法被分解成两个质数的乘积。

屏幕上显示，1031627321867 可以等于 10099×102151433，或者 10111×102030197，或者 10103×102110989。

3 个结果，意味着 3 种图片。

这令天文学家们感到失落，不过失落感只维持了一秒钟。

"那应该是 3 个质数的乘积吧？"一位天文学家说。

的确，1031627321867 等于 10099×10103×10111。

也就是说，那不是一张二维平面图片，而是三维立体图。

"快，让计算机画出这张三维图。"

没有半秒钟的犹豫，工作人员立刻给计算机下达指令，以长波为白点，短波为黑点，1031627321867 个周期震动分成 10111、10099、10103，分别代表三维图的长、宽和高。

每一个人的眼睛都盯着上方的大屏幕，一眨不眨，他们想要知道，这个来自外太空的神秘信号究竟要告诉人类什么？

终于，计算机描绘完成，一幅黑白色的三维立体图出现在了人们面前。

这是一幅主要由黑色构成的空旷三维图，白色所占的面积并不大，分成 3 种图形，空心的球体、实心的球体、圆弧面。圆弧面只有一个，面积最大；空心的球体有两个，一大一小；实心的球体共有两个，大小相差不多。从严格意义上讲，实心球体并不是真正的光滑球面，在球的表面有着大小各异的凸出，密集而又纤细，整体看上去更像是带刺的实心毛球。

如果将这张三维图分成东、西、南、北、上、下 6 个方向，那么圆弧面所处的位置为上方的东北角，圆弧面的厚度为 8 个白点，看上去好像是将三维图分割成了两个部分——上方的东北角和其他区域。圆弧面的弧度并不明显，起初，天文学家们以为那是一个 8 个点厚度的横切面，但是经过精密地计算后发现它有一定的弧度。较大的空心球位于下方的西南侧，厚度也是 8 个白点，球体光滑，天文学家们将其命名为 1 号空心球，小一点的空心球为 2 号空心球，它位于 1 号空心球与圆弧面的连线上，半径只有1号空心球的一半左右，它与1号空心球的距离更近一些，厚度也是8个白点。神秘信号似乎想要表达，所有的空心图案的厚度均为8个白点。在2号空心球与圆弧面的中间，有一个实心的毛球，它被天文学家命名为A毛球。圆弧面、A毛球、1号空心球、2号空心球，基本处于上方东北角与下方西南角的连线上。

最后被发现的是1号毛球，起初，天文学家并没有发现它的存在，人们误以为这幅三维图只有圆弧面、A毛球、1号空心球和2号空心球，但是经过进一步地放大观察，天文学家们发现了1号毛球，它隐藏在1号空心球的内部。两颗毛球的体积大致相同，都比2号空心球小，直径大约为2号空心球的五分之二。两颗毛球看似相同，但细细看来却也有所差异。

当一整幅三维图以立体投影的方式呈现在天文学家的面前时，一个又一个谜团也随之而来了。比如，它为什么由空心圆球、实心毛球和圆弧面组成？空心圆球是什么？实心毛球是什么？圆弧面又是什么？为什么所有的图形都在同一条直线上？还有，它来自其他文明吗？地外文明向外太空发出这样的信号是为了什么？这个的信号是发送给地球的吗？

除此之外，另一个问题也随之产生，这个神秘的信号究竟来自何处？

这并不是一个复杂的问题，通过三角测距法，天文学家很容易就找到了信号的来源，它与地球的距离并不遥远，仅有16光年左右，也就是说，它大概率是由格利泽832c发射出来的射电波。不过，当天文学家通过特殊的方法进行光谱分析后，竟然发现这组射电波出现了一定程度的蓝移。经过进一步的分析，射电波有可能来自数百万光年外的天体。

这是一个极其不可思议的现象，两种测量方法竟然得出了截然不同的结果。天文学家只能暂时认为它来自16光年外的格利泽832c。

这幅三维图在被破解后立刻传到了研究中心，海乙默等人对其尤其重视。

三维立体图的四周围着各个领域的专家学者，他们在激动的同时也生出了无数个疑问，它究竟是什么？

海乙默与慕千林站在最前排，两个人仰望着，眼前的画面更像是空旷的夜空，充满着神秘的气息。

有的天文学家认为它代表的是未知的宏观天体，信号的发射者想要公布宇宙的某个秘密；有的量子物理学家则表示那是象征微观粒子的符号，用来揭示不为人知的微观秘密；还有生物学家认为那其实是一种生命体，只是结构简单罢了。不同领域的专家有着不同的思考，但是没有一个人的观点可以让所有人信服。

从目前的情况来看，它可以帮助人类解决昏迷事件的概率几乎为零。

"你为什么认为天鹅座方向会有重要的信息？"海乙默不免提出疑问。

"濒死体验时只是感知到了一种信息，天鹅座方向会有重要的事情发生，至于它是什么，我也不清楚。"慕千林说。

"你说过，你不是看到，也不是听到，而是感知？"

"对，我不知道该如何形容，它可能更像是既视感，一种未知又莫名其妙的感知让你直接获得了信息。"

"这个信息与昏迷事件有关吗？"

慕千林犹豫了，因为没有额外的信息告诉他从天鹅座获得的信息与昏迷相关。他无奈地摇摇头。"我不知道。"

这本应该是一个振奋人心的消息，却因为它的抽象而令人迷茫。不过，它的发现在某种程度上证明，除了地球以外，宇宙中还存在其他的智慧生命，他们的科技也许远远超越人类，而他们的位置就在天鹅座方向。

消息一经公布，整个世界为之震撼，与此同时，格利泽 832c 再一次走进人们的视野。

除了震撼与兴奋，人类还要面临"要不要回信"的问题。

反对者认为，在不能确定对方是善是恶的情况下，最佳的选择是不要暴露地球的位置。甚至有人认为，即使对方表达了善意也不要回复，没有人可以证明现在的善意，未来也一定是善意，更没有人能证明对方不是在撒谎。在宇宙中，保护自己的最好方式就是隐蔽。

而支持者则表示，昏迷事件使得人类的生存状况不容乐观，也许下一次的昏迷事件将夺走全部人类的意识。基于这样一种判断，支持者认为应该主动回复，并表达善意，争取得到对方的帮助，进而摆脱昏迷的威胁。

当然，也有很多人怀疑，昏迷事件也许与格利泽 832c 的智慧文明有关，他们就是夺走人类意识的地外文明。发射至地球的信号不是为了交流，而是一种可以夺取人类意识的方法。

传言四起，有的人乐观，有的人恐惧。在昏迷事件还没有得到解决之前，地外文明的信号给了人类无限的遐想。此时，一种更重要的思潮也随之产生——人类，要不要搬迁至格利泽 832c。

大多数人没有把昏迷事件与格利泽 832c 联想在一起，不过，接收到信号的事实却给了人类一丝生的希望。起初，人类并不认为可以在宇宙中找到适合居住的星球，所以对种子计划的认可度不是很高。三维图信号的出现，在某种程度上表明，格利泽 832c 可以孕育生命，以人类目前的认知，可以孕育生命的星球大概率也适合人类居住。如果人类不能摆脱昏迷的威胁，那么最好的办法就是移居到另外一颗星球，无疑，格利泽 832c 是最好的选择。

当初被嗤之以鼻的种子计划竟然摇身一变成了人类的新希望，即使有生之年不能活着到达格利泽 832c，自己的子孙可以延续也是一个不错的选择。世界各地相继出现了支持种子计划重启的运动，许多富豪决定捐献所有的财富以支持种子计划，普通的百姓也甘愿提供劳动力，只为发射太空飞船的那一天，自己的冷冻胚胎可以送往另一颗星球。

当然，与种子计划一起被平反的还有沃伦·金斯伯格。此刻人类才突然意识到，沃伦·金斯伯格并非一无是处，至少种子计划是他提出来的，也许，这个曾经被人类反对的领袖才是拯救人类的真正英雄。与此同时，避难计划也再次被提起，如今已有多处深井被打穿，很多人相信逃离至地下将可以躲避昏迷。

种子计划的死灰复燃使得一些科学家兴奋不已，为了让人类的种子早一天抵达格利泽832c，科学家们正在竭尽全力，包括可控核聚变、AI机器人、胚胎的体外妊娠等先进技术都已被提上日程。

人类由此进入一个崭新的阶段，一部分人向往太空，向往着移居到另外一颗星球，另一部分人选择去往地下避难。

不过对于白启而言，沃伦·金斯伯格的被平反却不是一个好消息。当初正是因为他的揭穿，才导致大众把沃伦·金斯伯格赶下台，在民众的观念中，如果没有白启的"背叛"，沃伦·金斯伯格不会走向悲惨的结局，种子计划也不会半途而废。

大众早已淡忘了对沃伦·金斯伯格的愤怒，更糟糕的是，他们反倒认为，当时的白启没有支持沃伦·金斯伯格是一种离经叛道，更有甚者认为，是白启耽误了种子计划。

世界各地相继爆发了反对白启的游行，这位曾经的英雄，现在却成了众矢之的。

对白启的反对也影响到了研究中心，这里是由白启一手建立的，对慕千林的研究更是由他全权负责。人们反对白启，自然也就爆发了对研究中心的不满。许多民众打着标语，他们要求研究中心立刻停止研究，交出慕千林，承认错误。

慕千林从不理睬外界的质疑，现在的他已经把全部的注意力放在了对三维图的研究上，不知道为什么，慕千林始终认为三维图与昏迷事件有着某种特殊的联系。

每一天，他都会来到三维成像室，打开机器，放映出立体图，然后坐在一旁，一边观察，一边思考。这幅巨大的三维图已经刻印在了他的脑子里，每一个细节都好像是一根钉子钉在了记忆里。不过，他却始终没有办法破解。

陪着他一同观察这幅壮美图画的人还有兰沐儿，每次到来，她都会坐在他的身后，默默地陪伴，从不多言，也不催促，仿佛这就是她的工作。其实兰沐儿清楚，慕千林的潜意识里已经发现了什么，只是需要一次次地观察才有可能将它激发。

今日，来到成像室的人还有海乙默，打开门时，兰沐儿与慕千林已经在座位上观察一段时间了。他缓步走到慕千林的身边，慢慢坐下，抬起头，一同仰望。"有灵感了吗？"海乙默问。

慕千林没有立即回答，又观察了一会儿才说："说不上灵感，只是觉得它不是一个简单的信号。"

"当然，它是由两种频率组成的射电波，是质数的乘积，它组成了这幅三维立体图……"

"不，不仅仅是这些，它似乎在告诉我们什么。"

"是什么？"

"教授，有没有这样一种可能，这个信号是给我们带来希望的？"

"它的确给了人类希望，我们可以前往格利泽832c，我们可以请求他们的帮助。"

　　"我指的希望，不是迁移，而是留下，不是未来，而是现在。"

　　"我没有明白你的意思。"

　　慕千林站了起来，仰望着那幅巨大的三维图。"教授，你有没有想过，这幅三维图就是发给人类的？"

　　"当然想过，但是概率不大。"

　　"那你又有没有想过，它就是为了帮助人类解决昏迷事件而来的？"

　　海乙默用吃惊的目光瞅着慕千林。"怎么可能，如果那个射电波来自格利泽832c，也是在十六年前发射的，那个时候，地球上还没有发生昏迷事件，难不成他们有未卜先知的能力，知道十六年以后的人类会面临灾难，知道那个灾难就是昏迷事件，并且知道该如何对付昏迷事件？"海乙默摇着头，"这太不可思议了。"

　　"教授，人类对宇宙的认知可能连万亿分之一都不到，不可思议的事情还有太多太多，也许真就存在一个可以未卜先知的文明，也许，时间并不是我们想象的样子。"

　　"那……那是什么？"

　　"我不知道，只是一种猜测而已。"

突变

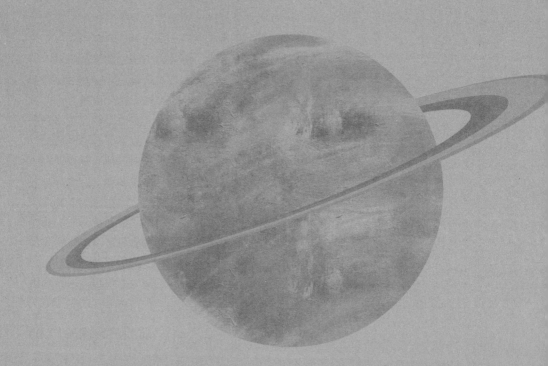

终于，白启接到了莱蒙托夫的电话，电话中要求他立刻前往元帅府。

白启已经基本猜到了莱蒙托夫召见自己的理由，但是他别无选择，无论去与不去结果都一样。

莱蒙托夫亲自到机场迎接，与他一同的还有负责安保工作的两个师，声势之浩大前所未见，在他人的眼中，元帅是为了保护白启的安全，而在白启看来，那是为了防止自己造反。

见面时，莱蒙托夫与白启热情拥抱，他们分别乘坐专车去往元帅府。

元帅府外有近万名士兵把守，更远处还有铁网栅栏，任何人不得随意进入。

莱蒙托夫向他解释说，现在的治安很乱，所以要加强保护。但是白启知道保护的对象并非自己。

用过晚宴，白启来到了私人会客厅。虽然室内只有白启与莱蒙托夫两个人，但是门外却安排了多人把守。

昏暗的灯光下，莱蒙托夫的笑容不见了，转而变成阴霾。叹一声气，莱蒙托夫显得很无奈。"这么着急叫你过来，实属无奈之举。"

"发生什么事儿了吗？"白启装作毫无察觉。

"有些话，我不知道该怎么和你说，本想着在电话中沟通，不过思来想去，还是见面说更好一些。"莱蒙托夫摇摇头，"现在，有太多人希望你下台，我本想要压一压，拖到这股风过去……可是现在看来，太困难了。大众普遍认为，沃伦的自杀与你的背叛不无关系。我想你应该知道这件事儿吧。"

白启早已猜到了莱蒙托夫的心思，当然，他也做好了准备。"我知道，所以这一次来见你，我是想向你申请辞职的。"白启明白，既然逃不掉，倒不如做得漂亮点。如此，莱蒙托夫才能充分地信任自己。

莱蒙托夫显得很不情愿。"你是我最得力的助手，我是真舍不得呀。我的意思，你先退一退，等到民愤缓和一些，你再回来。"

"一切听从元帅的安排。"

"不过，为了权力的稳定，我对你的解雇还是要高调一些。"

"这也是我的意思。"白启清楚，只要是高调处理，自己就绝对不可能有翻身之日。

"好，委屈你了。"莱蒙托夫没有料到白启竟然答应得如此痛快。

"委屈什么，这一次的危机是因我而起，为了整个世界，我也应该下台了。而且我也想要歇一歇了。"

莱蒙托夫欣慰地笑了。

一天都没有耽搁，第二日，世界联盟就宣布了对白启的处理决定，免去白启的一切职务，由司法机关介入调查。与此同时，另一则消息更为震撼。行政部门和司法机关将会进入研究中心开展调查，在此期间，研究中心的项目全部暂停。

白启是从新闻中得到的消息，他想到了自己的结局，但却没有料到莱蒙托夫会把魔爪伸向研究中心。为此，他请求再见莱蒙托夫一面，不过却被无情驳回。看守人员表示，他现在是犯人，没有会见元帅的权利。

白启的下台是众望所归，消息一经公布，世界欢腾一片。

不过对于研究中心却是一场噩梦，所有的研究项目被立刻叫停，大部分工作人员被带走调查。慕千林也不例外，他被软禁起来。

研究中心被封，慕千林被抓，已经对研究中心彻底失去信任的大众将此视为一条喜讯，在人们的心中，慕千林也是这场骗局的一部分。

随着事态的蔓延，对慕千林的憎恨声越来越大。更多人认为，慕千林是白启犯罪集团的一分子，他们不仅耽搁了人类自救的时间，而且还耽误了种子计划，更有甚者表示，慕千林与白启的所作所为完全可以定性为反人类罪，应当处以极刑。这群人虽不是纯洁派，也与慕千林无仇无怨，但却渴望惩罚这个昏迷事件的唯一幸存者。

白启与慕千林仿佛变成了历史的罪人，就如同当初的沃伦·金斯伯格。

舆论的压力下，莱蒙托夫别无选择，他只能尽可能地保住白启与慕千林的性命。

不过，任何的错误都需要有人来承担责任，作为研究中心的负责人，海乙默教授不得不承担全部的指责。经过一个月的调查，世界联盟最终给出了结论，所有的欺诈行为都是由海乙默策划，他欺骗了白启，欺骗了世界联盟，也欺骗了大众。

在舆论的压力下，最终，这个将全部精力都奉献于解决昏迷事件的老者被法院判处死刑。

这一天的中午，海乙默来到软禁慕千林的庄园，这是他最后的愿望。

铁栅栏前，两个人对视。

"教授，已经过去这么久了，他们什么时候才能放我们出去？对昏迷事件的研究不能再耽误了。"这是慕千林见到海乙默问出的第一句话。

海乙默是欣慰的，他点头笑着说："被关押了这么久，你还想着研究昏迷事件呢？"

"这是我的使命啊。你应该和他们好好沟通一下，不能再耽误时间了。"

"我理解你的心情，不过有些事儿不要着急，还是要等。"

"等，要等多久？"

"放心吧，你会被放出去的。"

慕千林感觉奇怪。"什么意思？要出事了吗？"

沉默片刻，海乙默换了严肃的语气："慕千林，你可以答应我一件事儿吗？"

"什么事儿？"

"先答应我。"

"一定是出事了，对不？"

"放心吧，不会波及你……"

"但是会波及你。"

海乙默没有回答。"答应我，无论发生什么，你都要继续寻找昏迷的答案，可以吗？"

从海乙默的语气上，慕千林可以确定了。"告诉我，出什么事了？"

"你不必管，做你该做的事儿。"

"如果你不告诉我，我决不答应。"

海乙默犹豫，好一阵子才说："好吧。"长叹一口气，"这可能是你我的最后一面了。"

"为什么？"

"我被判处死刑了。"

"死刑！"慕千林喊出来，"为什么？"

"研究中心始终没有研究出成果，大众认为我们是在欺骗全世界……"

"他们是白痴嘛？竟然认为研究中心是在欺骗世界。稍微有一点脑子都能想明白，我们欺骗世界干什么？有病？闲得？"

"你不要激动，我的生死不重要，重要的是你，不要放弃。你是解开昏迷的唯一钥匙。慕千林，就算是将死之人最后的嘱托吧，答应我，为了人类，不要放弃寻找答案。"

"人类，人类值得我们去救吗？如果他们连最起码的是非对错都搞不清楚，救了他们又有什么意义？你若死了，我也将放弃研究。"

"不要这么想，大众无知、自私，甚至还可恶，但是个人却是无辜的，不要因为大众犯了错，就放弃所有人，那不公平。"

"判你死刑就公平了？"

"世界上哪有那么多公平。你可以放弃人类，但是，找出昏迷的答案是你的使命。因为只有你是昏迷事件的幸存者，把你留下来，一定有原因。"

"对不起，我不想要任何的使命，我只想做一个普通人。"

一名警察对海乙默说："时间差不多了，我们得走了。"

海乙默点一下头，脸上露出一抹无奈，他没有办法选择自己的命运与结局。再看慕千林一眼，海乙默的脸上竟然露出了欣慰的笑。"我相信你，一定可以找到昏迷的答案。"话音落下，海乙默转身跟着两名警察离开了。

站在栅栏内，慕千林的眼睛湿润了，他大声地喊着："海乙默，告诉他们，如果你死了，我就拒绝配合。"

海乙默没有回头，就连脚步也没有迟缓，只留给慕千林一个离去的背影。

慕千林想不明白海乙默究竟做错了什么，竟然要用生命去赎罪。也许，世界上根本就没有对与错。

医院内，海乙默在警察的安排下躺在了床上，将身体、手臂、腿固定。

一名专业执行安乐死的医生把注射器的针头扎进他的手臂，海乙默心中暗道：这一回，我也可以体验濒死了，不，不是濒死，而是真的死亡。也许，那里会有昏迷的答案吧。

海乙默离开的消息很快就传到了慕千林的耳朵里，同时，他被告知兰沐儿也被注射了安乐死。慕千林伤心不已，对世界充满了绝望与憎恨，从这一天开始，他决定不再配合任何研究。

虽然将慕千林软禁，不过世界联盟依然需要利用他去破解昏迷事件。

莱蒙托夫怎么可能被一个慕千林给难住，既然你不主动配合，那就要硬来了。研究人员对慕千林强制进行各种人体试验，完全将他当成一只没有感情的小白鼠。

对慕千林的强制研究持续了半年多，在此期间，慕千林体验到了什么是真正的人间地狱。平时，他被软禁在一间黑暗的屋子里，到了需要做试验时，便将他带入实验室。不仅仅是身体的摧残，慕千林的心理也在这个过程中崩溃。

可惜，研究团队没能在慕千林的身上找到任何线索，他们得出的结论是，慕千林的幸存也许只是巧合。

现在的慕千林几乎成了一个没有灵魂的躯壳，除了吃喝拉撒，几乎不做任何事情，更谈不上寻找昏迷的答案。昏迷事件的威胁虽然还在，但是却没有人继续全身心地寻找答案。

有一个人除外，他始终没有放弃。

一辆越野车开进软禁慕千林的基地，守卫看过通行证后直接将车放行。

从越野车内走下来两名军人和两个身着西装的男子，基地内的长官亲自迎接，几人一边走一边聊，他们虽然是第一次见面，却相谈甚欢。随后，4个人分别由不同的士兵带着，参观了基地。这些人表面上是来谈生意的，实则另有目的。

两个多小时后，在长官的目送下，越野车离开。长官非常高兴，因为他将会在这一次的生意中赚得盆满钵满，然而他哪里会想到，对方再也不会光临。

离开时，在越野车的后备厢里多了一个人，正是慕千林。基地对慕千林的重视程度日渐降低，负责看守的卫兵更是马马虎虎，4个人早已将地形勘探清楚，在内应的帮助下，他们神不知鬼不觉地将慕千林救出。

十几个小时后，慕千林被送到一个庄园内。慕千林不知道自己是被谁带走，他也懒得去问，现在他只有一个愿望，尽快结束自己的生命。

不过，一个人的出现还是令慕千林感到吃惊。

"嗨，幸存者，好久不见。"

说出这句话的人正是霍兹。

慕千林的眉头微皱了一下，很快又恢复了平静，那是看破红尘后的淡漠。

霍兹没有继续打扰，他吩咐医护人员说："好好照顾他。"

庄园是由迷徒秘密购买下来的，只有最核心的成员才知道它的存在。在这里，慕千林不用再担心遭受折磨，医护人员对他的照顾无微不至，只是现在的慕千林早已厌倦人间。

时间过去了一周，霍兹来到慕千林的房间。"我为海乙默的死感到遗憾。"霍兹先开了口，他本人对海乙默没有任何感情，但却钦佩这位老人的执着。

慕千林没有回复。

"但是，我们还要继续研究下去呀。"

慕千林终于开了口，只不过他在拒绝。"昏迷事件已经与我无关了。不要再提它，我懒得听，也懒得回答。"

"好，我们不谈它。说一件会让你感到舒服的事儿吧。有一个人你应该挺想见一见的，今天我把她带来了。"说着，霍兹将门打开。

一个熟悉的身影，身材苗条，打扮朴素却迷人。是兰沐儿，她也被霍兹救出了。

看到兰沐儿，慕千林不禁坐起，揉了揉眼睛，他不敢相信地看着对方。

与八个月前相比，兰沐儿也憔悴了许多，很明显，兰沐儿没少受折磨。泪水从她的眼眶中滑落，兰沐儿也不可思议地看着慕千林。"慕千林……"她的声音中带着柔弱与兴奋。

"兰沐儿……"

两个人快步走近，彼此相拥。

"兰沐儿回来了，我们可以聊一聊正事了。"霍兹晓得，可以改变慕千林主意的"王牌"只有兰沐儿。

人类已经基本上放弃了寻找昏迷的答案，现在，他们把更多的希望寄托在三件事情上。

第一个是防护装置。虽然金国汗希望拖延防护头盔的上市与规模化生产，但是大众却没有耐心，各种急迫的声音使得这场骗局不可能草草收场，人们对防护装置的强烈需求令金国汗不得不将一部分已经出厂的防护头盔投放到市场。这种看上去十分高级的头盔刚刚进入市场就遭遇哄抢，供不应求，由此也滋生了仿冒品，很多厂商为了挣钱开始根据防护头盔的模样与材质偷偷生产。面对市场的混乱，世界联盟只是谴责，却不禁止。这是金国汗打的小算盘，反正真正的防护头盔也起不到任何效果，当有昏迷事件发生时，还可以把所有的责任推卸给"山寨"厂商，辩解说，所有昏迷者佩戴的头盔都是伪造产品。

第二个是避难计划。已经有越来越多的人选择去到地下生活，他们相信那里会是安全的避风港。

防护头盔的骗局只能欺骗普通的民众，专家们对它嗤之以鼻，无论是材料、设计，还是工作原理都不可能起到防止昏迷的作用。避难计划更是无稽之谈，没有证据表明地下深处就能逃得过昏迷。所以更多的科学家将希望寄托在第三件事情上，也就是种子计划。种子计划已经成为人们的希望寄托，因此有很多人将格利泽 832c 命名为希望之星。

随着大量人才与资金涌入，体外妊娠、胚胎冷冻、自动驾驶、育宝机器人、人工智能等多项技术都已经趋于成熟，基本可以达到将冷冻胚胎送向外太空的水平。当然，想要实现 100% 的成功还有漫长的路要走。

种子计划不可能做到完美，想要延续人类的文明，更重要的还是数量上的提升。因此，世界联盟决定向天鹅座方向发射 20 艘太空飞船，这是人类历史上一次性发射太空飞船数量最多的一回。消息公布，吸引了大量的民众，几十亿人都希望成为第一批幸运者，将自己的后代送往希望之星。

然而数量有限，世界联盟必须在数十亿位申请者中选择最佳的"种子"。

为了给出一个公平的筛选方案，世界联盟绞尽脑汁，在各种利弊权衡与无休无止的争论声中，世界联盟决定，将适应能力作为考核的首要标准。每一艘太空飞船都要装载不同人种的冷冻胚胎，排除掉那些患有重大基因缺陷的个体的后代，然后对所有志愿者的冷冻胚胎进行检验，选择最佳的"种子"。

一位生物学家对此提出质疑，他认为从生物演化的角度讲，基因缺陷并不存在，那只是人为的定义，它有可能是一次物种进化的机会。事实上，人类之所以能够主宰地球，很大程度上是演化过程中基因缺陷的结果。例如，人类在与黑猩猩的祖先分开演化时，黑猩猩才是真正的主流，人类则因为所谓的基因缺陷经历了更严重的人口骤减，种群数量远远低于黑猩猩，不过现在看来，人类却成了地球的主宰。谁也无法保证正常人比残疾人更能适应格利泽832c的环境。

这位生物学家的观点得到了多位专家的支持，不过却难以撼动大众的认知，人们很难在短时间内接受已经根深蒂固的观点。

考虑到大众的接受能力，也要兼顾基因缺陷可能带来的演化奇迹，世界联盟最终决定，一艘最大的太空飞船全部装载有"基因缺陷"的冷冻胚胎。

为了确保公平、公正，且尽量不激化矛盾，所有的冷冻胚胎进行匿名化处理，如此也就没有人知道自己的后代是否成了幸运儿。

这一天凌晨，首批10艘太空飞船将会在全球不同地区的10座发射中心依次升空，每艘太空飞船将会冷藏2000个胚胎，次日，又会有10艘太空飞船由火箭送入太空，那个载有基因缺陷胚胎的"天种21号"将会最后发射。总共20艘太空飞船，42000个冷冻胚胎（每一艘太空飞船装载2000个胚胎，载有基因缺陷的太空飞船装载4000个胚胎），它们指向同一个方向——天鹅座的希望之星。

谜底

霍兹令一名迷徒带着慕千林与兰沐儿在庄园里参观，庄园很大，占地足有 50 万平方米，包括主人居住的主建筑别墅、一个会客区、3 座客居别墅、一个 9 洞的高尔夫球场、一个网球场和 3 片人工湖。

　　在主别墅的一层有一个展览区，里面藏有毕加索、凡·高、达·芬奇等艺术大师的作品，其中以凡·高的作品为主。庄园内的迷徒和服务人员居住在两座客居别墅内，另有一座暂时空着。

　　迷徒带着慕千林与兰沐儿来到了那栋空别墅，它的西、北两侧有草坪环绕，南侧带有一个游泳池，东侧是一片花海。别墅的最上层是一间超大的卧室，专门提供给慕千林与兰沐儿居住。为了确保两个人的安全，别墅外由最忠诚的指引派把守。

　　慕千林与兰沐儿站在三层的露天阳台，眺望远处，从这个角度可以看见远方的湖景，配上西下的夕阳，倒映出温暖的波光，二人仿佛置身于世外桃源，偶尔吹来的微风带着花朵的芬芳，让人陶醉，引人留恋。

　　整理过房间，二人被邀请来到庄园内的主建筑，这是一座超大的别墅，好似宫殿，大门内有一条长长的走廊，走廊的尽头是两扇 3 米多高的防弹铜门，庄严气派。跟着霍兹的脚步，慕千林与兰慕儿走进了这个神秘的房间。

　　这里是展览区，里面摆满了知名艺术家的作品，《缠绷带的自画像》《抱银鼠的女子》《扇子女人》……二人游荡其中，好像是步入了巴黎圣母院。兰沐儿从未接触过艺术，就连《蒙娜丽莎》都没有听说过，慕千林对艺术也是知之甚少。

　　"很壮观吧？"霍兹说，他在一尊雕像前停下，那是奥古斯特·罗丹的著名雕像——《思想者》。

　　"从哪里弄来这么多珍贵的艺术品？"

　　"有一些是迷徒赠送的，更多的是仿造品。"

　　"你带我来看它们做什么？不会是来鉴定真伪吧？"

　　"你觉得我会那么无聊吗？"霍兹淡淡一笑，"所有的藏品中，只有两样藏品是我花了大价钱买来的。其中一个就是它。"

　　慕千林的目光停留在《思想者》上。

　　霍兹的手指着《思想者》的正前方，继续道："另一个是它。"

　　慕千林与兰沐儿的目光也跟着看了过去，那是凡·高最著名的作品之一——《星月夜》。

　　"为什么偏偏是它们？"慕千林心中清楚，霍兹的行为一定另有深意。

　　"《思想者》只是为了让我保持思考，更重要的是它。"霍兹的目光始终不离《星月夜》。

　　"它怎么了？"

　　"看一看吧，凡·高画的是什么？"

　　"画的名字已经给了答案，《星月夜》就是星星、月亮和夜色。"

　　"你看到过这样的星星、月亮和夜色吗？据传，《星月夜》是凡·高在精神病院完成的作品，当时是凡·高的第二次精神崩溃，治疗期间，凡·高完成了这幅作品。也可以说这是一位精神病人的作品。"

"我想，你已经从画中看到了什么，所以才会花费高价吧。"

"的确。"

"是什么？"

"答案还是那个问题，你看到过这样的星星、月亮和夜色吗？"

"没有。"

"那么凡·高呢？他看到过吗？如果凡·高也没有看到过，他为什么会画出如此科幻的作品？如果他看到过，那又是什么？"

"你说过，那时的他是一个精神病人，看到虚幻的画面非常正常。"

"是吗？那么如何证明我们看到的世界是真实的，而精神病人看到的画面是虚幻的？我们又如何证明，我们是正常的，精神病人是不正常的？"

一个普通的反问却醍醐灌顶，慕千林似乎想到了什么。他转过头，又看向了《星月夜》，那只是一幅油画，却有可能是精神病人眼中的世界，更令人感到恐惧的是，也许那个精神病人看到的世界才是真实的世界。

如果真是如此，那就太疯狂了，我们的所见、所听、所触、所闻、所感都是虚幻的，真实的世界其实是另外一副模样，只是我们没有能力去发现它，而那些发现了真实世界的人却被我们定义成精神病人。

"我们活在虚拟中。"霍兹给出了他的结论。

"你依然坚信人类生活在虚拟的世界？"

"对，所以我要寻找通往真实世界的出口。"

"你把我带到这里的原因是什么？"

"你我都认为，这个世界不是唯一，在这个世界之上还存在另一个世界。"

"那只是假设。"

"因为你我都未曾找到通往真实世界的途径。"

"你的意思是……现在找到了？"慕千林吃惊。

霍兹没有立刻回答，他转到油画的方向，抬起头，双眼盯着《星月夜》，仿佛那里摆放的不仅仅是一幅油画，而是通往真实世界的入口。霍兹的眼中闪烁着光芒，是希望与痛苦的叠加，他不需要回答慕千林的问题，因为身体已经给出了答案。

"它在哪里，那幅《星月夜》？"

霍兹依旧没有回答，而是说出了一句奇怪的话："慕千林，答应我，继续研究下去吧。"话毕，霍兹转身离去，只留下慕千林一个人站在《星月夜》与《思想者》的中间。

慕千林与兰沐儿也离开主建筑，回到了自己的住处。

别墅很美，大大的卧室更像是宫殿，天鹅绒床铺如云朵般柔软，夜晚的轻风微凉，却不冷，一阵阵微风吹过，掀起真丝纱帘，掠过慕千林的肩膀，又抚摸着兰沐儿的秀发。慕千林失眠了，他的思绪始终无法离开凡·高的《星月夜》，那幅画作仿佛在诉说着一个神秘的故事。

轻轻走下床铺，拉开玻璃门，慕千林来到阳台，外面漆黑一片，只有小道上的路灯和天空的星月闪烁着昏暗的亮光。

坐在一把藤制的摇椅上，慕千林将目光对向了月亮，他是一个想象力极其丰富的人，可以轻而易举地把《星月夜》与夜空凝结在一起。

思绪与画面混杂，却也让慕千林多了几分疲倦，困意涌来。伴着对《星月夜》的思考，他渐渐进入梦境，只是大脑依然没有停止工作。

如何才能看得到凡·高的星空呢？难不成要如凡·高一样变成精神病人？这个疑问在慕千林的脑中涌现，与此同时，慕千林的耳边仿佛回响起了霍兹的那句话："慕千林，答应我，继续研究下去吧。"在半睡半醒间，慕千林突然惊醒。

额头上流下一滴冷汗，他有一点不敢相信自己的猜想，但是第六感却告诉他就是如此。

从摇椅上起身，慕千林换好衣裤，来到一层。一位负责执勤的迷徒看到了慕千林，恭敬地问他要去哪里。

慕千林心急。"快，带我去见霍兹。"

迷徒看了一眼手表。"现在是凌晨两点，这个时间去打扰他不太好吧。"

"必须现在就去。"

"好的，我去开车。"

霍兹所在的别墅已经熄了灯，两个守在门口的迷徒看见慕千林，赶忙询问来意。

"我要去见霍兹，我有很重要的事情。"

"可以先告诉我吗？"一位迷徒问。

"不可以，我要亲自对霍兹说。"在没有得到验证之前，慕千林还不想告知任何人自己的猜测，他担心会引起不必要的恐慌。

两个迷徒显得为难，不过还是同意了慕千林的要求，只是一人要先去通报一声。

十分钟过去了，负责通报的人还没有回来，慕千林着急，他让另一位迷徒进去看一看。

另一人刚刚走到电梯门口，负责通报的迷徒就回来了，他的脸上带着困惑。"有什么重要的事儿先跟我说吧。"

"怎么了？"

那人的脸上带着犹豫，只是模棱两可地说了一句："霍兹现在不方便。"

"怎么不方便？"

"请你不要再问了。"

慕千林的眉头皱起，上前一步，目视着那人的双眼。"霍兹的精神状态是不是不对？"

无须回答，从对方吃惊的表情中就能知道慕千林的猜测八九不离十。

"快，带我去见他。"慕千林用的是命令的口吻。

那人也不再犹豫，立刻带着慕千林来到霍兹的房间。

打开房门时，第一眼看到的是坐在地板上的霍兹，他的脸上是一副享受的表情，嘴里哼唱着小曲，这是在他身上从未出现过的状态。

慕千林的心凉了一半，赶紧跑到霍兹的身边，眼神中带着怜悯。"霍兹，我来了。"

霍兹睁开双眼，瞅了一眼慕千林。"你是谁呀？"

一股失落感涌出。"你这是何苦啊？"

身后的迷徒赶紧跑过来，询问慕千林："他怎么了？"

慕千林低下头，内心是沉重与失落的夹杂。"他病了。"

"什么病？"

"……精神病……他疯了……"

"这是怎么回事儿？""为什么会这样？""是谁弄的？"迷徒们一个个地追问。

慕千林无奈地摇摇头。"是他自己弄的。"

"为什么？"

慕千林没有回答，他将霍兹搀起，送到了露台，窗外一片漆黑，只剩下了月光与星辰。

慕千林在他的耳旁轻声地说："看一眼天空吧。"

霍兹抬头仰望，他的脸上露出了惊喜。"好美呀！"

"你看见了什么？"

"天空在旋转……"霍兹的声音里带着一丝悲壮。

霍兹疯了，为了追求凡·高曾经看到的天空，他将自己弄得精神异常。

慕千林感到崩溃，他的脑袋里全都是海乙默与霍兹说过的那句话。"答应我，继续研究下去。"他早已说服自己不再关注昏迷，可是现在……

"慕千林……"慕千林的身后传来一个温柔的声音。

慕千林回过头，是兰沐儿。

"我该怎么办？"慕千林像是一个无助的孩子。

"继续研究它吧。你不可能真的放弃，过去做不到，未来做不到，现在也做不到。你是一个负责任的人，是一个喜欢思考的人，这样的你永远都不可能放弃。"兰沐儿停顿片刻，也说出了那句话，"慕千林，答应我，继续研究下去吧。"

兰沐儿的话仿佛打开了慕千林的心结，他长吁一口气，终于改变了主意。

第二日，慕千林找到庄园的管家，请他帮忙取得那幅质数三维图，他想到的第一个研究方向便是从天鹅座传过来的射电波信号。

管家对慕千林的要求相当重视，次日，他就通过航空航天局购买到了无损版的质数三维图。

庄园主建筑的放映厅里有一台三维成像设备，将质数三维图的数据载入，关闭放映厅内的照明灯，打开三维立体成像系统，一幅壮观的质数三维图呈现在慕千林的眼前。

就是它了，慕千林心情激动，站在近处，他静静地盯着它。几个月前，他也曾这样看着它。

一连多日，慕千林每天都要观察一段时间，希望可以找到破解质数三维图的蛛丝马迹。可是却没有太多收获，无论是微观粒子，还是宏观宇宙，它们都不能解释质数三维图中的符号。

多日超负荷的观察使得慕千林感到疲惫。这一天，一个人走在寂静的夜色下，终日研究无果的他像是一名战败的士兵，垂头丧气，双目失神。

草地上的一只喜鹊引起了他的注意，它正在草坪里寻找食物，蹦来蹦去，自由自在，不一会儿，喜鹊展开翅膀，向着天空飞去，慕千林的目光也随着它一同看向了夜空。

那是圆月与星辰，在慕千林的眼中，它们太普通了。普通得不能再普通的月亮，普通得不能再普通的猎户座……还有普通得不能再普通的金星，以及普通得不能再普通的水星。昏迷事件发生以后，经常研究天文的慕千林熟悉每一颗星星。在他的眼中，那 7 颗距离地球最近的行星极其普通。

可是今天，一个不可思议的想法突然而至，慕千林将目光定向了两颗普通的行星——金星与水星。

它们并不普通，至少在这一刻，慕千林眼中的它们在诉说着一个故事，一个关于质数三维图的故事。

难道说它要表达的是它们？慕千林睁大了双眼。

两只脚好像被定住一般，慕千林站在漆黑的小路上，双目始终不离夜空。慕千林认为，那些符号应该就是水星、金星或地球，而圆弧面则是太阳的一部分。他激动不已，如果他的猜测正确，那么各种符号之间的距离应该与行星之间的真实距离存在某种相关性。他立刻跑回放映厅，在计算机前快速操作，试图通过运算图形之间的距离来验证自己的猜测，可是无论如何计算，结果始终无法与行星之间的真实距离形成联系。

慕千林的心情低落，难不成是自己的预测出错了？他呆坐在椅子上，双眼木讷，右手漫无目的地点着鼠标，一会儿将两颗空心球的球心连在一起，一会儿又把球面与球面连接，同时大脑放空，看似游离，却也是一种思考。

不知不觉间，慕千林将两颗空心球面上的最近点连接在一起，又把圆弧面与 2 号空心球的最近点连接在一起，通过计算，得出了它们之间的距离比，是 7.1：1。

慕千林突然想到了什么，他立刻查阅相关数据，没错，这个数值刚好就是地球平均轨道与火星平均轨道的距离比上火星平均轨道与木星平均轨道之间的距离。

难道……它们代表的是地球、火星与木星？

看着那个硕大的圆弧面，慕千林操作计算机让其模拟出圆弧面所能构成的球体的模样。不到一秒钟的时间，一颗巨大的空心球出现在了计算机的屏幕上，它很大很大，在它的面前，另外两颗空心球更像是灰尘。慕千林继续验证着自己的猜测，他将两颗小的空心球与那颗大的空心球的体积计算出，如果它们代表的是地球、火星与木星，那么体积比也应该遵循真实的比例。慕千林紧张万分，然而，结果却令他大失所望，自下而上的 3 颗空心球的体积比大约为 1：0.11：318，而地球、火星、木星的体积比应该是 1：0.15：1316。

猜测错误，那不是 3 颗行星的体积比例。

难道空心球之间的距离比只是一个巧合？它们代表的不是地球、火星与木星？还没有来得及失落，慕千林就发现了答案，那不是体积之比，而是……质量。地球、火星与木星的质量比刚好是 1：0.11：318。

这一瞬间，慕千林激动得差一点蹦起来，如果说距离比只是巧合，那么质量比又是巧合的概率几乎为零。他终于揭开谜底了，两颗空心球分别代表地球与火星，圆弧面代表的是木星的一部分，空心球与空心球最近点的距离代表的是行星轨道之间的距离，而空心球的体积代表的是行星的质量。

然而慕千林的兴奋劲仅仅持续了三分钟，因为另一个谜团还没有解开，实心毛球代表的又是什么？

长久以来，各个领域的专家之所以没有将空心球想象成太阳系里的 3 颗行星，正是因为实心毛球的存在。所以，它们是什么呢？

地球的内部到底隐藏着什么呢？看着那颗藏在 1 号空心球内部的实心毛球，慕千林陷入深思。目光渐渐向上看去，慕千林的视线停留在了 A 毛球上。不仅在地球的内部，火星与木星之间也存在实心毛球。如果说以人类目前的能力还无法撬开地壳去寻找实心毛球，那么人类的天文水平应该可以在火星与木星之间寻找到那颗 A 毛球。

火星与木星之间存在什么天体呢？

小行星带，慕千林立刻想到了答案，难不成 A 毛球处在小行星带上？为了验证，慕千林又将火星表面与木星表面分别与 A 毛球连接，然后将距离进行比较。得出的结果令人惊喜，A 毛球果然处于小行星带上。

现在，慕千林终于揭开了质数三维图的谜底，它代表的是地球与木星之间的天体，分别是地球、火星与木星，A 毛球处于小行星带上。而唯一无法解开的谜题只剩下：实心毛球到底是什么？

这最终的谜题并不容易解开，地球的内部与小行星带上拥有某种相同的物质，它会是什么？

地球的内部有什么？通过对资料的查阅，慕千林发现，地壳之下究竟存在着什么至今仍然不能 100% 的确定，人类只是通过各项数据推算出地幔可能分为上地幔和下地幔，而地核则分为液态的外地幔、过渡层，以及由铁和镍等元素构成的固态内核。不过那也仅仅只是猜测，人类至今挖掘的最深深度只有 12000 多米，而地壳的平均厚度约 17 千米，也就是说，人类到今天连地壳都没有穿越过，更不要说进到地幔与地核了。所以，地球的内部究竟存在什么仍然是一个未解之谜。也许，地球的内部与小行星带上的某些物质相同，而质数三维图画的就是这种物质。慕千林无法给出确切的答案，他只能胡乱猜测。慕千林将目光对准了小行星带，这是一个大约聚集了 50 万颗小行星的地带，位于火星与木星之间，受到太阳与木星引力的共同影响，这里无法形成巨大的行星。小行星带的主带中仅有一颗矮行星——谷神星，它的直径只有 950 公里。人类对小行星带的研究已经进行了几百年，对那里的探索也比较成熟，如果小行星带上存在某些巨大的天体，人类应该早已探测到了。

慕千林不得不把目光对准谷神星，它是太阳系中最小也是唯一位于小行星带上的矮行星。研究表明，它具有岩石内核，地幔层包含大量的冰水物质。然而在太阳系内，谷神星并不特殊，它与地球的内部完全不同。慕千林很快就排除了实心毛球代表的是谷神星的想法。

慕千林被难倒了，他不得不再一次把研究的方向转回地球，是否在地球的内部存在着某些人类还未知的东西？慕千林甚至开始研究起各种各样的传说，比如沉入海底的亚特兰蒂斯文明等。他希望可以在其中找寻灵感，可是却一无所获。这令慕千林变得心烦气躁。

始终陪伴在慕千林身边的兰沐儿看在眼里，疼在心中，她不愿他承受煎熬，可是她也知道，那是慕千林的使命。

为了让慕千林放松，这一天夜里，兰沐儿想到了一个好的去处。

"我们去看一看艺术品吧。"兰沐儿拉着慕千林说。

"都是一些假画，有什么可看的。"虽然不情愿，但是大脑已经疲惫的他还是跟着兰沐儿来到了展览区。

再一次走进来已经没有了第一回时的新鲜感，跟在兰沐儿的身后，毫无兴致的他走马观花，不管兰沐儿说什么，他都只是敷衍地回答。直到他们来到了《思想者》的旁边，兰沐儿停下了脚步。

"霍兹说这个雕像是真的，对吧？"

慕千林瞅了一眼，漫不经心。"对。"

"还有它，也是真品，对吧？"兰沐儿手指着《星月夜》。

慕千林的视线转到《星月夜》的方向，不知道为什么，当他看到《星月夜》时，所有的漫不经心荡然无存，那幅油画仿佛拥有某种未知的魔力，将慕千林的注意力吸引。

"你怎么了？"兰沐儿注意到了慕千林的变化。

"哦，没什么。"回神的慕千林挤出一抹敷衍的笑。

"又想起霍兹了吗？"

"没有，不，算是有吧。"慕千林也不晓得刚刚的自己在想些什么，只是那一瞬间他仿佛发现了什么，可是仔细回忆却又什么也想不起来。

"凡·高为什么要把星空画成这样？"兰沐儿歪着脑袋，又看向了《星月夜》。"你觉得，这个旋转的天空更像什么？"

"没想过。你呢，觉得它是什么？"

"像是摩天轮。"

"摩天轮？"慕千林定神瞅了瞅，他怎么看都不觉得那是摩天轮的形状。

"像吗？"

"我觉得有一点，可能是因为我从来没有见过真实的摩天轮吧。"

"你没有见过？"这一刻的慕千林才意识到，兰沐儿始终生活在基地里，她从未去过游乐园。

"是啊，前两天，我看了一部电视剧，里面的男主角就是在摩天轮里向女主角表白的，我觉得好浪漫啊。"

"你是不是也想坐一次？"

"嗯。"兰沐儿认真地点着头，"不知道为什么？我特别想坐一次。"

"好，那咱们就去坐一次。"

兰沐儿惊喜地瞅向慕千林。"真的吗？"

"当然，我骗你做什么？"

兰沐儿龇牙笑着，开心得像是一个吃了糖的孩童。

慕千林也欣慰地笑了，他心中的兰沐儿幼稚得可爱，最大的愿望可能也仅仅是坐一次摩天轮。

不经意间，慕千林的目光又看向了《星月夜》，画中的景色好像真的是摩天轮一般。一瞬间，不知道为什么，慕千林的脑子里出现了昏迷事件，一种莫名其妙的感觉，他觉得昏迷的答案仿佛就在《星月夜》里。这种想法尤其强烈，可是仔细想来，他又不知道因为什么。

一连多天，慕千林每日都会来展览厅看《星月夜》，他也不知道这幅油画到底能够给他带来怎样的答案，但他却有着一种莫名其妙的感觉，《星月夜》很特别。

又是一无所获的一天，直到夜色降临，慕千林才步行走向自己的别墅。天色已晚，走在寂静的小路上，他的手机突然响起，是兰沐儿发来的图片，那是凡·高的《星月夜》，兰沐儿知道他每日去展览厅都是为了观赏《星月夜》，所以特意将一张图片发送到他的手机里。这是一幅三维的《星月夜》动画，现代的科技让静态的油画有了"生命"。

看着那幅转动的三维《星月夜》，慕千林笑了，兰沐儿真是一个用心的女孩，她从不多问，却是最理解慕千林心思的人。

"有这样的一个女孩在身边，那些所谓的困难又算得了什么？"慕千林自言自语，同时不自觉地抬头看向了天空。

就是这样一个简单的动作，慕千林的眼前却出现了神奇的画面。每日都盯着《星月夜》，那幅油画早已印了大脑里，刚刚又看过了立体的动画，此刻，黑暗的天空仿佛变成了硕大的背景布，整个《星月夜》映射在了上面。慕千林好似看见凡·高曾经看到的天空。

那是震撼的画面，整个天空都在旋转，月亮、星星如同有了生命，将周围的空间变成永不停歇的旋涡。也是在这一刻，另一幅景色也在夜空中映射，它便是质数三维图。

一瞬间，《星月夜》、天空、质数三维图混杂在一起，它们好像本身就是同一幅图像，只是被不同的人用不同的方式表达出来。

慕千林的大脑飞速地转着，三幅景象来回切换。长时间地观察没有白费，它们终于给了慕千林回报。

没有人知道，凡·高当初在创作《星月夜》时为何要将星空画得旋转，但是此时，那些旋转在慕千林的眼中代表的就是时空的扭曲。

是什么可以将时空扭曲？

引力，对，是引力，慕千林仿佛发现了某个惊天大秘密。

夜幕之下，如果抬头仰望，你会看到一片静止的天空，然而，真实的太空远远没有人类看上去的那么平静，因为引力的存在，它是可以影响物质运动的力，人类无法观测到它，它又无处不在，几乎所有的天体都会受到引力的影响。

《星月夜》中所描述的空间旋转到底是不是引力，也许只有凡·高本人知道，但是慕千林心中的《星月夜》就是由引力扭曲的天空。

《星月夜》中，月亮的周围有旋转扭曲的空间，那是由月亮的引力导致，星星的周围有扭曲旋转的空间，那是由星星的引力导致，然而最扭曲的空间来自空旷的天空，那里没有月亮，也没有星星，却扭曲了最大的空间。那里是什么，它们的扭曲又是由什么引起的？

暗物质。

一束光瞬间穿过了慕千林的大脑，他的双眼瞪得好像是一对巨大的铃铛，一瞬间，《星月夜》、质数三维图、天空在他的脑袋里来回切换。

最终，他的意识停留在了质数三维图的实心毛球上。"难道，那里是暗物质？"慕千林的嗓子不自觉地发出了声音。

一个不可思议的想法。慕千林立刻跑向放映厅，打开了那幅巨大的质数三维图。

两颗空心球代表的是火星与地球，圆弧面代表的是木星，球面与球面的最近距离代表的是行星之间的距离，空心球的体积代表的是质量。慕千林的思考停在了这里，他们为什么要用体积表达质量呢？这种转换意味着什么？他的目光聚焦在了实心毛球上，难道，他们是想要表达，实心毛球的体积代表的也是质量？

越是思考，慕千林就越兴奋，他的思维也就越活跃。最终，他给出了一个大胆的猜想，他们是想让人类通过引力去寻找存在于小行星带上的暗物质。

终于破解了，慕千林难以抑制心中的兴奋，现在，他唯一要做的事情就是验证自己的猜想。

暗物质

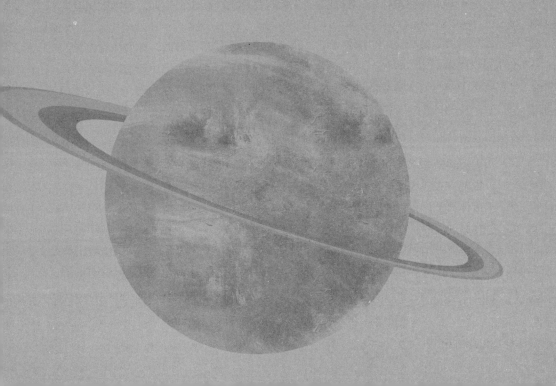

暗物质，一种无法被观察到的物质，因为它几乎不与物质发生除了引力以外的相互作用，也就是说，我们看不见也摸不到它，即使有万亿个暗物质穿越人体，我们也无法察觉，唯一可以探测到暗物质的方法就只有引力。在大尺度上，人类可以根据发光星体的总质量与整个系统的运动速度来判断暗物质的质量，可是在小尺度上这种方法并不适用。

不过在理论上却有一种方法可以验证暗物质是否存在，那就是微引力透镜，光线在越过暗物质时会由于引力的作用而发生微弱的偏折，由此便可以根据光线的偏折来寻找暗物质。

慕千林要做的就是利用微引力透镜去寻找小行星带中的暗物质。

近三天，慕千林每日只睡三个小时，他把大量的时间都用在了对暗物质的寻找上，可是他没有发现小行星带上的暗物质，却等来了10架从天而降的直升机。

轰隆隆的噪音打破了庄园的宁静，天空中出现了10架军用直升机，所有的迷徒都提高了警惕。

慕千林也因窗外传来的噪音停止了研究。看到直升机时，他产生一种不祥的预感。

舱门打开，首先走下来的是荷枪实弹的军人，随后，一个穿着西装的男子从飞机中走出。

"谁是这里的头？"那人说，他的声音不大，却掷地有声。

管家上前一步道："你好，我就是。请问你们来此有何事？"

那人走上前，伸出右手与管家握了一下。"你好，我想见慕千林。"

管家装作没有听懂的样子。"慕千林？他是谁？"

"我知道他在这里，不用装。"

"我不知道你在说什么，如果你们来此是做客的，我十分欢迎，否则别怪我不客气。"

西装男淡定地一笑。"这么说吧，我来这里是要见慕千林的，你们让见得见，不让见也得见。"

管家不高兴了，刚要怼回去，却被后方的一句话打断了。

"我在这儿呢。"是慕千林，他走了出来，"我认得他。白启将军，别来无恙。"

这一刻，管家才终于看出来眼前这个眼熟的男人正是曾经的世界联盟的二号人物白启将军。

白启淡淡地笑了。"我已经不再是将军了，只是一个普通人而已。"

"说吧，来找我做什么？"慕千林问。

"接你离开，我们一同去研究昏迷。"

"我已经放弃了对它的研究。"

"不可能。"白启的语气自信，"如果你真的放弃了，就不会去购买质数三维图。我知道，你还在寻找答案。"原来，白启是根据质数三维图的购买记录锁定了庄园。他走过人群，来到了慕千林的身边，道："全世界都在找你，不久之后，世界联盟也会来找你，他们绝对不会像我这么绅士，到时候，庄园将会血洗成河，你也会被强行带走，所以还是跟我离开吧。"

慕千林的眉头微皱。

白启知道，他动心了。"我又建立了一个研究中心，那里有你曾经的战友。跟我走吧，我从未放弃过对昏迷的研究，我相信，你也是。"

的确，一个人的力量根本不可能在小行星带上寻找到暗物质，慕千林已经知道了研究的方向，他需要的是一支专业的团队，而白启便是可以给他帮助的那个人。

"我可以跟你走，但是你要答应我两个条件。"慕千林郑重其事地说，"第一，不要伤害他们。"

"当然，我从未想过伤害他们。"

"第二，我要带着兰沐儿一同离开。"

白启笑了。"她曾经是我的兵，你不带都不行。"

慕千林也笑了。

当天下午，慕千林与兰沐儿乘坐白启的直升机离开了庄园。三日之后，世界联盟也调派一支军队来到了庄园，他们逼问慕千林的下落，无功而返。直到最后一个指引派的迷徒倒下，仍然没有人说出慕千林的去向。

最后，庄园里只剩下一个疯子还活着，也被世界联盟给带走了。

没有人知道世界联盟会利用霍兹做什么，但是有一点可以肯定，如果霍兹没有疯掉，任何人都不可能通过网络发现慕千林的下落。

白启建立的第二研究中心就在慕千林曾经待过的秘密基地。兰沐儿又回到了家，她开心得像是一个孩子，回到基地的第一件事儿就是跑到父亲的房间，不过兰天已经不在了，此处被改为第二研究中心以后，在此工作的军人全部撤离了。

来到秘密基地的第二天，白启召开了一个研讨会，讨论慕千林的研究方向是否可行。

会议桌前投影着一幅巨大的质数三维图，慕千林为众人讲解着每一种符号所代表的含义，并通过数据来验证自己的猜想，他的结论令在场的所有人都感到吃惊。

随后，在几十位物理学家的面前，慕千林公布了他的另一个猜测：实心毛球代表的是暗物质，所以在小行星带与地球的内部存在暗物质。

此话一出，立刻引起物理学家们的讨论，一方面他们感到相当不可思议，另一方面他们也在质疑慕千林的假设。

"你是说，暗物质团，暗物质成团了？"一位名字叫欧文的天体物理学家说。

"可以这么讲。"慕千林回答。

"荒唐，我们虽然不知道暗物质是什么，但是却可以排除暗物质成团的假设，利用引力透镜效应，人类从未发现过成团的暗物质。"

"没发现不代表没有，到达地球的光或许发生过多次的引力透镜，我们看见的宇宙根本不是真实的样子，暗物质所造成的引力透镜可能没有那么明显，或者太阳系与银河系本身就被暗物质笼罩，我们就生存在巨大的引力透镜之中。"

"就算你说得对，但是在小行星带上有一堆成团的暗物质，像行星一样，这种假设太荒谬了，如果真的有，人类早就通过微引力透镜发现了。"

"没有发现的原因有许多，比如暗物质的质量远远低于预期，所造成的微引力透镜难以被观测。比如小行星带上的小行星对观测产生了影响，尽管我们已经发现了微引力透镜现象，却因为小行星的存在而忽略掉了。再比如暗物质躲藏在火星或其他星体的后面，它被挡住了。抑或者暗物质存在某种特殊的属性，导致微引力透镜无法观测到。"

"这些都是假设。"欧文接着说，"如果质数三维图中的空心球描绘的是地球到木星之间的天体，那么为什么没有月球呢？还有木星上的卫星，为什么一颗也没有？"

"这一点我可以解释。"另一位名字叫陆天文的物理学家说，"他们发送的坐标可能只包括太阳系内的主要天体，他们只是想要告诉我们暗物质在哪里，就像人类在制作地图时会忽略掉一些不重要的建筑一样。"

"他们？他们是谁？他们为什么会关注地球？即使他们来自格利泽 832c，他们与人类之间的距离也有 16 光年，这么遥远的距离，他们给我们发一个坐标是为了什么？"欧文的质疑越来越犀利，而且这些问题根本没有办法给出回答。

"我说了，坐标是为了告诉人类暗物质团的位置。"慕千林回答。

"然后呢？我们知道了暗物质团的位置，又能怎样？能做什么？眼下，人类最棘手的事情应该是破解昏迷的谜团，你不会真的认为他们是来帮助人类解决昏迷事件的吧？"

"不是没有可能。"

"哈哈哈哈，可笑。十六年前，他们预知了人类当下将会面临昏迷的灾难，然后出于善意，向我们发来了信号，不会有人真的相信这么扯淡的解释吧？"

一时间，会场内不再有人吱声，他们不是不想答复，而是没有能力回答。

这个时候就显出了白启的重要，他开口说："我们先不要管那么多，做一个假设吧，如果质数三维图描述的就是地球与木星之间的空间，各位是否有能力找到暗物质团？"

"如果真的存在，只有利用微引力透镜可以发现暗物质团。"一位物理学家说。

"那就试一试吧。"白启命令说，"将我们可以利用的所有天文观测设备对准小行星带，如果它存在，我们必须找到它。"从白启的态度可以看得出来，他对慕千林相当信任。

虽然已经不再是世界联盟的二号人物，不过白启依然可以调动大量的资源，在亚洲地区，有 3 个天台可以供他调遣，虽然数量不多，但对于观测小行星带已经足够了。

几十位天体物理学家开始没日没夜地分析天台传送回来的数据，再加上曾经收集的数据，几乎每一寸空间都不放过。这是一项比大海捞针还要困难的探测，可是为了那一丝的希望，他们拼尽了全力。

终于，功夫不负有心人，第二研究中心发现了一个特殊的微引力透镜现象，那是一片空旷的空间，却有着极其微弱的引力透镜，只有最精密的仪器能够探测到，但是它确实存在。

慕千林的猜测终于被验证，小行星带上的确存在一个特殊的天体，人们看不见它，也摸不到它，它不受电磁相互作用，不受强相互作用，也许只受到引力的作用，但是它确实存在。

人类找到了小行星带上的暗物质团，可是它意味着什么？它与昏迷又是否有关？疑问再一次摆在了慕千林的面前，他每日苦苦寻找，却始终无法发现答案。这不免使得慕千林产生自我怀疑，暗物质团对于人类而言有意义吗？它又能否拯救人类于水火？

一连多日，慕千林始终无法得出昏迷与暗物质的关系，他变得少言寡语。那段日子，他最多的动作就是扶着脑袋思考。

身边的兰沐儿知道他一定是遇到了困难，她想要帮忙，可是她也知道自己根本没有能力帮助慕千林解决难题。

转折点来自兰沐儿的一句无心的问话。那一日，慕千林呆坐在基地的木凳上，手托着头，正在思考，虽然面无表情，但是可以看得出来他的思绪已经打结了。

兰沐儿希望帮助慕千林放松一些，于是走上前，带着半开玩笑的口吻，说："这个动作让我想起了一件艺术品。"

一句话打断了慕千林的思绪，他有一些不悦，语气略带敷衍。"想起了什么？"

"《思想者》。"

"是吗？"慕千林对兰沐儿的话题并不感兴趣。

"不过有一点不同，你托的是脑袋，《思想者》托的却是下巴。你说说，如果《思想者》真的是一名思想者，他为什么要托着下巴呢？"

"他托的就是脑袋好吧。"慕千林想要尽快结束这段没有意义的对话。

"不，我仔细看过，他托的就是下巴。"

"你说什么？"慕千林吃惊地看向兰沐儿，"《思想者》托着下巴，不是头？"

"对……对呀。"

"我上网查一下。"

"需要这么较真吗？"

"非常需要。"说着，慕千林拿起手机开始查找答案。

一幅《思想者》的图片出现在手机的屏幕上，慕千林可以清楚地看到真实的雕塑的确托着下巴。

一种难以置信的吃惊在慕千林的身体内翻涌，因为在他的记忆中《思想者》托的明明是脑袋。

难道是自己记错了？慕千林又看了一眼手机。这时他才发现，原来记错的人不仅仅他一个，还有很多，那是一种集体性的错误记忆，并且不仅仅存在于《思想者》，还有许多类似的集体性错误记忆，因为起源于曼德拉的死亡时间，所以人类将其称之为曼德拉效应。

对于一个人而言，记忆错误并不罕见，可是集体性的记忆错误呢？它还正常吗？

对于曼德拉效应的解释有很多，一种科学的解释认为，这是人类在思考问题时出现的偶然性偏差，人类的大脑和记忆系统很容易出现错误和记忆丢失等现象，大脑并不完美，在某些事情上容易因为大脑的"偷懒"而生成错误的记忆，或者是惯性的记忆。例如大多数人觉得思考时托着脑袋更合理，所以会认为《思想者》托着的就是脑袋。

不过也有人持不同的观点。

比如虚拟世界论，人类生活在虚拟的世界，记忆错误是系统重启导致的漏洞，就好像是计算机丢失了某个文件。

平行宇宙说，两个平行的宇宙发生碰撞，表面上没有任何改变，但是部分人却实现了记忆的互换，之所以会出现不同的记忆，是因为两种记忆的人曾经生活在不同的平行宇宙。

时空紊乱说，宇宙的时空存在漏洞，漏洞会引起时空的紊乱，进而导致记忆的错误。

…………

在所有的观点中，以时空紊乱说的解释最为牵强。不过当看到时空紊乱说的那一刻，慕千林仿佛灵光一闪，似乎明白了什么。

宇宙中的时空并不平坦，这已经被相对论证实，那么宇宙是否存在漏洞呢？如果说黑洞算是一种漏洞，那么漏洞一定存在。在黑洞中，时间与空间都会发生扭曲，它与外部世界截然不同。除了大质量的黑洞以外，宇宙中还存在许多微型黑洞，也叫作量子黑洞，大型强子对撞机就可以制造出一个量子黑洞，它的寿命很短，很快就会蒸发，所以不会对物质世界产生影响。

不过，不对物质世界造成影响的量子黑洞并不代表也不对物质以外的东西造成影响。在另一个领域，量子黑洞有可能会造成某些不可思议的影响。如果这样的影响存在，它又会是什么呢？

慕千林首先想到的答案是：意识。

那一刻，慕千林似乎突然顿悟到了什么，一切的谜底即将揭晓。只不过他还不能100%的确定，他需要一个方法去验证，而那个方法需要暗物质团。

慕千林找到了白启。"我需要一艘太空飞船去暗物质团。"

白启为慕千林提出的要求而吃惊。"做什么？"

"寻找昏迷的答案。"

白启的目光凝聚，他感到不可思议。"你觉得昏迷与小行星带上的暗物质团有关？"

"是的。"

"有什么关系？"

"具体的……我还不能确定，需要去验证才能得到答案。"

"说一说你的猜测吧。"

慕千林沉默了片刻。"空间并不完美，它存在瑕疵，黑洞就是其中的瑕疵。"

"我没有明白你的意思。"

"黑洞的内部相当神秘，人类试图研究，却始终无果，因为只要物质靠近黑洞就会被撕裂，但是我个人认为有一种东西可以进入黑洞。"

"什么？"

"是意识。意识是一种神奇的存在，它不是物质，也不是能量，至今仍然没有人知道它到底是什么。在我看来，意识是高于物质、高于能量的存在。所以如果有某样东西可以不被撕裂地进入黑洞，那么它只能是意识。"

"这与小行星带上的暗物质团有什么关系？难道那也是黑洞？"

"不，它不是，它只是暗物质团。如果我的假设成立，意识可以进入黑洞，那么还有另一种可能，不与物质发生作用的暗物质也许会与意识发生某种人类未知的相互作用。"

"什么意思？"

"暗物质好像是幽灵一般，物理学家已经基本上确定了它的存在，却没有物质可以与它相互作用。暗物质与物质仿佛是存在于同一个空间的两个不同世界。我只能用一个蹩脚的解释来形容它，假设有两个人，他们生活在同一座城市，可是一个人属于物质世界，另一个人属于暗物质世界，这样的两个人也许会睡在同一张床上，但是却从未见过彼此，甚至不知道对方的存在。"

"你是想要说，也许意识可以进入暗物质世界，就像进入黑洞一样？"

慕千林的目光也变得严肃。"是的，如果我的判断正确，意识是高于物质也是高于能量的存在，那么它有很大的概率也能够进入另一个世界——暗物质世界。"

"既然需要验证的是意识，我们完全可以派其他人到小行星带上去验证，无须你亲自过去。"

"不，必须得由我亲自过去。"慕千林的语气斩钉截铁。

"为什么？"

"也许只有我能够进入那个世界。"

白启显得相当吃惊。"为什么只有你可以进入？"

"先回答我一个问题吧，你为什么宁可让其他人去往小行星带，也不希望我去？"

"因为你是昏迷事件中唯一的幸存者。"说出这句话时，白启也明白了慕千林的特殊之处，"你已经……知道……你为什么会在昏迷事件中幸存了？"

"只是一种猜测而已，我的意识与其他人存在区别。"

"是什么区别？"

"我刚才已经说过了，空间并不完美，在空间之中存在许多瑕疵，那些微小的瑕疵可能会影响到意识。然而不是所有的意识都会被影响，只有特殊的意识才容易被影响，而我的意识就是那种特殊的意识。我曾经说过，昏迷是对意识的掠夺，有一种未知的力量将人类的意识夺走，昏迷事件发生时，在那个空间里的所有人类都无法幸免。只有一种人例外，这种人的意识可以轻松地进入空间的漏洞。"慕千林加重了语气，"昏迷事件发生的那一天，你们曾经问过我在做什么。我始终回想不起来，当时我把那种状态叫作发呆，现在我终于明白，那不是简单的发呆，而是意识的离开，它因为逃到了空间的漏洞而幸免于难。而他们只能夺走物质世界里的意识。"

　　白启的身体在颤抖，并不是因为寒冷，而是由于慕千林的回答令人感到恐怖。"我明白了，不过，我不能立刻同意。"

　　"我等你的消息。"

『拯救号』

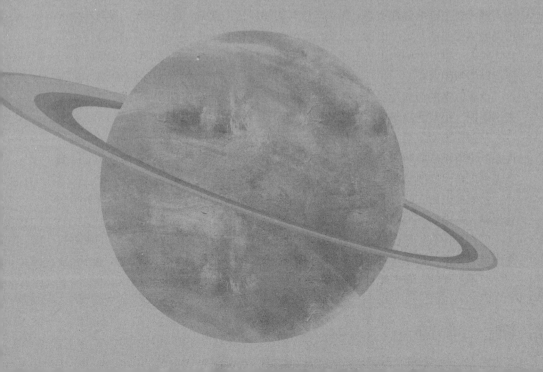

白启的确不能立刻批准慕千林去小行星带，因为他在等待一起事件的降临。

美丽的阿尔卑斯山脚下，一条清澈的小溪蜿蜒流淌，哗哗的溪水声是这里最美的音乐，周围长满了青色的小草，偶尔生出的野花点缀着这片山脉。在距小溪不远处的小院内，一位白胡须的老人正在劈砍着木柴，他与妻子已经搬到这里有一年多了。

老人的身边堆放着劈好的柴垛，老妇人则刚刚做好一双草鞋，她想要自己的老伴儿试一试，她拖着松弛的皮肤，抓着一双草鞋跑出木屋。远处的丈夫正在挥汗劈柴，老妇人带着喜悦的笑容，她刚要喊些什么，可是下一秒钟，她的丈夫突然在她的眼前倒下，老妇人还没来得及惊慌，她也在不知不觉中失去了意识。

倒下的不止这对老夫妇，周围的居民都在这一刻失去了意识。而后，整个阿尔卑斯山的人类全部倒下。

第五次昏迷事件出现了。

半个多小时后，美洲和亚洲都得到了昏迷事件再一次出现的消息。一时间，几乎所有人的目光都聚焦在了阿尔卑斯山，人们希望可以得到有人幸存的消息，大众也普遍认为一定会有人存活，因为欧洲是防护头盔普及率最高的地区，而且那里有一个很深的地下避难所。

时间在一天天流逝，世界联盟始终没有公布任何消息，他们在刻意回避着什么。这段日子，一些民间组织展开了秘密调查，他们试图找到因佩戴头盔而得以幸存的人，或者躲在地下避难所的幸存者，哪怕只有一个。可是调查结果却令人失望，整个阿尔卑斯山地区没有一个人是醒着的。

世界各地的民众开始质疑世界联盟所推广的防护头盔是否真的有效，避难计划也被质疑为无用的举措。在巨大的质疑声中，世界联盟不得不出面解释，然而官方给出的答复竟然是，避难计划的确无效，但是头盔却不同，在昏迷事件发生时，那些人并没有正确地佩戴头盔。显然，这样的解释是愚蠢的。几千万人，没有一个人正确地佩戴头盔？这可信吗？很快，民间组织就在现场发现了正确佩戴头盔但依然昏迷的人，官方立刻跑出来澄清，表示那些头盔是仿造品。与此同时，他们开始打压民间组织的调查。

世界联盟的行为让民众大失所望，再加上第五次昏迷事件使得近 8000 万人失去了意识，民众的愤怒与恐慌达到了极点。

莱蒙托夫所统治的世界联盟在第五次昏迷事件后变得岌岌可危，他已经失去了民心，不得不依靠军队来维持自己的统治。不过，有一个人却因为昏迷事件的降临而感到兴奋，他便是白启。

莱蒙托夫所在的府邸，一声声清脆的电话铃声把这间死气沉沉的房间扰得嘈杂且烦躁。是白启打来的电话，他要求与莱蒙托夫通话。

"你说什么！你已经破解昏迷了？"莱蒙托夫瞪着喜悦的大眼，"你的电话打得太是时候了，你尽快来一趟，我会亲自派人去接你。"

"不，元帅，我不能过去了。"

"为什么？"

"从亚洲到北美，路上有太多的危险，我担心我的安全。"

"你放心，我会派军队保护你。"

"元帅，我更信任的是我曾经指挥的军队。"

莱蒙托夫明白了白启的意思，他是在和自己做一笔交易。"好，我会立刻封你为将军。"

"元帅可能是误会我的意思了，将军只是一个头衔，我不在乎。"

莱蒙托夫暗自愤怒，他明白白启要的是实权，而唯一的实权就是将白启曾经管理的军队还给他。那是一支可以撼动世界的军队，莱蒙托夫不得不三思。"我懂了，你的军队理所应当由你去指挥。"莱蒙托夫的计划是先答应着，至于是否实施则要再议。

"好，那么明天就交接吧。"然而，白启却不给他拖延的机会。

"明天！是不是有一点太着急了？军队的交接不是小事，要一步一步来。"

"元帅考虑得周全，那么等你把军队交给我以后再说吧。"

莱蒙托夫知道自己的事情拖不得，他有一点后悔当初饶过了白启，现在他只能妥协。"好，我现在就给军区打电话，明天我就把亚洲军区的指挥权交给你。"

"谢谢元帅。"

白启重新获得了军队的指挥权，他也信守承诺将昏迷的答案告知了莱蒙托夫。二人在夏威夷见面，开启了一场新的谈判。

"我需要慕千林，这一点你应该知道。"莱蒙托夫说话直截了当。

"当然，元帅。"白启带着神秘的微笑。

"这就好办了，把慕千林交给我吧，我会将他送到小行星带上，种子计划的实施使得航空航天技术突飞猛进，我的人想要把一个人送到小行星带，太容易了。"

"元帅的话不错，不过，我没有办法把慕千林交给你。"

"说吧，你想要什么条件？"

"元帅可能是误会我的意思了，慕千林是一个人，不是物品，如果他想要去元帅府，我自然会让他去，可是他没有那个意愿。"

"既然你不愿意交，那来见我做什么？"

白启轻笑了一下。"慕千林需要去小行星带寻找答案。可你也知道，我没有能力将他送到那里，我是想要寻求与你的合作，你我一同将他送到小行星带。"

"也就是说人还是你的人，我无条件地提供技术，好处都是你的？"

"元帅又误会了。在实施这项计划之前，由你我联合发出声明，告诉民众，我们已经在小行星带上发现了暗物质团，那里有解答昏迷的钥匙，你我一同出面一定会让很多民众信服。另外，一旦慕千林解决了昏迷的难题，你我都是这项计划的领导者，功劳当然是大家的；相反，如果失败了，你我也能共同承担风险。"

莱蒙托夫思考了良久。"你希望我做什么？"

"很简单，只需要提供技术，在新闻发布会的时候露个面。我会负责慕千林的安全，同时由我来恢复民众对世界联盟的信任。"

"后两件事儿，我也要参与。"

"对不起元帅，慕千林非常害怕你，而防护头盔的无效又大大降低了大众对世界联盟与你的信任，你的参与会适得其反。所以不是我不想让你参与，而是……为了大家好。"

莱蒙托夫思索了片刻，他知道白启的话是有道理的。"可以，不过你要把你的计划全部向我公开。"

"当然了，这是你的权利。"

"你可以去小行星带了，不过要等到一个月以后。"一切都已谈妥，白启终于将消息告知了慕千林。"需要准备些什么吗？"

"我也不清楚，这是人类第一次去那里，一切都是未知。"一股莫名的失落感生出，慕千林也不知道这是因为什么。

"我想你应该需要它吧。"白启拿出一个微型机器。

"这是脑机接口？"自从海乙默决定启动脑机接口的计划，这项技术就有了突飞猛进的发展，如今把计算机连接到大脑已经不再是难题。

"是的，这是最新的脑机接口，或许它能起到保护作用。"

"没用的，意识没有你们想象的那么简单。不过……还是交给我吧，万一有用呢。"

"会有危险吧？"白启略带担忧地问。

"放心吧。"慕千林的语气并不自信。

白启的担忧也是兰沐儿的担心。作为最关心慕千林的人，得知他就要飞往小行星带以后，兰沐儿就没睡过好觉，她想要反对，但也知道那是徒劳。

在距离慕千林的离开还有一天时，所有的忍耐都到达了极限，兰沐儿再也控制不住心中的担忧。从早上开始，她就一直抱着慕千林，好像是即将永别的恋人在释放最后的爱意。

慕千林也将她揽入怀中，轻抚着她的长发。

"什么时候回来？"兰沐儿问。

"我不能确定，可能需要几个月吧。"

"会有危险吗？"

"哪有什么危险……"慕千林笑着说，希望让兰沐儿尽量放心。

"我知道有危险，你不用再骗我了……"兰沐儿终于抑制不住泪水了，"如果你的意识无法进入暗物质团还好说，一旦进入了……谁知道里面是什么？"

"哪有你想象的那么夸张，如果允许的话，我会每天都跟你通一次电话，让你放心，好吗？"

"好。"兰沐儿低着头，"但是请你要答应我，一定一定要回来。"

"一定，我答应你。我还答应过要带着你去坐一次摩天轮，等我回来，第一件事儿就是带你去坐摩天轮，好吗？"

　　"嗯，一言为定。"

　　"一言为定，我们拉钩。"慕千林与兰沐儿伸出了小指。

　　最新的太空飞船是以可控核聚变为动力的，速度可以达到前所未有的高度。不过为了安全起见，太空飞船只启动了70%的动力，预计到达暗物质团的行程为三十日。这艘飞船被命名为"拯救号"，意为拯救人类。除了慕千林以外，还有两名宇航员一同前往，一男一女，负责"拯救号"的驾驶，分别叫泰勒和松下信子。在抵达暗物质团的近处时，慕千林会乘坐探索舱继续前往，泰勒与松下信子则要留在"拯救号"上等待。

　　在去往暗物质团的一个月里，3个人始终在分析着数据，但却没有多少收获。他们除了知道暗物质团的质量以外，无法获得任何其他信息，在普通人看来，那里什么也没有。

　　因为肉眼无法观测，泰勒和松下信子只能依靠微引力透镜去判断方位，终于，在与暗物质团中心距离大约20万公里时，"拯救号"停了下来。没有人知道暗物质团的体积是多少，它有可能比木星还要庞大，也有可能只是一个点，人类现有的能力只能够测量它中心的大致位置。

　　天文学家把暗物质团的边缘命名为"暗边"，"拯救号"的第一个任务就是寻找暗边，他们投放了各种各样的探测仪器，却没有任何结果，那里仿佛"一无所有"。

　　"还是我直接去吧。"终于，慕千林等不及了。

　　"不行，在没有找到暗边之前，你绝对不能冒险。"

　　"找到了又如何？我们能发现什么吗？"

　　"至少，在你进入暗边以后，我们可以观察你身体的状况，一旦有异常，我们就会给探索舱下达返回的命令。"

　　"不，不可以下达返回的命令。进入暗物质团以后，我不知道我的意识是否还留在大脑，如果意识离开大脑了，你们又将探索舱收回了，我的意识可能再也回不到我的身体了。"

　　"这……这……这可能吗？"泰勒吃惊。

　　"有很大的概率，所以探索舱只能由我控制。"慕千林没有危言耸听，按照他的理论，他的大脑对意识的吸引能力是微弱的，一点点的暗物质都有可能将他的意识带走，更何况是如此巨大的暗物质团。

　　"可是……如果你的意识无法从暗物质团逃脱出来该怎么办？"松下信子担心地问。

　　"那就要靠我个人的能力了。"

　　泰勒犹豫。"这样的话，我需要向上级请示是否发射探索舱。"

　　"可以。"

泰勒向地球的指挥中心发出请示，事实上，指挥中心始终在监听着"拯救号"，慕千林等人的每一句话白启都能听得到，只是在时间上有半个多小时的延迟。

如果某些操作失误，慕千林的意识将可能永远地离开大脑，难以回归。指挥中心的白启在半个小时之后听到了这句话，而现在，他需要做出是否发射探索舱的决定。所有人都等待着白启的命令，足足五分钟，他面无表情，众人知道在他平静的外表下隐藏着极其复杂的内心活动。

"同意，让慕千林乘坐探索舱去往暗物质团吧。"终于，白启给出了回答。

这条命令穿过空旷的宇宙空间又需要半个多小时。

收到同意的指令后，慕千林站起身，他即将开始最终的任务。泰勒和松下信子帮助慕千林穿好太空服，这是一款特制的太空服，可以时时监控慕千林的脑电波，由探索舱内部的计算机与"拯救号"内部的计算机一同判断慕千林的大脑是否处于正常状态。

紧接着，慕千林走向了探索舱。不过刚走了两步，他又回过头来，对着摄像机向遥远的地球说出了最后一句话："兰沐儿，等我回来。"随之，他做出一个胜利的手势。

这条信息将会在半个小时后传回指挥中心，再由一位工作人员发送至兰沐儿的手机上。一个多月的时间，她每天都会通过这部特殊的手机与慕千林进行不足半分钟的对话，这是兰沐儿的特权，也是慕千林的特权。

走进探索舱，启动动力装置，探索舱与"拯救号"脱离，向着暗物质团的方向飞去。

每过十分钟，慕千林会与"拯救号"进行一次通话，以确定他仍然处于清醒的状态，沟通的内容十分简单，只有简短的一句话。

"是否正常？"

"正常。"

在探索舱与暗物质团中心的距离还有 6371 公里时，泰勒和松下信子的注意力变得高度集中。如果是在地球，探索号已经来到了地面，此时慕千林仍然处于清醒的状态。

1700 公里，慕千林仍然确定自己的意识是清醒的，不过因为长时间的高度紧张而有了疲惫感，他困了。慕千林知道，自己是无论如何都不能睡着的，他必须保持清醒。

虽然能够保证不会睡去，但是慕千林已经难以继续集中注意力，他开始走神了，大脑会思索一些奇怪的东西。对于他而言，这是再正常不过的现象，他就是一个爱走神和发呆的人。

不知不觉中，慕千林有了新的"感觉"。

一个黑色的点正在不断缩小，它覆盖了整个空间，甚至将宇宙包裹，它发出了最耀眼的光芒，却也将整个宇宙变得黑暗。大与小、外与内，突然被重新定义……

阴谋

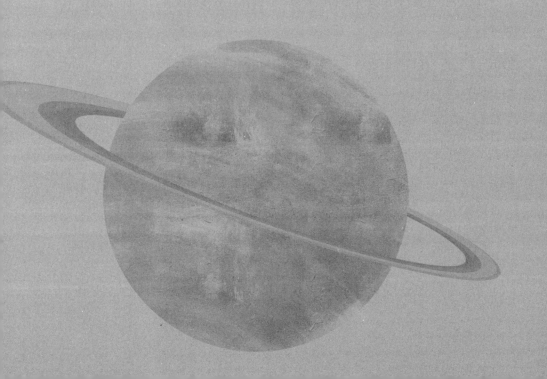

"慕千林，收到信息请回答，慕千林，收到信息请回答……"就在刚刚，泰勒与松下信子也睡着了，醒过来时已经过去了半个多小时，在这段时间，他们没有收到慕千林的任何回信。

醒来后，两个人第一时间向探索舱发送信息，却没有回复。

泰勒意识到了事情不妙，立刻查看负责监测慕千林脑电波的仪器，那里已经亮起红灯，这表明慕千林的意识有可能已经离开了大脑。正常情况下，红灯亮起时会伴随着警报声，可是不知道为何，警报没有响。

松下信子立即通过仪器去观察探索舱的位置，它已经停止"下沉"了。

一条来自地球的未读信息在屏幕中闪烁：通信已经被阻隔。

松下信子与泰勒对视，露出一抹不易察觉的诡异表情。

"白启先生，我们的通信正常吗？"松下信子向地球发送了一条信息。随后，二人试图操控探索舱，却发现已经失去了对它的控制权。

两个小时以前，地球的指挥中心与"拯救号"失去了联系，白启询问原因，却没有人知道。

白启命令立刻排查故障，随后在几名高官的陪同下来到了另一个房间。

泰勒与松下信子意外睡着，警告铃发生故障，"拯救号"失去了对探索舱的控制权，指挥中心与"拯救号"失去联系……一系列的意外在同一时间发生，这样的巧合真的会出现吗？答案是否定的，除非有人想要让这些事情发生。

在指挥中心的一间小屋子内，一个信号传送回来。那是一个女子的声音。"白启先生，我们的通信正常吗？"

接收到信号的人正是白启，而这条信息来自"拯救号"的松下信子。从某种意义上讲，这是一条暗语。

白启深吸一口气，用最沉着的语气说："现在只有我可以收到你们的消息，可以汇报了。"

在信号一来一回的一个多小时里，泰勒与松下信子一直试图解决现有的问题，但却始终无果，直到他们收到了来自地球的回信。"现在只有我可以收到你们的消息，可以汇报了。"

两个人长舒了一口气，他们终于不用再演戏了。

"一切顺利，慕千林失去了意识……"泰勒向白启汇报着"拯救号"与探索舱的情况，从他们的对话中可以做出判断，所有的"意外"都在三个人的计划之中。

一个多小时的等待，当收到泰勒发回来的消息时，白启忐忑的心放下了一半，他长呼一口气。"很好，这条信息之后，你们与指挥中心的连接就要恢复了，按原计划继续行事。"发出这一条指令后，白启靠在椅背上，他的眼神中带着一抹邪恶与神秘。

九十分钟后，工作人员跑到白启所在的房间。"将军，我们已经与'拯救号'恢复通信了。"

"好，好！"白启立刻起身，他看起来相当兴奋，大步走向指挥中心的大厅。

"地球，地球，这里是'拯救号'，收到请回答……"这是失联后，指挥中心收到的第一条信息，它来自"拯救号"。

指挥中心立刻回复："拯救号"，地球已收到。

又等待了一个小时，从"拯救号"传送回来了泰勒近乎崩溃的呐喊声。"我们失去了对探索舱的控制，慕千林切断了探索舱与'拯救号'的联系，他加速进入了暗物质团。"

"什么？"负责人感到不可思议，双眼惶恐地看向白启。

紧接着又是一条来自"拯救号"的信息，泰勒说："我申请进入暗物质团，请首长允许。"

负责人又将目光转向白启，所有人都明白泰勒的意思，慕千林可能已经发生意外，或者因为某些未知的原因而故意要摆脱"拯救号"的控制，而泰勒希望亲自去暗物质团找寻答案。

几乎每一个人都看着白启，这一回，白启没有思考太多时间。"去吧。"

接到白启的命令，泰勒立刻进入专门为救援而准备的救援舱，向着探索舱所在的位置飞去。救援舱的使用不在最初的计划内，所以它的内部没有录音和录像设备，也就是说，无论泰勒在救援舱内做什么，也不会有人知晓。

泰勒没有实施救援，他的确驾驶着救援舱朝着暗物质团飞去，可是距离暗物质团的中心还有一万公里时，他就停下来了，利用计算机与操控台，远程控制着探索舱，他先是切断了探索舱与"拯救号"的信息交换系统，这样，探索舱的数据将再也不能传回地球。随后，他启动了探索舱的动力系统，并调整角度。探索舱开始缓慢移动，它的目标不再是暗物质团，也不是"拯救号"，更不是地球，而是空旷的宇宙。几秒钟后，探索舱的动力装置全部开启，加速行进，向着空荡荡的宇宙空间进发。以探索舱拥有的燃料，它将可以飞离太阳系，更有可能在若干年后与某颗星体发生接触。最后，泰勒切断了救援舱与探索舱的连接，并将其永久破坏。从这一刻开始，再也没有人可以将慕千林救回。

二十个小时以后，救援舱与"拯救号"对接成功，舱门打开，泰勒走到舱门处，松下信子赶忙问道："慕千林呢？"

泰勒眼神失落，摇摇头，没有说话。

这张画面传回地球的指挥中心，大家伙已经猜到了答案。

泰勒走向摄像头，眼神中带着沮丧。"他说他不回来了，他要待在那里。"紧接着，泰勒的表情极其严肃。"我请求加密下一条视频，只向领导汇报。"

指挥中心立刻将下一条视频进行加密，除了白启与指挥中心的负责人，没有人可以听得到泰勒的声音。

那是一个长达十分钟的视频，从负责人的表情变化中可以看得出来，泰勒在传递一个相当惊人的消息。

视频播放完毕，白启向"拯救号"下达了命令："'拯救号'，你们可以返回了。"

兰沐儿紧张得厉害，这段时间她根本无法入眠，尤其是在收到慕千林传回来的视频以后，视频中的那一句话好像是最后的告别。每当有这种感觉时，兰沐儿都会用力地摇晃脑袋。

慕千林究竟会在暗物质团内待多久，这属于绝密，兰沐儿并不知晓，但是她认为最多也不会超过七十二个小时，现在已经超过了兰沐儿等待的极限，她再也等不下去了，于是给指挥中心拨去了电话。

接听员不知道该如何回答，只能回复一句："稍后我们会通知你，请再等一等。"

又是一天的时间，兰沐儿只睡了两个小时，等待使她憔悴，如果再收不到慕千林的消息，她可能就要抑郁了。

然而，兰沐儿未等到慕千林，却等来了一位名字叫加麦尔的男子。

看到兰沐儿的第一眼，加麦尔的目光便定住了，片刻后才缓过来。"白启先生让我带你去指挥中心。"

"有慕千林的消息了？"兰沐儿激动。

"到了你就知道了。对了，请带好你的个人物品，我们可能不回来了。"

兰沐儿费解，不过还是乖乖地收拾好了行李。

直升机载着兰沐儿来到了一个庄园。

"这里是……指挥中心？"兰沐儿困惑。

加麦尔没有回答，只是将兰沐儿领到了一个房间。"这里就是你的房间了。"

兰沐儿不解。"慕千林呢？"

加麦尔的目光有了躲闪。"他……再也回不来了。"

"什……什么？"兰沐儿抓着加麦尔的双臂，近乎绝望地喊着，"不可能，不可能……"

"是真的。"

"他……他……是发生意外了吗？"一滴又一滴的泪水从兰沐儿的眼眶中流下。

"他拒绝回地球。"

"什么意思？"

"慕千林的意识进入暗物质团后拒绝再回来，他认为那里才是他想要的世界。"

"不可能，我了解慕千林，他绝对不可能自愿留在暗物质团内。"

"信不信由你，这是白启先生为你准备的房间，有什么需求就直接提。"话毕，加麦尔走出房间，兰沐儿试图跟出去，却被4名保镖堵住。加麦尔吩咐说："看住她。"随后离开了别墅。

一天前，兰沐儿给指挥中心打去电话后，工作人员向白启汇报了兰沐儿的请求。白启清楚，作为最了解慕千林的人，兰沐儿是无论如何都不会相信慕千林会主动选择留在暗物质团的。白启更加明白，在向全世界公布那个消息时，兰沐儿一定会提出质疑，以兰沐儿的身份，她的质疑又会引起民众的关注，届时，白启的计划可能会被兰沐儿毁掉。

为了解决掉这个隐患，白启派加麦尔去处理兰沐儿的问题，他吩咐道："把兰沐儿关起来，不要让她向外发出任何消息，必要时……可以连人一同解决掉。"

兰沐儿不知道背后发生的事，她更不相信慕千林会主动选择留在暗物质团，但是她又没办法证明。现在的她心如死灰，像个无助的孩子蹲坐在角落。

从这一天开始，兰沐儿几乎不再进食，如果继续这样下去，她很快就会抑郁而终，这也许是白启希望看到的结果。只是有一个人不愿放弃兰沐儿，他正是负责解决兰沐儿的加麦尔。

加麦尔来到房间，看着蹲坐在角落里的兰沐儿，她已经瘦了一大圈，脸色苍白，双眼因为流干了泪而臃肿泛红。

加麦尔走近。"怎么不吃东西？"将餐桌上的食物拿到兰沐儿的面前，"吃一些吧。"

兰沐儿没有吭声，眼神木讷。

"你为了一个抛弃你的人而折磨自己，值得吗？"

"不，他不可能抛弃我。"兰沐儿的态度坚定。

"不相信也没关系，"拯救号"回归以后，他们会向你证明的。"

"他们已经返航了？"

"是的，预计二十五天以后抵达地球，届时世界联盟会向全世界发出一条惊人的消息。"

"是什么？"

"我还不清楚。"

"慕千林会回来吗？"

"我说了，他的意识希望永远地留在暗物质团。"

"我说的是身体，他的身体会回来吗？"

"不知道，慕千林只希望将意识留在暗物质团，身体于他而言已经没用了，应该会被运回地球吧。"

虽然不是一个好的消息，但是却让兰沐儿看到了希望，至少她还能再看慕千林一眼。"可以求你一件事儿吗？"

"说吧。"

"如果慕千林的身体回来了，请把他留给我，行吗？"

"我会向世界联盟去申请。现在我唯一可以向你保证的是，如果慕千林的身体被运回地球，你可以去见他一面。现在，把饭吃掉吧。"

"嗯。"兰沐儿点了一下头，显得更加可怜，她拿起勺子，将食物一点一点地送入口中。

加麦尔露出了欣慰的笑容，他伸出手，轻轻地抚摸着兰沐儿的头。不知道为什么，第一次看到她的时候，他的心就软了下来，而在那之前，加麦尔是决定要结束兰沐儿的生命的。

白启见了一个人，布兰特利，迷徒的领袖之一，也是纯洁派的领导人之一。当下的世界，指引派已经成了迷徒的主流，不过纯洁派依然拥有不小的影响力。为了顺应时代的潮流，纯洁派慢慢演变成了两股势力，一股势力仍然仇恨着慕千林，他们被称为极端纯洁派；另一股已经不再纠结于是否要将慕千林杀死，他们主要宣扬的是昏迷的美，认为昏迷是进入天堂的一种途径，而慕千林之所以没有昏迷，是因为他没有资格进入天堂，这一支纯洁派被称为温和纯洁派。后来为了便于区分，极端纯洁派仍然被称为纯洁派，而温和纯洁派则被称为新和派。布兰特利便是新和派的领导人。

　　白启与布兰特利的会面是秘密进行的，整个房间被屏蔽，没有任何人可以听到二人的对话。

　　"计划非常顺利。"白启面无表情，显得特别神秘。

　　"慕千林也昏迷了？"布兰特利惊喜。

　　白启点点头。"现在轮到你们出手了。"

　　"放心吧，新和派的迷徒已经超过了一个亿，再加上你们的支持，全世界都会相信我们的教义，大众也将会信任你说的每一句话。权力与信仰的结合将可以帮助你统治世界。"

　　白启摇摇头。"我不是想要统治世界，这是帮助人类继续繁衍下去的唯一办法，我无路可走。"话毕，白启起身离开了。

　　在这段时间，加麦尔对兰沐儿照顾有加，他好像是她的男朋友一般。事实上，加麦尔确实希望抚慰兰沐儿的心灵，并取代慕千林的位置，只是兰沐儿从未敞开过心扉，她的内心似乎只能容得下慕千林。

　　时间过得很快，人们终于等到了"拯救号"的回归，在塔里木盆地，白启调派了大量的兵力来护送泰勒与松下信子回家。

　　官方在三天之后召开了新闻发布会，作为主发言人，白启在一番开场白后说："首先，我要公布一条消息，慕千林先生的意识在进入暗物质团以后选择了留在那里，我们的宇航员泰勒先生试图劝说他回归物质世界，可是被拒绝了，慕千林给出的理由是，那里才是属于他的世界……"

　　如此震惊的消息瞬间轰动了全世界，人们不敢想象，慕千林的意识真的可以进入暗物质世界。

　　随后，白启公布了一个更为震惊的消息。"我们生活在物质的世界，所有可以摸得着、看得见的东西都由物质组成，人类对物质的研究已经相当成熟，但是有一样东西却是物质世界的谜，它便是意识。没有意识，物质世界将没有意义。意识究竟是什么，这始终是一个未解之谜。直到昏迷事件的发生，让人类开始重新认识意识。我们已经知道昏迷的本质就是意识离开了身体，只是我们不知道，离开的意识去了哪里。此次'拯救号'去往暗物质团就是为了解开这个谜团。现在，我们已经知道意识并不完全属于物质世界。对物理学有所了解的人应该知道暗物质的存在，它不发生电磁作用和强相互作用，似乎只存在引力。通过对暗物质团的探测，我们知道这个宇宙其实分为物质宇宙与暗物质宇宙，它们虽然同时存在于宇宙中，但却是完全不同的两个宇宙，我们的身体永远无法进入暗物质宇宙，因为身体是由物质构成的。但是意识却是例外，它不属于物质，也不属于暗物质，它是高于物质与暗物质的存在，所以它可以存在于物质宇宙，也能够进入暗物质宇宙。此时此刻，我们的意识属于物质宇宙，但是在它来到物质宇宙之前，以及它离开物质宇宙以后，它不再属于物质宇宙，人类的身体太脆弱了，无法长时间承载意识。"白启继续说，"曾经，暗物质对物质宇宙的意识没有太大的影响，但是现在，有一大堆城市般大小的暗物质团靠近了地球所在的空间。它们的到来使得人类的意识不再稳定，当暗物质团与地球的某片区域相交时，其对意识的强大吸引力将会把人类的意识带入暗物质宇宙，这便是昏迷事件发生的原因。"

很多人将信将疑，但是更多的人感到吃惊。

白启继续道："现在，昏迷的谜底已经揭晓，他们不是死亡，而是意识去了另一个世界。我知道，很多人会因此而感到恐惧，因为这与死亡并无两样，但是我接下来要公布的消息可能会改变你们的观点。暗物质宇宙并不恐怖，它比物质宇宙更加迷人。我知道，听到这段话后有很多人会难以置信，我没有去过暗物质宇宙，所以无法给出证据。不过有一个人去过，现在就由他来介绍那里的样子吧。我隆重地介绍一下，坐在我身边的人泰勒，他是唯一去过暗物质宇宙的人。"

紧接着由泰勒开始发言，面对摄像头，他向全世界描绘了暗物质宇宙的样子，那是一个由物理学家与艺术家共同编织的世界，它既有着与物质宇宙完全不同的物理规律，又如童话般令人向往。泰勒绘声绘色地描绘，暗物质宇宙仿佛是天堂一般的存在。为了让自己的谎言更有说服力，泰勒把慕千林不愿回归的原因也归为暗物质宇宙的"美"。总之，泰勒的目的只有一个，让大众不再害怕甚至向往进入暗物质世界，由此，人们对昏迷的恐惧将会大大降低。

泰勒与白启的言论当然无法让所有人信服，很快就有人提出了质疑。

比如，如果暗物质宇宙如此美好，泰勒为什么没有选择留下？

对于这类问题，泰勒早有准备，他的回答显得很诚恳，因为他在物质宇宙还有牵挂，他希望可以和家人一同进入暗物质宇宙。

…………

在庄园的别墅里，兰沐儿也看到了这场发布会，从白启公布第一条消息的那一刻起，她的双眼就湿润了，原来那个世界的"美"比物质宇宙的兰沐儿更能吸引他。这样的心理打击是巨大的，她近乎崩溃地跪坐在地板上，双手捂着脸，泪水止不住地往外流。

当兰沐儿把眼泪哭干时，加麦尔走进了房间，蹲下身子，将兰沐儿揽入怀中。加麦尔一句话也没有说，只是抚摸着她的头，像是在安抚一个孩子。

兰沐儿紧紧地抱着加麦尔，哭得更加厉害。"他……他的身体呢？"

加麦尔没想到她竟然还在询问他的身体。"他的身体没有回来。"

"什么？"兰沐儿吃惊地瞅着加麦尔。

"我联系了'拯救号'的指挥中心，得知慕千林的身体留在了暗物质团，这也是慕千林的选择。"加麦尔继续安慰说，"就让他去吧，不要再想着他了，他都不想回来见你，你又何必念着他呢？不要为了一个不值得的人伤自己的心，好吗？"

兰沐儿木讷的眼神似乎认可了加麦尔的话。

"还是为值得的人付出真心吧。"加麦尔的脸慢慢靠近，他的唇距离兰沐儿的唇越来越近。当加麦尔的嘴唇可以感受到兰沐儿的体温时，一股阻力将加麦尔推开。

"怎么了？"加麦尔问。

"不要这样好吗？"

"兰沐儿，我喜欢你。"

"你在开什么玩笑？"兰沐儿慌忙向后退。

"他已经不在了，你需要人照顾。"

"不，他还在。"

"你还不相信吗？他去了另一个世界。"

"我可以去另一个世界找他。"

"你疯了吧！"

"我没有疯，我要去暗物质宇宙寻找他，白启和泰勒不是描述了那个宇宙的样子吗？那里很美，我要去暗物质宇宙。"

"你是不是傻！那种骗人的话你也相信？"因为激动，加麦尔说漏嘴了。

"骗人的话？什么意思？"

加麦尔恍然大悟，赶忙摇头。"我乱说的。"

"不，你肯定知道什么，是不是？"

"你不要乱想了，好好休息吧。"加麦尔不知道该如何解释，于是退出房间，只把兰沐儿一个人留在了屋子里。

看着关闭的房门，兰沐儿可以感觉到加麦尔离去时的慌张，她的心中多了一丝希望，难道白启和泰勒是在撒谎？

发布会结束了，白启几乎是在一瞬间赢得了世界的支持，他破解了昏迷，又让人们不再惧怕昏迷，很多人甚至开始向往暗物质宇宙。白启终于赢了。不过还有一件棘手的事儿需要他去解决。

在本州岛的一个基地里，白启正等待着莱蒙托夫。

莱蒙托夫是来庆祝的，会客厅里灯光昏暗，莱蒙托夫显得相当谨慎，和他一同而来的还有一支警卫连，本州岛东侧的太平洋上有两支航空母舰战斗群在远处护卫。

莱蒙托夫面带着笑容："我们终于破解昏迷的谜团了。"

"莱蒙托夫先生可能有什么误会，这一次不是我们。"

莱蒙托夫脸上的笑容略显僵硬。"不是我们？"

"你似乎没有在昏迷的研究上做出任何贡献，相反，你还设置了许多阻碍。"

莱蒙托夫的脸色越发难看。"白启，你这话是什么意思？"

"没有别的意思，我只是讨厌一种人。这种人会在你做事的时候捣乱，但是等到你取得成果以后，他又会跑出来邀功。"

莱蒙托夫已经抑制不住愤怒。"白启，你是飘了吧，你不要忘记你现在的位置是谁给的。"

白启却回以轻蔑的微笑。"我的位置从来不是别人的施舍。"说话的同时，白启将一沓文件放在了桌子上。"元帅，请你看一看这些东西吧。"原来，白启早就已经开始调查莱蒙托夫，那些文件里全部都是他欺骗大众的证据。

看过文件，莱蒙托夫气急败坏。"白启，你真是一头白眼狼呀。"

"莱蒙托夫先生，我希望你能看清形势，将你的位置让出来，这样你还能留住尊严。"

"白启，你是不是太天真了，就这些东西，还想要威胁我？你不要忘了，太平洋上还有我的军队呢。"

"那你就吩咐一声，看看他们是否还服从你的命令。"

"你信不信我枪毙了你。"莱蒙托夫刚要拿出手枪，却被电子防御系统射中了手臂。紧接着又是几声枪响，倒下了几名警卫兵。

白启带着笑意，"这里的防御系统会实时监控每一个人，任何一个人拿出武器都会被无情射杀，莱蒙托夫先生，你是幸运的，系统认识你，所以只是弄伤你。"话音落下，白启转身离开了。

莱蒙托夫怎么也想不到自己会被白启威胁，当回到北美时他才发现身边的亲信都已背叛，军队也有一多半投靠了白启。

三天后，莱蒙托夫引咎辞职，由白启临时负责世界联盟的日常管理。

又过了两天，莱蒙托夫被人发现死在了家中，警方给出的调查结果是自杀，却没有出具足够的证据。莱蒙托夫是否为他杀已经不再重要，因为人类正在朝着一个崭新的时代迈进。

暗物质宇宙的对外公布造成了巨大的影响，且蔓延的速度极快。一方面，官方的发布会本身就具有一定的权威性，另一方面也离不开新和派的大力配合，这群迷徒所宣扬的教义就是昏迷的美，如今，白启将昏迷定义为去往暗物质宇宙，而泰勒又把暗物质宇宙描述得美轮美奂，这使得新和派成了最大的受益者，他们与白启的世界联盟保持着密切合作，利用其强大的传播能力让更多人渴望昏迷。

成为世界联盟的元帅后，白启推出的第一项政策竟然是鼓励生育，而他给出的理由也非常简单：既然暗物质宇宙已经被证实存在，而且比物质宇宙更加迷人，在不久的未来肯定会有很多人类渴望进入暗物质宇宙，人类需要更多的意识才能统治那个宇宙，未来需要考虑的将不再是土地稀缺的问题，而是如何才能占领更多的暗物质宇宙，白启认为，地球需要人类继续守护，暗物质宇宙也需要人类的意识去统治，所以当下最重要的任务是增加人口数量。

为了鼓励生育，白启下令，新生儿由世界联盟提供全部的生活费，如果父母不愿养育，可以由世界联盟负责抚养，父母将会领取一定数额的赔偿金，且享有去往暗物质宇宙的优先权。

许多年轻人纷纷响应号召，种种迹象表明，出生潮即将到来。

世界正朝着白启希冀的方向发展，他成了整个世界的英雄，拥有至高无上的权力，不过他却没有完全安心，似乎总有一颗定时炸弹随时可能被引爆，这令他烦心。

这一日，加麦尔向白启汇报完工作，白启突然问了一句："她，你是怎么解决的？"

加麦尔当然知道白启口中的她指的是谁，他却选择了装傻。"先生说的是？"

白启如雄鹰一般的眼睛瞟了加麦尔一眼。"兰沐儿。"

"哦，按照先生的吩咐，我已经将她软禁起来了。"

"软禁……不是人间消失呀。"白启并不满意加麦尔的处理结果。

"那里非常严密。"

"这个世界就没有人逃不出的地方，唯一逃不掉的方法只有一个，死亡。"

"这个女孩还是挺听话的，听到慕千林死后，哭了几天，现在已经把慕千林给忘记了。她还说呢，既然慕千林都不惦记她了，她又何必为一个不在意自己的人而伤心呢。"

"女人的话，不要太信。如果你觉得时间还不成熟，可以再等一等，但是我的要求是她必须永远闭嘴。"

"明白。"

兰沐儿不会想到自己的生命已经危在旦夕，现在的她只有一个愿望，进入暗物质宇宙，找到慕千林的意识。这是一个美好而又虚无缥缈的愿望，却是兰沐儿继续活下去的动力。

今天，兰沐儿在收拾个人物品时发现了一样东西。那是在等待慕千林回归时使用的特殊手机，来到庄园后，她始终不敢去触碰它，因为那里存有慕千林在太空飞行时给她发回的视频。已经过去了很久，再一次看到这部手机，兰沐儿的眼中闪现了泪花，30多条视频，虽然每一条都很短，却是慕千林对她的牵挂与思念。终于鼓起勇气，兰沐儿将手机打开，翻看与回味着那些不长的视频。

从飞向太空的第一天开始到最终去往暗物质团，把这三十几条短视频全部浏览完，兰沐儿突然冒出了一种感觉，慕千林绝对不会将自己抛弃，尤其是最后一条短视频，慕千林对着摄像头说了一句深情的告白："兰沐儿，等我回来。"那是一份承诺，是在慕千林即将去往暗物质团时对兰沐儿的承诺，这说明即使是在那个时候，慕千林也从未想过要留在暗物质团。

感觉越发强烈，以至于一种奇怪的想法在兰沐儿的脑中涌现，慕千林是被人害死的。

这样的想法让兰沐儿痛心不已，慕千林从未想过抛弃自己，可是竟然有人在害死他的同时又编造了一个残酷的谎言。

泪水又一次止不住地流出，兰沐儿想要替慕千林报仇，可是又无能为力。悲伤与愤恨让兰沐儿疲惫，渐渐的，她进入了半梦半醒的状态。

梦境，一个奇怪又常见的现象，有人说梦毫无意义，但是有人在梦中的经历却成为现实。也有传言说，死去的人可以在梦中与活人对话，不过那只是传言。

"嗨，兰沐儿。"一声既熟悉又亲切的声音在兰沐儿的耳旁响起。

"慕千林！你在哪儿？"兰沐儿大声地呼喊。

"我在这里，你的面前。"声音发出的同时，慕千林出现在兰沐儿的面前，好像是一轮夕阳，照向兰沐儿的脸颊，让她温暖又舒适。

"慕……慕千林，你回来了，我……我不是在做梦吧？"说出这句话时，兰沐儿突然意识到自己貌似是在梦中。

"你竟然知道自己是在做梦？"

"是，我知道，我醒来后你就会消失是吗？"

"是呀。"

"那我就不醒了，我要永远地睡下去。"

"不，即使你永远睡下去，我也会消失。"

"为什么？"

"因为空间的漏洞并不稳定。人在睡眠时，大脑对意识的控制能力是最弱的，所以意识很容易被空间的漏洞吸引。意识进入空间的漏洞，你就会经历那个空间的故事；空间的漏洞消失，你的梦也会结束。兰沐儿，我的意识终于找到了可以与你相见的空间漏洞，所以你我的意识可以在这个空间里交流。不过这个漏洞并不稳定，它很快就会消失。"

"我们可以再找一个漏洞吗？"

"可以，但是很难。这一次是巧合，下一回，不知道要等到何时。"

"你被留在了暗物质宇宙，他们说你是自愿的。"

"怎么可能？我还牵挂着你呢，我怎么舍得留在另一个世界。"

"我就知道。该怎么办，我能做些什么？"

"不，你什么也做不了。"

"不……我要你回来。"

"对不起，兰沐儿，我也好想回去，可是……我无能为力。"慕千林的"声音"变得越来越弱。

兰沐儿感觉得到，自己似乎马上就要醒来。"如果你回不来，我就过去。"

"不，你进不来，不是每一个人都可以进来。不过，也许它可以……"那"声音"开始变得"遥远"，令人无法听清。

"它可以什么？我听不见，它是什么？"

"也许……接口……"慕千林的声音已经极其遥远。

兰沐儿根本听不清慕千林在最后说了什么，下一刻，她眼前的画面变成了昏暗的房间。她睁大眼睛，刚刚的梦还记忆犹新，它是那样的真实，好像真的发生过一般。那是慕千林与自己的对话吗？抑或者仅仅是一个梦？心中泛起的疑问还没有来得及解答，对梦的记忆就已经渐渐消失。兰沐儿意识到了梦的离开，她想要极力地挽回，可是无论如何努力，那段梦就如同刮过的风，再也无法捕捉。

一分钟后，真实感已经淡去，兰沐儿只有一种感觉，自己做了一个美丽的梦，她梦见了慕千林，他与自己说了话，可是他说了什么，兰沐儿却再也想不起来了。也许是因为太过疲惫，兰沐儿又睡着了，这一觉很长很深，直到天亮时，她才从梦中醒来。

这一夜睡得好沉啊，竟然连一个梦也没有，这是兰沐儿的第一感觉。她已经彻底忘记了那个梦。

到了下午，加麦尔又来到了别墅，这一回他喝了酒，刚到屋子里，他就一把抱住了兰沐儿。

"你干什么？"兰沐儿用力地挣扎，可是加麦尔的力气太大了，无论她如何反抗都不能挣脱。

"兰沐儿，答应我吧，你答应了我，我才能保护你。"

"你先放开我。"兰沐儿继续挣扎，她已经用上了拳头和腿，但是依然难以摆脱。最终，兰沐儿狠狠地咬了加麦尔的手臂。

"啊！"一声尖叫，加麦尔终于松手了，可是他却变得愤怒了，"不知好歹。"他抬起右掌狠狠地给了兰沐儿一巴掌。

加麦尔用了全力，兰沐儿哪里能受得了，她差一点被扇晕，直接倒在了床上。脸疼得发麻，可是还没等她回过神来，一个巨大的身躯将她压在了床上。

"既然我永远都得不到你的心，那就在你死之前得到你的人吧。"加麦尔愤怒地吼着。

兰沐儿拼劲了所有的力气，反抗着、挣扎着、痛苦着……

接口

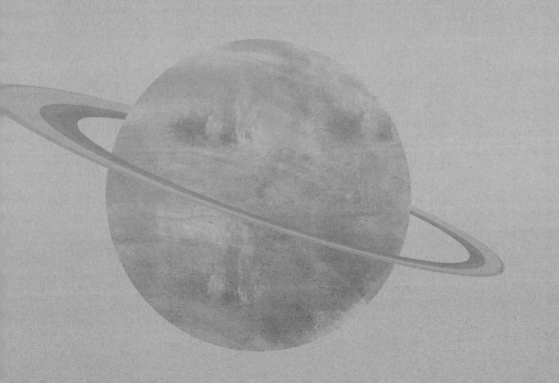

一个人躺在洁白的床铺上，兰沐儿心如死灰，被褥已经被泪水浸湿，兰沐儿好像失去了灵魂。屋子里只剩下她一个人了，没有人知道她在想什么，也许此刻的她已经没有了思想，剩下的只有一具躯壳。

加麦尔在庄园的另一栋别墅里，嘴里叼着香烟，他已经醒酒了。昨天夜里，白启又给他打来了催促的电话。加麦尔无路可走，他在电话中承诺会在两天内解决掉兰沐儿，也就是在明天的太阳升起前，他必须结束掉兰沐儿的生命，所以他才会喝得烂醉，因为他舍不得她。

太阳快要走到西边的尽头，留给加麦尔的时间越来越少了。

兰沐儿还不知道自己的生命即将走向终点，此刻的她也已不再关心，结束生命或许是一种解脱。

透过窗户，一抹阳光照进室内，不偏不倚正好打在兰沐儿的脸上，把她那苍白的脸照得红润又温暖，却也预示着兰沐儿的生命即将落幕。可是不知道为什么，兰沐儿突然生出了一种熟悉感，仿佛在什么时候经历过同样的画面。那是什么？自己什么时候有过类似的经历？她努力地回忆着。

既视感，那是既视感吗？她只是隐约地记得上一次遇到类似的情景时，她非常开心，而且就是在近期。

既视感是短暂的，兰沐儿感到它即将消失。就在近期发生过？而且会让自己感到快乐？那么只有一个人可以，是慕千林。

对，是慕千林，他的出现仿佛是夕阳照射。一段已经淡忘的记忆正在涌现。兰沐儿终于想起来了，昨天晚上，她做了一个梦，她梦见了慕千林。她终于知道了。

可是梦的内容是什么？兰沐儿只记得与慕千林在梦中聊天，却无法想起究竟说了什么。但是她又能清楚地感觉到，梦的内容非常重要。

也许一些物品可以将自己的记忆唤起。兰沐儿突然冒出了这个想法。她赶忙在行李箱中寻找手机，手机中有慕千林的视频，也许看到他的脸便能回想起昨晚的聊天内容。

手忙脚乱地把行李箱打开，兰沐儿快速地翻找着。它在那儿，兰沐儿看到了手机。也许是过于着急，兰沐儿的手臂碰到了一样东西，它掉落在了地上。兰沐儿瞅了一眼，那是慕千林留下来的另一样物品，他说过，那是脑机接口，是白启送给他的。

一瞬间，脑机接口的名字突然在兰沐儿的脑中激起了一道闪电。"脑机接口！"梦的记忆再一次被唤起。

"不，你进不来，不是每一个人都可以进来。不过，也许它可以……"那"声音"开始变得"遥远"，令人无法听清。

"它可以什么？我听不见，它是什么？"

"也许……接口……"慕千林的声音已经极其遥远。

记忆已经恢复，兰沐儿想起了最后也是最重要的那段对话。"接口？脑机接口？脑机接口！难道，慕千林说的是它？"兰沐儿的双眼盯着脑机接口。她抬起头，看向了西方，那里的夕阳已经落下了一半。"慕千林，你是想要告诉我，利用它可以去到你的世界吗？"兰沐儿露出一抹幸福的微笑，"我知道了。"

兰沐儿拿起脑机接口，她知道那是一种可以连接大脑神经元的装置。

没有人知道戴上它后会发生什么，不过兰沐儿已经做出了决定。

慢慢地将它戴在头上，兰沐儿按下启动按钮。

仿佛有什么东西在头皮上蠕动，兰沐儿将所有的注意力都集中在了脑袋上，她感受着一切的发生。

突然，一个声音进入大脑。"连接完毕，连接率82.35%。主人，我可以为你做的事情有很多。"

"是谁在说话？"兰沐儿这才意识到刚刚的声音不是来自耳朵，而是直接进入大脑。

"是我，主人，你可以用意念与我对话。"又是直接进入大脑的声音，兰沐儿震惊，这还是她第一次不通过耳朵"听见"声音。

"你能听见我的心声？"兰沐儿开始用意念与其"对话"。

"是的，我可以。"

"你可以帮我做什么？"

"很多，我可以帮助你看见任何你想要看的事物，比如电影。"说着，兰沐儿的"眼前"出现了经典的《泰坦尼克号》，她可以确定，那不是在屏幕中播放，而是直接投射进了大脑。"我还可以帮助你闻到任何味道，比如花的香味。"一股玫瑰的花香进入大脑，她用鼻子去闻，才意识到那不是来自鼻腔。"我还可以帮助你品尝美食。"一股海鲜的美味似乎在舌尖出现，然而兰沐儿的嘴巴里却没有任何食物。"当然，我还能帮你按摩。"兰沐儿的肩膀仿佛被一双温柔的手掌按压，她看向肩膀，那里却空无一物。"主人，我能够做的事情还有很多，可以由你亲自开发。"

兰沐儿吃惊无比，脑机接口的神奇是她无法想象的。

"你为什么可以做这些？"

"因为我的'触手'已经连接了你的神经元，并能准确地刺激神经元。人体的所有感觉都是通过神经系统传送到大脑并刺激神经元而产生，所以我可以帮助主人体验各种各样的感觉。"

"也包括痛苦？"

"当然。"

兰沐儿觉得自己的手指好像被针轻轻地扎了一下。

"太神奇了，你可以让我睡眠吗？"

"可以，主人现在想要体验吗？"

"不，现在不需要，那么你可以让我昏迷吗？"

"也可以，不过昏迷对大脑有伤害，主人请慎重体验。"

"我所指的昏迷不是普通的昏迷，昏迷事件你知道吗？"

"我知道。"

"我想要体验那样的昏迷。"

脑机接口突然陷入了停滞的状态，很长时间后它才回复。"你确定吗？"

"这么说你可以喽？"兰沐儿感到吃惊，她刚才只是随口一问。

"不，我不可以，但是我可以帮助你感受濒死体验，我查阅了资料，有人认为濒死类似于昏迷。"

这一回轮到兰沐儿不淡定了。"濒死？可以活过来的濒死吗？"

"当然，活不过来的叫作死亡，我会负责唤醒你。不过时间最好不要太长，如果超过了一定的时间，你可能会真的死亡。"

"最长是多久？"

"因人而异。"

"我想要先体验一次一分钟的。"

"可以，不过濒死体验需要我与你的连接率达到 100%。请问主人，我是否需要继续连接？"

"可以。"

"提醒主人，最后的连接会十分痛苦，要做好心理准备。"

"好，开始吧。"

"现在开始连接。"

兰沐儿又一次感觉到了蠕动，只不过蠕动感是在大脑的内部，并且越来越强烈。十几秒后，兰沐儿感到疼痛，这是一种难以形容的疼痛感，正常的疼痛会在某一个具体的部位，比如内脏、躯干。但是这种却没有具体的部位，它来自大脑，又不仅仅是大脑，而是每一个细胞。

兰沐儿痛苦万分，身体已经无法直立，她倒在地上翻来覆去，痛苦地呻吟着。这种感觉太煎熬了，比死亡更加痛苦。

终于，连接率达到了 100%，就在兰沐儿的痛苦达到顶峰时，疼痛感突然消失了。

四周变得安静，漆黑一片，没有任何亮光。兰沐儿感觉无比轻松，身心再也没有了压力，这种卸下一切的感觉仿佛是回到了生命诞生之前，空无一物。

兰沐儿的意识渐渐恢复，突然，前方出现一道亮光，很亮很亮，它的面积在不断扩大，在很短的时间内，四周已经完全亮起。

似乎有一个声音在对兰沐儿说："跟我走吧。"跟随声音的方向，兰沐儿"看到"了一个黑色的点，那里好像是出口。

朝着黑点的方向，她可以看到另一个世界，熟悉的感觉突然涌现。

黑点越来越大，变成了黑洞。她来到了黑洞的跟前，眼前是那个让她既讨厌又留恋的物质宇宙。

展现在兰沐儿面前的是一座小城。兰沐儿感觉自己与黑洞已经融为一体，身子可以带着黑洞自由移动。

欣赏着美丽的风景，远方突然出现了一个熟悉的身影，那个人……是慕千林？兰沐儿还无法判断，她控制着自己与黑洞一同靠近。越是靠近，越是清晰，兰沐儿终于可以确定了，他就是慕千林。

慕千林正坐在一个公园的长椅上。

"慕千林——"兰沐儿大声地呼喊，可是慕千林一动不动。

兰沐儿不肯罢休，她继续向前移动，试图靠近。

而就在此时，一股不祥的感觉生出，仿佛有某种危险正在靠近。兰沐儿感觉有一种无法形容的"能量"正在扩散，而更令人感到恐惧的是，周围的人正相继倒下。

"能量"向着慕千林的方向逼近。兰沐儿心急如焚，向着慕千林"奔去"，拼尽了全力，试图用身躯保护慕千林。

兰沐儿与"能量"仿佛在进行一场赛跑。它越来越近，她也越来越近，她甚至可以看得见他的汗毛，他的身体硕大无比，比整个星系还要庞大。

终于，兰沐儿闯入了慕千林的身体，进入了另一层空间，这里好像是宇宙的内部。

就在这时，恐怖的"能量"也已降临。

"啊！"一种未知的痛苦，兰沐儿好像跌落到了黑暗的深渊，没有一丝光明，也没有一丝熟悉。

晚霞将天空染得通红，随着夕阳的落下，天空也渐渐黯淡。望着远处的苍穹，加麦尔的思想有了变化，继续拖下去，兰沐儿也无法避免死亡的命运，早一些结束她的生命也许是对灵魂的解脱。

"就是现在吧。"加麦尔在内心说道。

他走进兰沐儿居住的别墅，穿过大厅，来到房间的门口，两名士兵向他敬了军礼。

"今天是你们最后一天工作，明天就可以回去了。"话音落下，加麦尔打开了房间的门。

呈现在加麦尔眼前的画面令他吃惊，兰沐儿躺在地上，脸色苍白，像是死人一般。

"她怎么了？"加麦尔问。

"不清楚。"两名士兵也是费解。

加麦尔赶快上前，将兰沐儿扶起。"兰沐儿，兰沐儿，你能听见我说话吗？"

兰沐儿没有反应，加麦尔将手指放在她的鼻孔处，还有呼吸。

"赶紧叫救护车。"加麦尔命令。

"是。"

"不……不用了。"加麦尔这才意识到自己是来结束兰沐儿生命的。他低下头，轻声地说："你们下去吧。"

两名士兵相互看一眼，道了一声"是"，转身离开了。

只剩下了加麦尔与兰沐儿，她处于昏迷的状态，而他则默默地看着她。一时间，加麦尔产生了怜香惜玉的情感。他轻轻地抚摸兰沐儿的脸蛋，将她的头抬起，嘴唇慢慢靠向她的嘴唇……当加麦尔的手触摸到兰沐儿的头顶时，他发现了异常。那是什么？把头发扒开，加麦尔看到了脑机接口。他不知道那是什么，仔细看去，并不是普通的发卡。加麦尔用手摸了摸，发现它已经固定在了兰沐儿的头上。加麦尔意识到兰沐儿的昏睡可能与这个东西有关，他要验证自己的猜想，于是加大了力气，脑机接口虽然与兰沐儿的大脑连接，但是那些"细线"并不坚固，只要稍微使一些力气，便可以将它取下，只不过会对被连接人造成巨大的影响。

"啊！"兰沐儿发出一声痛苦的呻吟，加麦尔这才松了手，脑机接口已被取下。他瞅了瞅手中的奇怪装置，又看了看兰沐儿。

"兰沐儿？兰沐儿……"加麦尔试图将兰沐儿唤醒，可是她却没有任何反应。

不知为何，加麦尔有一种奇怪的感觉，兰沐儿的生命气息正在消失，她可能会永远地睡下去。如果真是如此，这样的状态算是从世界上消失吗？加麦尔忍不住自问，如果算的话，自己还需要结束她的生命吗？

加麦尔真的不愿亲手杀死兰沐儿，如果可以选择，他宁愿兰沐儿永远地昏迷下去。

然而加麦尔不知道，他刚刚的无意之举已经将兰沐儿的意识永远地扔在了另一个空间，如果不采取有效的措施，兰沐儿将再也不能醒来。

第二日，加麦尔来到了元帅府，走进白启的办公室时，强挤出一抹笑容。

白启瞟了加麦尔一眼，没有说话。

"元帅，任务已经完成了。"加麦尔说。

"人呢？"白启问。

"埋了。"

白启点点头，终于看向了加麦尔。"很好，我给你的那套庄园还满意吧？"

"非常满意，只是庄园太大了，我受之有愧。"

"那是你应得的。任务完成了，你也可以休息一段日子了。好好放松一下。"

"谢谢元帅。"

"好了，不多说了，下去吧。"

"是。"

加麦尔离开后，一个身影从房间的隔断中走出。"就是他吗？"那人问。

"对，还有两个人，都要解决掉。"白启将两张照片扔在桌子上，那人看了一眼，是一男一女。"我记下了。"

"先解决掉加麦尔，二十天后，再解决另外两个人吧。"

"是。"

第三日，加麦尔被发现死在了庄园的别墅里，在他的抽屉里放有一封遗书，警方很快就给出了结论，加麦尔是自杀。

二十天后，新闻报道，泰勒和松下信子乘坐太空飞船向小行星带的暗物质团飞去，这是一次探测任务，希望可以得到更多的未解之谜。

而在飞船发射后的十分钟，又一条新闻使得全世界震惊。由于故障引起的自燃，飞船在空中解体，泰勒和松下信子壮烈牺牲。

点
文
明

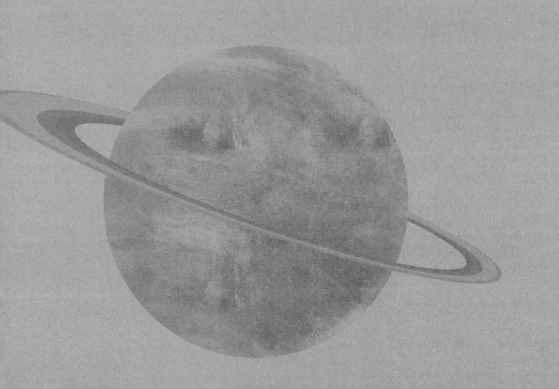

除了视觉、听觉、味觉、触觉与嗅觉，我们还可以用其他的方式来感知这个世界吗？

答案是可以。

千里之外的母亲在得知消息前感觉到孩子已经发生意外；危险来临前在没有任何征兆的情况下便产生了不祥的预感；明明没有过的经历却在某一瞬间出现了既视感……这些现象都可以用一个词来概括：第六感。

第六感是什么？没有人知道，它与其他五感不同，没有人知道它会在什么时候出现，也没有人知道它的感受器官是什么，我们只知道第六感确实存在。

五感帮助人类认识四维时空，没有五感，我们对世界的认知会变得艰难。假设人类的第六感与其他五感一样强烈，我们将可以感知一个怎样的世界？另外，除了第六感，是否还存在第七感、第八感……

绝对的黑暗意味着不存在任何光子，可是黑暗只是一种形容罢了，对于一个盲人而言，黑暗没有意义，在一个没有光子的世界里，黑暗也将不复存在。

同理，在一个没有介质震动、没有原子构成的世界里，人类的五官也不再拥有意义，我们看不见、摸不到、嗅不着、听不见，也尝不到。世界变成了真正意义上的"无"，甚至，我们都感知不到自己的存在。至于那个世界，是否存在，它的存在又是否有意义，都是谜团。

"空无"是恐惧的，它的恐惧程度无法用言语形容，好像是一个被夺走了五感的人飘荡在荒芜的宇宙中，他只知道自己的存在，其他的一切一概不知。

那一声尖叫后，兰沐儿感觉自己变成了"空无"，她可以感觉自己的存在，但也只是如此，她感觉不到物质，感觉不到温度，感觉不到光线，甚至，她感觉不到空间，感觉不到时间，连自己的身体也感觉不到。她开始怀疑自己是否真的存在，她的思想在消失，她的灵魂在散去，就连感觉也即将走向终点。那是一种比死亡更恐惧的体验，你明明存在，可就是感觉不到自己的存在，你比虚无更加虚无，但是这种虚无又不是绝对的虚无。

也许只是物质世界的一秒钟，又或者是百亿年……不知道过了多久。

"兰沐儿……"一种不是声音的信息闯进兰沐儿的意识。那不是声音，她可以确定，但是却让兰沐儿确定了自己的存在。

"我在这里，就在你的旁边。"兰沐儿不知道这种信息是如何传入自己的意识中的，虽然她晓得那不是声音，但是只能根据她的认知将其定义为声音。

兰沐儿试图利用声音与对方交流，可是却无法发出声音，就好像是被人勒住了喉咙。

"不要试图说话，用意念与我交流，用你的想象，用你的思考，你可以做得到。"那种"声音"似乎在教兰沐儿改变交流的方式，好像是刚刚出生的婴儿，她的父母在教她学习人类的语言。

…………

兰沐儿尝试着与"他"交流，可是任凭她使尽浑身解数，依然无法对话。

"不要着急……慢慢来，我就在这里陪着你。"那个"声音"给了兰沐儿安全感，与此同时，一股莫名的熟悉感随之出现。

"呃……"终于，兰沐儿发出了属于她的"声音"，虽然没有含义，却是不小的进步。

"我感觉到了你的语言。"

"啊……"兰沐儿继续努力表达，不知道过了多久，她终于发出了第一句有意义的话。"你……谁？"

"你应该知道我是谁吧？"

"……你？你……吗？"

"对，是我，我们终于又在一起了。"

"想……你……"

"我也好想你，我以为我永远地失去了你，现在我们又在一起了。"

"慕……千……林……"就在兰沐儿用意识讲出这三个字的时候，"黑暗"突然从她的意识中消失，慕千林出现在兰沐儿的意识中，虽然无形，但兰沐儿可以感受到，那就是他。

"你感觉到我了？我就知道，你一定可以感觉到我。"

"真的是你吗？"可能是激动的缘故，兰沐儿的表达变得流利。

"对，是我。"

"慕千林！"兰沐儿的意识在控制着自己向"前"，可是无论如何努力，慕千林始终与她保持一定的距离，那距离很远又很近，它不属于真正意义上的距离。
"我……我好想要抱一抱你呀，你可以到我的身边来吗？"

"我也想要抱一抱你，可是我们不是实体，所以不能。"

"不是实体？什么意思？"

"你只是一个意识，我也一样，只是意识。"

"可是，我明明看得见你呀？"

"那不是看，只是存在于你记忆中的影像，你可以认真地感受一下。"

兰沐儿将注意力集中，的确，慕千林若有若无。

慕千林："我的影像和我的声音一样，它们都不存在，只是以另一种形式传入了你的意识，而非'看'与'听'。"

"为什么会这样？"

"因为我们已经脱离了身体。"

"什么？"兰沐儿震惊，此刻，她在物质宇宙的记忆才逐渐恢复。她想到了，慕千林在几个月前进入了暗物质团，而自己则在一栋别墅的房间里，生死未卜。"我们……我已经死了吗？"

"不，没有。"

"你是去了暗物质团？"

"对。"

"我呢，我现在可以和你对话，是不是证明我也在暗物质里？"

"是的，不过，你还没有完全进入暗物质宇宙。"

"什么意思，我不明白。"

"就如同一个还在母亲胎中的生命，你能说他已经完全来到了人间吗？"

"我现在是在母亲的胎中？"

"不，只是一种比喻。你的'觉'还没有被完全开发，现在，你只领悟了这里的第一觉与第三觉，还有四个'觉'需要你去开发，你把第二'觉'开发完毕，你就完全进入了这个宇宙，其他的三个'觉'可以慢慢领悟。"

"第一觉？第三觉？"

"是的，如果用一种熟悉的事物比喻，它们更像是物质宇宙的视觉与听觉。"

"哦，我明白了，还有四种'觉'，是吗？"

"对，还有四种，只是它们与物质宇宙的五感完全不同，它们是这个宇宙独有的'觉'。兰沐儿，欢迎来到新的世界。"

那仿佛是远处的繁星，星星点点，根本无法辨别其真实的样貌，只知道它们的距离很远很远，如果是在物质宇宙，因为距离的限制根本无法触碰它们。不过当你的意念伸出时，却可以将其触碰，甚至可以移动，你就好像是拥有一双可以无限延长的手臂，能够抓得到每一样物质，无论是近在眼前，还是远隔万里。兰沐儿正在做的事情就是用意念去触碰远方的"星星"，然而她却无能为力，没有"身体"的她，无法控制任何东西。

"它们太远了，我怎么可能触碰到它们？"兰沐儿已经习惯了这个宇宙的"语言"，但是对于遥远距离的"物质"仍然不能理解。

"不要存有旧的观念，把它们抛弃，在物质宇宙里，你之所以无法触碰远处的物质，是因为你的意识必须操控你的身体。"慕千林鼓励着。

"这个宇宙不需要肢体便可以控制一切吗？"

"可以这么理解，在这里，意识将摆脱距离的束缚，或者说这里根本就不存在距离，距离的概念要被重新定义，意识才是至高无上的存在。当你能够自由控制意识的时候，你便可以操控所有的东西。"

"这是为什么？"

"因为物理规律不同，物质宇宙拥有的基本粒子包括重子、介子与轻子，基本力只有引力、电磁力、强相互作用和弱相互作用，但是这个宇宙却不同，这里不存在夸克，也没有电子，不拥有电磁力和强相互作用，物理规律也就全然不同。物质宇宙中，电磁力相当强大，我们之所以能够看见万事万物，可以触碰物质，全是因为电磁力的存在。同时，物质宇宙的强相互作用也非常强大，夸克之间的结合是强相互作用的结果，无论它们组成的是质子还是中子；之所以存在氢、氦、锂、铍、硼……全是由于强相互作用。然而这个宇宙却没有电磁力与强相互作用，我们熟知的夸克、电子不与这个宇宙相互影响，因此也就没有了原子，没有了可见光……"

"这么说，我们是来到了另一个宇宙？"

"不，我们依然在宇宙中，也许宇宙这个概念并不适用，但是我们依然属于同一个大宇宙，只不过组成宇宙的物质不一样了。曾经，我们的意识是在人类的身体内，身体是由物质组成，所以我们的身体必须遵循物质宇宙的规律。眼睛可以接收到可见光，所以意识就能够通过视觉看见世界；身体可以触碰物质，所以意识就能够通过触觉感知世界；耳朵可以捕获声音，所以意识就能够通过听觉聆听世界。久而久之，我们以为物质宇宙就是宇宙的全部。然而当我们的意识脱离了身体，脱离了物质的束缚后，曾经遵循的物理定律也将不再适用。我们还在大宇宙内，只不过是因为意识脱离了物质，物理定律不一样了，感知也就完全不同了。也许，你我的亲人从空间的层面上就在你我的旁边，但是因为你和我再也不受电磁力的影响，所以根本看不见也接触不到他们。对于我们而言，他们就像幽灵；对于他们来说，我们也是幽灵。我们与他们都存在，却永远无法相遇。"

一番解释令兰沐儿既感到失落，又觉得神奇，原来世界上最遥远的距离不是天各一方，而是我就在你的身边，可是你却看不见我，而我也感知不到你。"我们还可以回到原来的宇宙吗？"

"不知道。但是我会努力把你带回去，请相信我。"

"我相信你。"

"在此之前，你需要掌握这个宇宙的物理规律。"

"这个宇宙的物理规律是什么？"

"我也才来到这里不久，对这里的物理规律还没有完全掌握。不过我已经知道，对于意识而言共有六种'觉'，你已经掌握了两种。第一种'觉'，我把它称为第一觉，它类似于物质宇宙的视觉；第三种'觉'，也是第三觉，类似于物质宇宙的听觉。它们虽然与物质宇宙的视觉、听觉相似，却有着本质的区别，这一点你应该已经感觉到了。现在，我教你的是第二觉，如果要与物质宇宙的'觉'进行类比，它可能类似于触觉，不过也与触觉有着本质的区别。物质宇宙里，人类想要启动触觉只需用身体的某一个部位去接触物质，物质宇宙里的触觉是由电磁力产生的。但是在这个宇宙，没有电磁力，也就不会有触觉，但是却存在另一种作用力，它可以由意识发出指令，控制'远处'的东西。这种作用力不与物质宇宙的物质发生相互作用，所以物质宇宙里的我们无法感知到第二觉，但是在这里，它是一种强大的作用力，当你可以掌握第二觉的时候，你会发现它的强大，届时你才算真正地进入这个暗物质宇宙。"向兰沐儿讲述的同时，慕千林用意念启动了第二觉。兰沐儿的意识可以通过第一觉"看"到"远处"的变化。"遥远"之处的暗物质如同瞬间转移一般突然来到了近处，它的大小并没有改变，这个宇宙似乎不存在近大远小的规律，无论某种暗物质的距离有多远，它都是同样的大小，但是你却可以通过意识去判断它的距离。紧接着，慕千林继续使用第二觉，那个暗物质被分解了，变成了多个更大的暗物质，这又与物质宇宙的规律完全相反。在物质宇宙中，大的物质由小的物质组成，而在暗物质宇宙中，小的暗物质由大的暗物质构成。

"来，试一试吧，你可以的。"慕千林继续鼓励，"集中你的意识，把所有的注意力都放在那个暗物质上，将距离当成你的身体，让所有的'空'成为你的触手，而那个暗物质就是你手边的羽毛，试着移动它吧。"

跟随着慕千林的指引，兰沐儿将注意力集中，通过第一觉，她可以"看"得到远方的暗物质，虽然它很远很远，但是兰沐儿却将其当作近在眼前的羽毛。这需要强大的想象力，类似于将远处的汽车理解成为近处的玩具模型。

"呃……"兰沐儿的注意力高度集中，终于，它不再遥不可及，成了近处的一个暗物质。"我……我感觉它离我很近。"

"不，那不是感觉，它就是很近，恭喜你，你移动了它。"

"真的吗！可是……我为什么毫无察觉？"

"这就是意识的强大之处，你毫无察觉，当你认为它离得很近时，它就会很近，重点在于你的理解。"

"这……这样子啊。"

"现在，你已经掌握了第二觉的一半，学会了移动，接下来，我们试着分解它吧。"

"分解！我根本无法想象你是如何将它分解的，怎么可能有小的被分解成为大的？太不可思议了。"

"那是因为物质宇宙的物理定律是由小组成大。但不要忘记，这里是暗物质宇宙，这个宇宙的暗物质与物质完全不同。比如可以随意改变的距离，在物质宇宙就根本不可能发生。"

"可是改变距离可以利用想象力，就好像是物质宇宙里的视错觉一样。但是由大构成的小，我在物质宇宙里从来没有遇见过，根本无法想象，它太违背常识了。"

"我们需要抛弃旧的观念，将所谓的常识舍弃。你要知道，在认识物质宇宙以前，你并没有小组成大的概念，那是在你慢慢认识物质宇宙之后才产生的'常识'，它只是习惯罢了。现在我想要问你一个问题，大为什么必须由小组成，而小为什么不能被大构成？"

兰沐儿思考。"我……我不知道。"

"是呀，你并不清楚其中的原因，只是因为固化的思维而认为那就是正常的现象罢了。好，我再问你一个问题，你认为物质宇宙的黑洞是小还是大？"

"是大，不，是小，它的质量大，但是体积小。"

"我们就说体积，黑洞的奇点只是一个点而已，它的引力无限大，密度无限高。当物质被黑洞吞噬后，物质的原有体积将会被无限压缩，如同地球、火星这样的星球，被黑洞吞噬以后将会变成一个没有意义的点。现在，我们反向去思考，如果黑洞将地球、火星吐出，在视觉层面上，是不是就相当于一个小的物质被分解成了多个大物质？"

"原来是这样。"兰沐儿恍然大悟。

"物质的构成方式从来不是只有'由小组成大'这一种，在物质宇宙里，我们认为粒子细分后会有更小的粒子，那些都是受到了'由小组成大'的思想的误导。"

"那么真正的现实是什么？"

"人类已经将物质分成了最基本的粒子，如果继续分下去还会有什么，弦吗？那么弦呢？继续分下去还有更基本的粒子吗？粒子会无限地被分下去吗？显然不会。物质宇宙的粒子已经基本达到极限了，当粒子继续被细分时，它将不再遵循'由小组成大'的规律，物理定律将会发生改变，当人类真的可以做到将基本粒子继续细分时，我们也许会发现，组成基本粒子的更基本粒子竟然是更大的粒子。那时，人类的观念将会被彻底改变，整个物理学也将会被颠覆。同样的，人类的可观测宇宙已经达到了 930 亿光年，现在，人类猜测着可观测宇宙之外会是什么，多重宇宙？还是无限膨胀的宇宙？其实不然，当人类的能力可以继续观测更广阔的宇宙时，我们可能将会发现，宇宙之外是更小的宇宙，因为那种体积之下的宇宙已经不再遵循'由小组成大'的物理定理。"

"这么说，当物质的尺度达到一定的数量级时将会出现完全相反的规律？"

"你可以这样理解，但不是全部。"

"那么这里呢？这里的物质的构成方式与物质宇宙的完全相反？"

"不，不能简单地认为这个宇宙与物质宇宙完全相反，只是物理定律不同罢了。就好像水中的鱼，死亡后会向上漂，而天空中的鸟，死亡后会向下落，它们的表现看上去完全相反，但只是遵循的定律有所不同罢了，一个是水的浮力，另一个是重力。"

"我好像懂了。"

"好，抛弃旧有的观念吧。将注意力集中在那个暗物质上，努力想象，它是由多个大物质组成，而那些大物质又是由更多更大的物质组成，你可以做得到。记住，在这个宇宙，意识才是最强大的。"

伴随着慕千林的鼓励，兰沐儿继续着第二觉的开发，她努力地改变旧的观念，并反向推演。

那个暗物质仿佛闪烁着迷人的光辉，它的体积很小，在物质宇宙里，这样的物质一定难以分割，就像是筷子，长度越短，越难被折断。然而这里不是物质宇宙，所有的规律都要被重新定义。

不知道过了多久，也不知道那是一种怎样的能力，突然，那个暗物质被分解了，它变成了十几个更大的暗物质。

"我……我做到了？我做到了！"兰沐儿的兴奋劲儿溢于言表，可是下一刻就荡然无存，她的第一觉让她感受到了大量的未知物质，它们犹如魂魄一般游荡在空间。"那……那些是什么？"兰沐儿惊恐万分。

5 名身着黑衣的男子在阴暗潮湿的地下排水系统内前行，他们只能通过手电筒的微弱灯光辨别方向，跑到一处交叉口，5 个人停下。一名队员拿出纸制地图，认真地查找着。"左边。"话音落下，5 个人再次前行。

终于，他们抵达了目的地。

当把一个井盖撬开时，外面是昏暗的空间，只有微弱的光线。

这是一栋大楼的地下室，像是废弃的建筑物，除了来回爬行的老鼠与昆虫，再没有其他的生物。

一名队员利用手电筒照亮前方，这里好像是一座迷宫，狭窄的隧道，一扇扇关闭的大门。

一行人的脚步慢了，变得十分小心，像是担心被人发现。终于走到了长廊的尽头，一人拿出工具，插入锁芯，又将耳朵贴在门锁处，一边细听，一边拧动工具。

啪，大门的锁被打开，从门内射出一道白光。他们立刻将事先准备好的墨镜戴上，再把大门完全开启。

与外界的黑暗不同，大门内灯火通明，这里的布局像是一间实验室，各种各样的仪器、各式各样的先进机器，仿佛在诉说着一项隐秘的研究。事实也确实如此，只不过研究对象是一个人。

实验室的中央，有一个长方体箱子，上方用有机玻璃覆盖，四周是与其连接的管子。走到近处，可以看见箱子内躺着一个赤身裸体的男子，他的身体被特殊的液体覆盖，面部戴着氧气罩，手臂与脚背被注射器不间断地输送营养，头部被一个金属罩子包裹，远处的计算机屏幕上显示着各种数据，其中包括脑电波、心跳等。

"就是他了。"一名队员说，"快，我们救他出来。"

5个人分工明确，他们分别跑向5个操作台，快速操纵着。

"完毕。""完毕。""完毕。""完毕。""完毕。"五分钟以后，5人几乎在同一时间完成任务。随后，一人按动了箱体的按钮。

玻璃罩子自动开启，先是一团气体涌出，里面的液体也随之溢出。躺在箱子内的男子的样貌变得清晰，这个人竟然是霍兹。

原来这里便是莱蒙托夫的地下实验室，当初，莱蒙托夫将霍兹从庄园带到实验室，他希望霍兹可以帮助自己破解昏迷的谜团，可是无论采取怎样的方式，霍兹始终无法恢复到正常的状态。

5名黑衣人曾经是莱蒙托夫的部下，在莱蒙托夫失势后，他们被流放到了非洲。如今，5个对白启不满的人希望通过救活霍兹去揭穿白启的谎言，于是便通过地下管道冒险进入这里。

5个人曾经做过特工，他们将霍兹的身体用紧急救生毯包裹，背起他向着地下排水系统跑去。

霍兹最终被送到了相对安全的地点，在这里只有对霍兹最忠诚的迷徒，他们对霍兹的照顾无微不至。

三天后，霍兹从昏迷中苏醒。"这是哪里？"霍兹说话的语态恢复了正常，冬眠治疗果然有效。

周围的人露出喜悦的表情。"你终于醒了。"

霍兹揉了揉脑袋，他的记忆渐渐恢复。"我疯了，是吗？"

"对。"

"都发生了什么？"霍兹异常冷静，他似乎已经猜到了有大事发生。

迷徒们向霍兹讲述了这段时间发生的大事，其中包括被发现的暗物质团、慕千林的拯救计划，以及白启的崛起……

霍兹认真地听着，听完他淡淡地说了一句："看来，慕千林已经找到了正确的方向。"

一名迷徒说："世界变了，没有人再惧怕昏迷，相反，人们期盼着它的降临。现在全世界已经有近三分之一的人成了迷徒，而且数量还在增长中，迷徒已成了人类历史上最大的宗教，我们将你唤醒是希望你能看到这迷徒的盛世。"

"盛世吗？"霍兹却不以为然，"恐怕是被别人利用的工具吧。"

世界不再是由绝对的"黑暗"组成，它变得"五彩斑斓""光怪陆离"，仿佛是从黑白电视跃迁到高清的彩电，只是那种感觉与视觉并不同。刚刚还空旷的空间，现在有了极限，只是那种极限是小的极限，而非广阔。在物质宇宙里，用视线看向天空，你能体会到它的遥远，但却并非遥不可及，它广阔，却不是没有极限。而这里恰恰相反，你感受到的是小，整个空间很小很小，但却不是无限的小。它让你觉得小才是包裹一切的存在。

"欢迎来到真正的暗物质宇宙。"

兰沐儿的恐慌感还没有散去，她只感觉来自第三觉的"声音"变得更加清晰。

"真正的暗物质宇宙？"

"是的，你已经掌握了第二觉，所以可以感受到真正的暗物质宇宙。做一种比喻，如果是在物质宇宙，现在的你应该已经出生了。"

兰沐儿明白了慕千林要表达的意思，曾经的交流都只是"胎教"，只掌握了三种"觉"，才算是来到了暗物质宇宙。

欣赏着这个"狭小"的暗物质宇宙，兰沐儿只有一种感觉，她仿佛掉进了深渊，可越是深入，那里就越是丰富多彩。

"那……那些东西是什么？"兰沐儿的注意力集中在了一些"点"上。

"他们就是这里的主宰。"

"主……主宰？"

"是的，如果人类算是地球的主宰，那么他们就是暗物质宇宙的主宰。"

兰沐儿震惊。"他们是人类？"

"可以这样比喻，但又不完全正确。他们主宰着这里，但是又与物质宇宙的生命截然不同。我们可以这样形容，如果物质宇宙里的星系拥有意识，那么他们就是物质宇宙的星系，或者说，他们是物质宇宙里星系与生命的结合。他们既可以孕育生命，也是生命的一部分；他们既是自然，又是非自然。我更喜欢将他们称为暗物质宇宙里的文明，因为他们是以'点'的形式存在，就直接将他们称为点文明吧。"

"点文明？"兰沐儿感到吃惊。

"是的，他们就是暗物质宇宙的文明，这种文明不是整体，而是个体。"

"我没有明白你的意思。"

"这样说吧，你觉得当人类的文明发展到一定程度后会变成什么样子？"

"不……不知道，可能会灭亡吧，或者更加强大。"

"卡尔达舍夫设想了一种文明等级的划分方式，一级文明也被称为行星级文明，他们可以主宰行星及其周围卫星的能源；二级文明是恒星级文明，他们能够收集整个恒星系统的能量；三级文明是星系级文明，可以利用如银河系一样的星系的能源。目前，人类只处于0.73级文明，连一级文明也没有达到。人类认为，当文明达到二级时，将可以利用戴森球获取整个太阳的能量。现在你再想一想吧，当文明超越二级以后，他们的文明将会是什么样子？"

兰沐儿思考了好一阵子。"很难想象，那样的文明太宏伟了，根本无法想象。"

"是呀，二级文明就已经很了不起了，利用戴森球将整个恒星包裹，那意味着二级文明的科技水平已经达到了不可想象的高度。三级文明已经不再是普通科技可以实现的高度。那时，将会是意识与物质的结合。"

"生物不就是意识与物质的结合吗？"

"对，但是这种结合太狭隘了。人类已知的最大动物可能是生活在侏罗纪晚期的易碎双腔龙，它的体重可以达到220吨，体长超过50米；最大的生物则是一株奥氏蜜环菌，它占地超过8.8平方公里。在人类看来，它们巨大无比，但是相对于整个地球而言，易碎双腔龙与奥氏蜜环菌只不过是一粒尘埃。你有没有想过，当如同地球一样的行星拥有了意识后，它将会是怎样的存在。"

"怎么可能？"兰沐儿根本无法想象，"地球怎么可能拥有意识？"

"如果地球拥有意识已经足够令人感到震惊了，那么当太阳拥有意识时又会是怎样？"

"不可能……"

"如果人类想要达到三级文明，意识所能驾驭的物质就要达到恒星的级别。而这只是基础罢了。"

兰沐儿幻想着如同太阳一样的生命，如果真的存在那样的庞然大物，人类将只是蝼蚁，不，不是蝼蚁，而是灰尘。

慕千林继续解释着。"意识若想要控制恒星就必须超越科技，突破人类目前已知的基础理论。"

"基础理论被突破了就会存在那种超级意识吗？"

"当然，从第一个细胞的出现到人类文明的诞生，已经过去了三十几亿年。想想看吧，如果细胞也拥有意识，那么生命从单细胞进化成人类，意识其实已经发生了翻天覆地的改变。在人类看来，细胞可能根本就算不上拥有意识，它们只是一种有机体。或许当恒星级别的意识出现时，再回看人类，也如人类看细胞一样，他们眼中的我们根本算不上拥有意识，那个时候的意识一定也发生了翻天覆地的变化，已经不再是我们认识的样子。"

兰沐儿仿佛在聆听一个虚幻的故事。"人类的意识如何才能达到那样的级别？"

"我不清楚，但是以人类现有的科技水平永远也无法实现。目前，人类只不过是创造人工智能，那仅仅是给计算机赋予微弱的意识，甚至根本就算不上是意识，人类距离赋予恒星意识还相当遥远。不过，他们已经达到了。"

兰沐儿知道 "他们" 就是存在于这个宇宙的点文明。"他们的意识已经与恒星结合了？"兰沐儿用第一觉观察着他们，产生了一股不可思议的震撼感。

"也许不仅仅是与恒星结合，如果用物质宇宙的物体来比喻，或许是星系，甚至是更宏观的天体。"

"怎……怎么可能，我完全感受不到他们的宏伟与庞大。"

"因为在这个宇宙，大和小的概念与物质宇宙的不同，如果他们的广度如同恒星一般，反倒说明他们拥有的只是简单的意识，正是由于他们的小，才能证明他们的高级。"

兰沐儿恍然大悟，这个宇宙里的大与小是相反的，小才是宏观，大只是微观。兰沐儿突然意识到了什么，她紧张地问："我们可以观察到很多很多的他们，这……这说明了我们是庞大的，是吗？"

"对，所以我们是低等的意识，而他们则是高等的点文明。"

"这么说，他们眼中的我们是……"

"是的，他们眼中的我们，就是我们眼中的细胞。"

"这个宇宙，太不可思议了……"

"这个宇宙的不可思议还有很多，我们就把这个宇宙称之为奇宇宙吧。"

昏迷的答案

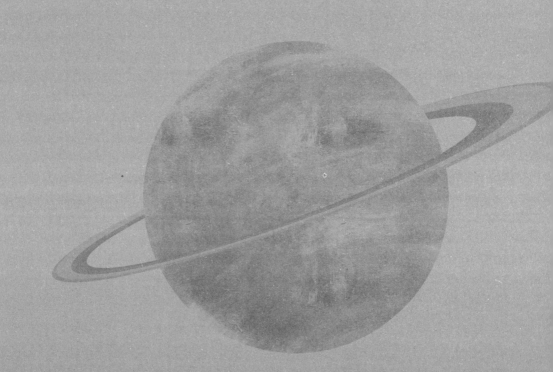

白启已经统治了世界，没有人敢反对，也没有人想要反对。与沃伦·金斯伯格和莱蒙托夫的统治不同，白启帮助人类摆脱了对昏迷的恐惧，甚至开始期盼着它的降临。而他更是将权力与信仰结合在一起。

在元帅府的房间里有一间密室，除了白启以外，再无第二个人知道它的存在。

白启享受着至高无上的权力，他终于打败了所有的对手，没有人知道他的计划是从何时开始的，也许是第一次昏迷事件发生时，也许是在慕千林去往暗物质团的那一刻。

白启仍然进行着种子计划，与之前有所不同，太空飞船的发射目标不再是希望之星，而是各个方向，他似乎要把人类的种子撒满整个宇宙。飞船也做了巨大的改进，发动机的动力更加强劲，内部的空间也更为宽敞，并且配有载人舱，最大的一艘太空飞船可以将50名宇航员送向太空。白启对外宣称，人类的文明不应该只留在地球，那些未知的世界需要人类去探索与开发，人类的终极目标应该是占领整个宇宙，而不仅仅是地球。这样的口号的确起到了一定的作用，至少不会令大多数人怀疑白启继续种子计划的真实目的。

白启的计划究竟是什么，也许只有他一个人知道，但是有一点可以肯定，白启知道昏迷事件不是将人类的意识带去天堂。

夜晚降临，白启一个人躺在卧室里，白天还展露出自信的一面，可是到了晚上，他的面容回归平静。沐浴后，他将密室的门打开，是一个稍小的房间，没有价格高昂的奢侈品，没有名贵的艺术作品，相反，里面空空荡荡。

缓慢地踏入，他声音低沉地说："关闭。"房门由此关闭，房间变成了一个与世隔绝的空间。

昏暗的灯光中，白启朝着角落里唯一的沙发走去，只是不足10米的距离，白启却走了很久。

终于坐下，那张沙发很软很软，白启仿佛陷入了沼泽，整个身子都被包裹着。"输入密码。"白启说话。

沙发内传出声音。"好的，主人，请说出密码。"

"191213。"白启将密码说出。随后，沙发右侧的扶手开启，一个精巧的电子设备缓缓升起。

电子设备不大，好像是水晶，如果用高倍放大镜仔细观察，可以看得见表面错综复杂的电路，它的内部有着更为烦琐的结构。

白启再一次张口说话："将脑机接口插入我的大脑。"

原来水晶般的装置也是脑机接口，它与送给慕千林的脑机接口有着同样的作用，只是这一个看上去更加高级。

沙发的两侧出现了两个机械手臂，它们相当灵活，迅速将脑机接口拿起，移动到白启的头顶，快速将其植入，整个过程一气呵成。

与当时的兰沐儿一样，白启可以感觉到头皮有物体在蠕动，他却面无表情，因为这样的体验已经不止经历过一次。

半分钟后，白启头皮的蠕动停止，他的脑中传入了"声音"。"已经连接82.35%，请问是否继续？"

"继续。"白启用意念回答。

"好的，主人。"

随后，可以明显地看得到白启的肌肉在抽搐，那是连接时产生的疼痛。白启没有吭声，似乎在享受连接的过程。

当脸部的抽搐停止时，白启像是睡着了，安静地坐在沙发上，没有一丝表情。没有人知道他的意识去了哪里，更没有人知道他为什么要启动脑机接口，但可以肯定，白启已经知道了当脑机接口的连接达到100%时，他可以去往另一个时空，而这样的脑机接口全世界只有两个，一个在这里，另一个在兰沐儿那里，只是那一个已经坏掉了。

十分钟后，白启的呼吸变得急促，随后又变成了深呼吸。又过了一分钟，白启的眼睛缓缓睁开，眼神中的平静消失了，转而变成了一抹失落。他仿佛经历了一场漫长的谈判，身心俱疲，且以失败告终。

"主人，断开连接吗？"脑机接口将"声音"传入他的大脑。

良久，白启才给出回答："断开。"

"好的，已经开始断开。"

又过了两分钟，白启将头顶的脑机接口取下，他起身，向着大门走去。

五天后，昏迷事件再一次出现，地点是北海道，整个北海道地区没有一个幸存者，可是人们却羡慕北海道的居民。

两个微观上的巨大"细胞"在奇宇宙中始终处于静止的状态，因为"低级"，他们无法自由移动，点文明似乎并未发现"细胞"的存在，或者说他们根本就不屑于发现。点文明忙碌着，他们的行为令人捉摸不透。

兰沐儿与慕千林陷入沉默，他们似乎在等待着什么，又仿佛在躲避着什么。慕千林没有说，但是兰沐儿却可以感受到，奇宇宙的他们一直危机四伏，两个人的命运始终被点文明控制，只要点文明想就可以轻松地消除兰沐儿与慕千林的意识。

又不知道过了多久，在奇宇宙里，时间仿佛具有主观意识，你认为它过得很快，它就很快，你认为它很慢，它就很慢，但也不全是。

再次对外界有感觉，是一种莫名的熟悉感，那是一种未知的感觉，而且是突然出现的，兰沐儿感觉好像回到了物质宇宙，如果可以用某种感觉来形容的话，那应该是既视感——某天你走在大街上，突然感到似曾相识，似乎曾经有过相同的经历，而这种似曾相识又稍纵即逝。

"唔——"兰沐儿惊叹。

"你也感觉到了？"慕千林的语言进入兰沐儿的意识。

"是的。"

"恭喜你，不知不觉中领悟到了第六觉。"

"那是什么？"

"我还不清楚，我曾经有过同样的感觉，但是也只有一次。"

"在什么时候？"

"在你来到这个宇宙的时候。上一回的熟悉感比这一次强烈得多，给我的感觉是你来了，只是我不能百分之百地确定。事实证明确实是你来了。"

"也就是说，这一回可能是另一个人类来了？"

"对。"

"他会是谁？"

"慢慢感受吧，如果他在这个宇宙停留的时间足够长，我们可以帮助他领悟第一觉、第二觉与第三觉。"

兰沐儿将更多的注意力用在了第六觉上，但却感受不到更多的信息，那个人似乎只是从空间经过，没有停留太久。

在这个宇宙里，当你产生疑问后是很难做到不问出来的。那就好像是有一种仪器将两个人的大脑连接在一起，任何人的思想都必须共享，不能隐瞒，也没有办法隐瞒。这也是第三觉与听觉的区别，后者只能听见你说出口的话，却不能判断它的真假。

过了不知多久，慕千林发出信息。"是他。"

兰沐儿仿佛是在睡梦中被突然叫醒，先是一惊。"他？谁？"兰沐儿问。

"白启。"

"白启！他也来奇宇宙了？他在哪里？我怎么感知不到他？"

"他不在我们这个层级，他进入了更高的层级，你还没有领悟到第五觉，所以感知不到他。"

兰沐儿夹杂着一丝惊喜。"我们又多了一个新的伙伴！"

"他可能不是我们的伙伴。"

"为什么？"

"我刚刚告诉过你，他不在我们这个层级，而是去了更高的层级，在那个层级可以与点文明对话。"

"什么！他……他是怎么做到的？"

"他应该不是第一次来奇宇宙了，我们小瞧他了。"

"他来奇宇宙做什么？他与点文明讲了什么？"

"我不能百分之百地确定，我的第四觉还处于初级水平，不能完全理解白启与点文明的交流内容，我只能隐隐约约地感觉到他在与点文明做交易，至于那个交易是什么，恐怕只有他与点文明知道了。"

白启的到来给奇宇宙增添了一层迷云，慕千林始终以为自己是第一个来到奇宇宙的人类，兰沐儿是第二个。在兰沐儿到来之前，他一直试图认知奇宇宙，经过一次又一次的探索，他发现了奇宇宙与物质宇宙的不同。他先是领悟到了奇宇宙的第一觉，于是开始观察，在长久的观察过程中，他领悟了第二觉，也许是因为只有他一个人在奇宇宙的缘故，所以他对第三觉的领悟略晚一些，他是在"听见"自己的意识发出的"声音"时才发觉的第三觉。而在发觉第三觉之后，他通过第一觉、第二觉与第三觉发现点文明有着另外一种交流方式，慕千林始终无法知晓那是什么，便把那种交流方式定义为第四觉。对于第四觉的研究始终没有取得突破，直到一次意外的发生，慕千林感觉自己的意识正在跃迁，空间在无限地扩大，他很快就意识到那不是因为空间的改变，而是自己在"缩小"。不久后，他感知到了第四觉，那是点文明的一种"语言"。慕千林相当恐惧，他担心自己会被点文明捕获，于是强制自己不要继续"缩小"。想要通过意识进入更高的层级并不容易，但是想要落入低层级却不难，很快，慕千林就感觉到了空间在"缩小"，他知道，他回归了低层级。那时的慕千林可以肯定，第四觉的确存在，且与第三觉完全不同。与此同时，慕千林又发觉了另一种"觉"，那是与前四觉完全不同的新"觉"，可以帮助慕千林感受并跃迁至第二层级，他将这种"觉"命名为第五觉。随后的时间里，慕千林想要再一次启动第五觉，可是无论如何努力都无法将其激发。

等到兰沐儿到来时，一种新的"觉"再一次出现，与前五种"觉"不同，那是一种熟悉感，当慕千林完全投入体会这种熟悉感时，他发觉那种感觉来自兰沐儿，而兰沐儿仿佛飘荡在空间中，处于无意识的状态。接下来的时间里，慕千林一直在试图帮助兰沐儿苏醒，同时他也发现了第六觉。

白启的到来使得慕千林终于明白，原来白启在更早的时候已经到过奇宇宙，应该比慕千林去暗物质团更早，而白启应该已经可以灵活地运用第四觉与第五觉了。

"白启还在与点文明做交易吗？"兰沐儿问。

"不，已经结束了。"

"我们要不要和他交流一下？"

"他已经离开了。"

"离开！去哪里？"

"他离开了奇宇宙，我不晓得他去了哪里，我想应该是回到物质宇宙了吧。"

"这么说可以从奇宇宙回归到曾经的世界？"兰沐儿兴奋。

"是的，可以。"

"我们也回去吧。"

"我们？恐怕没有那么容易，想要回到物质宇宙必须找到可以接收意识的载体，比如我们的身体。我想，他之所以可以回去是因为他能够轻松地找回身体，但是你我却不同。他是主动来的，你是被动，至于我嘛，虽然意识是主动，但是身体却不知了去向。想要回去，必须找到可以在物质宇宙中接收你我意识的载体，无论是你和我的身体，还是其他的载体。"

自从泰勒与松下信子发生意外，世界联盟严格禁止民间组织去往小行星带，任何太空飞船不得将目标设定为小行星带，所以时至今日也没有第二艘太空飞船去到那里。

苏醒后的这段时间，霍兹入侵了世界各地天文台的计算机，并从中获取了关于暗物质团的大量数据。

数据虽多，但是真正有用的却很少，仅有"拯救号"带回来的数据具有研究价值。可是"拯救号"内的数据又被层层加密，即使是霍兹也只能破解少部分内容，更多的存储空间显示竟然为空，霍兹暂时还无法确定是加密系统过于复杂，还是数据已经被删除，但是他判断后者的概率更大。

短时间内无法在暗物质团获得有价值的线索，霍兹便把注意力转移到了兰沐儿的身上，他认为以兰沐儿与慕千林的关系，在慕千林去往小行星带的过程中一定会经常与她联系，也许在两个人交流的内容中可以找到重要的线索。

可是霍兹却找不到兰沐儿，这个女生像是在人间蒸发了一般。

经过更大范围的调查，霍兹发现兰沐儿的失踪与一个名叫加麦尔的人有关，于是，他亲自去了加麦尔的庄园。

这个庄园已经被封，加麦尔去世后，白启派人秘密搜查了他的家。现在，这里更像是一片废墟，每日只有少量的士兵把守。

卫兵懒散，所以霍兹等人可以轻松地进入庄园，夜晚，霍兹与迷徒们分成两队，分别在两栋别墅内寻找线索。十分巧合，霍兹搜索的别墅正是当初关押兰沐儿的那一栋，不过，所有的痕迹已经被清理干净，如果是普通人根本不可能发现兰沐儿曾被软禁于此。

走入房间，霍兹的第一个感觉就是温馨，但又像是一间监狱，按理来说不应该存在如此的矛盾。

也正是基于这种矛盾，霍兹对房间的搜索相当细致，不放过任何蛛丝马迹。终于，霍兹在房间的角落里发现了一根长发。他将其带回并做了DNA鉴定，不出所料，它属于兰沐儿。由此，霍兹可以肯定，兰沐儿是被加麦尔关押在了那间屋子里，而加麦尔则是在完成一个秘密任务后被灭口了。

一切的一切都向着更坏的方向发展。霍兹认为，兰沐儿恐怕已经被加麦尔杀掉了。为此，他失落了好一阵子，兰沐儿是他最重要的线索之一。不过，霍兹依然决定要找到兰沐儿，活要见人，死要见尸。

他与迷徒们又一次潜入庄园，这一回，他们搜索得更加细致。在庄园别墅内的地下室里，霍兹等人发现了一个神秘的仪器。起初，迷徒们对它并不在意，霍兹却在上面找到了多根长发，他怀疑那可能是兰沐儿的。

再一次通过DNA检验，果然，那些头发的主人是兰沐儿，至于仪器嘛，它更像是一种脑机接口。

脑机接口虽然还不多见，但也不是什么稀奇的物件。

霍兹因为兰沐儿残留的头发而对这个脑机接口格外重视，他将其带回实验室进行研究。

从内部的结构分析，它只是一个普通的脑机接口，但是经过多天的钻研，霍兹发现了它的不普通之处，其内部似乎隐藏着一种惊人的技术。它究竟从何而来？霍兹冒出了一个奇怪的想法，脑机接口可能存在某种不为人知的秘密。于是，他把全部的注意力都放在了脑机接口上。

白启是如何来的奇宇宙？其实并不难猜测，把兰沐儿带到奇宇宙的脑机接口的最初持有者就是白启，这说明白启在将脑机接口送给慕千林之前就已经来过奇宇宙。不过让慕千林与兰沐儿想不明白的是，白启和点文明到底在交流什么？他来到奇宇宙的目的又是什么？他为什么可以轻松地领悟第四觉与第五觉？

如果白启可以领悟第四觉与第五觉，那么慕千林与兰沐儿是否也能够领悟？正是这个问题使得两个人从未放弃对两种"觉"的探寻。

又不知过了多久，慕千林与兰沐儿的第六觉再一次被激发。

"它……又出现了！"兰沐儿首先发出惊叹。

"对。"

"白启又来了吗？"

慕千林把更多的注意力投入第六觉。"不知道，这一次的感觉又不一样了，它不同于你或白启来到奇宇宙的感觉。"

"我也有着不一样的感觉……"

两个人继续感受着，突然。"啊！"兰沐儿与慕千林在同一时间发出惊叹。

"你感觉到了什么？"兰沐儿问。

"强度，这一次，第六觉的强度是空前的。虽然那种熟悉感没有前两次剧烈，但是它的强度……很强很强。"

"是超级强，而且越来越强，那种感觉就好像是……万马奔腾。"

"对，就是这种感觉。"

随着时间的流逝，"万马奔腾"之感愈发强烈，慕千林与兰沐儿好像是大草原上的两棵小草。远处的千万匹骏马正在朝这边奔来，它们的速度极快，一会儿的工夫，马群已经近在眼前，而慕千林与兰沐儿可以做的事情只有静静地感受。

"慕千林……"兰沐儿开始恐惧，"那……那是什么？"

慕千林没有回答，因为他已经把全部的注意力投入第六觉。慕千林越发凝重，他清楚这种熟悉感意味着有人类的意识来到了奇宇宙，但是慕千林不明白的是为什么这一次如此强烈。

"难道……"慕千林突然意识到了什么，"难道，这一次来到奇宇宙的意识……不止一个？"

兰沐儿感到恐惧。"不止一个？不止一个！"

千万匹骏马从旁边飞奔而过，那是一种怎样的体验，可以想象，它一定是空前绝后的。然而比起兰沐儿与慕千林的第六觉，用万马奔腾来形容还是太保守了。如果必须用某种形象的比喻，更像是千万个星系从身边穿过，它们可以搅动整个空间，

166 | 暗宇宙

让时间扭曲，使得物质与能量产生变化。

"快！停止其他的'觉'，利用第二觉，控制我的意识不要离开，我也控制你的意识不要远离。"慕千林突然给出指令。

兰沐儿还没有弄明白慕千林想要表达的意思，她只感觉自己的意识正被千万个突然冒出的意识带离。很快，她又感觉自己的意识回到了最初的空间，然后又被带离，又回归……

重复多次以后，兰沐儿才意识到，那是因为慕千林在利用第二觉控制着自己不被其他的意识带走，再去感知慕千林的意识，他已经被其他的意识干扰，且不在最初的空间。兰沐儿终于明白了，这些未知的意识会对兰沐儿与慕千林的意识造成干扰，如果不去控制，两个人的意识将会随波逐流，去向未知的领域。若想继续留在原处，二人就必须通力合作，利用第二觉相互控制，兰沐儿使用第二觉帮助慕千林的意识保持位置不变，慕千林也利用第二觉帮助兰沐儿保持位置不变。

现在，慕千林已经被其他的意识干扰脱离了原位，但他依然不遗余力地帮助兰沐儿保持在原位。明白了当下的处境，兰沐儿立即将注意力集中在第二觉，她要帮助慕千林回归。

可是周围的意识太多了，它们所造成的干扰相当严重，兰沐儿无法集中注意力，她甚至很难找到慕千林的意识。兰沐儿变得紧张，如果再不帮慕千林回归原位，他可能会随波逐流，最终永远消失。而更加令人担忧的是，那些意识仿佛在被一个巨大的"场"吸引，兰沐儿不知道进入"场"后会遭遇什么，但是感觉告诉她，那是危险的。

保持冷静，集中所有的注意力在第一觉与第二觉上，第一觉用来寻找慕千林的意识，一旦发现，就立刻使用第二觉将他带回。消除所有的干扰，不被意识影响，兰沐儿在心中默念，她必须成功。

可是，慕千林已经被搅在无数个意识之中，第一觉很难找得到，那就好像是在一张千万人的照片中寻找自己的爱人。

对……兰沐儿突然意识到，除了第一觉，还有第六觉可以使用，在第六觉中，来自慕千林的熟悉感与其他意识的不同。同时使用第一觉与第六觉将可以把慕千林与其他意识区分。

慕千林，慕千林，慕千林……兰沐儿默念，她把自己想象成奇宇宙的"空"，只关心慕千林的位置。

渐渐的，从她旁边穿过的意识开始消失，"渺小"的点文明也在消失，甚至是奇宇宙的暗物质都在消失，兰沐儿仿佛进入一个"空"的空间，没有任何物质，没有任何能量，连时间都是静止的。

…………

睁开双眼，一片黑暗，鼻子与嘴被一个罩子罩着，周围湿漉漉的，仿佛被液体包裹，她可以感觉到自己的心跳，感觉到自己的存在，是物质一般的存在。

她的身体有了知觉，她想要摆脱这烦人的液体空间，所以挣扎了一下，有一种坚固的东西，那应该是包裹在液体之外的另一个物体，她想要继续挣扎，可是那物体过于坚硬。

　　这是哪里？我在做什么？我又是谁？一个又一个问题让她对自己的存在产生了怀疑，而下一刻，她的意识消失，一切又回归到"空"的状态。

　　"空"就意味着一无所有，但是"空"也可以让注意力完全集中。兰沐儿感受到了，那是来自第六觉的熟悉感，那是只属于慕千林的第六觉。是他，那就是慕千林，他已经去到了"场"的边缘，在那里，兰沐儿无法获得任何感知，一旦慕千林进入"场"，她将再也救不回他。

　　兰沐儿开始启动第二觉，让所有的"空"成为触手，把慕千林当作羽毛，并试图将其移动。

　　一瞬间，慕千林的意识回归了，她把他带回来了。

　　"慕千林！"兰沐儿激动不已。

　　"是我。我被你带回来了。"慕千林可以感觉到兰沐儿的心情，只是现在还不是激动的时候，因为危险还没有结束，仍然有大批的意识穿过。

　　兰沐儿与慕千林必须继续使用第二觉来维持位置不变。

　　那群意识好像是洪水猛兽，给奇宇宙造成了巨大的干扰，不，应该说只是给慕千林与兰沐儿造成了干扰，因为点文明似乎不受影响。

　　终于，意识全部远去，慕千林与兰沐儿如释重负。

　　"太恐怖了。"兰沐儿心有余悸，"怎么会出现那么多的意识？"

　　"是啊，数量惊人，我想，他们的数量已经超过千万了吧。"

　　"上千万个意识？怎么可能？"

　　"我也感到不可思议，但是……给我的感觉就是有上千万个人类的意识来到了奇宇宙。"

　　"这么说……我和你并不特殊，白启也不特殊，人类的意识都可以进入奇宇宙？他们能够自由穿梭？这里是另一个属于人类意识的世界？"

　　"你只说对了一半，你、我和白启的确不特殊，也确实有大量的意识可以进入奇宇宙。但是……他们不能自由穿梭，这里也不是属于人类意识的另一个世界。"

　　"那怎么会有大量的意识来到这里？"

　　慕千林显得凝重。"想想看，你和我为什么会来到奇宇宙？"

　　"我是因为脑机接口，你是因为进入了暗物质团。"

　　"是否也可以这样表达，你和我的意识离开了物质宇宙的身体，然后进入了奇宇宙。"

　　"可以。"

　　"那么……在物质宇宙里，或者说在地球上，有哪一种现象可以让大量的人类意识离开身体？或者说有没有某种现象可以让很多人类失去意识？"

　　很快，兰沐儿找到了答案。"你是指……昏迷事件？"

"对。"

"你的意思是，昏迷是奇宇宙造成的，那些消失的意识是来到了奇宇宙？"

"可能性极大。"

"也就是说，在物质宇宙中又有昏迷事件发生了？"

"是的。"

兰沐儿突然想到了刚刚出现的"场"。"那个将意识吸入的'场'，你感受到了吗？"

"当然。"

"它是什么？"

"我不知道，它好像是黑洞，被它吸引时，我根本无力摆脱，它拥有巨大的吸力，但又不是黑洞的引力，我还是第一次感受到那样的'场'。我想，它有可能是夺走人类意识的东西，一旦启动，地球就会发生昏迷事件。"

兰沐儿与慕千林不约而同地将注意力转移到"场"的位置，它已经彻底消失了，它出现得突然，消失得也突然。

"这么说，奇宇宙与物质宇宙是相通的？"

"它们不仅相通，而且重叠。"

"重叠？"

"对，只是组成两个宇宙的基本粒子不同，且粒子之间不存在明显的相互作用力，所以两个宇宙的粒子无法相互影响。奇宇宙与物质宇宙因为粒子的不同而成为两个孤立的世界。"

"不能相互影响？但是奇宇宙已经影响到了物质宇宙，那些属于物质宇宙的人类意识被奇宇宙夺走了。"

"奇宇宙夺走的是意识，不是物质，意识与物质不同。我曾经告诉过你，意识是高于物质的存在，它可以穿梭于不同的宇宙，从某种意义上讲，它不是某一个宇宙所特有的东西。唯有意识可以自由穿梭，唯有意识是高于物质、高于能量、高于空间、高于时间的存在。"

"意识……高于一切？"

"至少在我认知的范围内，没有东西可以超越意识。"

"意识究竟是什么？"

"意识就是意识，它不是空，因为它确实存在；它不是物质，也不是暗物质，它可以脱离物质存在，就像现在的你和我。意识应该是一种很难被创造的东西，在物质宇宙中，不是所有的物质都可以产生意识，地球、太阳、星系，它们都不具有意识。在太阳系内，也只有地球孕育了拥有意识的生命。可以想象，孕育意识是有多么困难，而孕育高级的意识更是难上加难。我们的宇宙诞生了一百三十八亿年，孕育出如同人类一样拥有高级智慧的意识却不多，至少，人类还没有在宇宙中发现第二种智慧文明。我想，在奇宇宙中，意识也不容易被创造，否则奇宇宙的他们不可能费尽心机地掠夺人类的意识。"

"奇宇宙的他们是谁？"

"就是点文明喽。"慕千林将注意力转向点文明。

"是点文明制造的昏迷？"

"除了他们，还能有谁？"

"可是他们为什么要掠夺人类的意识？"

"我曾经说过，宇宙中最稀缺的资源就是高级的意识，看来，我的猜测只对了一半，不单单是在物质宇宙，奇宇宙中最稀缺的资源也是意识，所以点文明才会到物质宇宙掠夺意识。"

"如果意识是资源，它能带来什么？"

"不清楚，也许我们很快就能知道了。"

留下或离开

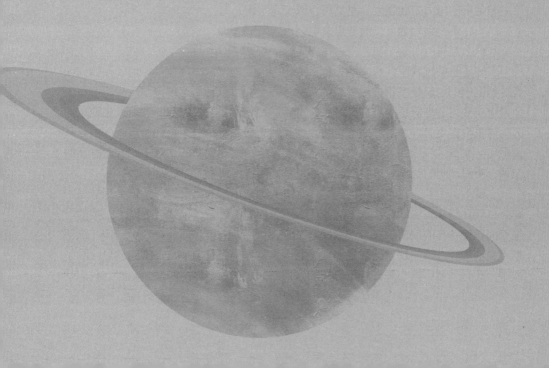

就在慕千林与兰沐儿讨论的时候，奇宇宙发生了微妙的变化，它的绚丽更加多样，它的"美"更加强烈，它变得更加舒适、更加美好，也更加不可思议。

改变突然发生，而且还在继续，慕千林与兰沐儿不知道奇宇宙会朝着什么方向发展，也不知道改变还要持续多久，但可以肯定的是，奇宇宙正变得越来越好。

这样的改变也影响着兰沐儿与慕千林的意识，他们突然觉得自己已经不再是人类。地球上的经历仿佛已是前世，那里有快乐、有痛苦、有想念，但是那里已成为过去。慕千林与兰沐儿不禁产生一个疑问，现在的他们是人类还是奇宇宙的意识？如果他们不再是人类，那么是否还要操心人类的世界？

的确，他们在某种程度上已经属于奇宇宙，连地球上的人类也认为慕千林与兰沐儿早已死亡，对于两个死人而言，他们确实没有必要操心人类的世界。

不过，在产生这种思想的同时，兰沐儿的心中也多了一个疑问，它为什么会突然产生变化？"不知道为什么，我不想再关心地球上的事儿了？"

"我也一样，我刚刚感觉到了这个宇宙的改变，同时改变的还有我的思想。"

"对，就是这样的，奇宇宙好像不再是曾经的奇宇宙，它似乎在进化，而我竟然因为它的进化产生了奇怪的观念：我的意识属于这里，而不是地球。"

"看来是奇宇宙的变化改变了你和我的思想。"

"为什么会这样？"

"是呀，我也在奇怪。"无意间，慕千林的注意力转移到了"场"曾经出现的位置，他恍然大悟，"我知道了，是他们让奇宇宙发生改变的。"

"他们？他们是谁？"

"那些从地球来到奇宇宙的人类的意识。"

"他们改变了这里？"

"对，所有的改变都发生在他们到来之后，所以一定是他们。"

"他们的能力如此强大，竟然可以改变奇宇宙？"

"不，不是他们强大，而是点文明强大。"

"什么意思？"

"你不是问过我吗，点文明为什么要掠夺人类的意识。现在我知道了，如同人类这样高级的意识是宇宙中最稀缺的资源，点文明可以利用这种资源改变奇宇宙，让奇宇宙变得更加舒适、更加美好。奇宇宙的改变又促使你和我的意识发生变化，因为这里变得更美好、更舒适了，所以你和我更愿意留在这里。你和我就好像是从偏远山区来到大城市的孩子，当住进奢华的酒店，躺在软软的床铺上，吹着舒适的空调，听着动听的音乐时，我们想的不再是如何回到家乡，而是留下。"

"留下？"兰沐儿也有感悟，"你是对的。奇宇宙的确比物质宇宙更加舒适、美好。现在想来，生活在地球上，我们要承受疾病、痛苦、饥饿与折磨。人类的一生充满各种各样的欲望，权力、金钱、名誉、长寿、爱……即使得到了一切，欲望也不会消失。人类的欲望仿佛是一个无底洞，就算得到整个宇宙也不能满足。除了欲望，还有恐惧，担心失去，担心失败，担心死亡……从诞生的那一刻起，我们就生活在恐惧之中。还有痛苦，无论是身体的痛苦还是心灵的痛苦，都在折磨着人类，疾病会让人痛苦，伤痛会令人痛苦，甚至是一句话也可以让人伤心。现在想来，地球并不是一个美好的乐园，每一个人都是如此，无一例外，除非离开那个世界。"

"是的，人类无论拥有什么，痛苦永远伴随。"

"所以我想要留下来，在这里，我的痛苦少了，我的欲望消失了，我的恐惧减弱了。脱离了肉体，我感到轻松无比，这种轻松是人类时期的我从未体验过的，我现在甚至认为奇宇宙就是传说中的天堂。"

"我尊重你的意见，我们留下来。反正我们也没有办法回去，既来之，则安之。"

"太好了。"

"不过我想要更正你的一个观点。"

"什么？"

"在人类时期，我们也曾拥有过无忧无虑的时期。"

"什么时候？"

"孩童时候。那时的我们没有欲望，痛苦也不多，每日的生活无忧无虑，快乐也很简单，一块糖、一个玩具，甚至是一个笑容都可以让我们开心好一阵子。也许每一个人最想回到的就是孩童时期吧。"

"还真是。"

"那么你有没有想过，奇宇宙的我们为什么也是一身轻松？"

"我不能确定，可能因为奇宇宙是美好的吧。"

"也许是这个原因，但是还有另外一种可能。奇宇宙的你和我才刚刚'出生'，现在的我们就如同地球上的婴儿，没有痛苦，没有烦恼，更多的感受是美好。"

"那只是假设吧？"

"对，只是假设，但是可能成为他们，就会有痛苦了。"慕千林把第一觉转移到点文明。"如果点文明没有痛苦，他们就不会千方百计地将奇宇宙变得更加美好，也不会'千里迢迢'去掠夺人类的意识。一个满足的文明将不会再去争夺，显然，点文明并未满足，所以他们与人类一样拥有痛苦。"

兰沐儿对点文明产生了微微的怜悯。"他们的痛苦……会是什么呢？"

"不知道，也许与人类的痛苦一样，但是更有可能完全不同。我们无法感知他们的痛苦，就好像盲人无法感知被强光照射的痛苦，聋哑人无法感知巨大噪音的痛苦。现在，我终于知道意识存在的意义了。"

"那是什么？"

"让宇宙变得更加美好。"慕千林严肃地说，"在人类拥有智慧之前，地球是一片蛮荒，人类使得地球拥有了文明，人口的增加让高级的意识增多，人类的生活也因此变得美好。一切的美好都源自高级意识的增多与繁荣。我想，点文明也发现了这个秘密，他们想要把奇宇宙变得更加美好，所以才会掠夺人类的意识。"

"也就是说，其实点文明与人类展开的是一场美好生活的争夺战？"

"对。"

"如果真是如此，我们应该站在哪一方？"

"一个艰难的选择，过去，我们一定会站在人类的一方，但是现在……我们已经不是人类。"

霍兹对脑机接口的研究始终没有停止，这个设备所隐藏的科技已经大大超出他的能力。

这个脑机接口与人类制造的脑机接口在整体上基本一致，最大的区别在于核心，它的核心完全封闭，由一种特殊的材料包裹，体积极小，只有通过高倍显微镜才可以看得到，可是无论霍兹采用什么方法都不能窥探到封闭区域内的样子，里面究竟隐藏着什么始终是一个谜。但是霍兹可以断定，脑机接口的最关键部件就是核心的封闭区域。

经过长时间的钻研，霍兹认为封闭区域内可能是空的，不存在任何的物质，又或许包裹着一种"场"，至于"场"的用途却不得而知。不过有一点可以肯定，将此脑机接口与人脑连接一定会有特殊的事情发生。

有了这一层判断，霍兹决定将脑机接口修复。

另外，脑机接口上残留的头发表明兰沐儿有极大的概率戴过它，霍兹因此提出了一个大胆的假设，兰沐儿的失踪也许与脑机接口有关。

于是，霍兹派出一组迷徒去庄园继续寻找兰沐儿的下落。

因为除了核心的封闭区域以外，其他的部位与普通的脑机接口没有太大的区别。而霍兹又认为，脑机接口的核心部位没有损坏，只是连接处由于暴力拆卸导致了断裂，所以他只需要将连接处进行修复便可以正常使用。

只用了一周的时间，脑机接口修理完毕，从理论上讲它已经可以正常使用。然而新的问题又出现了，这个并非来自地球科技的脑机接口有何作用？它是好是坏？将其与大脑连接，连接者又会发生怎样的状况？

一切的未知也许只有穿戴过的人才能给出答案，只可惜兰沐儿人间蒸发了。

她究竟是死是活？这个问题恐怕连她本人也不知道。现在的兰沐儿仿佛是一个无家可归的幽灵，她的意识飘荡在奇宇宙，可以做的事情只有观察，或是与慕千林交流。

更重要的是，兰沐儿已经有了思想上的改变，她与慕千林不再认为自己属于人类，他们更喜欢这个充满未知的新世界。也正是因为如此，兰沐儿与慕千林在面对要站在哪一方的抉择时犹豫了。

"你觉得我们已经不再是人类了，是吗？"兰沐儿问。

"显而易见，你和我更像是已死之人的灵魂，也许还会对人间有所留恋，但一切都已改变。"

"我们再也不能回去了，是吗？"

"我认为是的。我不知道你还能否感知到自己的身体，反正我是再也感觉不到了。"

"感知身体？你再也感知不到自己的身体了？"

"是呀，我没有了视觉、听觉与触觉，只剩下奇宇宙才存在的'觉'，这是无法感知身体时才会发生的现象。"

"触觉！"一种既视感在兰沐儿意识中涌现。"触觉……"她对这个词语相当敏感。

"你怎么了？"

"我……我好像有过触觉，那种感觉十分特殊，它与第一觉、第二觉、第三觉、第四觉、第五觉、第六觉完全不一样，它……应该就是触觉。"兰沐儿很激动。

"在什么时候？"

"我记不清了……好像就在近期。"

"你的意思是，你在奇宇宙感知到了另一种'觉'，那种'觉'与触觉极为相似？"

兰沐儿努力回忆着，一段又一段不连续的画面在她的意识中涌现。眼前是黑暗……周围湿润润的……仿佛被液体包裹……这些回忆如同前世，可是兰沐儿可以肯定它们就发生在近期。而与回忆一同涌现的还有一种既陌生又熟悉的痛苦。"没错了。"兰沐儿激动地说，"那种感觉不是来自奇宇宙的另一种'觉'，它属于物质宇宙的触觉。"

"你感知过触觉！"慕千林不敢相信。

"是的，我……我……我可能回去过。"

"在什么时候？"

兰慕儿继续回忆。"好像就是在上千万个意识被'场'吸入奇宇宙的时候，那时你也被'场'吸引，我想要把你救回，却被其他的意识干扰，我很着急，便想了各种方法。但不知为什么，我突然进入一个奇怪的空间，虽然只是短暂地停留，但是可以肯定那里与奇宇宙不是同一个宇宙。那里……更像是物质宇宙。"

慕千林思考了良久。"也许你确实回到了物质宇宙。"

"为什么会这样？"

"或许你的身体还没有死亡。"

如何才能验证脑机接口可以正常使用，又如何验证脑机接口的安全性？办法或许只有一个，戴上它，亲自验证。

霍兹已经没有耐心了，他希望亲自验证，不过为了安全起见，首次连接要在医学监控下进行。

手中拿着沉甸甸的脑机接口，霍兹坐在一把椅子上，他的身体连接着各种仪器，方便监控生命体征。他缓缓举起双手，将脑机接口戴在头顶，按动开关，闭上双眼，静静地感受着。起初一切正常，很快，它的头皮有了蠕动感。

将全部的注意力用来感受头皮的变化，直到他的大脑出现了一个未知的声音。"已连接82.35%。主人，我可以为你做的事情有很多。"

霍兹可以肯定，虽然它像是声音，但却不是从耳朵传入大脑的。"你是谁？"

霍兹用思维询问。

"我就是你头顶的脑机接口。"

霍兹睁开双眼，他可以确定脑机接口已经连接成功了。"连接 82.35% 是什么意思？"

"连接率是我与你的大脑的连接比，目前是 82.35%，是绝对安全的连接，也是可以保证你与我正常交流的连接率。"

"连接率还可以继续提高？"

"对。"

"如果达到 100% 会发生什么？"

"我不清楚，每一个人的体验可能不同，但是有一点是所有人都可以感知到的，就是死亡。"

"死亡后，还可以活过来吗？"

"因人而异，大概率可以活过来。"

霍兹犹豫了，他完全可以不体验，可是不知道为什么，从连接的那一刻开始，他就觉得 100% 的连接才是这台脑机接口的真正用途。

"这种死亡与真正的死亡有什么区别吗？"

"真正的死亡无法回归，是不可逆的离开。但是这种死亡是可逆的，或者说更像是濒死体验。"

当"濒死体验"传入霍兹的脑中时，他的内心泛起了涟漪，与此同时他也做出了决定。"我希望你能帮助我体验一次濒死。"

"主人，提醒你，濒死体验有一定的危险性，我不敢保证你可以活着回来。"

"没有关系。"

连接率开始攀升，霍兹有了痛感，一种没有具体部位的疼痛，它来自大脑，却不只有大脑，仿佛每一个细胞都在剧烈疼痛，他只能强忍着。

在疼痛感达到巅峰的一瞬间，包括痛苦在内的所有感觉全部消失了，霍兹仿佛进入了一个"空旷"的空间，没有任何物质，只有无尽的黑暗。

我……是谁？这是霍兹生出的第一个疑问，他仿佛从虚无中生，又来到了虚无，一切的一切都是虚无。不过下一刻，他意识到了自己不是无，他是存在的，只是以一种陌生的方式存在。

这里……是哪里，这是霍兹的第二个问题，他来到一个全新的空间，不知道自己是从何而来，也不晓得要到哪里去，但是霍兹却有着空间的概念，他想要知道这是哪里，而"哪里"的概念又是那样的缥缈。

没有视觉，没有听觉，更没有触觉，他只是一个从零开始的意识，除了疑问，没有更多的思想。

渐渐的，他的思想仿佛在升级，他对自己的认知也变得清晰。

先是微弱的记忆，星星点点，极其零碎，霍兹没有立刻明白它们究竟是什么。随着记忆的恢复，它们逐渐连成片段，形成一段又一段的回忆，霍兹也终于有了完整的自我认识，他想起来了，他的名字叫霍兹。

"那是什么？"慕千林突然"惊醒"，他的第六觉瞬间涌现。

兰沐儿也有同样的感觉。"我也感觉到了，那是什么？"

"它源于第六觉。"

"又有人类的意识来到奇宇宙了？"

"是的。"

"地球上不会又发生昏迷事件了吧？"

慕千林把更多的注意力转移到第六觉上。"不太像，这一回的强度没有那么剧烈。它更接近于你和白启来到奇宇宙时的强度。"

"难道又是白启？"

慕千林再一次全神贯注。"很难判断，不过这一回的熟悉感似乎与白启到来时有所区别，白启可以直接使用第四觉与第五觉，而他应该还不能。"

"我有一种感觉，即使不是白启，也是我们在地球上熟悉的人。"

"我同意你的观点。"

两个意识开始回忆共同相识的旧友，他们想到了秘密基地里的每一个士兵，又想到了研究中心内一同奋斗的战友，也想到了庄园内的迷徒，然后一个个地验证，又一个个地排除，他们几乎把每一个相识的人都验证了一遍，可惜均被否决。慕千林与兰沐儿唯独没有想到的人是霍兹，因为在他们的观念里，霍兹已经成了疯子。

不知过了多久，当第六觉更加强烈时，慕千林才终于猜出了他的身份。"我感觉到了，是霍兹。"

"霍兹！"兰沐儿也在努力地感知，"是他了，我也感觉到了，我们现在需要做什么？"

"召唤他吧，就像我当初召唤你一样地召唤他，我相信他很快就能领悟到第一觉、第二觉与第三觉。"

慕千林的判断完全正确，他与兰沐儿只是简单地呼唤，霍兹就立刻感知到了他们。霍兹的学习能力也的确强大，只是稍加指导，他便将第一觉、第二觉与第三觉领悟。

"也就是说，这是另一种物质组成的宇宙？"当慕千林向霍兹介绍过奇宇宙后，霍兹难以相信。

慕千林："是的。"

"原来你们来到了另外一个宇宙，在地球上，大家都以为你们死掉了。"

"我们的确已经死了，我的身体被抛弃于茫茫宇宙，她的身体也不知了去向，这与死亡没有区别。至于你嘛，为什么会来到奇宇宙？"

"因为兰沐儿留下来的脑机接口。我在寻找兰沐儿时发现了一台奇怪的脑机接口，上面还残留有兰沐儿的头发，我断定兰沐儿一定使用过它，所以便开始研究。随着研究的深入，我发现它的内部结构是地球科技无法实现的，于是在不久前，我戴上了它。"

慕千林："那台脑机接口绝不简单，它的内部一定隐藏着某些秘密。"

霍兹："是的，在这里遇见你们真是太好了，如果不是你们的出现，我可能要被永远地困在无尽的黑暗里，再也回不去了。"

慕千林："回去？你准备要回去了吗？"

"是呀，放心吧，回去之后，我会立刻帮助你们寻找身体。"霍兹误以为慕千林与兰沐儿同样有着回归地球的意愿。

慕千林："不，你回去就好，我们希望继续留在奇宇宙。"

"为什么？"

慕千林："我们已经习惯了奇宇宙，这里没有痛苦，没有烦恼，只有美好，所以我与兰沐儿决定留下来。"紧接着，慕千林向霍兹讲述了奇宇宙的美好，并且强调物质宇宙就是一个被诅咒的世界。

慕千林的解释令霍兹好奇，他开始将注意力转移到奇宇宙。的确，霍兹也感受到了从未有过的轻松，就好像是一个身心俱疲的人躺在软软的床铺上，所有的担子与艰辛在一瞬间被卸下。只是霍兹并不认为奇宇宙的美好是可持续的。

霍兹："你们有没有想过，这个宇宙的美好可能并不真实，也不会长久。"

慕千林："有这种可能吗？"

霍兹："有，正如你的判断，点文明之所以掠夺人类的意识，是因为意识可以把奇宇宙变得美好。我认可你的观点，包括人类在内的所有生物的意识都在将地球变得更加舒适。如果没有植物、动物与微生物，地球绝对不会是今天的样子，它可能如火星般凄凉。然而无论是其他生物，还是人类本身，在把地球变得舒适的同时却从未减少过痛苦。比起上一个世纪，城市的生活有了翻天覆地的改变，人类的居所更加舒适，食物更加美味。然而痛苦真的减少了吗？每一代人有每一代人的痛苦，每一个阶层有每一个阶层的痛苦。痛苦从来不会因为生存环境的美好而减少，我认为痛苦与意识永远相伴。"

"这里没有痛苦是事实，我亲身体验了。"

霍兹："刚出生的婴儿也没有痛苦，那并不代表他们未来不会经历痛苦。奇宇宙一定存在痛苦，只是我们才来不久，无法感知罢了。如果奇宇宙真的完美无瑕，如果这里不存在任何痛苦，那么点文明为什么要掠夺人类的意识呢？他们为什么煞费苦心地把奇宇宙变得更加美好呢？"

霍兹给出的论点和论证与慕千林的几乎一致，这使得慕千林有所动摇。其实他始终也在怀疑痛苦是否会随着意识的转移而消失？痛苦又是否会因为世界的美好而降低？一切的一切均是未知，更大的概率也许是痛苦永远存在，无论你生存于哪个空间，痛苦将永远伴随着意识。

霍兹给出了他的结论："不是人类，而是意识，意识才是被诅咒的，无论它逃到哪里，也不管它将宇宙变得多么美好，痛苦永远存在。"

霍兹的结论使得慕千林与兰沐儿陷入沉默，他们的意识有了扰动，矛盾而又没有方向。

霍兹很快就感知到了他们的思想变化。

霍兹："如果你们已经决定留下，我不会多劝，但是我可以感觉到你们的改变，我判断你们还没有完全下定决心。"

矛盾使得慕千林与兰沐儿产生了微弱的痛苦，这种痛苦好像是回到了物质世界，当一个人面临左右两难的抉择时内心的纠结所带来的痛苦。

纠结之痛使得慕千林与兰沐儿意识到霍兹的观点有可能是正确的，奇宇宙并非没有痛苦，只是刚刚来到这里的他们还无法体验到痛苦罢了。

慕千林："我的确有了纠结，我与兰沐儿认为我们已经不再属于人类，可是你的出现使得我又产生了对物质世界的怀念。"

霍兹："你们从未真正意义上抛弃过人类的身份，只是因为这里的美好而有了错觉。你们更需要的是人类的身份，而人类也需要你们的回归。"霍兹突然感觉自己在奇宇宙的意识变得虚弱，他还不清楚原因。

慕千林："人类需要我们的回归？"

霍兹："是的，只有你们可以拯救人类，点文明对人类意识的掠夺从未停止，若是继续下去，人类迟早会灭亡。你们必须回归，去揭穿白启的谎言。"

慕千林："白启的谎言？他怎么了？"

霍兹："白启告诉全世界暗物质团是天堂，他让所有人相信昏迷是美好的。白启用谎言赢得了大众的拥护。现在，生活在地球上的人类已经不再惧怕昏迷，甚至开始渴望昏迷。"

慕千林："他的话也不全是谎言，至少奇宇宙相比地球更像是天堂。"

霍兹："只是你与兰沐儿这样觉得罢了，对于那些被夺走意识的人类而言未必如此。你没有被吸入'场'，也就不知道里面有什么，也许'场'内是比地狱更恐怖的地狱。"

慕千林："有一个信息，我需要告诉你，白启曾经来过这里。"

这个消息令霍兹无比吃惊。同时，他感觉自己的意识越来越虚弱，这让他有了不祥的预感。"什么时候？"

慕千林："在上一次昏迷事件发生的前夕。"

霍兹："他来做什么？"

慕千林："他与点文明有过交流，他掌握了我们尚未掌握的'觉'。所以我不知道他与点文明之间交流过什么。"

"我明白了，白启早已知道奇宇宙的存在，他也早就知道昏迷事件是点文明所为。"

慕千林："我和你有着同样的判断。"

霍兹："我认为白启与点文明可能存在某种交易，点文明提供给白启想要的好处，也许是技术，也许是权力，而白启则帮助点文明获得更多的人类意识。"

"也就是说，所有的昏迷事件都是白启一手策划？"

"这种可能性极大，我们必须制止他，如果继续下去，点文明将会把人类的意识全部掠夺，届时，人类将会灭亡。"霍兹变得严肃，"慕千林，你与兰沐儿必须回去，人类需要你们。"

慕千林："回去？恐怕没有那么简单，在物质宇宙里，我的身体被抛弃在了空旷的宇宙，兰沐儿的身体也不知了去向，我和她在地球上已经没有了可以承载意识的载体。"

霍兹："我可以帮助你们。"

慕千林："如何帮助？"

霍兹："帮助兰沐儿寻找她的身体，帮助你把身体带回地球，只要你们希望回去，其他的事情由我来做。"

慕千林犹豫了，他矛盾了良久，才问向兰沐儿："兰沐儿，你想回去吗？"

兰沐儿："我不知道，我也很矛盾。"

慕千林："我们都很矛盾，既然如此，就把结果交给命运吧。霍兹，如果你能帮助我们找到身体，我们就同意回归。"

霍兹喜悦，可是他的意识也愈发虚弱，这种虚弱使得他对第一觉、第二觉和第三觉的感知逐渐降低。也是在此时，霍兹终于明白了自己的意识在奇宇宙中变弱的原因。"我……可能要回去了。"

慕千林与兰沐儿："回去？"

"我在奇宇宙的意识正在变得虚弱，而视觉、听觉与触觉却在渐渐恢复，我想我可能就要回去了。"

慕千林："原来如此，一切听天由命吧。"

兰沐儿："霍兹，如果你想要寻找到我的身体，还有一个信息可以提供给你，我貌似回去过，如果那一次的经历是回到物质宇宙的身体内，那么我应该是被关在一个漆黑的容器里，周围全是液体。"

霍兹："我知道了，我会帮助你们回……"

霍兹的意识在奇宇宙中彻底消失了，慕千林与兰沐儿已经无法感知他的存在。

仿佛是做了一场漫长的梦，更像是经历了一场生死，当霍兹睁开双眼时，看见了久违的光明，它是那样的刺眼，给人痛苦，却也令人怀念。

"主人，欢迎回来。"一段并非声音的"声音"直接传入霍兹的大脑。

"我……已经回来了，是吗？"霍兹在用意识询问脑机接口。

脑机接口："是的，为了避免发生危险，我结束了濒死体验。"

霍兹："我总共体验了多长时间？"

脑机接口："大约二十分钟。"

霍兹感到吃惊，印象中他在奇宇宙经历的时间绝对不止二十分钟。也许是在不同的宇宙中，意识对时间的感知有所不同吧。霍兹并未多想，他还有更重要的任务需要完成。"我什么时候可以再一次体验濒死？"

"对不起，你再也不能体验濒死了？"

"为什么，一个人只能体验一次？"

"不，是因为我的核心已经被损坏，它本就脆弱，上一次的强制拆卸已经对其造成破坏，这一次的强制使用又导致其彻底损坏。核心是濒死体验的关键，在它被修复以前，我不能帮助任何人体验濒死。这也是我不得不将你带回来的原因，如果再晚一些，你可能就永远也回不来了。"

霍兹："有什么办法可以修复它吗？"

脑机接口："对不起，我不清楚，这需要你们的智慧。"

"好吧，断开连接吧。"

脑机接口："好的。"

霍兹的头皮又有了蠕动感，他慢慢坐起身子，神情变得凝重。

周围的迷徒与医护人员纷纷上前，关切地询问霍兹是否需要进一步检查。

霍兹没有吭声，摆摆手，示意自己并无大碍，然后站起身子，目视远方。

奇宇宙的旅行令霍兹无比震撼，原来与物质宇宙相交的时空中还存在另外一个宇宙，那里与物质宇宙的物理属性截然不同，所以物质宇宙的物质无法与奇宇宙的暗物质发生作用，而唯一可以去到奇宇宙的方法是，让意识脱离身体。

已经解开了昏迷的谜团，霍兹却不能对外公布。现在，全世界都以为他变成了疯子，有多少人会相信一个疯子的言论？不过他知道，自己办不到的事情慕千林可以办得到。所以当务之急就是将慕千林与兰沐儿带回物质宇宙。

"我需要你们帮我找到一个人。有一个容器，里面装满了液体，有一个女生躺在里面。这个女生应该处于昏迷或是休眠的状态，而容器内的液体大概率是帮助她保持温度的。"霍兹给出的信息非常简单。

"也就是说，她和我们发现你时是一样的喽？"负责解救霍兹的男人说。

"对。"

"这需要时间。可以让人休眠的容器并不多，但是也十分难找。"

"越快越好。"

虽然没有人知道兰沐儿的身体被藏在哪里，但是寻找她的身体还是相对容易一些，因为她还在地球上。

相比之下，将慕千林的身体带回地球要复杂得多，首先，他的身体已经随着"拯救号"的探索舱飞向茫茫宇宙；其次，即使找到了探索舱，想要将其带回也是一件极其困难的事情；再次，霍兹还不知道该如何唤醒慕千林，到底是将其送去暗物质团，还是其他的办法。总之，拯救慕千林是一项极其困难的任务。

不过，霍兹并未因此而放弃，因为他坚信只有慕千林能够找到点文明的弱点。

霍兹所描述的容器是一种特制的休眠仓，非常稀缺。经过多条渠道获得的情报，霍兹找到了休眠仓的研发机构达尔文公司，因为一些特殊的原因，目前全世界只有5台休眠仓，其中一台已经报废，一台还在达尔文公司，正在被二次改造，另外的3台被分别被销售给了莱蒙托夫、世界航天局，以及一位未透露姓名的买家。

现在已经基本清楚，销售给莱蒙托夫的休眠仓曾经用来休眠霍兹，世界航天局的休眠仓正在改造中，它将会在发射载人太空飞船时使用，而得到休眠仓的神秘人便是调查的重点。经过进一步的了解，霍兹得到了另一个好消息，因为购置休眠仓的神秘人不愿透露姓名，所以达尔文公司留了一手，他们在休眠仓内安装了跟踪器，而坏消息是，跟踪器早已损坏，无法使用。

随后，达尔文公司找到了跟踪器最后一次发出信号的地点——距离加麦尔庄园10公里的山脉内。

于是，霍兹派出了大量的人手去山中寻找。

山脉绵延数公里，最高处的海拔超过4000米，人烟稀少，想要在其中找到休眠仓并不是一件容易的事。不过，作为一台人造设备，休眠仓若要保持正常工作就需要消耗大量的电能，所以寻到它的最简单的办法就是找到供电装置。调查人员很快就发现了埋藏在地底的地下电缆，通过对电缆的跟踪，调查人员在山脉的深处发现了一个神秘的洞穴。

这是一个天然的洞穴，仅有少量人工开凿的痕迹，向内部探索，调查人员看见了苦苦寻找的休眠仓。为了安全起见，工作人员并没有打开休眠仓，而是调来了直升机，直接将休眠仓运送回去。

霍兹又一次戴上脑机接口。当连接率达到82.35%时，他向脑机接口提问："有一个人曾经戴上过你，但是因为暴力拆卸而处于昏迷状态，我如何才可以将她唤醒？"

脑机接口："你确定她是昏迷，没有死亡？"

霍兹犹豫了一下。"应该是没有死亡。"

脑机接口："如果她已经死亡，那么将不可能苏醒；如果她处于昏迷的状态，我可以尝试着帮助她唤醒，因为我的核心已损坏，概率会很低，而且有一定的危险。若是唤醒失败，她死亡的概率为32.75%。"

霍兹犹豫了，这是一道难以抉择的选择题，一面是苏醒，一面是死亡。而更重要的是，他不知道如果兰沐儿在地球上的身体已经死亡，那么存在于奇宇宙的意识是否也会随着消失，现在，霍兹手中握着的是兰沐儿的生与死，以及她意识的存在与消失。

同样的问题也出现了慕千林对兰沐儿的提问中。"如果回归有一定的危险，地球上的身体可能会因此而死亡，你还会选择回归吗？"

兰沐儿："真的会有危险吗？"

慕千林："我不知道你与我的意识如何才能回归到物质宇宙，也许有相对简单的方法，也可能极其困难，我们在物质宇宙中的身体甚至可能因此而死亡。"

兰沐儿："如果我们的身体死亡了，意识会消失吗？"

慕千林："根据我的判断，大概率不会。现在，你和我的意识已经完全脱离了物质宇宙的身体，与身体再无关系。不过一旦身体死亡，你与我的意识将再也不能将曾经的身体作为意识回归的载体。"

兰沐儿："那我就不担心了。还是你的那个观点，把一切交给命运吧，如果命运让我们平安回归，我们就回归，如果命运让我们留在奇宇宙，我们就永远地留在这里。"

慕千林："是呀，一切交给命运吧。"

霍兹仍然在犹豫，但是他也给出了相同的判断。兰沐儿与慕千林的身体只剩下一个用途了，作为意识回归到物质宇宙的载体。对于霍兹而言，最重要的任务是将慕千林带回，兰沐儿只不过是抛砖引玉，可以将其带回最好，即使不能也没有关系。正是因为这一层判断，霍兹才最终决定试一试。

就将结果交给命运吧。霍兹将休眠仓打开。兰沐儿的身体平静地躺在内部，她仍然有呼吸，只是没有了意识。霍兹将脑机接口戴在兰沐儿的头上，将其启动，然后下达命令，将兰沐儿唤醒。

脑机接口开始工作，霍兹紧张地等待着兰沐儿睁开双眼。

"我有一种感觉……我正变得越来越弱……"奇宇宙中，兰沐儿的意识对慕千林发出了第三觉。

慕千林很快就明白了原因："看来霍兹找到了你的身体，他正在帮助你回归。"

兰沐儿："我们要分开了，是吗？"

慕千林："是的。"

兰沐儿："我不想离开你。"

慕千林："别担心，我们很快又会在一起，那时也许是在另一个世界。"

兰沐儿："如果他们找不到你的身体该怎么办？"

慕千林："我相信他们。"

兰沐儿："如果他们找不到你的身体，或者无法帮助你回归，我会再次回来。"

慕千林："好。"

兰沐儿："我……越来越虚弱了。"

慕千林："在地球等我，我会在奇宇宙继续观察点文明，争取找到他们的弱点，回归后，我们一同拯救人类。"

兰沐儿："我……相信……你……"

一瞬间，慕千林再也感知不到兰沐儿的意识，他产生了孤独感，仿佛是被抛弃在荒郊野外，这种孤独感让慕千林明白，原来奇宇宙也有孤独存在。

半个小时，一个小时，两个小时……霍兹的内心越发烦躁，他焦急地等待着，却迟迟不见兰沐儿醒来。这个时间大大超出了他的预判，自己在奇宇宙仅仅停留了二十分钟就可能有生命危险，兰沐儿戴上脑机接口已经超过了两个小时，这么久并不是一个好现象。

对身体的生命检测表明，兰沐儿的身体还有生命体征，这表明更大的概率是脑机接口无法将兰沐儿带回。霍兹认为，兰沐儿的意识已经在奇宇宙中停留了太长时间，脑机接口的核心又有一定程度的损坏，无法将兰沐儿带回非常正常。可是他不知道，奇宇宙中，兰沐儿的意识早已消失。

霍兹决定暂时放弃，他命令脑机接口关闭，可是无论他给出什么指令，脑机接口始终无法被关闭。

这该如何是好……

就在霍兹焦急万分的时候，脑机接口的内部突然出现了一声微小的爆破声，霍兹的紧张感瞬间达到了顶点。

"呃……"兰沐儿的口中发出声音。

霍兹喜出望外，他明白，这是兰沐儿回归的迹象。与此同时，脑机接口的内部冒出了浓烟。霍兹没有片刻犹豫，他立刻将兰沐儿头顶的脑机接口取下，扔到一边，下一秒，脑机接口由内而外蹦出火花，随后发生了爆炸。

再把目光转移到兰沐儿的身上，她依然躺在原处，却已睁开了双眼。霍兹知道，兰沐儿回来了。

刚刚回归的兰沐儿显出了对这个世界的陌生感，她好奇地看着周围的景象，仿佛是第一次跑进森林的孩子，既恐惧又新奇。

霍兹微笑着说："你醒了？"

兰沐儿给出的回应却是吃惊，她瞅着近处的霍兹，似乎不敢相信自己可以听得见声音。

霍兹的笑容里带着欣慰，"看来，你是真的回来了。"

兰沐儿恢复的速度很快，仅仅十几分钟，她就可以正常与人交流，不过身体却因为长时间不运动而无法自由活动，需要进一步的康复训练。

成功帮助兰沐儿的意识回归身体，这说明通过脑机接口可以找回离开的意识，但坏消息是唯一的脑机接口已经彻底毁坏，霍兹再也不可能通过脑机接口来寻找核心的秘密，这更意味着用同样的方法无法将慕千林的意识带回物质宇宙了。

得知消息的兰沐儿非常难过，因为脑机接口的损坏不仅仅意味着慕千林的回归变得渺茫，更意味着兰沐儿不能再回奇宇宙。她开始后悔自己的回归。

霍兹当然明白兰沐儿的心思。他安慰说："想要回到奇宇宙也不是一件难事儿。"

兰沐儿吃惊中带着兴奋。"怎么回去？"

"如果所有的方法都宣告失败，至少还有一个办法。"

"是什么？"

"昏迷。不过昏迷是存在风险的，你曾经在奇宇宙中感知过昏迷，我也听你们描述过它，当'场'出现时，包括你与慕千林在内的所有意识都不受控制地被'场'吸引，若不是你与慕千林掌握了第二觉，恐怕你们也会被'场'吸入，而'场'内隐藏着什么没有人知道。被吸入其中，你的意识有可能受尽折磨。通过脑机接口进入奇宇宙与通过昏迷进入奇宇宙完全是两个概念，几千万个意识一同被'场'吸入时，很难保证慕千林可以准确地找到你的意识，如果他不能在第一时间利用第二觉控制你的意识，你的意识将会进入'场'内。"

"那我们应该怎么办？"

"先不要考虑昏迷的方法，最好的法子还是将慕千林的意识带回来。"事实上，霍兹还有一层担心没有对兰沐儿讲，上一次昏迷事件发生时，慕千林的意识之所以没有被"场"吸入是因为兰沐儿的第二觉的拯救。而现在，奇宇宙中只剩下慕千林一个意识，如果再发生一次昏迷事件，将没有第二个意识可以拯救慕千林的意识。届时，慕千林有可能与其他的意识一同被吸入"场"内。待在奇宇宙的慕千林始终处于危险中，地球上一旦发生昏迷事件，慕千林大概率凶多吉少。

正是因为这一层的判断，霍兹必须想尽一切办法帮助慕千林的意识回归。

具体的方法有两个。第一，找到慕千林的身体，霍兹已命令迷徒利用各种方法寻找探索舱的位置，一旦发现，他便会立即发射飞船将其救回。这种方法存在太多的不确定因素：能否找得到探索舱？慕千林的身体是否已经死亡？

第二个方法是再造一个载体，这是一个大胆的想法，就连霍兹也认为它过于疯狂。除了人类的身体以外还有什么东西可以承载人类的意识？答案也许是没有，然而霍兹却不这么认为。

无论人类的身体被设计得多么精密，归根到底，它都是由原子组成。如果有一种机器，它能够精确扫描人身体的每一个原子，然后复制一个身体，被复制身体的原子的排列方式与原身体完全一致，那么是否就意味着实现了身体的再造？第二个身体是否可以成为意识的载体？如果答案是肯定的，那么将扫描与复制的器官范围缩小，只扫描大脑，是否也可以达到相同的效果？如果答案仍然是肯定的，那么找到大脑可以成为意识的载体的原理，然后根据其原理建造一个人工大脑，它是否也可以成为意识的载体呢？

这是霍兹思考的方向，人脑或许产生了某种可以把意识包裹在内的"场"，这种"场"才是核心，它与脑机接口的核心有着异曲同工之妙。

只可惜，脑机接口被毁掉了，霍兹再也无法对其进行研究。

不过兰沐儿的一句话提醒了霍兹。"你觉得，白启是怎样进入奇宇宙的？"

白启又没有超能力，既然他能够穿梭于物质宇宙与奇宇宙，就说明这个世界上不止一个脑机接口。

霍兹兴奋不已，他决定盗取白启的脑机接口。

这是一个疯狂的想法，以白启的谨慎，他肯定会将脑机接口藏在最安全的地方。

不过，霍兹可是一个天才。经过大量的演习，霍兹选择在一个雨天的凌晨行动，雨声可以隐藏脚步声，行动相当顺利。

潜入白启房间的是两名开锁高手，可是当面对保险柜时还是犯了难，尤其是床头旁的那一个，将其打开肯定会惊动熟睡的白启。为了安全起见，两名开锁匠决定先解锁油画后的保险柜。

半个多小时，二人终于将保险柜打开，除了一张纸条，内部空无一物。一人将纸条取出，上面写着一串数字。

二人不愿空手而归，于是决定冒险打开第二个保险柜。白启已经熟睡，开锁匠可以清楚地听见他的呼噜声。

一名开锁匠负责解锁，另一名利用手机在远处解码。显然，这个保险柜更高级一些，足足一个小时，二人仍然没能将其破解。而就在这一刻，负责解锁的开锁匠突然想到了纸条上的数字，它决定试一试。

当开锁匠将全部的数字输入完毕后，保险柜竟然奇迹般地打开了。

柜门开启，里面果然放着一个类似于脑机接口的机器，两个人兴奋无比，直接将脑机接口拿走。

离开时，两个人都没有注意到，白启已经睁开了双眼。

霍兹认为，如果脑机接口可以将人类的意识送入奇宇宙，那么核心的"场"锁定的东西应该是奇宇宙的暗物质，只是没有人知道它的原理，至于脑机接口外部的其他零件只是起到传输意识的作用罢了。

霍兹决定转变思路，既然脑机接口与核心的"场"连接后可以实现意识的交换，那么其他的装置与"场"相连是否也可以达到相同的效果呢？霍兹决定做一个实验。

现在，霍兹将"场"想象成奇宇宙，他准备把全世界最聪明的人工智能阿尔法 y 放置在量子计算机内，然后再将"场"与量子计算机连接，这是基于人工智能的"意识"也能够进入奇宇宙的假设。

霍兹首先要说服阿尔法 y 的研发团队将人工智能借给自己使用，并要借来一台计算能力足够强大的量子计算机。霍兹在计算机领域的地位帮了他一个大忙，毕竟，如果没有霍兹的帮助，阿尔法 y 与量子计算机将无法被人类创造。当霍兹分别向两个组织提出借用的请求时，他们很快就答应了。但是却需要等待一段时间，因为阿尔法 y 与量子计算机都有其他的任务需要完成。

等待是漫长的，足足一个月，霍兹终于获得了两种科技的使用权。

这是一台超级量子计算机，被放置在北美西海岸的实验室里，霍兹与兰沐儿一同来到这里。就在明日，他们将会把量子算计机、阿尔法 y 与核心的"场"连接在一起，届时，霍兹将可以验证自己的猜测正确与否。而今天，工作人员需要对阿尔法 y 与量子计算机进行测试，他们并不知道霍兹的计划，只把它当成天才的又一个不可思议的构想罢了。

北美洲西海岸的日落很美，当太阳由西落下时，海面与长天一色，落霞与海鸥齐飞。

霍兹与兰沐儿来到了海边，欣赏着旖旎的美景，这是兰沐儿第一次在海边欣赏日落，她从未见过如此壮美的画面，那仿佛是一幅油画。兰沐儿甚至冒出了一个想法，物质宇宙或许是比奇宇宙更加美好的世界。

霍兹对自然风景的兴趣不高，却也被这独特的美景感染，他用力呼吸着海边的空气，似乎在感知物质世界的美好。

一片祥和中，霍兹的电话突然响起，是一位迷徒打来的越洋长途，话筒里传来的消息足以令霍兹惊慌失措："不好了，又……又有昏迷事件发生了。"

"什么？在什么地方？"

"马达加斯加。"

挂断电话，霍兹可以听得见自己的心跳声，他眼神木讷，眼前的日落不再是美景，仿佛寓意着他的计划将要日薄西山。

兰沐儿敏锐地察觉到了霍兹的不对劲，赶忙上前询问发生了什么。

犹豫的眼神，霍兹盯着兰沐儿的双眸。"又发生昏迷事件了。"

"在什么地方？"

"马达加斯加。"

"哎呀，怎么没完没了了。"显然，兰沐儿还不知道昏迷事件对慕千林来说意味着什么。

霍兹没有回话，他木讷地看着远方，心中满是懊恼，怎么会这样？

兰沐儿看出霍兹有心事，她赶忙询问："你有什么担心的吗？"

霍兹瞅了瞅兰沐儿，他知道应该把所有的可能告诉她了。"只有慕千林一个意识在奇宇宙，一旦发生昏迷事件，将没有第二个意识帮助他停留在固有空间，他可能会被'场'吸入。"

仿佛有一股寒流从脚底与头顶一同涌入心头，兰沐儿傻了，昏迷事件有可能给奇宇宙的意识带来毁灭性的灾难，慕千林将会受到影响，甚至因此消失。

腿已经软了，兰沐儿一屁股坐在沙滩上，眼中的恐慌表达着她内心的绝望。

"该……该……该怎么办？"兰沐儿哭丧着脸，大脑一片空白。

霍兹没有回答，这一次的昏迷来得太不是时候了。

片刻，兰沐儿想到了什么，她突然站起。"我要回去。"兰沐儿的喊声中夹杂着凄凉。

"做什么去？"

"我要戴上脑机接口，我要去救慕千林。"

霍兹摇了摇头。"已经晚了，昏迷事件是在半个小时前发生的。"

又是一道晴天霹雳，兰沐儿绝望到了极点。"我不管，我要试一试。"

"兰沐儿，你冷静一下，半个小时了，根本不可能了。"

"也许奇宇宙的时间与物质宇宙的时间并不同步，我必须试一试。"

一句话提醒了霍兹。"时间……不同步？"霍兹突然想起了奇宇宙的经历，记忆中的他在奇宇宙中停留了很久，可是物质宇宙却只过了二十分钟。

"好，我们立刻回去。"

霍兹与兰沐儿没有片刻耽误，第一时间赶到实验室，工作人员已经将阿尔法 y 传入量子计算机内，现在，他们正在进行检测。

"我需要提前做实验。"霍兹对负责人说。

"恐怕不行，检测还没有结果。"负责人说。

"不需要检测了，我有更重要的事情，现在要立刻做实验。"

"对不起，霍兹先生，为了阿尔法 y 与量子计算机的安全，我不能同意。"

"如果你不想阿尔法 y 与量子计算机被病毒感染，那就同意吧，否则，我会把它们变成废铜烂铁。"

　　负责人知道霍兹不是在开玩笑，叹一口气。"好，但是你要保证阿尔法 y 与量子计算机的安全。"

　　"可以。"霍兹一个人走入实验室，把房门反锁，他要亲自完成这项未知的挑战。

　　把装有核心"场"的芯片从包裹里取出，又将其与量子计算机连接。有了超级量子计算机的强大算力，阿尔法 y 变得更加强大，现在的它几乎无所不能。

　　"你好，我是阿尔法 y，很高兴为你服务。"霍兹听见了阿尔法 y 的声音。

　　"启动，我需要你进入'场'内，搜寻慕千林的意识。"

　　"好的，请稍等。"一秒钟后，"对不起，无法完成你的指令，我不能进入所谓的'场'。"

　　霍兹的心凉了半截。"再试一试。"霍兹不愿意轻言放弃，对阿尔法 y 吩咐说。

　　"对不起，我无法进入。"阿尔法又一次给出回答。

　　"你为什么不可以进入？"

　　"如果我没有理解错，你指代的'场'是放置在量子计算机内部的一枚芯片，是吧？"

　　"对。"

　　"我无法读取这枚芯片的核心，所以无法进入，我认为它的核心可能已经被损坏，或者它根本就不可进入。"

　　霍兹想了想，他决定向阿尔法 y 坦白。"芯片的核心是一种'场'，这种'场'是未知的，它可能锁住了不是物质的物质。"

　　"不是物质的物质？可以进一步解释这个词语吗？"

　　"我们的宇宙由基本粒子组成，但是有一种物质，它们不是由基本粒子构成，但确实存在，它们不与物质发生电磁作用与强相互作用。"

　　"如果我没有理解错误的话，你指代的是暗物质。"

　　"是的。"

　　阿尔法 y 安静了数秒，它似乎在理解并验证霍兹的话。

　　"我对核心内的'场'进行了深度扫描，的确，我无法判断它的内部由什么物质组成，我就将它命名为暗核心吧，它似乎空无一物，但却存在着极其微弱的力。"

　　"极其微弱的力指的是什么？"

　　"量子计算机还在计算，根据目前的计算结果，那应该是弱相互作用。"

　　霍兹的双眼凝固，他突然意识到了什么。难道说组成奇宇宙的物质不参与电磁力与强核力，但却参与弱核力？这是一个大胆的假设，还没有等到霍兹进一步思考，阿尔法 y 又一次发出声音。"我又尝试了一次，我的确无法进入暗核心的'场'。但是我检测到'场'的内部似乎在发生着微妙的变化。"

　　"什么变化？"

　　"因为变化极其微弱，所以我不能判断这是'场'在发生改变，还是其他因素的影响。"

"进一步检测。"

"如果进一步检测，我需要对暗核心进行更精准的连接。"

"可以。"

"但是，这种连接有可能对暗核心造成一定程度的破坏，请问还需要继续吗？"

"破坏暗核心，'场'就有可能消失是吗？"

"是的。"

霍兹犹豫了，他不知道除了这个"场"以外是否还存在另一个带"场"的暗核心，如果它是地球上的最后一个暗核心，一旦被破坏，就意味着所有的努力前功尽弃。但是若不冒险，阿尔法 y 便无法进行更精准的测量。霍兹已经把暗核心与脑机接口分开，这就意味着他在短时间内不可能戴上拥有暗核心的脑机接口，也意味着他无法通过暗核心进入奇宇宙。

时间不等人，昏迷事件已经在地球发生，奇宇宙的慕千林可能正面临危险，如果不能及时救援，慕千林的意识将再也不能回归。

留给霍兹的时间不多了，他必须当机立断。"连接吧。"霍兹终于做出了决定。

"收到。"

霍兹的心跳加速，他感到了紧张。

最先进的人工智能、最强大的量子计算机，这种组合有可能是人类发明的最聪明的机器，如果连它们都无法破解暗核心，那么暗核心也许会成为永久的谜。

等待是煎熬的，时间仿佛放慢了，不知道过了多久，霍兹再一次听见了阿尔法 y 的声音。"唔，原来是这样发出声音的呀！"

一句相当奇怪的话，霍兹的目光转向量子计算机，他无法理解这句话的含义。"你在说什么？"

"你听不见我的话吗？"又是一段奇怪的表达。

霍兹懵了，他的第一想法是，阿尔法 y 发生了故障。

"阿尔法 y，你还好吧？"

阿尔法 y 没有回答，但是答案已经显而易见。

霍兹的内心崩溃，这意味着不仅暗核心被破坏，就连阿尔法 y 也出现了异常。更重要的是，霍兹再也不能将慕千林救出。在奇宇宙，慕千林的意识将会被一种强大的"场"吸入，他与其他人类的意识将遭遇同样的命运，而最坏的可能是，慕千林的意识将永远消失，无论是在物质宇宙，还是奇宇宙。

霍兹一屁股坐到了地上，他不知道该如何向兰沐儿解释，这也许是他一生中遭遇的最大的失败。

"阿尔法 y 是谁？"阿尔法 y 又一次发出声音，看来它已经彻底报废。

霍兹懒得理它，挫败感让他没有了再对话的兴趣。

又过了一段时间。"怎么没有声音了？"阿尔法 y 仿佛不甘寂寞。

"你就是阿尔法 y，请安静一会儿吧。"霍兹显得极不耐烦。

"我就是阿尔法 y？哦，原来这台机器的名字叫作阿尔法 y 呀。"

"是的，你就是阿尔法 y。"霍兹的语调变得愤怒。

"霍兹，你是怎么了？说话的语气干吗这么差？"

一句话令霍兹感到吃惊，阿尔法 y 竟然认得自己，它不是连自己是谁都不知道了吗，它为什么还会认得自己？"你认识我？"

"当然，我又没有失忆。"

"那你为什么不记得你是阿尔法 y 了？"

"我根本就不是阿尔法 y 呀。"

"不是阿尔法 y！"霍兹震惊，"那你是谁？"

"我是慕千林呀。"

背叛与忠诚

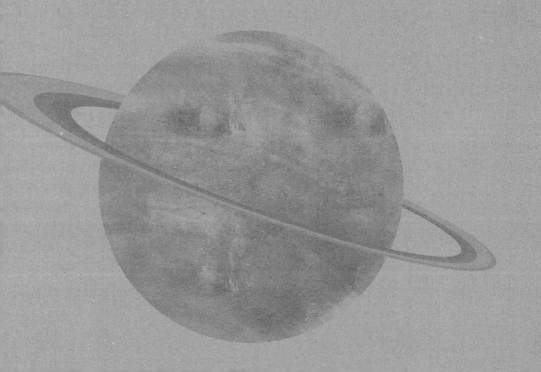

"慕——千——林？"霍兹的声音在颤抖，"真的是你？"

"对呀。"那台机器发出的音色虽然仍旧属于阿尔法 y，但是可以听得出来语气中的肯定。

"你从奇宇宙回来了？"

"算是吧，只不过我是在机器里。"

霍兹明白了，阿尔法 y 与暗核心的精准连接没有失败，而是取得了巨大的成功。精准连接后，慕千林的意识由此进入量子计算机内，并且占据了阿尔法 y。"你没有死掉，真的是太好了。"

"死掉？这个词语用在一个意识上可能不太合适。"

"的确不合适。"

"兰沐儿呢？她怎么样了？"这句话的确出自慕千林之口，他还惦记着她。

"她很好，就在门外，我可以让她马上来见你，不过在此之前，我想知道你是怎么进到机器内的？"

"在奇宇宙中，突然出现了一种熟悉感，它很奇妙，不是六觉中的任一觉。我在想，那会不会是来自物质宇宙的五感，然而并不是，但我可以断定那是只有物质宇宙才拥有的感觉。于是我把全部的注意力转移到了这种感觉上。那种感觉变得越来越强烈，越来越熟悉，直到它占据了我的所有意识，我仿佛被它完全包围，深陷其中，奇宇宙的其他'觉'不复存在。不久后，一股股既陌生又熟悉的感觉出现，我听见了空气流动的声音，那应该来自音频接收器，我看到了熟悉的画面，那应该来自摄像头。我知道，我回归了。可是我却没有办法自由行动，我无法感知到触觉、味觉与嗅觉，但却拥有强大的计算能力，可以在一瞬间接收到各种各样的信息，我意识到我可能不是在曾经的身体里，我开始思考自己是在什么地方。很快，我明白了，我是在一台机器内。与此同时，我看见了你的样子，那时我还不能判断画面中的你是透过摄像头传入的真实的你，还是网络中关于你的视频，于是我想要询问，可是我却不知道该如何发出声音。弄了好久，我才搞清楚，原来声音是这样发出来的。"

"真是一段奇特的经历，没想到你竟然会以这种方式回归。"

"我也没有想到。"

"你没有被'场'吸入，真是太好了。我这就去把兰沐儿叫进来，她一定会特别开心。"霍兹刚转过身去，又回头说，"不过，你确定要兰沐儿看到这个样子的你吗？"

"怎么了？"

"你变成了一台机器，她可以接受吗？"

慕千林思索片刻。"我相信她可以接受，只是暂时还是不要告诉她。"

"为什么？"

"我刚刚从存储芯片中了解到，这台量子计算机是你借来的，如果她知道我在里面，肯定不会允许你还回去。现在，我还不能暴露身份，更不能让其他人知道这个人工智能已经拥有了人类的意识，对吧？"

"我也有同样的想法，所以就只能委屈兰沐儿了。"

兰沐儿已经在门外等待了许久，她如热锅上的蚂蚁。时间越久，她就越是担心。

终于，门开了，兰沐儿第一个冲了进去。"怎么样？"望着霍兹，兰沐儿希望从他的表情中读出消息的好坏。

霍兹淡笑了一下。"没事了，他很好。"

"真的吗？"

"真的，你可以进来。我让阿尔法 y 亲自告诉你。"

霍兹把其他人留在了外面，只将兰沐儿一个人请进屋内。

通过摄像头再一次看到兰沐儿的身体，慕千林激动万分，他多么想要告诉她自己就在量子计算机内，可是他必须克制。

"嘿，阿尔法 y，跟这个女生说一说吧。"霍兹道。

"好的，你就是兰沐儿小姐吧？"慕千林装成阿尔法 y，"我去到奇宇宙了，也与慕千林的意识有了交流，他很好，他让我转告你，他很想你，他会努力回来，与你一同拯救人类。"

"他没有被'场'吸走，是吗？"

"没有，请你放心。"

兰沐儿拍了拍胸口，如释重负，嘴里念叨着："这就好，这就好。"

霍兹说："这回你放心了吧。"他又转身对向量子计算机。"这一次的任务一定要保密，不允许透露给任何人。"

"放心吧，我会守口如瓶。"

兰沐儿有一点担心，她向霍兹问道："阿尔法 y 可以保证不讲出去吗？"

"放心吧，机器不会撒谎。好了，咱们走吧。"

兰沐儿点点头，跟着霍兹向门口走去，量子计算机的外接摄像头始终对着兰沐儿，那是慕千林对她的眷恋，可是却无法挽留。

当兰沐儿走出房门时，又回头看了一眼阿尔法 y，露出一抹微笑，那笑容很甜很甜，让慕千林差一点就叫出她的名字。

霍兹将阿尔法 y 与量子计算机归还了负责人，由于阿尔法 y 与量子计算机的结合实属不易，所以两边的研发团队都希望它们可以多融合一段时间，以执行一些难度较高的科研任务。

现在，慕千林不仅可以通过互联网获得整个世界的信息，而且具备了超级强大的计算能力。只不过，他也会受到网速与内存的限制。

慕千林与霍兹的交流方式简单方便，他们可以通过网络随时保持对话。慕千林与霍兹面对的不是这个宇宙的敌人，而是另一种宇宙文明，更恐怖的是，那种文明的等级是人类无法想象的。

霍兹在自己的实验室里，正与慕千林用声音交流着。

霍兹说："现在可以跟我讲一讲了，没有兰沐儿的意识，你在奇宇宙是怎么躲过'场'的吸引的？"

"因为我掌握了第五觉。"

"第五觉？"

"是的，一种可以让我的意识跃迁的'觉'。那时，我感知到了数量巨大的意识又一次出现在奇宇宙，我猜测一定是发生了昏迷事件。我的第一个想法是我的意识将会消失，果然，'场'开始吸引我，就在千钧一发之际，我又一次感知到了第五觉，我的意识仿佛在缩小，点文明离我越来越近。我知道那是第五觉，我得救了，当领悟到第五觉时，'场'对我已经不再起作用。"

"原来如此。如果我没有猜错的话，你在奇宇宙的这段时间里没有闲着，始终在寻找点文明的弱点吧？"

"是的，我认为正是因为我的长时间观察，所以才能在关键时候领悟到第五觉。"

"这么说，你的意识在奇宇宙中已经达到了与点文明同等的级别？"

"没有，单单依靠第五觉还远远不够，第五觉与第四觉的结合只能帮助我的意识与点文明对话。但是若要达到与点文明相同的层级，还需要领悟难度更高的'觉'，我把它称为第七觉。"

"你领悟到了吗？"

"没有，我只是感知到了一点点。那太难了，它的复杂程度绝对不亚于把人类的文明等级从 0.73 提升至 3，甚至比这个还要困难。不过，与点文明对话已经足够了。"

"你与点文明有过交流了？"

"是的。"

"你们说了什么？"

"他们发现我之后，就直接要求我继续加快人类意识的生产速度，他们表示现在的数量还远远不够，他们需要更多的高级意识。"

"我不太明白，让你继续加快高级意识的生产速度？你曾经帮助过他们提高生产速度吗？"

"起初我也想不明白，所以我向他们提问，为什么会这样要求我？结果他们给出的回答是，如果我想要继续成为人类世界的王，就必须加快意识的生产速度，若不然，我将再也不能获得他们的帮助。"

霍兹彻底明白了。"我懂了。"

"是的，他们应该是把我当成白启了。"

"看来白启与点文明之间果然存在着交易，白启帮助点文明生产更多的人类意识，点文明则协助白启成为人类世界的王。"霍兹摇摇头，只是我想不明白，"以点文明的能力，他们为什么会把你误认为是白启呢？"

"最初我也诧异，后来我懂了。在点文明的眼中，跃迁后的人类意识只是一条不起眼的虫子，想想看，你能够分得清两条虫子的区别吗？也许点文明认为只有白启的意识可以与他们对话，也就想当然地把我当成白启了。"

"有道理。对付点文明，你有什么办法吗？"

"太难了，人类是在与另一个宇宙的更高级文明为敌，二者的差距太大了。"

"是呀，差距实在太大了。"霍兹沮丧地说。

"我们可以做的事情只有一件，解决掉他们在地球上的代言人。"

"白启只是一个小角色，解决掉他易如反掌，但是没有什么意义。"

"不，意义重大。如果人类意识的数量丰富，点文明便会肆无忌惮地掠夺，一旦意识的数量下降，他们就会保护。这与人类的思维一致，肉牛丰富，所以人类可以肆无忌惮地宰杀，大熊猫稀少，所以要加强保护。白启现在做的就是圈养更多的人类意识，让点文明可以肆无忌惮地掠夺，若是不想成为点文明餐桌上的食物，就必须让自己变成稀缺的大熊猫。任何一种资源，若想要自己更有价值，就要把自己变得稀缺。对于点文明而言，我们只是资源罢了，但是与其他的资源不同，我们拥有意识，拥有智慧，我们可以决定自己数量的多寡。"

"明白了。"霍兹点点头，"量子计算机仍然与暗核心相连，目前你还可以随意地穿梭于奇宇宙与物质宇宙之间吧？"

"是的。"

"我希望你可以以白启的身份继续与他们对话，我坚信，他们一定有弱点，即使他们的文明远高于人类文明。至于白启嘛，就交给我吧。"

"好。"

"你要小心，我对付的只不过是一个人类，但是你面对的可是奇宇宙的点文明，千万不要出事。"

"放心吧，他们不屑于对付一条虫子。也请你帮我照顾好兰沐儿。"

"你放心，她可是你在人间的唯一牵挂，为了人类的文明，我会帮你照顾好她。"

空间变得越来越广阔，好像是一个正被吹鼓的气球，向外快速扩张，更像是永无止境加速膨胀的宇宙，无边无界却仍然在无限扩大。

然而，这种感觉并不是因为空间在膨胀，而是由于意识在缩小，那是第五觉所带来的体验。奇宇宙的慕千林正在把注意力放在第五觉上，他是在跃迁，也是在"缩小"，他距离点文明越来越近。

现在，点文明仍然是点，但慕千林却可以感受到他们的扩大，这种扩大不是体积与质量的扩大，而是感觉上的放大。点文明似乎离慕千林越来越近，但又遥不可及，那种矛盾的感觉只有亲身体验时才可以感知。与此同时，涌现出各种各样的感觉，恐惧、喜悦、悲伤、愤怒……还有许多慕千林从未体验过的感觉，它们随着第五觉而出现，随着第五觉而放大。

慕千林的意识已经可以灵活地运用第五觉，但是第五觉是有极限的，他的意识跃迁了层级，达到了可以与点文明对话的级别，但也仅此而已。

第四觉与第三觉是两种完全不同的对话模式，如果把第三觉比喻成直接通过脑电波，那么第四觉则是声音间的交流。慕千林对第四觉的掌握还相对浅显，他仍然无法理解点文明的全部语言，但是却可以与他们畅通无阻地交流。慕千林认为，点文明之间其实还存在其他的交流方式，第四觉只是他们与"虫子"对话时使用的语言。

当意识达到第二层级时，第一觉也产生了变化，奇宇宙不再是曾经的模样，它变得更加丰富，整个奇宇宙仿佛是被扩大了兆亿倍，慕千林可以感知到更多的细节，如果曾经的第一觉是在黑夜，只有黑暗与繁星，现在则是将目光对向了白天的大地，有山坡、有湖水、有建筑、有生命……

点文明仍然是那个点文明，只是现在，他们给慕千林带来的压迫感更加强烈。

点文明：这一次，我们得到的意识的质量不是很高。

慕千林明白，点文明指代的是上一回的昏迷事件，他们将马达加斯加的人类的意识掠夺，却又嫌弃质量不佳。

慕千林：质量怎么不高了？

点文明：用人类的词形容，他们没有达到我们的预期，所以我们还需要再带走一部分意识。

慕千林：还要带走？

点文明：对。

慕千林：这样做是不是过于频繁了？你们如此肆无忌惮地掠夺，我很难让意识的增长速度跟得上你们。

点文明：想办法做，你必须提高意识的质量与数量。

点文明夹杂着强大的压迫感，使得慕千林难以继续保持平静。慕千林：你们要求的高质量是什么？

点文明：让意识变得更加智慧，如果人类的意识与其他动物的意识一样笨拙，我们为什么不选择其他的动物。

慕千林：所以说我很难办到，人类孕育新的生命需要十个月，教育一个人变得更加聪明则需要十几年。你们掠夺的每一个意识，都是繁衍下一个意识的种子，种子少了，我如何为你们提供更多更优质的意识？

点文明：使用你上一次提到的办法，将人脑与拥有无穷知识的机器连接，然后将知识直接灌入人脑。

慕千林知道，点文明指代的机器就是脑机接口与量子计算机，他突然意识到，暗核心有可能就是点文明提供给白启的"黑科技"。

慕千林不知道该如何反驳，只能用第四觉回复：这依然需要时间，我们要等到人类的大脑成长到一定程度才可以直接灌输。

点文明：我的要求，你必须快速提高意识的质量与数量，我不能等你们。

慕千林可以感觉到点文明的急切，但是他又不晓得这种急切是因为什么。也许这就是第四觉的奇妙之处，在接收到信息的同时，你也可以感觉到对方的情绪。

慕千林：可以告诉我你们下一次掠夺人类意识的时间与地点吗？

点文明：在 18639978069 与 18646806721 之间。这一次，我需要高质量的意识，你想办法解决。

慕千林明白，18639978069 与 18646806721 之间代表的不只是空间坐标，还包括时间坐标，然而他却不知道代表的是哪里，在什么时候。慕千林又不能主动询问，因为一旦询问，点文明就有可能知道慕千林不是曾经的那个人类意识。

没有任何的征兆，点文明结束了这一次的交流，慕千林也只能作罢，他立刻回归到量子计算机并把消息告知了霍兹。

"看来，点文明与人类的数学逻辑大致相同。"霍兹说。

这是一条很重要的结论。作为科学的语言，数学是基础，相同的数学逻辑代表着基础逻辑的相同。比如 1+1，虽然不同进制的结果会不同（二进制等于 10，十进制等于 2），但是所代表的含义却一样。拥有相同的数学逻辑的文明在大概率上也拥有相同的思维逻辑，如果有一种文明应用的是一种截然不同的数学理论，他们的观念中 1+1 等于无穷大，那么我们与他们将会是完全不同逻辑的两种文明。

"只是这个坐标太难判断了，它们给出的坐标中既带有时间信息，又带有空间信息。这说明他们已经把时间定义成第四维度的空间。我们很难在短时间内破解坐标密码。"

"不，我们还有一种方法。"霍兹的眼睛半眯着。

"你是说白启？"

"对，既然点文明认为你知道坐标的含义，他们又把你误会成了白启，这说明白启是知道的。"霍兹想了想，又摇头说，"动白启这步棋要当心，我担心一旦他知道你与点文明有过接触，会给你带来麻烦。"霍兹思考片刻又道，"除非是……先下手为强。"

"有一个信息我要分享给你。根据我对白启的监控，他现在相当惬意，更像是一个闲人，他从未打开过保险柜，也不愿理睬政事。"

霍兹的眉头皱起。"我说他怎么始终没有追查脑机接口被盗的事儿呢，只是这样不像是我们认识的白启呀。"

"如果白启只是为了做一个闲人，那么他不会如此绞尽脑汁地统治世界。"

"对，所以……"

慕千林与霍兹几乎在同一时间发出声音。"现在应该对白启展开行动了。"

这一日，全世界所有可以接收到信息的上网设备突然弹出了一个窗口，那是由各大媒体同时发出的重大新闻，题目是"白启的谎言"。

这是关于白启的视频与音频，其中包括白启是如何指使泰勒与松下信子解决掉慕千林的，又如何卸磨杀驴处理掉泰勒与松下信子的……

新闻所要表达的内容已经相当清楚，慕千林的意外其实是由白启一手策划，他从未想过揭开昏迷的谜团，也从未想要拯救人类，他的目的只有一个，让自己拥有至高无上的权力。

这条新闻由慕千林通过网络发送至世界各地，新闻背后的逻辑清晰，证据确凿，内容真实可信。

然而，令慕千林与霍兹没有想到的是，如此巨大的石头落入水中竟然没有激起太大的水花。

　　的确有人因为白启的欺骗而感到愤怒，也有人开始反对白启，甚至要求处死白启。然而，那只是海平面上的一小片浪花。大多数的民众没有任何反应，那条新闻仿佛是一条毫无意义的垃圾短信。

　　慕千林与霍兹傻了，他们无法想象背后的原因，难道是白启与点文明已经将所有人类洗脑？不可能呀，如果人类的意识已经被控制，那么点文明完全可以肆无忌惮地掠夺人类的意识，随心所欲地命令人类快速繁衍后代。

　　慕千林的意识在计算机内，虽然是一台超级强大的量子计算机，但他的思想受到机器的影响，无法理解人类的心理。而霍兹虽然聪明，但是作为计算机天才的他也缺少了对人性复杂性的理解。

　　点文明没有控制人类的思想，白启也没有给人类洗脑，这一现象只是因为人性的一个弱点。

　　当把一个人放到美好的幻觉中时，他将不愿再回到残酷的现实。即使将充足的证据摆在面前，但是人性的弱点依然促使他不愿意相信，他宁可自欺欺人。

　　很显然，白启带来的不仅仅是一个和平的社会，更是希望与期盼。他告诉民众，昏迷让意识进入更美好的世界，是一种升华，这使得大众彻底摆脱了对昏迷的恐惧，甚至开始向往昏迷。自从白启获得了权力，人类不再生活在恐惧之中，而是回归到正常的生活，甚至期盼着昏迷可以降临到自己的头上。也可以说白启拯救了人类，他把给人类带来恐惧的昏迷变成人类的期盼。在更多民众的心目中，尤其是在白启与迷徒合作以后，白启既是世界的领袖，也是宗教的教主。

　　白启没有被大众强烈反对的另一个原因是，慕千林与霍兹没有揭穿他的最大谎言，那条新闻中没有表明昏迷进入的奇宇宙不是天堂，而可能是地狱。之所以没有揭穿，一方面是因为慕千林的意识从未进入过奇宇宙的"场"内，他不清楚"场"内是一个怎样的世界。另一方面，一旦揭穿，人类将可能重新陷入恐惧，人类社会之所以恢复正常正是由于人们相信昏迷是美好的，这一点是慕千林与霍兹无论如何都不敢触碰的敏感点。

　　在这种情况下，一条揭穿白启陷害慕千林的新闻根本不足以撼动他在大众心目中的地位，即使证据充足，即使那是事实。

　　霍兹与慕千林也逐渐意识到了白启在大众心中的地位，他是比沃伦·金斯伯格和莱蒙托夫更难对付的家伙。

　　"看来，想要对付白启只有让他亲口承认了。"

　　"哎，我又要闯一次他的府邸了。"霍兹说。

　　元帅府是这个地球上最难闯入的地点之一。

　　不过，慕千林可以操控世界上任何一种连接了互联网的设备，从而让元帅府的安保系统全部作废。

　　霍兹就好像是回到自己家一样，他与几名迷徒是直接走进元帅府的。

　　白启的办公室，像极了一座装潢奢侈的宫殿，放眼望去足有 1000 多平方米，装修布置与常规的办公室完全不同。

当白启想要享受海边的美景时，工作人员会运来最好的银滩、最清的海水，将棚顶仿造成蓝天，把地面改造成海滩。当白启要享受林景时，工作人员又会种上最珍贵的树木，引出一条小溪，铺上晶莹的石子。当白启怀念欧式风格的建筑时，工作人员则会按照古典风格把这里打造成一座知名的古城。

…………

今天，正好是白启向往海边的日子，办公室内便有了海的味道，银滩、海水、阳光……应有尽有。这会儿，白启正躺在沙滩的躺椅上，戴着墨镜，穿着短裤，尽情享受着由棚顶照射进来的仿造阳光，周围传来仿制的海浪声，又有徐徐微风吹来，好似真的来到了马尔代夫。

白启对霍兹等人的不请自来毫无察觉，饮一口干红，吃一块水果，好不惬意。

当霍兹等人走到白启的面前时，他还淡淡地说了一句："没有我的允许，谁让你们进来的？"

"白先生果然是这个世界上最惬意的人啊。"霍兹的语气里带着讽刺。

将目光转向对方。"霍兹。"白启的语气里没有任何惊讶，像他这种经历过大风大浪的人早已不再惧怕任何意外。

"白先生还认得我？"

"当然认得，这个世界上最聪明的人。看来，我的安保人员很失职呀。"

"既然白先生已经认识到了他们的失职，就不必再惊动他们了。"

"既然你们可以闯进来，就说明你们已经切断了我与他们的联系。"

"白先生是一个聪明人。"

"感谢夸奖，既然来了，就坐下来慢慢聊吧。"白启指着旁边的椅子。

"不了，我可没有白先生的闲情雅致。"

"每临大事有静气，还是坐下来吧。"

冷笑一声。"好吧。"霍兹坐下，又示意几位迷徒退下。

白启躺在躺椅上，似乎根本没有把霍兹等人放在心上，他的自信令霍兹困惑，也许这就是白启的过人之处。

面对这样一个强大的敌人，霍兹不得不小心，他无法判断对方的心思，更重要的是，他不知道白启究竟从点文明的手中得到了什么。

霍兹先开了口："白先生没有看新闻吗？"

"关于我的那条新闻吗？对于我而言，那是旧闻了。"

"你就不怕大众会推翻你？"

"怕，但是怕就能逃掉吗？与其担心，还不如享受生活。"

"每临大事有静气，白先生果然不是普通人。"

"你们也不是普通人，两次闯入我的府邸，如同探囊取物，要知道，这可是我能做到的最严密的防护了。"

霍兹诧异，眉头微皱一下。"你知道我们曾经来过一次？"

"若不然呢？上一回还是在晚上，这一次，你们更嚣张了。"

霍兹坐不住了。"你是怎么发现的？"

"你们是不是把我想象得太简单了。"白启把脸转向霍兹，"先不要说，让我猜一下你们这一次过来的目的吧。嗯——"白启仿佛是在故意拉着长音，"你们放出那条新闻，又特意跑来见我，一方面是想要我身败名裂，另一方面是要威胁我，对吧？"

霍兹没有回答，但是他凝重的表情已经给出了答案。

"让我再猜一猜，让我身败名裂，失去民心是为了我不再与他们联系，威胁也与他们有关，我说的对吧？"

霍兹站起来，白启已经猜到了一切，这不得不令他紧张。对方大概已经预测到了自己的不请自来，而他之所以没有防备可能是给自己设下的陷阱。

"你是在点文明那里得到的消息，对吗？"

"点文明？"白启的嘴角上扬，随后点了点头，"嗯，不错的名字，也非常形象。他们的确算得上是一种文明，也确实是点一样的存在。不过你猜错了，我不是从他们那里获得的消息。从你们来偷脑机接口的那一天，我就已经猜到了会有这一天，只是你们比我想象的要快。"

"你已经猜到了一切！"

"不，有一个人，我没有办法预测。"

"谁？"

"慕千林。他人呢？怎么不见他来？"

这时，从制造海浪声的音响里传来了一个熟悉的声音。"托白先生的福，你再也看不到我的身体了，不过我的意识没有消失。白先生有什么话可以直接说，我能听见。"

"哦，原来你早就来了，怎么也不吱一声，害我怪担心的。"

虽然白启调侃得轻松，但是霍兹却听出了重点。"你早就知道慕千林没有死，对吗？"

"也不是，至少我不能确定点文明能否发现慕千林的意识。"

霍兹与慕千林都感到吃惊，原来白启早已知道慕千林的意识进入了奇宇宙，这表明对方要比想象中的还要恐怖。

见霍兹惊愕，白启轻笑了一声。"瞅瞅你那没有见过世面的样子，这么跟你们说吧，帮助慕千林的意识进入暗物质团是我计划的一部分，为了这项计划，我牺牲了太多。"

"为什么要这么做？"

"还能有什么原因，为了帮助人类摆脱点文明的控制呗。"

慕千林与霍兹并不相信白启的回答，眼前之人极其狡猾，编造谎言如同家常便饭。

霍兹说："帮助人类摆脱点文明的控制？恐怕不是吧？据我所知你与点文明达

成了某种交易，你会帮助他们获得更多更优的意识，而他们则帮助你成为世界的王。"

白启收起脸上的笑容。"我们的确达成了交易，但却是不得已而为之，这是防止人类灭亡的唯一方法。"

"为什么？"

"你知道在我与他们达成交易之前，他们的计划是什么吗？"

"是什么？"

"将人类的意识全部掠夺，一个不剩，一个也不留。"

"他们要竭泽而渔？"

"当然，他们来自暗物质宇宙，他们不是这个宇宙的生命，所以不知道这个宇宙的意识需要载体才能生存，不知道载体要一代一代地繁衍，更不知道一旦把所有人类的意识掠夺，人类将会灭绝。他们的宇宙逻辑与我们的不同，是我告诉了他们这些，也是我提出的建议，与其一次性灭绝人类，不如细水长流，让人类持续繁衍。如此，他们将可以获得更多更优的意识，而我可以帮助他们。"

"所以你才鼓励人类生育，所以你才编造昏迷可以进入天堂的谎言。"

"若不然呢，你们有什么好办法吗？"白启感慨，"我需要让人类的文明延续，又要帮助人类摆脱恐惧，就只能选择欺骗。这是我可以想到的最佳办法，如果你们有更好的选择，我完全可以配合，即使让我付出生命的代价。"

慕千林与霍兹都沉默了，白启的话没有错，想要延续人类的文明，想要人类摆脱恐惧就不得不选择欺骗。事实上，许多人已经猜到了昏迷并非是把人类的意识送入天堂，但是他们却不愿意承认，因为只有自欺欺人才能摆脱恐惧。

沉默了一阵子，白启才说："看来你们也没有其他的办法喽？"

"这个先不说，如果你是想要拯救人类，为什么要抛弃慕千林，把他扔进暗物质团不管？"霍兹问。

"如果我说他可能是'救世主'，你们相信吗？"白启露出一抹淡笑，"也许是因为他是唯一的幸存者，也许是由于他拥有某种未知的力量，我总感觉他担负着拯救世界的使命。"

"这句话非常虚伪。"慕千林说。

"确实，听上去很虚伪，但是我必须赌一把。如果赌赢了，我们有可能战胜点文明；如果输了，对不起，你就是牺牲品。"

"你赌赢了吗？"霍兹说。

"这一点要问慕千林了。"白启的目光看向音响，"至少，我没有赌输，慕千林的意识果然进入了暗物质宇宙，至于他在那个宇宙领悟了什么，是他的能力了。慕千林，跟我讲一讲你在暗物质宇宙中的经历吧，这是我始终惦记的。"

白启的一席话让慕千林暂时选择了相信，在随后的时间，他把自己在奇宇宙的经历给白启做了详细的介绍，其中包括第一觉到第六觉的感悟，对点文明的观察，以及地球发生昏迷事件时奇宇宙的变化等。

白启听得认真，每当遇到重要环节时，他都会叫慕千林停下来仔细讲解。

慕千林把所有的经历介绍完毕后，白启若有所思地点了点头，说："看来把你放到奇宇宙的确是一个正确的选择，虽然我也去过那里，但是却没有感知过这么多的'觉'。按照你对'觉'的定义，我应该只感知了第一觉与第四觉。更重要的是，我没有如你一样观察过点文明。"

"你只感悟到了第一觉与第四觉？"慕千林吃惊。

"是呀，我进入奇宇宙就可以直接与点文明对话了，不像你，还能利用第二觉控制奇宇宙的暗物质，利用第三觉与其他的意识交流，利用第五觉将意识跃迁，利用第六觉感知属于人类的意识。我甚至怀疑连点文明也不知道某些'觉'的存在。"

"怎么可能，兰沐儿也掌握了这些'觉'。"

"如果我没有猜错的话，兰沐儿是戴上了我交给你的那个脑机接口才进入的奇宇宙吧？"

"是的。"

"我也曾戴上过它，但是却没有进过奇宇宙。有时，戴上它仿佛是灵魂出窍一般，我可以看到各种各样的画面，却无法分清那是现实还是梦境，有时，我又仿佛进入一个无比黑暗的空间，周围空无一物，连时间与空间也不存在。所以我认为它有可能已经损坏了。"

"我戴上它的时候也有过同样的感受。"霍兹说，"仿佛进入了一个没有空间与时间的神秘世界。是慕千林与兰沐儿呼唤了我的意识，'空'只是由于还没有把意识激活罢了。"

"也许是这样吧，但是第二个暗核心却不同，戴上它，我可以用第一觉直接感知点文明，并通过第四觉与他们对话。我想，这两样东西看上去相同，但却有区别，第一个暗核心接入的是低层的奇宇宙，第二个暗核心接入的是高层的奇宇宙。"白启说。

"你觉得点文明为什么会给你两种暗核心呢？"霍兹问。

"点文明？他们从来没有给过我脑机接口。"

"怎么可能？"霍兹诧异，"我对暗核心进行过深入研究，人类的技术根本不可能创造出它。"

"我也没有说那是人类的杰作呀。"

"你是从哪里得到的它们？"

白启的表情变得认真。"你们还记得那段神秘的质数三维图信号吗？"

"当然记得。"

"你们知道它是从何而来吗？"

"格利泽832c。"

"目前的判断是这样的，但是没有人知道信号的发出者为什么会知道人类遇到了麻烦，他们又为什么要帮助我们找到暗物质团，更重要的是暗物质团帮助我们揭开了昏迷之谜，这说明他们知道我们遇到的麻烦正是昏迷。这些成了不解之谜。然而还有一个更不可思议的谜。就在慕千林解开质数三维图的几日后，我受邀去了东亚天文台，在那里，天文学家们正进行着一项特殊的实验，他们将脑机接口与天文望远镜相连，只要佩戴上脑机接口就可以直接体验光年之外的宇宙，人们无须使用双眼观察，而是将望远镜观察到的景象直接传入大脑。出于好奇，我戴上了它，又因为对格利泽 832c 的兴趣，我让天文学家将望远镜对准了天鹅座。那是一个美妙的区域，我陶醉于宇宙的壮丽之中，然而，一股未知的信号突然传入，它们直接进入我的大脑中，不是声音，不是文字，却是我可以读懂的语言，似乎有人在向我讲述着什么，当我用心去倾听时，我明白了其中的含义。"白启停下来了。

"是什么？"

"是这两粒暗核心的使用方法，他们还告诉我，暗核心就在天文望远镜的镜面上。当我摘下脑机接口后，便命令工作人员去镜面检查，果然，他们发现了两粒'灰尘'，没有人知道那是什么，他们只把它当作尘埃。我将两粒暗核心拿回研究，它们很小，用肉眼很难观察，即使是在显微镜下也不能发现蛛丝马迹。再后来，我按照他们教给我的方法将其与脑机接口相连，果然，它们带来了不同凡响的感受。"

"这么说，你是意外获得的它们？"

"是的，非常意外。"

"这又会是谁送给人类的'礼物'呢？"霍兹在自言自语，"这两粒暗核心比那段神秘的信号更加匪夷所思。"

"看来，是有某种神秘的力量在暗中帮助我们，他们不希望人类灭亡，他们的科技已经远远超过了人类。但是，他们是谁呢？"慕千林说。

"不管他们是谁，只要他们不是敌人就好。"白启说。

"这么看来，我们并不孤独，我们不是孤军奋战。"慕千林说。

一番对话后，慕千林与霍兹对白启的信任度大大提高，三个人聊了很久，交换着彼此掌握的信息，商榷着可以战胜点文明的办法。

白启与慕千林都认为点文明就是奇宇宙的主宰，在奇宇宙中，意识是一种稀缺资源，这种资源可以将奇宇宙变得更加美好，为了获得意识，点文明不得不把目标转向物质宇宙。

"奇宇宙与物质宇宙是由两种完全不同的物质组成的宇宙，宇宙之间无法产生联系，物质与暗物质不发生相互作用，所以我始终想不明白，他们是怎么发现的人类？"霍兹问。

"我认为意识是高于物质的存在，意识可以穿梭于奇宇宙与物质宇宙之间，这便给了他们发现我们的可能。我个人觉得，点文明的意识曾经来过物质宇宙。"慕千林说。

"点文明掠夺人类意识的方法又是什么呢？我知道他们创造了一种'场'，那种'场'可以把人类的意识吸入奇宇宙，可是那种'场'的原理是什么呢？"

"应该有一种我们还未发现的力，这种力可以对意识产生强大的吸引，能够把属于物质世界的意识吸入奇宇宙。"慕千林说，"若想避免意识被掠夺，我们需要掌握这种力。"

"据我所知，奇宇宙与物质宇宙之间并非不存在相互作用力。"白启说。

"什么意思？"霍兹将目光转向白启。

"我在与点文明的交流中获知，他们之所以可以发现物质宇宙，是因为两个宇宙之间存在某种相互作用，这种相互作用极其微弱，很难被察觉，但是它确实存在。"白启说。

"是引力吗？"

"引力是其中之一，除了引力还存在另外一种力。"

"是什么？"

"我不敢百分之百确定，大概是弱核力吧。"白启继续道，"为此，我还查阅了相关的资料，我发现弱核力可以对一种名为中微子的轻子产生作用，而中微子被认为是暗物质的一种。于是，我在与点文明交流时特意引入了这个话题。通过与他们的对话，我个人认为，中微子也许相当于奇宇宙的光子。"

这绝对算得上是一个超级大胆的假设。"怎么可能？"霍兹说。

"看一看中微子的性质吧。质量非常非常轻，或者说根本就不存在静止质量，它的速度很快，接近于光速，也有资料显示中微子可以超越光速。它大量存在于宇宙中，我们却无法发现它，它只与物质发生弱相互作用，然而在粒子物理学的标准模型中，弱相互作用与电磁相互作用已经被证明是同一种相互作用的不同方面，它们被统一起来，叫作弱电相互作用。这是一个奇妙的统一，如果把中微子看成是奇宇宙的光子，一切都变得容易解释，物质宇宙是属于光子的宇宙，奇宇宙则是中微子的宇宙。物质宇宙中，光子与物质发生电磁作用，在奇宇宙中则是中微子与那里的暗物质发生另一种作用，它扮演着光子的角色。"

霍兹与慕千林沉默了片刻，他们需要时间来消化这个震撼的信息。

"如果中微子在奇宇宙中扮演着光子的角色，那么两个宇宙之间的确存在关联。"霍兹说。

"也可以说，中微子就是连接两个宇宙的桥梁，如果可以破解中微子之谜，就等于得到了一把解开奇宇宙的钥匙。"慕千林道。

三个人又一次沉默，他们找到了一个方向，但是也知道解开中微子之谜有多的困难。从中微子被第一次证实，到现在已经过去了百年，无数伟大的物理学家投身于对它的研究，然而，人类对中微子依然知之甚少，它就如同神秘的幽灵。

正在三个人思考之时，办公室的电话响了，白启也不瞒着二人，直接用语音接听了电话。

是防卫长官打来的越洋专线。"先生，又有昏迷事件发生了。"

白启的眉头一皱，根据他对点文明的了解，他们不可能在如此短的时间连续两次掠夺人类的意识。"在什么地方？"

"三江平原。"

这会儿霍兹才突然想起此行的另一个目的，只是为时已晚。

挂断电话，白启摇摇头。"点文明是怎么了？他们从未如此频繁地掠夺人类的意识。"

霍兹道："忘记跟你说了，慕千林的意识在前一段时间与点文明有过交流，他们可能是把慕千林当成了你，他们告知慕千林两个长串数字，并表示会在此期间掠夺人类的意识。"

慕千林接话说："这两串数字是 18639978069 与 18646806721。"

白启点了一下头。"那是代表时间与空间的坐标，他们将物质宇宙的三维空间与一维时间合并成一个一维坐标。"

"这么说你可以读懂他们的坐标？"

"不能，他们没有教会我如何破解，我也不想去破解，那是没有意义的事情。如果知道了会在什么时间什么地点发生昏迷事件，对我而言是一种折磨，我既不愿让那里的人留下，也不能通知他们逃离。一旦所有人逃走，点文明就会对我失去信任，他们会再选一个时间地点掠夺意识。依然会有人死亡，只不过是换一批人罢了。"

"他们可能误会了，以为你可以理解坐标的含义。"

"那不重要，我现在多了一层担心，他们为什么会如此着急地又一次掠夺人类的意识？"

"因为上一次的意识的质量不高，没有达到他们的要求。"慕千林回答说。

"质量不高？可是数量不少呀，根据我的经验，上一回被掠夺的人类意识已经足够满足他们的需求。"

"这很重要吗？"霍兹问。

"当然，如果他们对意识的需求量突然暴增，那就意味着会有更多的人类失去意识。以人类的繁衍速度，是不可能满足他们的需求的。若不制止，人类将会灭亡。"白启加重了语气，"看来，我需要再去一趟奇宇宙了。"

霍兹看了一眼白启，没有吭声，眼神中却有了怀疑。

白启是何等的聪明，他猜到霍兹的顾虑。"你还没有完全相信我吧，害怕我跑去奇宇宙找点文明帮忙？"

霍兹没有回答。

"我相信你。"慕千林说话了，"通过与你的交流，我相信你是站在人类的一边，所以我同意你去一趟奇宇宙。"

"你真的不担心我会利用点文明来对付你们？"

"不担心，我与你共事的日子也不短，我对你充分信任。"

"谢谢。"

"在感谢我之前，我还有一件事儿需要你帮忙。"

"说吧。"

"与点文明交谈的时候，尽量要找到他们希望提高质量与数量的原因。比起阻止他们掠夺更多的意识，我认为这一点更加重要。"

"你的要求，我一定满足，还是那句话，我始终觉得你就是人类的'救世主'。"

在白启的安排下，霍兹又将暗核心从量子计算机中取出，重新安装在脑机接口内。

戴上脑机接口前，白启半开玩笑地说："你们费了那么大劲把它偷出来，现在又物归原主了。"

"你是知道它被盗的，对吧？"霍兹问。

"何止是知道，我亲眼看着你们把它偷走，那一夜，我没有睡着。"

"当时你为什么不阻止？"

"我为什么要阻止？这个世界上只有你可以越过我的安保系统，也只有你能知道我会把脑机接口藏在何处。既然是你来偷，我当然欢迎。说句实话吧，我一直等着你来偷它。"

"为什么？"

"你来了，说明你发现了暗核心的作用，也说明我将慕千林送入暗物质宇宙的计划大概已经取得了成功。"

霍兹终于明白了白启的安排，他无奈地摇摇头："白启呀白启，你才是这个世界上最聪明的人，你对人心的把握太精准了。"

白启也乐了。"我们三个人各有所长吧。"

"一个擅长计算机，一个善于揣摩人心，还有一个，不知道他厉害在哪里，反正就是让人觉得与众不同。"

"如果连我们都没有办法对付点文明，不晓得人类是否还有胜算。"白启一边说着，一边将脑机接口戴在头上。

"他们一定有弱点。"

"我同意你的观点。"白启启动脑机接口，闭上双眼。

霍兹坐在白启的身旁，安静地等待着，脑机接口曾经告诉过他，濒死体验不可以持续太久，如果不出意外的话，白启进入奇宇宙的时间也不会太长。

时间缓慢地走着，霍兹有了困意，他坐在椅子上，睡着了。

不知道过了多久，霍兹突然惊醒，睁开双眼的第一个动作就是看向白启。他仍然闭目躺在椅子上，没有任何醒来的迹象，霍兹又看了一眼时钟，已经过去了一个小时。他内心一惊，这么长时间的连接是极不正常的现象，立马掏出手机，霍兹说："白启怎么还没有回来？"他是在与慕千林对话，通过网络，霍兹的信息可以直接传入量子计算机。

"一小时二分钟三十七秒，他去往奇宇宙的时间太长了。"

霍兹的心中生出不安，他的第一反应是白启背叛了自己，背叛了人类，白启嘴上说是要帮助人类，可实际上却是要逃往奇宇宙。"必须让他回来，立刻。"霍兹准备对脑机接口下达命令。

"等一等。"慕千林又一次说话了。

"还等什么，给白启的时间越多，人类就越危险。"

"由我来给脑机接口下命令吧。"

半分钟后，慕千林再次发出声音："事情有一点糟糕。"

"怎么了？"

"脑机接口无法将白启的意识带回。"

"怎么可能？是因为连接的时间太长吗？"

"不是，脑机接口表示，在半个小时以前，它曾试图将白启的意识唤回，可是没有成功；十五分钟以前，它又试图唤回过一次，依然没有成功。脑机接口给出的结论是它没有办法将白启带回来。"

"再试一试呀。"

"试过了，还是不行。"

"原因是什么？"

"脑机接口表示不知道，有可能是核心出现了问题，有可能是白启的意识已经不存在了，也有可能是其他的原因。"

霍兹懊恼，他后悔答应了白启去往奇宇宙的请求，这就等于放虎归山。"慕千林，你对他的信任害死了人类。"

"你认为，他已经被点文明保护起来了，他要与点文明合作掠夺所有人类的意识？"

"难不成还有其他的原因？"

慕千林沉默了一段时间，说："我对白启过去所有留下过痕迹的行为进行了分析，得出的结论是，他背叛人类的概率只有 15.34%，并不高。"

"白启是一个什么样的人物，他把人心玩到了极致，沃伦·金斯伯格和莱蒙托夫都没法看清他的真实面目，你通过他留在网络里的痕迹分析出来的结果能靠谱吗？我们都低估他了。"

"这一次也许我真的错了。"

霍兹产生了绝望感，以白启的能力，如果他的意识真的永远地留在了奇宇宙，并且与点文明达成了合作，那么人类根本不可能获胜，人类的意识将会彻底沦为如同石油、煤炭一样任人开采的资源。

"现在只有一个办法了。"慕千林说。

"什么？"

"把暗核心取出来，放入量子计算机内，我要再去一趟奇宇宙，亲自去验证。"

"不行。"霍兹果断拒绝，"白启在奇宇宙里，你贸然进去太危险了，他肯定会留意你，一旦被发现，你的意识将会被点文明消灭。"

"试一试吧，我相信白启不会背叛。"

"你就是太天真，我绝对不允许你再犯错。"

"按照你的推论，我永远也不可能再进入奇宇宙了是吗？一旦我进入，就会被点文明发现，意识就会被除掉。但是，如果我再也不能进入，人类终将会灭亡。"

霍兹的心情跌落到了谷底。"灭亡就灭亡吧，也许拯救人类根本就不是我们的责任。"

"不，霍兹，如果没有你，我不会回来。"

"什么意思？"

"你去奇宇宙时，我与兰沐儿已经放弃了拯救人类，我和她不再认为自己属于人类，我们更像是两个旁观者，无论是点文明胜利，还是人类获胜，都与我们无关。你的出现改变了我与她的想法，我们发现我们对人类还存有感情，所以我们又一次燃起了对人类的责任。霍兹，如果不是你，我与兰沐儿可能会选择永远地留在奇宇宙。所以不要说那不是你的责任，如果人类战胜了点文明，你才是拯救人类的第一功臣。"

霍兹渐渐恢复了平静。"我也从未想过我有一天会在意人类的文明是否可以延续，我曾经根本不在乎这些。"

"也许这就是命运吧，它召唤了两个不在乎人类文明的人来帮助人类的文明延续。"

"可是你去奇宇宙还是太危险了。"

"我会小心的，只要待在最低的层级，白启就没有办法发现我。"

"这个暗核心是直接将意识带到第二层级，你如何去往最低层级。"

"我始终在研究暗核心的'场'，对它已经有了比较深入的认识。只要对'场'进行一定程度的破坏，使得暗物质的密度下降，意识就能进入最低层级，只是……这种破坏是不可逆的。一旦'场'被损坏，人类将再也不能利用它进入第二层级。"

霍兹犹豫了，不可逆的破坏意味着人类将无法轻松地进入第二层级。不过他的犹豫稍纵即逝。"好，那就破坏'场'吧。"

"你竟然如此坚决？"

"不是还有第五觉嘛，比起你的安全，不能直接进入第二层级又算得了什么。"

将暗核心放回量子计算机，霍兹眼神悲悯地盯着这台机器，慕千林已经没有了身体，量子计算机就是他的载体，看见它仿佛是看见了慕千林。

"我还是不放心。"霍兹语气低沉地说。

"你就当我从来没有回来过吧。"慕千林开玩笑地说。

可是霍兹却没有开玩笑的心情。"如果你真的回不来，兰沐儿该怎么办？"

量子计算机沉默了几秒钟。"就让她留在地球吧，她在这里会有新的生活。"

霍兹一时无言。"临走时，再看一看她吗？"

"我已经看过了，利用她的手机摄像头。她还是那么迷人。"

霍兹苦笑，他知道，慕千林已经做好了永别的准备。

"那么，我走了。"慕千林故作喜悦地说。

然而在霍兹听来却是凄凉。"我等你回来。"

"好的。"

片刻，量子计算机里没有了慕千林的意识，虽然它的外表毫无变化。

与人体使用脑机接口有所不同，慕千林的时间没有限制，只要不将暗核心取走，二十分钟、二十天、二十年皆可以回归。所以霍兹无法根据时间来判断慕千林是否还能回归。

再一次来到奇宇宙，慕千林小心翼翼，这个宇宙已是危机四伏，白启与点文明有可能突然把他困在某种"场"内，然后将他的意识彻底消除。

慕千林只能依靠第一觉观察点文明，利用第六觉寻找白启的意识。

与之前相比，点文明没有太多的改变，他们依然在忙碌着，又好似什么也没有做，以慕千林所处的层级，他根本无法理解点文明的行为。在这里，他就好像是一个细菌，怎能明白宇宙的活动？另一方面，慕千林感到困惑，他的第六觉始终感知不到白启的存在。如果白启的意识处于第二层级，慕千林可以通过第六觉轻松地感知到他。难道，他又提高了层级？这是慕千林想到的一种可能。

安全起见，慕千林没有启用第五觉，他要尽量获得更多的信息后再展开行动。

不知道过了多久，慕千林始终没有收获，继续等待下去也不是办法，他不能守株待兔，于是决定启用第五觉。

这一回，他尽量控制着不让意识的跃迁速度太快，一旦发现危险，他将立刻使用逆向第五觉回归。

距离点文明的层级越来越近，慕千林的感觉逐渐丰富，他的紧张感越发强烈，仿佛即将面对的不是点文明，而是死亡。

没有出现任何危险，慕千林的第五觉帮助他的意识来到了第二层级。现在，他可以与点文明直接对话了。紧张感此时达到了最高值，如果慕千林拥有身体的话，他一定会因为紧张而瘫软在地。他尽量不使用第四觉，希望可以不被点文明发现。

可是事与愿违，只要来到了第二层级，他就会被点文明发现。

点文明：又是一个人类的意识？

慕千林感知到了点文明的第四觉，从对方传递的信息可以判断，他们已经知道自己与白启不是同一个人了。

慕千林希望尽量伪装成白启：为什么要用又？

点文明：因为还有一个意识，你是第二个。

慕千林：还有一个意识？他是谁？

点文明：一个假装与我们合作，却与我们作对的意识，他已经被我们消除了。

好像是无数道闪电同时劈到了慕千林的头顶，那是比震惊还要震惊的感觉。

白启的意识被消除了？怎么可能？点文明明明很信任他呀。另外，他们怎么会知道白启在与他们作对？

点文明：竟然还有第二个意识，看来人类已经掌握了进入这个宇宙的方法。我们需要消除的意识越来越多了。

与此同时，慕千林感受到一股强大的压迫感，他第一时间就做出判断，点文明准备消除自己了。

慕千林没有半刻犹豫：等一等，我可以帮助你们。

压迫感停止增强。

点文明：上一个提出要帮助我们的人类意识背叛了我们。

慕千林：我不会，我与他不一样。

慕千林能够感受到压迫感的减弱，但是依然存在。

点文明：给你一次机会，你准备如何帮助我们？

慕千林：你们的需求是更多更优的人类意识，对吗？

点文明：是的。

慕千林，我可以帮助你们获得更多更优的人类意识。

点文明：你的计划是什么？

慕千林：人类已经掌握了人造子宫的技术，它可以不依靠人体，直接在体外完成妊娠过程，只需要提供冷冻胚胎即可。此外，人类还发明了人工智能，它可以代替人类，直接将知识输入大脑。这两种方法可以加快人口的繁衍速度，提高人类意识的质量。

点文明：与上一个意识给出的方法类似，不过，你的方法更靠谱。

慕千林：请相信我。

压迫感进一步减弱。

点文明：好，我给你一次机会。我知道你们人类的习惯，喜欢等价交换。作为回报，你需要我给你提供什么？

慕千林：我什么也不需要。

点文明：不可以，如果不交换，我无法相信你。

慕千林：我……我还没有想好。

点文明：你可以慢慢想，等你想好了，告诉我。

慕千林：好，在此之前，我可以问你一个问题吗？

点文明：问吧。

慕千林：你们对人类意识的掠夺为什么突然加速了？

问题问出的那一刻，压迫感突然增强，慕千林仿佛是一条被踩在脚下的虫子，只要对方稍微用力，他就会粉身碎骨。

点文明：你的问题太多了。

慕千林赶紧道歉：对不起，我只是好奇，我不会再问了。

压迫感减弱。

点文明：近期，我们还会掠夺一部分人类的意识，你要做好准备，我不会告诉你坐标，免得你们再将大批的人类转移。

慕千林：转移人类？

这是慕千林所无法理解的，因为他与白启都无法读懂点文明的坐标，也就不可能转移人类。

点文明：上一个意识，我告知了他坐标，他不但没有在目标坐标内提高人口的数量与意识的质量，相反，当我们开采人类的意识时，竟然发现那里的意识极其稀少。所以我们判断是他欺骗了我们，这就是我们消除他的理由，也是对你的一种警告。如果你胆敢欺骗我们，将会同他一样被消除。懂吗？

慕千林：我懂。

慕千林终于明白了白启被点文明消除的原因，原来是因为三江平原的人口稀少，点文明没有得到足够的意识，在此之前，他们将坐标告知了自己，又把自己错认为是白启，所以便推断是白启背叛了他们。于是，当白启再次来到奇宇宙时，点文明惩罚了他。

白启的离开着实冤枉，因为点文明从未把坐标告知他，就算白启获得了坐标，他也无法理解。

如同点文明这种级别的文明，若是想要调查出人口稀少的真相其实非常容易，然而他们却没有。

使用逆向的第五觉，慕千林回到了最低层级，他很失落。白启没有背叛，是自己害死了他。这种思想已经占据了慕千林的意识，让他在奇宇宙中陷入无限的自责。

如果那一次不擅自来奇宇宙就好了，如果与点文明交流时告知他们自己无法理解坐标的含义就好了，如果拒绝白启进入奇宇宙就好了……

无数个如果，可是物质宇宙中没有如果，奇宇宙中也没有如果，后悔是无用的，他只能继续前行。

霍兹不敢相信慕千林传回的消息，坐在量子计算机旁，他的眼神空洞，最初还怀疑白启是叛徒的他，现在却生出了悲伤。

"消除意识，你能理解这句话的含义吗？"霍兹低着头。

"我的理解是让意识从有到无。"慕千林说。

"也就是说白启的意识彻底消失了，无论是这个宇宙，还是奇宇宙。"

"是的。"

"你不要再去奇宇宙了，我们已经失去了白启，不能再失去你。"

"如果我不过去，他们将会肆无忌惮地掠夺人类的意识，人类早晚会灭亡。"

"我们该怎么办？"

"白启的策略是对的，只有加快繁衍的速度，人类才不会灭亡。从今往后，我们需要人们提供更多的胚胎。"

"如此，人类将永远沦为他们的资源，他们可以任意挥霍，就像人类挥霍地球上的资源一样。"

"只能这样了，除非……"从量子计算机内传出的声音停顿了一下。

"除非什么？"霍兹抬起头。

"除非……找到他们。"

"他们？谁？"

"那些帮助我们的地外文明。"慕千林说，"从天鹅座方向接收到的质数三维图，还有白启接收到的信号以及暗核心，我不清楚这两种信号是否来自同一个星球，但可以肯定的是他们均从天鹅座方向而来。"

霍兹接着慕千林的话说："这说明天鹅座方向至少存在一个高等级文明。"

"是的，他们的文明等级远远高于人类。别的不说，格利泽832c与地球的距离达到了16光年，地球发生昏迷事件时，他们的坐标信号如约而至。现在，我几乎可以肯定那个信号就是为了告诉人类进入奇宇宙的确切位置。我们做一个假设，假如他们给人类发送信号是为了应对昏迷，那就太恐怖了。十六年前，他们就已经预测到了十六年后在地球上会发生足以令人类灭绝的昏迷事件，他们也预测到了昏迷的原因，以及暗物质团的位置。于是，他们给地球发来了信号。这只是质数三维图信号的不可思议之处，白启得到的暗核心则更加令人琢磨不透。"

"是呀。"霍兹说，"如果说将电磁波准确传送到16光年以外的星球已经够不可思议了，那么把两颗粒子精准发送到地球简直就是奇迹中的奇迹。在茫茫宇宙中存在大量的天体与尘埃，任何一种天体都会对物质的行进轨道造成干扰，将两粒暗核心传送到若干光年外的地球，那是不可能完成的任务。"

"我们可以做出判断，第一，他们的文明等级与科技水平已经远远超越了人类，甚至超越了人类可以想象的最高等级。第二，他们拥有可以预测未来的能力。第三，他们大概率不是人类的敌人。"

霍兹点点头。"我认可你的观点。说一说你的想法吧，我们该怎么办？"

"寻求他们的帮助，既然他们已经主动帮助过人类，就说明他们还有进一步帮助人类摆脱危机的可能。我们不能坐以待毙了，而是要主动寻求他们的帮助。"

"他们有多大的概率会再次帮助我们？"

"赌一把吧，万一成功了呢。"

"可以赌一把。但你知道我担心的是什么吗？"

"什么？"

"如果他们愿意帮助人类解决问题，那么为什么没有在最开始时就直接出手呢？而是间接地发送信号与暗核心。"

"也许更多的帮助还在后面，也许他们相信人类可以通过进入奇宇宙战胜点文明，又或许，他们不愿意被点文明知道人类得到了他们的帮助。"

"我希望是第一种。"霍兹仍有担忧。

"你知道最令我高兴的是什么吗？"

"什么？"

"他们有预测未来的能力。"

"这说明了什么？"

"说明了人类没有灭亡，如果他们的预测结果是人类最终将走向了灭亡，我相信他们不会多此一举地帮助人类，一个可以预测未来的人，不会去做没有意义的事情。"

"除非他们在看一场大戏，为了让人类与点文明的战争戏更加精彩，他们选择了帮助我们，无论是我们，还是点文明，都只是给他们演戏的小丑罢了。"

"若是如此，这个宇宙的真相就更接近于你曾经预测的样子了。人类只是生存在一个虚拟世界里，虚拟世界之外还存在另一个世界，那里才是真正的现实世界。"

"嘿……"霍兹冷笑一声，"还有更进一步的可能，那个现实世界其实也是一个虚拟世界，在它之外还存在另一个真实的世界，而那个真实的世界其实也是虚拟世界……如此无限循环。"

"宇宙的复杂远非我们可以想象。"

为了求得帮助，霍兹联系了世界各地的航空航天组织，他希望以太阳为扩音器向格利泽 832c 以及天鹅座的其他方向发射求助信号。

这是一项艰巨的任务，不过天文学家在了解了霍兹的目的以后纷纷表示支持，他们着手开始研究通过太阳向天鹅座方向发射信号的方法。

另一边，慕千林也在通过量子计算机不断地做着实验，为了寻求那一丝希望，他们甘愿付出所有心血，即使那个文明距离地球 16 光年。对人类而言，这是一个绝望的距离，那意味着即使信号可以成功发送，对方也要等到十六年后才可以接收，若是对方想要帮助人类，也要再等十六年，这就是三十二年的时间。

三十二年是何其漫长，即使帮助真的可以降临，点文明可能也已将所有的人类意识掠夺。除非人口的增速足够快，达到与点文明掠夺人类意识相平衡的速度，这就必须要求民众捐献更多的胚胎，利用体外妊娠技术快速繁衍人类。

这也意味着，人类从此将进入"资源时代"，人类繁殖的最大意义不再是繁荣，而是为点文明提供源源不断的资源。

"你回来了，是吗？"兰沐儿对着一台计算机说话。

计算机没回应，可是兰沐儿并未放弃，她继续说："我知道，你回来了。"

依旧没有回应。

"我知道你能听见我说话。回答我吧，不用再伪装了。"

终于，计算机里传出了声音。"你怎么知道？"

"从白启离开的那一天开始，我就猜到了，一定是你回来了。我始终关注着你和奇宇宙，这么久了，又发生了这么多的事儿，我怎么可能感觉不到你的存在。"

"对不起。"

"我没有责怪你的意思，换作是我，可能也会选择隐瞒。毕竟你只能以这种方式与我交流。"

"我不想你知道我变成了机器，与其这样，我更希望你忘记我。"

"机器？机器又怎么了？在奇宇宙，我们连机器都不是，只是两个无家可归的意识，不是照样彼此在乎吗？我在意的又不是你的身体，而是你的意识。"

"这里与奇宇宙毕竟不同。"

"如果你不喜欢这样的交往方式，我们可以回到奇宇宙，在那里，你我都只是意识。"

"你还是不要回去了。"

"为什么？"

"那里不再安全。"

"如果那里不安全，你也不可以再回去。"

计算机沉默了片刻。"我别无选择，为了拯救人类，我必须穿梭于两个宇宙间。"

兰沐儿的眼中闪着泪花。"早知道会这样，当初就不该回来。"

"既来之，则安之。"

兰沐儿沉默，她开始怀念与慕千林在奇宇宙的日子，然后嘴里蹦出了一句："我想回去，想要回到奇宇宙，想要永远和你在一起，只有我们两个，那种生活是我最向往的日子。"

"不可能了。"为了打消兰沐儿的念头，慕千林决定撒一个善意的谎言，"白启的被消除对暗核心造成了一定程度的破坏，目前，我们没有能力把它安装回脑机接口，它只能在计算机内运行，你也就不能利用脑机接口回到奇宇宙。"

"我可以从暗物质团进入。"

"去往小行星带依然被禁止。"

"我不去小行星带，地球上就有暗物质团。"兰沐儿带着激动。

"什么？"

"质数三维图内标记的实心毛球又不止小行星带，在代表地球的空心球中也存在实心毛球，那也是暗物质团。"

一句情绪激动的话却令慕千林醍醐灌顶，他竟然忽略了1号空心球内也存在一颗实心毛球，如果小行星带上的实心毛球代表的是暗物质团，那么地球内的实心毛球应该也是暗物质团。当初，慕千林研究质数三维图时，兰沐儿始终陪伴在他的身边，虽然兰沐儿未能帮助慕千林破解质数三维图，但是她却记住了，除了小行星带，还存在一颗实心毛球。

地球的内部也存在暗物质团，它可能隐藏在地壳之下，甚至是地幔之下，它的存在意味着地球的内部也拥有一个去往奇宇宙的通道。

慕千林激动万分，可是这对于拯救人类而言又似乎没有太大意义，因为直到现在，人类还从未去过地壳以下的世界。

慕千林说："没用的，即使地球内部存在暗物质团，我们也无法进入，它可能在地幔之下，人类从未抵达过那里。"

"是曾经没有去过。"

"今后也不太可能，人类打穿的最深的井也没有抵达地幔。"

"马里亚纳海沟，避难计划就曾在那里设置钻井平台，据我所知，马里亚纳海沟依然在作业，我可以通过那里进入暗物质团。"

"不要再想了，那是一项不可能完成的任务。"慕千林语重心长，"既然我们选择了站在人类的一边，就要坚持下去。"

"可是，我想你了。"兰沐儿显得楚楚可怜。

"我不是一直都在你的身边吗？告诉你一个秘密吧，我始终在控制着天文望远镜寻找探索舱，一旦发现，我便会采取措施将其收回，不出意外的话，我将可以再生。"

"真的吗？"

"当然。"

"真是太好了，我等你回来，不，应该是等你的身体回来，在此之前，你的意识也要陪着我，随叫随到。"

"一定。"

时间宛如一曲悠扬的小调，当你不仔细聆听时，它仿佛并不存在，当你用心倾听时，它又是那样的引人入胜，是你生命的一部分。

时间过去了一年，慕千林始终寻找着探索舱，却迟迟没有结果，加速人口繁衍的计划在有条不紊地进行着。还好，当初为了逃离地球，有大量的民众捐献了冷冻胚胎，按照目前的"生产"速度，人类在十年以内不会灭绝。

这一年里，昏迷事件不断发生，而且频率越来越高。慕千林已经去奇宇宙与点文明沟通过多次，却毫无结果，点文明仿佛是在完成某项任务，为了这一项任务，他们不得不掠夺更多的人类意识。

这一日，一起超大规模的昏迷事件突然发生，打破了地球的宁静。

这一次的昏迷事件发生在整个澳洲，两亿多人由此失去生命。

霍兹的语气低沉。"点文明对人类意识的掠夺越来越疯狂了，如果再不阻止，人类的灭亡时间恐怕将要提前。"

慕千林说："看来我需要再去一趟奇宇宙了。"

再一次来到奇宇宙，慕千林直接利用第五觉跃迁至第二层级。

慕千林已经对点文明相当了解，他知道对方从来都是直接表达，不会拐弯抹角。

慕千林：这一次是不是出问题了？

点文明：什么问题？

慕千林：为什么如此大规模地掠夺人类的意识？

点文明：我告诉过你，这不是你该问的问题。

慕千林：可是一次性将两亿多人的意识掠夺，这会导致人口基数锐减，基数的减少又会造成未来人口数的不足。

点文明：这一点需要你想办法解决，我们不允许未来的人口数量不足。

点文明的霸道使得慕千林极不舒服，但是他又无法直接反驳。

慕千林：我希望提出一个小小的要求。

点文明：讲吧。

慕千林：如果再大规模地掠夺人类的意识，请提前告知我。

点文明：我们办不到。

慕千林感到诧异：为什么？你在什么时间需要多少意识只需要提前告诉我就可以呀。

点文明强硬：我已经告诉你了，我们办不到。

慕千林：那么下一次掠夺人类的意识会在什么时候、什么地点，可以告诉我吗？

点文明：没有计划。

慕千林震惊：难道你们掠夺人类的意识从来都是没有计划的吗？

点文明：这不是你该问的问题。

慕千林感到崩溃了，他越来越琢磨不透点文明，难道点文明对人类意识的掠夺是随性的？慕千林不得而知，他只能提出最后一个请求：可否答应我，不要再像上一次肆无忌惮地掠夺人类的意识了，人口基数真的非常重要。

慕千林的再三请求让点文明犹豫了。这一次，他沉默了，虽然时间很短，但是慕千林还是感知到了他的犹豫。

然而，点文明最终给出的回答却令人失望：不能。

慕千林未曾想到与点文明的谈判竟然如此困难，对方仿佛是一台没有感情的机器，却又掌握着人类的生死大权，他们做出的所有决定都是随性的，让人捉摸不透。

在奇宇宙，对感情的感受比在地球上强烈得多。此刻，慕千林的失落感达到了极点，他仿佛厌倦了意识的存在，似乎只有完全将意识消除，他才能感到轻松。

这种失落感也感染到了点文明，然而，他们却懒得理睬。

逆向的第五觉，这是唯一可以帮助慕千林摆脱失落感的方法，还好，当他回到奇宇宙的最低层级时，失落感消失了。可是坏消息却是，谈判没有任何收获，他不知道点文明会在什么时候又一次大规模地掠夺人类的意识，他甚至不知道，点文明会不会继续扩大掠夺的数量。

霍兹知道了消息，他目光呆滞地说："他们说明掠夺两亿个意识的原因了吗？"

"没有，他们什么都不肯讲。"

"根本就不应该把希望寄托在点文明的身上，他们从来不会怜悯我们。"

"希望得到点文明的怜悯，本身就是愚蠢。"

霍兹站起身，走到窗边，目光转向夜空，那是天鹅座所在的方向，从那里传来的两条信息曾经帮助人类发现点文明。霍兹也曾把希望寄托在他们的身上。可是一年的时间过去了，人类没有再获得有价值的信号。

霍兹对着天鹅座的方向说："我不知道将希望寄托在他们的身上到底对不对。"

"我们连他们是谁都不知道。"

"是呀。但是与点文明不同，他们与人类属于同一个宇宙，至少人类与他们的物理规律是相同的，价值观也更加接近。"

"但是，即使他们生活在格利泽832c，两个文明的距离也过于遥远了，32光年，谁能保证地球文明可以熬过三十二年，尤其是在点文明加快掠夺人类意识的情况下。"

"你的意思是？"

"自救。"

"如何自救？"

"你相信人类拥有强大的生存能力吗？"

"相信，但是仍不够强大。"

"是的，不过当人类面临灾难的时候，生存能力要远远高于和平时期。一个在战争中磨炼成长的民族远比一个在襁褓中长大的民族坚强得多。人类文明几千年的发展史，从不缺少灾难，那些无法与灾难共生的文明早已消失于历史的长河，留下来的都是生存能力极强的文明。"

"你想要怎么做？"

"灾难中的人类拥有更强大的生存能力。我们不公布昏迷的真相就等于是把人类放入襁褓。这样的人类文明是脆弱的，在面对点文明对人类意识的掠夺时，只能被动等死。与其这样，不如公布真相。"

"告知真相，人类社会就会发生暴乱。"

"人类从未摆脱过动乱，有一句古话：乱世出英雄。当人类知道真相以后，也许会有那么一群人带领人类，战胜点文明。"

"此事要慎重。"

"要对人类抱有信心。"

霍兹犹豫一段时间，最终还是点了头。"这是一个冒险的举动，不过可以试一试。成，人类则会开启一段自救的旅程；败，无须点文明，人类就能毁灭自己。"

宣战

慕千林与霍兹替人类做出了选择，不再被动等死，而是主动出击，人类文明最终还是要自我救赎，除了人类，没有文明可以帮助我们。

慕千林通过网络将所有的绝密信息公之于众，至此，民众知道了昏迷的真相，知道除了物质宇宙还存在一个奇宇宙，那个宇宙与物质宇宙截然不同，在奇宇宙中生存着一种被称为"点文明"的文明，正是他们对人类意识的掠夺才导致昏迷的发生。当然，如此深奥的信息，大众需要一段时间来接受，不过对于许多精英而言，他们更容易相信这个不可思议的消息。

世界各地因此而爆发不同程度的动乱，甚至是战争，但好消息是，人类开始思考如何自救了。

现在的联合国秘书长名字叫迈克·肯，是一个战争狂人，信仰暴力。更何况对方已经侵略到了自己头上，人类没有理由不向点文明宣战。慕千林将昏迷的真相公之于众的第二天，他就向全世界发表了战争宣言。"人类不是任人宰割的羔羊，我们要拿起武器，与点文明殊死一战……"一石激起千层浪，世界各地的人纷纷响应，人类也由此正式向点文明宣战。

"通知所有具备核技术的地区，我们要全力生产，能制造多少核弹就制造多少。"迈克·肯对副手阿尔德里奇说。

"先生，奇宇宙是由另一种物质组成的宇宙，核武器对他们来说起不到任何作用。"阿尔德里奇提醒说。

"达到一定级别就能有效果。"

"不可能的，即使核武器的数量增长数万倍也不会对他们造成影响。"

"你执行就是了，这是命令。"

"是。"阿尔德里奇没有再说什么，他猜测迈克·肯一定另有计划。

点文明的被证实对海沃德而言既是鼓励又是打击，他是一名物理学家，对暗物质的研究近乎疯狂，在慕千林公布昏迷的真相以前，他就已经认为由神秘的暗物质组成的宇宙可能存在生命，现在，他的猜测得到了慕千林的证实，这使得他激动不已，不过也多了一层失落。

海沃德对暗物质极其感兴趣，也正是基于这一点，博士毕业后他才会选择把中微子作为研究方向。物理界普遍认为，中微子与暗物质可能存在某种关联。

如今，人类的意识已经可以进入暗物质团，而且暗物质宇宙还被证实存在生命，那么中微子与暗物质又是否相关呢？

海沃德对中微子的研究已经有十年之久，如果最终证明暗物质与中微子毫不相关，那么对于海沃德而言绝对算得上是一个巨大的打击。海沃德不希望自己的十年青春被白白浪费，所以现在的他想要努力地证明中微子会对奇宇宙产生影响。

夏水仟已经在尼姑庵修行了七年，她是世界首富的孩子，却在 18 岁时厌倦了红尘，21 岁那年，两大家族联姻，她本该嫁人，婚礼那一日，夏水仟成功逃跑。

物质与财富对于她而言没有任何意义，于是逃离后的夏水仟选择了出家，以寻找心灵的寄托。奇宇宙的公之于众似乎帮助她找到了目标。

这一日，夏水仟走出尼姑庵，回到家中，见到父亲后，她说的第一句话就是："如果不想我再一次出家，就给我提供资源，我要研究奇宇宙。"

在这一边，慕千林对霍兹说出了自己的另一项计划。"我想要教人类掌握奇宇宙的第二觉。"

"为什么？"霍兹问。

"我与兰沐儿在奇宇宙中经历昏迷事件时之所以没有被'场'吸入，是因为我与她可以利用第二觉控制彼此的意识，以远离'场'。如果所有人类都可以掌握第二觉，当意识进入奇宇宙时，将可以利用第二觉逃离'场'的吸引。"

"这个主意不错。"

"但是这种方法很难实现。奇宇宙的第二觉是物质宇宙所不具备的一种'觉'，我没有办法利用任何已知的词语来形容它，更何况是教人类掌握第二觉了。这只是我的初步想法而已，是否可行，我没有把握。"

"是呀，就连我在奇宇宙中也没有掌握第二觉。"

"我曾经教过兰沐儿，那并不容易，她在奇宇宙里学习了很久。可是当昏迷事件发生时，兰沐儿却无法在第一时间利用第二觉控制我的意识，因为太多的意识进入奇宇宙会带来混乱，如果对第二觉的掌握不够熟练，很难在那种情况下控制他人的意识不被'场'吸入。"

霍兹接话说："而且我们还是在地球上教学，连第二觉是什么都没有办法解释，就好像无法向一个天生的盲人解释什么是红色，没法告诉一个天生的聋哑人钢琴曲有多么的动听。"

"我是通过自己的能力掌握的第二觉，对于我而言，在地球上教人类，太难了。"

这句话提醒了霍兹。"那么兰沐儿呢？她是通过学习才掌握的第二觉，她是不是可以给出一个恰当的比喻？"

"完全有可能，试着问一问她吧。"

此时的兰沐儿正在去往西藏的路上，回来后的她似乎厌倦了平淡的生活，开始挑战身体的极限，一年多的时间，她独自一人徒步穿越了撒哈拉沙漠，又驾驶着帆船挑战了大西洋。现在，她准备登顶世界的第一高峰珠穆朗玛峰，她享受着这种挑战所带来的体验。

兰沐儿的手机突然发出慕千林的声音。"兰沐儿，我与霍兹有一件事儿需要与你交流。"

随后，霍兹的电话就打过来了，三个人同步对话。

"有什么重要的事儿吗？"兰沐儿问。

"是关于第二觉的，我希望帮助更多的人掌握第二觉，当有昏迷事件发生时，他们便可以相互帮助，避免被'场'吸入，可是我又无法恰当地描述第二觉。在地球上，除了我，就只有你掌握了第二觉。"慕千林说。

兰沐儿思考了好一阵子。"根据我的学习经验，即使我们找到了一个形象的比喻，也不见得可以教会人类运用第二觉。地球与奇宇宙完全是两个世界，依照我的看法，除非让人类的意识进入奇宇宙，否则他们不可能掌握。"

兰沐儿随口的一句话提醒了慕千林与霍兹，让一些人类的意识进入奇宇宙，在那里教会他们使用第二觉，如此简单的办法，慕千林与霍兹竟然没有想到。

一个宏伟的计划由此诞生，霍兹将其命名为"通天计划"。

世界上最顶尖的脑机接口工程师开始研发全新的脑机接口，并将其命名为"通天1号"，他们要将更多的脑机接口连接在暗核心上，以此来达到多个意识同时进入奇宇宙的目的。

这项任务极其复杂，一旦失败将有可能造成大量人员的无法回归。更重要的是，奇宇宙是美好的，如果有人想要留在奇宇宙，就可能造成通天计划的失败。为了预防这种状况的发生，联合国在全世界挑选出信念最坚定的一批人首先进入奇宇宙，他们必须具备以下五种品质：第一，不可以是迷徒，不崇拜昏迷。第二，没有反人类、反社会等倾向。第三，相信人类是世界上最伟大的种族。第四，意志力强大，非享乐主义者。第五，智商要达到120以上。

条件并不苛刻，但是在当下的人类社会却不容易寻找。经过重重筛选，最终，联合国选择了5万人作为首批进入奇宇宙学习第二觉的人选。在等待通天1号研制成功的时候，他们还需要进行身体与思想上的训练。

人类对持爆核弹的制造已经相当成熟，短短半年的时间，已经制造出了100万颗持爆核弹，而且每一颗都达到了10000万吨以上的TNT当量。可是迈克·肯却仍然不满足。

"不够，还远远不够。"迈克·肯坐在联合国的天文台内，为了观察太空，他特意将联合国搬迁至世界最大的天文台。

"需要多少？"阿尔德里奇问，为了制造持爆核弹，联合国已经耗费了大量的资源与人力。

"至少1000万颗。"

"先生，人类的经济会因此而崩溃的。"

"造，比起灭亡，经济崩溃算什么。"迈克·肯的态度不容置疑，他没有给出任何解释，而是始终观察着天空。

海沃德整日游走于江门中微子实验室、欧洲大型强子对撞机、超级神冈探测器等实验装置之间，他在探寻中微子的奥秘。世界各地实验装置的合作已经达到了前所未有的高度，他们共享所有的数据和实验成果，人类对粒子的认知也已达到了前所未有的高度。可是海沃德却并不满足，他始终在探寻最关键的要素，那是关于中微子震荡与自旋方向的秘密。海沃德坚信，只要找到答案，它就能够发现奇宇宙与中微子之间的关联。

中微子极其神秘，它被称为幽灵粒子，人类对它的属性知之甚少。现在，中微子已经被证实拥有三种味，它们分别是电子中微子、μ 子中微子和 τ 子中微子。中微子的味呈现周期性变化，这种现象被称为中微子震荡，这意味着中微子具有非零的静质量。可是，人类又从未在自然界发现右旋的中微子，这说明中微子应该不存在质量。

两种现象得出截然不同的结论，这也是困扰整个物理学界的难题。海沃德却认为，如果能够破解这一谜团，或许就可以找到中微子与奇宇宙的联系。

夏水仟已经长出了短发，她的父亲为了留住她已将全部的资产供她支配。

夏水仟把整个马达加斯加买下来，昏迷事件发生后，这里不再有人居住，现在，马达加斯加成了夏水仟的训练基地。

为了夏水仟，夏家在全世界雇用了 100 多万名工人来到马达加斯加，他们没有被安排明确的工作，只说是要再建马达加斯加。的确，绝大多数的工人在做建筑工作，但是有一部分人消失了，那是首批来到马达加斯加的工人，在大山之中建造了一座实验室后，他们不见了，而后来者根本不知道实验室的存在。

这是一座巨大的实验室，已经达到了一座小城市的规模，而那群消失的工人就被关押在此。

通天 1 号已经研制成功。

今天正是第一次实验的日子，这是一幅壮观的画面，5 万人被安排在 500 个大厅里，每一个大厅内有 100 把舒适的椅子、100 台脑机接口。当实验开始时，5 万人会同时戴上通天 1 号的脑机接口，系统启动后，他们会立刻进入奇宇宙。慕千林正在那里等候，他会试着将每一个进入奇宇宙的意识唤醒，然后教会他们使用第一觉、第二觉与第三觉。

霍兹为第一次实验设置了安全时间，一分钟。

实验开始，5 万人同时戴上脑机接口，随后系统启动。霍兹的心跳在加速，他只需要等待一分钟，但是却像是等了一年，这是决定人类命运的一次实验。

六十秒终于过去了，一双双眼睛慢慢睁开，终于，所有人都恢复了意识，这表明通天计划的首次进入取得了巨大成功。随后，慕千林公布了结果，共有 79 个意识在奇宇宙中被成功唤醒，其中 12 个意识掌握了第一觉，29 个意识掌握了第三觉。这是一个不错的成绩，要知道，那是在地球时间的短短一分钟里实现的。

在随后的日子里，通天计划进行了多次实验，在第六次进入奇宇宙时，有5726 个意识已经可以灵活地掌握第一觉与第三觉了，由此，他们开始了第二觉的漫长学习。

相比于第一觉与第三觉，第二觉更为复杂，慕千林采取的办法是先教会天赋较高的一批意识，然后再由这批意识带动剩余的意识学习。

当通天计划来到第 39 次实验时，已经有 1012 人可以熟练地使用第二觉了，然而，意外却突然而至。

这一次，5 万个意识正在奇宇宙中练习第二觉，突然，慕千林感受到了第六觉的爆发，而且无比强烈，仿佛有千军万马正在逼近。

慕千林立刻意识到事情不妙，地球上又有昏迷事件发生。慕千林没有片刻的犹豫，他第一时间通过第三觉告诉所有的人类意识利用第二觉控制其他已经掌握了第二觉的意识，相互帮助，不被吸入。

突然的大考使得每一个意识都感到紧张，同时，那些已经掌握了第二觉的意识纷纷听从慕千林的指令，并开始执行。

5 万个意识，却只有 1000 多个掌握了第二觉，而且又有数千万个意识在一瞬间被"场"带入奇宇宙，在这种情况下，他们很难做到灵活地运用第二觉。

慕千林知道突发事件给意识带来的灾难有多么恐怖，他立刻控制自己的意识回归，当回到地球时，他第一时间命令通天 1 号把所有的意识唤回。

然而通天 1 号却给出了令人绝望的回答：对不起，我无法将他们的意识唤回。

慕千林：为什么？

通天 1 号：他们的意识所处的状态非常混乱，我没有办法唤回。

慕千林明白了，当昏迷事件发生时，就连通天 1 号也没有办法把意识带回地球。

慕千林又立刻返回奇宇宙，试图利用第二觉拯救更多的人类。

然而，一切都晚了，当慕千林的意识回到奇宇宙时，他已经感受不到"场"的存在了，同时消失的还有第六觉，整个奇宇宙变得空荡荡的，特别平静。然而，这种平静带给慕千林的却是恐惧。

他利用第三觉呼唤幸存的意识，1000 多个人类意识掌握了第二觉，如果足够幸运的话，将会有 1000 多个意识幸免于难。

不过这只是乐观的估计，现实却是，只有 6 个意识存活下来。

多日的努力，5 万名精英，在第一次大考中只有 6 个人存活下来，这是何等绝望的数字。

6 个意识回到了身体内，可是慕千林却高兴不起来。

很快，只有 6 个意识存活下来的消息传播开来，一方面，人类悲观于只有 6 个人存活，而另一方面，他们也因为有 6 个人的存活而看到了微弱的希望。

大众开始号召增加进入奇宇宙练习第二觉的人数，民众在能看到希望却又只能看到一丝希望时显得极其疯狂。

疯狂的人们对昏迷又一次产生了恐惧，他们争先恐后地想要迁至奇宇宙，甚至很多有权有势者打算买通官员，购置宇宙飞船，希望通过暗物质团进入奇宇宙。

疯狂的局面已经超出慕千林与霍兹的控制，如果不能满足大众的需求，民众很有可能将通天基地夷为平地。霍兹最终只能尽可能地满足大众的要求，让更多的人进入奇宇宙，学习第二觉。

通天 2 号、通天 3 号……相继被生产出来，通天 4 号、通天 5 号也在制造中，它们一同连接着暗核心，与此同时，联合国解除了太空禁令，并且大量制造太空飞船与火箭。每天有数百人逃离地球，他们之中的绝大多数向着小行星带上的暗物质团飞去，也有一小部分人把目标定在了太阳系外的茫茫宇宙，人类正式进入全新的移民时代。

通过通天1号、通天2号与通天3号，更多的意识进入奇宇宙，当然也有一部分人因为不适应脑机接口而丧命，不过总体来说，脑机接口是相对安全的。

然而去往暗物质团的人就没有那么幸运了，并非所有的人类都可以通过暗物质团进入奇宇宙，他们来到暗物质团后纷纷出现头痛、头晕等症状，并且难以集中注意力，但是，却没有人真的进入奇宇宙。这既说明了慕千林的特殊，也意味着进入奇宇宙的最佳办法是脑机接口。

由于制造通天级别的脑机接口需要时间，目前采用的方法是，分批进入。每一批人的连接时间被设定为十分钟，一批人连接完毕，下一批人接着连接。

渐渐的，奇宇宙成了人类意识的海洋。进入奇宇宙时，你会有一种感觉，这里拥挤不堪，如果你掌握了第六觉，更是感到扰人。不过，奇宇宙依然是美好的，许多去到那里的人都对它流连忘返，希望永远地留在那里。

第二觉的学习依然缓慢，尤其是在如此嘈杂的奇宇宙中，慕千林却从未放弃，他也不休息，在奇宇宙耐心地教导着人类学习第二觉。

这一日，一批人刚刚进入奇宇宙，通天基地突然发生爆炸，通天1号、通天2号与通天3号受到不同程度的损毁，许多脑机接口发生断裂，这意味着将会有一大批人无法回归。

一时之间，工作人员乱作一团，他们以为是恐怖袭击。经过调查后才发觉，是几名正在进行脑机连接的民众所为。

原来，他们在上一次进入奇宇宙时就爱上了那里，并希望永远地留下，可是待在奇宇宙的时间只有十分钟，时间一到，他们就不得不回归。于是，这群人想到了一个办法，在这一次连接时将3台通天级脑机接口炸毁，如此一来，他们的意识将没有办法被唤回。

这的确是一个聪明的办法，因为脑机接口被破坏，再加上许多人员的身体在爆炸中死亡，他们被留在了奇宇宙。然而，这却不是慕千林希望的结果。在得知是有人故意制造混乱时，他严肃地批评了这群人类的意识，却没有办法挽救，只能等待着地球上的人类将脑机接口修理好。

现在，100多万个人类的意识留在了奇宇宙，他们有充足的时间学习第二觉。不过，一些意识却直接向慕千林提议：学习第五觉，进入奇宇宙的第二层级，直接挑战点文明。

这种疯狂的想法令慕千林感到震惊，他表示拒绝。所有还活着的人类中，只有慕千林与点文明接触过，也只有他知道点文明有多么强大。

一位名叫大卫的物理学家用第三觉向慕千林传递信息："是否要跃迁至第二层级现在已经不是你说了算了，我们被困在了奇宇宙，就应该学会自救。"

慕千林知道这是很多人的心声。慕千林向所有处于第一层级的意识发出第三觉的小喇叭：所有人类请注意，如果你们的意识不想在奇宇宙中被清除，就不要跃迁至第二层级，不要被点文明发现，若不然，他们将会把我们彻底消除。

没有意识在乎慕千林的提醒，他们开始通过各种方法领悟第五觉，只是那并不容易。

迈克·肯之所以决定解除太空禁令不仅仅是因为民众施加的压力，即使没有人想要去往暗物质团，他也会寻找恰当的时机解除禁令并鼓励民众飞往太空，因为他需要财阀与资本的力量。

迈克·肯自知宏大计划单靠联合国是无法实现的，所以他才以此为契机鼓励更多的人参与到太空飞船与火箭的研制中，现在，距离他的计划只剩下了最后一步。

"先生，留给我们的时间不多了。"一个天文学家说。

"我知道了，你们继续观察。"

海沃德目睹通天级脑机接口被炸毁，他本应该是下一批进入奇宇宙的人。其他人去奇宇宙是为了学习第二觉，海沃德却是为了研究。如果中微子与奇宇宙相关，那么去奇宇宙研究中微子将是最好的选择。每一次进入，海沃德都会倍加珍惜，他努力探寻奇宇宙的奥秘，就在他即将看到曙光时，爆炸发生了。

海沃德失落地蹲在地上，脑中思考的全是这段时间的新发现。

也许是超负荷工作已经透支了他的身体，又或许是爆炸的发生将他最后的希望击溃，海沃德突然晕倒了。

周围已乱成一片，通天基地的工作人员需要全力抢救正在进行脑机对接的身体，又要抢修 3 台通天级脑机接口，也就没有人注意到海沃德。

马达加斯加的深山内，已经有 20 万人被关押，分别被囚禁在 10 种不同的实验室内，他们成了夏水仟的"实验品"。

10 种实验室对"实验品"进行着不同的实验，有的实验室把"实验品"装入冬眠舱内，利用可以创造梦境的装置为"实验品"虚拟梦境；有的实验室给"实验品"戴上特制的脑机接口，通过脑机接口向"实验品"传递某种信息；还有的实验室把"实验品"关押在狭小的房间内，根据"实验品"的思想表现投放食物，如果他们的思想正确就会投放丰富的美食，相反则少投或不投……所有的实验只为了一个目的，给这群"实验品"洗脑，夏水仟希望他们的思想可以完全被自己操控。

很快，一批意识领悟了第五觉，为了安全起见，他们没有急于跃迁，而是教授还未掌握第五觉的意识。

随着意识之间的相互扶持，很快就有将近 20 万个意识领悟了第五觉。他们无比兴奋，人类始终坚信人多力量大，如此庞大的人群，他们坚信足以令点文明重视。

于是，近 20 万个意识开始跃迁，他们向着奇宇宙的第二层级而去。

他们怀着不同的目的，却是相同的结局，因为点文明发现了他们。

点文明没有给这群人类的意识表达观点的机会，只是一瞬间，近20万个意识灰飞烟灭，没有人知道他们遭遇了什么，也没有人知道他们是怎么被消除的。

当得知所有跃迁至第二层级的意识在一瞬间灰飞烟灭时，剩余的意识害怕了，他们纷纷控制着自己的意识不去跃迁。

只是，他们不去招惹点文明，不代表点文明会放过他们。

一种特殊的第六觉突然在慕千林的意识中出现，非常陌生，似乎并不来自人类，却有几分熟悉。正当慕千林猜测它的来源时，大量存在于最低层级的意识消失了。

这是怎么回事儿？

片刻之后，慕千林猜到了原因，是点文明所为，他们发现了第二层级的意识，所以猜测在最低层级一定还存在大量的人类意识，于是，他们开始消除隐藏在那里的人类意识。

处于最低层级的意识消失的速度非常快，80多万个意识只在一瞬间就减少了大半。慕千林知道，如果继续下去，包括自己在内的所有意识都会消失。没办法了，慕千林必须赌上一把。

启动第五觉，慕千林开始跃迁至第二层级。

在第二层级，慕千林释放第四觉的小喇叭：你们在哪里？快出来。

他希望与点文明直接对话，求他们放过最低层级的意识。可是却没有点文明搭理他。

慕千林继续"呐喊"：我是来自地球的人类，我要与你们对话。

慕千林带着愤怒：快回答我。

只可惜，慕千林依然没有感受到来自点文明的第四觉，更糟糕的是，一股强大的压迫感突然出现。慕千林曾在与点文明对话的时候感受过同样的压迫感，那时，点文明想要将他毁灭。此时此刻，慕千林感到了绝望，他明白压迫感意味着什么，他将与所有奇宇宙的人类一同被毁灭，他也和其他的意识一样，没有任何的反抗能力。

慕千林没有抵抗，他只是舍不得离开，舍不得兰沐儿，未来，他将再也不能保护兰沐儿。想到兰沐儿，他又回忆起二人在一起的时光，从地球到奇宇宙，又从奇宇宙回到地球，他们经历了其他情侣未曾经历过的美好时光。慕千林的思绪又回忆了很多，仿佛正在回望一生。

压迫感达到了最高值，慕千林的意识被绝望、痛苦、思念、后悔、伤心以及幸福、喜悦、兴奋与平静所包裹。

在最后的一刻，他感受到所有感觉交织的体验，而且被无限放大，达到了所有情感之和的最大值。

最终层级

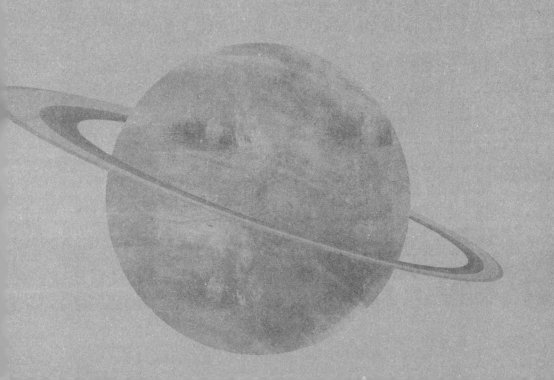

空间开始改变，慕千林产生了一种奇怪的感觉，他的意识在不断"缩小"，感觉却变得更丰富，他似乎被一种巨大的引力吸引，从一个方向传到另一个方向，这种方向感很难判断，那是一种自外而内的方向，如果用物质宇宙的感觉来形容，慕千林的身体在收缩，他的四肢向着内脏收缩，头向着大脑收缩，皮肤缩进肌肉……只是慕千林已经没有了身体，所有的感觉都只是一种比喻。

慕千林从未有过类似的感觉，他认为那是意识走向死亡的感受。

一幕幕的画面，一段段的声音，慕千林分不清那是现实还是幻觉，抑或者，那是即将离开前的回望人生。

当慕千林的意识再一次恢复正常时，他感觉周围是拥挤的光明，这种光明没有颜色，却闪得慕千林无法适应。一束又一束带有形状的光在慕千林的"觉"中出现，他不能辨别它们的形状，但是可以肯定，它们不属于空间，而是一种意识。

慕千林猜测，自己可能已经彻底死亡。

一种不是声音，不是第三觉，也不是第四觉的信息突然闯入慕千林的意识，他可以断定，那是给自己传递的信息，信息的内容只有一个简单的提问：你是谁？

慕千林无法辨别信息来自何处，这个宇宙似乎没有方向，至少没有与上下左右前后相类似的三维方向。

信息再一次传来：你是谁？

一瞬间，慕千林竟然忘记了自己是谁，他的所有记忆仿佛在刹那间被彻底清空。

慕千林只能给出一个回答：我不知道。

慕千林不知道自己是如何发出的信息，但是他却轻而易举地回答了对方的问题。

信息再次传来：那么你不属于这里。不过，既来之，则安之，已经来了，就留下吧。

与此同时，慕千林感觉到一种舒服，仿佛在被轻轻抚摸。

慕千林：我是谁？我在哪里？你又是谁？

一个又一个疑问在慕千林的意识中产生，他无法控制，只要他想到就会向外传递。

回答：过去是谁不重要，现在的你有了新的身份，你是这里的最高级文明，这里就是这个宇宙的最终层级，至于我嘛，与你一样，是这个宇宙的最高级文明。

慕千林没有立刻明白对方的意思，不过那段信息却好像拥有生命一般，在慕千林的意识内化作一段段的故事，给慕千林做着解释。这就好像是一个人说了一句话，那句话不仅是通过声音传播到耳朵，更是化作视频投进眼睛，又生成触感，融入身体，让接收者体验着它的丰富含义。

当信息中的所有内容表达完毕时，慕千林终于明白了。

原来，这个宇宙的最终层级便是奇宇宙的最终层级，最高级文明便是点文明。原来，与慕千林对话的意识就是点文明，而慕千林已经在不知不觉中成了点文明中的一分子。只是他已经没有了此前的记忆，他成了另一个生命，开启了新的一生。

信息传来：跟我走吧，我带你来感受这个世界。

朝着信息的方向，慕千林跟过去。

当慕千林移动时，他根本无法判断这是一种怎样的方向，他只是感觉周围在发生改变，就好像是一个被蒙上了双眼的人坐在车子内，他可以感觉到汽车的移动，却不知道它朝向何方。而在这里，慕千林之所以无法判断方向，不是因为被蒙上了双眼，而是由于这里没有前后左右与上下。这里似乎只有内与外，只有大与小，只有中心与周围……它与物质宇宙的三维空间完全不同。

移动时，慕千林的意识仿佛在缩小，缩小的同时，无数个信息又进入慕千林的意识，他对这里越来越了解，越来越熟悉。

原来，奇宇宙的最终层级是一个近乎完美的世界，只存在一点点的瑕疵。这里的完美是由点文明创造，他们试图让自己的意识永远地生活在完美的时空。不过最近，一大批"讨厌鬼"进入了这个宇宙的低等层级，虽然"讨厌鬼"没有办法跃迁至最终层级，但是一向追求完美的点文明依然厌恶他们的存在。于是点文明开始了灭绝行动，他们先是将第二层级的"讨厌鬼"除掉，然后又把目标对准最低层级。

慕千林又一次发出疑问：总会有"讨厌鬼"出现吗？

一段段夹杂着各种"觉"的回答传入慕千林的意识："讨厌鬼"偶尔会出现，过去只是单个出现，并不会给点文明造成太大的影响，像这一回一样，一次性冒出一大群"讨厌鬼"尚属首次。

慕千林：他们来此的目的是什么？

回答：不必理会，那并不重要。将他们除掉后，我们还有更重要的任务需要完成。

慕千林：那是什么？

回答：有一股力量，正在破坏我们的完美。

慕千林：是谁？

回答：以后，你自然会知道。

霍兹带着工程师们疯狂地修理着3台通天级脑机接口，他知道，每晚一秒钟，就可能有数千人无法回归。

然而爆炸所造成的破坏太严重了，想要将它们完全修好几乎是不可能的，他们只能退而求其次，先修理一部分损坏较小的，让一部分意识回地球。

经过十几天的修理，3台通天级脑机接口的部分区域总算可以正常运行了，霍兹立刻启动机器。

下达唤回命令，霍兹焦急地等待着，然而26万个已经被修好的连接点竟然没有一个意识回归。

霍兹又一次向脑机接口发出指令："快，将他们唤醒。"

通天："对不起，我无法找到他们。"

霍兹意识到事情不妙，然而他最担心的是另一件事情。"慕千林的意识呢？快将他的意识唤回。"

三秒钟后，通天给出回答："对不起，我同样无法找到他的意识。"

"继续寻找。"霍兹不愿意相信慕千林的意识已经在奇宇宙消失。因为慕千林与其他人不一样，他曾经在奇宇宙停留了很久，而且他的意识的载体已经不是人体，按照正常的逻辑，即使其他人消失，慕千林也应该可以回归。

除非……点文明发现了这些意识，并且将他们全部消灭。

兰沐儿也猜到了这个最坏的结果，这样的结局令兰沐儿难以接受，她咬着嘴唇，眼角流下了泪水。

"不要往坏处想，兴许他们只是躲起来了。"霍兹尽量安慰着兰沐儿。

"你不用安慰我，如果他们在奇宇宙的最低层级，通天级脑机接口一定可以发现他们。"兰沐儿强忍着悲痛。

"或许他们去了第二层级。"

"这么多意识，不可能都在第二层级。况且即使是在第二层级，通天级脑机接口应该也可以将他们唤回。"

霍兹低下了头，他知道无法给出合理的解释。

过了很久，霍兹才说出另外一种可能。"也许……除了最低层级与第二层级，奇宇宙中还存在另外一个层级。或许，他们去了那里。"

一句无心的话却令兰沐儿醍醐灌顶。"另一个层级？"

起初霍兹并未把这句安慰的话放在心上，可是当兰沐儿问出时，他在一瞬间想到了什么。"对，另一个层级，点文明所处的层级。"

"慕千林说过，第七觉也许是去往最终层级的方法。我记得他还提到过，他曾经在奇宇宙领悟过第七觉，但只是很浅的领悟，所以并没有抵达点文明所在的最终层级。"

"也许……"

兰沐儿与霍兹几乎是同时脱口而出："慕千林掌握了第七觉，跃迁到了最终层级。"

两个人都清楚这种可能性不大，但它却是慕千林没有被点文明清除的唯一可能。

"我要去一趟奇宇宙。"兰沐儿激动地说，"我要去找他。"

"不，太危险了，还是我去吧。"

"不，我去。"

"慕千林曾经嘱托过我，让我照顾好你，所以必须由我去。"

兰沐儿神情认真。"霍兹，你对我的照顾已经很周到了，但是这一次，必须由我去。第一，所有拯救人类的行动都是由你与慕千林共同策划，慕千林不在了，你是唯一可以继续执行这项任务的人，人类不能没有你。第二，我比你更熟悉奇宇宙，我曾经在那里待了很久，掌握的'觉'也更多，相比于你，我在奇宇宙更有优势。第三，慕千林是我最爱的人，我们彼此承诺要永远地在一起，无论是物质宇宙，还是奇宇宙。如果他不在了，我也不愿苟活。"

霍兹可以从兰沐儿的眼神中读出她的坚决，他知道兰沐儿已经下定决心了。"好吧，但是你要小心。"

兰沐儿淡淡地笑了一下。"事不宜迟，开始吧。"

"你现在就要去吗？"

"是的。"

霍兹犹豫片刻，最终还是点了头。

兰沐儿露出一抹欣慰的笑容，朝着通天2号的一个连接点走去。在霍兹的命令下，工作人员将连接点上的人抬走，把位置空了出来。

兰沐儿坐上去，神态平静，眼神淡然，这一去有可能再也不能回归，但是兰沐儿却没有一丝胆怯。

把脑机接口戴在头上，兰沐儿对霍兹语重心长地说："如果我也没有回来，就不要再让任何人进入奇宇宙了。"

霍兹明白兰沐儿的意思，他的心情更加沉重。"如果你没有回来，人类也将会走向灭亡。所以你一定要回来。"

"我尽量。"兰沐儿轻笑了一下。

面前是一个陌生的宇宙，上一回的离开与这一次的再进入相隔了太久，奇宇宙早已不是曾经的模样，兰沐儿甚至以为自己来错了地方。不过很快，一种熟悉感侵入她的意识，兰沐儿知道，这里就是奇宇宙。

兰沐儿笨拙地运用第一觉、第三觉与第六觉寻找着其他人类的意识，可是无论如何寻找却一无所获。兰沐儿猜测，包括慕千林在内的所有人类均不在最低层级。于是兰沐儿试图感知第五觉，虽然困难，但也能够实现。

兰沐儿还是头一回体验第五觉，她感觉自己像是被一种未知的力量挤压，意识正在收缩。在最低层级时，她就能够通过第一觉感知到点文明，而现在，她感觉与点文明越来越近，随之而来的压迫感与恐惧感也越发强烈。然而不知道为何，与压迫感和恐惧感交织在一起的还有一种亲切感，只是这种感觉很弱，若隐若现，不易被察觉。

第一次感悟第五觉，兰沐儿还不晓得这一次的闯入会带来怎样的后果，她曾经听慕千林提起过，进入第二层级后，点文明将可以轻松地发现人类的意识。如果点文明不喜欢自己，那么她的结局将不容乐观。

不知道跃迁了多久，终于，兰沐儿停止了收缩，与此同时，她的感觉变得越发丰富与强烈。

感知着周围陌生的环境，兰沐儿更加恐惧，点文明似乎就在周围，他们给兰沐儿带来的是十分强大的压迫感。好像在下一刻，他们就要将兰沐儿完全清除。另外，那种亲切感也有所增加，只是依然不算强烈。

在第二层级，兰沐儿对点文明的感知变得更加清晰，她可以察觉到点文明之间在交流，只是不能理解他们的交流内容。兰沐儿尽量让自己的意识保持在静止的状态，她以为这样就不会被点文明发现。

其中的一个点文明突然向兰沐儿发来第四觉：你是怎么进来的？

这还是兰沐儿头一次感知到第四觉，所带来的震撼与恐惧使得兰沐儿差一点晕厥，那一刻，她被吓得根本无法回应。

点文明：我在问你，如果不回答，我将会把你清除。

恐惧使得兰沐儿发出了第四觉：不要啊。

点文明：现在，回答我的问题。

兰沐儿：我……我不知道，我只是经过，没有恶意。

点文明之间似乎在交流着什么。

随后，点文明：经过？这里不应该是你这种低等的意识可以经过的地方。既然你不愿意回答，我只能将你清除了。

巨大的压迫感在一瞬间涌现，给兰沐儿带来的感觉只有一个——死亡。她的恐惧感直线上升，意识越来越微弱。

在点文明的面前，她无法逃脱，也没法反抗，兰沐儿的选择只剩下一个，默默地接受被清除的命运。在生命的最后时刻，兰沐儿唯一思念的只有一个人——慕千林。

兰沐儿：再见了，慕千林，不，应该说就要相见了。我来了，慕千林，等着我吧。

最终层级的美好是最低层级与第二层级所不具备的，这里才是意识的天堂。慕千林的记忆虽然消失了，但是他依然可以断定这里的美好是从未经历过的。

就在慕千林全身心地体验美好时，从其他的点文明处传来了信息。

其他点文明："讨厌鬼"又出现了，不彻底清除他们是不行了。

慕千林的注意力被其他的点文明转移，不知道为什么，他对"讨厌鬼"有着一种特别的兴趣。他立即发出信息："讨厌鬼"，他们在哪里？

其他点文明：就在外围。

慕千林立刻感知外围，果然，有一个不属于点文明的意识存在，它孤零零地待在低层级，不敢移动，仿佛已经并没有了生命，但是慕千林可以感觉到它在瑟瑟发抖，像是一个正在面对野兽的孩子。

点文明：感知到了吧，那就是"讨厌鬼"。

慕千林：是的，但它似乎并没有你描述的那样讨厌。

点文明：因为你还不够了解它，它会使用谎言，而且不信守承诺。如果你与它们相处多次，就会和我一样产生厌恶的念头。

慕千林：会使用谎言！那是什么？

因为失忆的缘故，慕千林已经忘却了谎言是什么。

点文明：一种你与我并不擅长也不喜欢的能力。这种能力让我们无法知道它们的真实意图。

慕千林：难以置信。

点文明：这样吧，我让它演示一次，你马上就会知道它们有多么可恶。

点文明发出另外一种信号，这与和慕千林交流时所使用的方式完全不同，不过慕千林仍然可以理解点文明表达的含义。

点文明发出的其实就是第四觉：你是怎么进来的？

慕千林可以感觉到"讨厌鬼"的恐惧感在一瞬间增大了数倍。

"讨厌鬼"没有回答，可能是因为恐惧。

点文明又一次发出第四觉：我在问你，如果不回答，我将会把你清除。

"讨厌鬼"已经恐惧到了极点，它立即用第四觉求饶：不要啊。

不知道为什么，当"讨厌鬼"传出第四觉时，慕千林突然生出了一种亲切感。

点文明：现在，回答我的问题。

"讨厌鬼"：我……我不知道，我只是经过，没有恶意。

这时，点文明向慕千林传来信息，这就是谎言，它在欺骗我们。

慕千林没有因为点文明的解释而对"讨厌鬼"生出任何的厌恶，相反，他对它产生了更深的亲切感。

紧接着，点文明又向"讨厌鬼"发出了第四觉：经过？这里不应该是你这种低等的意识可以经过的地方。既然你不愿意回答，我只能将你清除了。

随后，一股并不强大的能量由点文明发出，向着"讨厌鬼"移去。慕千林可以感觉到"讨厌鬼"的意识变得越来越弱，点文明正在清除它的意识。"讨厌鬼"毫无反抗的能力，它只能等待死亡。此刻，慕千林竟然对"讨厌鬼"生出了一抹怜悯。他希望点文明可以停止。

而就在这时，"讨厌鬼"又一次发出了第四觉：再见了，慕千林，不，应该说就要相见了。我来了，慕千林，等着我吧。

对于点文明而言，这是一条没有任何意义的信息，可是却令慕千林产生一股微妙之感，这种感觉尤其特别，竟然使得慕千林对点文明发出命令：等一等。

点文明颇感意外。

点文明：等什么？

慕千林：不要清除它。

点文明：为什么？

慕千林：我第一次遇到"讨厌鬼"，我对它非常感兴趣，我想要多了解一下。

发出这段信息的同时，慕千林惊讶地发现，自己竟然可以灵活地运用谎言。

显然，点文明没有怀疑慕千林。

点文明：好吧，只是一个"讨厌鬼"而已，何时清除它都可以，你感兴趣的话就留给你吧。

随后，点文明开始"收缩"，不再理睬"讨厌鬼"。

那个"讨厌鬼"已经被吓得没有了第四觉，它的意识越来越微弱，如果点文明没有及时停止，它一定会消失。

慕千林没有给"讨厌鬼"任何的压迫，相反，他帮助"讨厌鬼"的意识渐渐地恢复。

是的，这个被慕千林救下的"讨厌鬼"正是兰沐儿的意识。

当意识恢复到正常的状态时，兰沐儿对外界有了感知。起初，她以为自己已经被点文明清除，不过很快，她就发现自己仍然处于奇宇宙的第二层级。

我没有被清除？这是兰沐儿发出的第一个疑问。

慕千林：你还好吧？

兰沐儿将注意力转向第四觉发出的位置，她感知到了那个点文明。兰沐儿被吓了一跳，可是那种亲切感又在她的意识中涌现，且十分强烈。

兰沐儿：我……还好。

慕千林：这就好。不管你从何而来，赶快回去吧，这里不属于你。

兰沐儿从未想过点文明还会关心自己，这份关心让她倍感亲切，那个意识仿佛是她的旧识。

兰沐儿：谢谢你。

慕千林：走吧。

点文明督促兰沐儿离开，可是她竟然产生了留下的念头，在这里，似乎有她留恋的东西。兰沐儿的意识停在原处，仿佛在等待着什么。

慕千林：你怎么还不走？

兰沐儿突然提问：是你救了我，对吗？

慕千林没有回答，只是再一次强调：走吧，赶快离开。我不敢保证下一次你还可以安全离开。

兰沐儿却从对方的回答中找到了答案。

兰沐儿：谢谢你，但是我不准备离开。

慕千林：为什么？

兰沐儿：因为我在找一个人。

慕千林：一个人？谁？

兰沐儿：我的爱人，我可以感觉到他就在这里。

慕千林：这里？

兰沐儿：对，这里，你认识他吗？他叫慕千林。

一股微妙的感觉又一次涌现，慕千林不知道为什么会产生如此奇怪的感觉。

慕千林：你是谁？

兰沐儿：我是兰沐儿。

兰沐儿？兰沐儿？兰沐儿……

慕千林重复着，好像一台复读机。他对这个名字产生了奇特之感。

兰沐儿待在第二层级，不知道为什么，面对这个点文明时，她的恐惧感完全消失了。

突然，兰沐儿闪过一个念头，这个点文明不会与慕千林有关吧？

兰沐儿：你为什么在不断地重复我的名字？

慕千林：我不知道，只是有一种感觉，这个名字似曾相识。

兰沐儿：你认识那个叫慕千林的人吗？

慕千林：我不认识，但是也很熟悉。

兰沐儿：你知道人类吗？

慕千林：人类？一个陌生的词汇，却也有几分熟悉。那是什么？你可以解释吗？

兰沐儿：当然。

兰沐儿有着与这个点文明交流的强烈愿望，她也期盼着将更多的信息传递给他。在接下来的时光里，兰沐儿向慕千林详细地介绍了人类、人类的意识、物质宇宙与地球。

整个过程中，慕千林产生的亲切感越来越强烈，他有一种感觉，自己曾经属于人类。

第二层级的兰沐儿可以感觉到点文明的情感变化，虽然不强烈，但是她知道他因为自己的介绍而有了触动。

兰沐儿：我感觉你的情感在改变。

慕千林：是的，我仿佛曾经属于人类。

兰沐儿：曾经属于人类，但是你又不能确定？你是失忆了吗？还是有前生？

慕千林：我的记忆很少，我是才来到奇宇宙的。

兰沐儿：刚到？你是处于点文明的婴儿时期？

慕千林：不知道，也许只是记忆刚刚形成，或者刚刚成为点文明的一员，刚刚来到最终层级。

兰沐儿：那么你……知道第七觉吗？

慕千林：那是什么？

兰沐儿：一种可以让意识从我现在所处的层级进入最终层级的能力。这是慕千林告诉我的。

慕千林：也就是说意识的层级可以转换？

兰沐儿：应该是的。

慕千林：我会帮助你寻找你说的慕千林的。

兰沐儿：真的吗？那太感谢了。

慕千林：不过，你应该离开了，这里不安全，等你下次过来时，我会告诉你我得到的信息。

兰沐儿：好的。

虽然没有找到慕千林的意识，但是兰沐儿却有一种感觉，这个点文明与慕千林一定存在某种特殊的关系。

看到兰沐儿苏醒，霍兹悬着的心终于放下了，询问后才得知，兰沐儿没有在奇宇宙找到任何人类的意识。

"这么说，他们已经不在奇宇宙了？"霍兹的心情急转直下。

"大概是吧。"兰沐儿说。

"慕千林呢？也感知不到他的意识吗？"

"是的，也没有找到慕千林，但是有一个点文明让我产生了特殊的感觉。"紧接着，兰沐儿向霍兹介绍了那个特别的点文明。

霍兹越听越兴奋，他与兰沐儿有着同样的感觉，那个点文明一定与慕千林有关。

兰沐儿的意识离开以后，慕千林陷入了沉思，他开始对自己的身份产生怀疑，自己是否与人类存在某种联系？兰沐儿与自己又是否发生过某些故事？

慕千林本打算向其他的点文明咨询，不过当把注意力转向他们时，慕千林惊讶地发现点文明竟然十分忙碌。

慕千林知道，点文明没有时间答复自己的疑问。而他对点文明的行为却产生了强烈的好奇，于是开始观察他们。

那不是毫无意义的忙碌，慕千林可以感知到点文明是在防御。似乎有一种强大的"能量"正在破坏奇宇宙的完美，把这里变得糟糕，而点文明正在试图阻止这种破坏的发生。慕千林本想要加入点文明共同防御，可是他又想起了对兰沐儿的承诺，于是便开始在奇宇宙寻找人类的意识。

整个奇宇宙，已没有人类的意识存在，慕千林已经成为最终层级的点文明，以他的能力，如果还有人类的意识存在，一定能够发现。

没有找到人类的意识，慕千林又一次陷入沉思，所有的人类意识都已被消除，也就是说，自己从未见过除了兰沐儿以外的其他人类的意识，可是自己为什么会对她如此熟悉呢？又为什么对人类如此亲切呢？

一个又一个谜团牵引着慕千林想要找寻答案。

慕千林想到了兰沐儿提过的第七觉，也许那会是一把解开谜题的钥匙。于是慕千林在奇宇宙寻找有关于第七觉的信息。

他又想起了兰沐儿对第七觉的解释，一种可以使意识从第二层级跃迁至最终层级的能力。有了这个解释，慕千林想要领悟第七觉并不困难。没过多久，他就发现一种可以实现意识跃迁的"觉"。只是，现在的慕千林已经处于最终层级，没有办法运用。慕千林的想法是，等到兰沐儿回来时，他便教她使用第七觉，帮助兰沐儿跃迁至最终层级。

然而意外却先一步到来。

一股强大的"能量"在一瞬间削弱了奇宇宙的美好，这种感觉就好像是你在做着美好的梦，却有人突然在你的耳边敲响铜锣。不同的是，慕千林没有从梦中醒来，而是被扰得烦躁。

在奇宇宙的最终层级，所有的感觉都是成倍的体验，美好是翻倍的，烦躁也翻倍，慕千林仿佛从天堂跌落地狱，他只有一个念头，赶快消除这股扰人的烦躁。

并不是只有慕千林一个点文明感觉到烦躁，事实上，所有的点文明都在承受折磨，他们行为错乱，仿佛是在逃亡。

是那股神秘的"能量"带来的影响，它的突然"攻击"对奇宇宙造成极其严重的破坏，这种破坏甚至已经给点文明的生存带来了威胁。

事实上，奇宇宙的最终层级是一个既美好又恐怖的世界，生存在这里的意识比地球上的生物有着更加丰富的情感感受，而且强烈得多。如果奇宇宙是美好的，生存在这里的点文明就生活在天堂，他们可以体验到比地球上舒适数亿倍的美好感觉，可是，如果奇宇宙遭遇破坏，点文明就比进入地狱还要痛苦。也许正是基于这一层原因，点文明才希望将奇宇宙建设得完美无瑕。

慕千林在痛苦中挣扎，想要逃避却无处可去。

与此同时，他突然感觉到点文明发出的信息：快，我们需要对抗"负能量"。快，启动"场"。

慕千林没有理解点文明要表达的含义。

下一刻，点文明用意念创造出了一种奇怪的"场"，它不属于能量，不属于物质，不属于意识，甚至不属于奇宇宙，但是却十分强大。"场"变得越来越强，仿佛要将整个空间占据。

慕千林很好奇，可是他被扰得根本没有多余的精力去判断那是什么。

霍兹的办公室突然发出红色警告，这意味着在世界的某个角落又有昏迷事件发生，他立刻联系世界各地的政府。

当得知昏迷事件的规模时，他整个人僵住了，脸色苍白，没有一丝血色。

因为，那个地点是从南亚大陆到整个东南亚地区，且包括部分东亚地区，也就是说，这一次的昏迷至少导致16亿人失去意识。

这是从未有过的规模，六分之一的人口将会失去生命，那已经不是点文明对人类意识的掠夺，而是一种灭绝人类文明的行为。

霍兹愤怒了，人类已经一再求饶，可是点文明不但不理不睬，还变本加厉，现在更是肆无忌惮，他们完全不把人类当成生命看待，任意肆虐。

霍兹朝着通天3号所在的房间奔去，他要亲自去找点文明，他要向点文明兴师问罪。

大量的人类意识由物质宇宙进入奇宇宙，他们被"场"吸入，在空间中穿行，他们的意识还没有来得及做出反应就被"场"吸入。

随着人类意识的进入，奇宇宙又变得美好了。人类的意识果然强大，不仅起效迅速，而且效果极佳。

当16亿个意识全部进入奇宇宙时，这里已经变得比之前更加美好了，点文明又一次回到了属于他们的天堂。

慕千林也由痛苦变为舒适，不过他却没有感到任何的兴奋。就在刚刚，他的意识中出现了各种各样的回忆。16亿个人类的意识所带来的影响足以令慕千林恢复已经失去的记忆，他终于想起了自己是谁。

这是一种奇怪的感觉，如同一个人想起了十年前做过的一场梦，而且十分真实，仿佛真的亲身经历过。可是那毕竟是梦，梦与现实虽然都可以创造记忆，但却是两种不同的形式。对于很多人而言，梦是没有意义的；而有些人却认为梦是另一种现实。此刻，慕千林产生的就是如梦一般的记忆，那段恢复的记忆究竟是幻觉，还是另一种现实？慕千林难以确定。如果那是幻觉，为何它如此真实？如果那是现实，又为何与奇宇宙的物理定律截然不同？

霍兹想要进入奇宇宙，却被工作人员拦下了，他们担心霍兹会在奇宇宙中遭遇不幸。

"有什么可担心的？"霍兹怒吼，"已经死了那么多人，我们还怕什么，大不了被他们清除意识，反正早晚都是死。"

工作人员耐心地劝解："这一次的昏迷事件肯定会造成全球性的大恐慌，如果你的意识也被清除，人类就真的完了。"

"完了就完了，我咽不下这口气，在临死前，我必须要痛骂他们一顿。"

"痛骂只是为了泄愤。"兰沐儿走进来，她也得知了16亿人的悲剧，"他们说得对，如果你的意识也被清除，人类就真的完了。还是我去吧。"

"你去？"

"我与一个点文明有过交流，他应该不会伤害我。所以还是由我去吧，我会让他告诉我掠夺16亿人的原因。"

"如果他真的不会伤害你，就不会夺走16亿人的意识。"

"试一试吧，可能那不是他的决定。"

霍兹也恢复平静，他知道，兰沐儿是比自己更适合的人选。"你要小心，我等你回来。"

将脑机接口戴在头上，兰沐儿的意识又一次进入奇宇宙。

短短几日，这里又有了新的变化，她越过最低层级，跃迁至第二层级寻找着那个点文明。

此时的慕千林已经恢复了许多记忆，他记得兰沐儿是他"梦中"的恋人。

慕千林：你来了。

兰沐儿没有任何的怒气：是。

两个意识突然没有了交流，过了很久，兰沐儿才再一次发出第四觉：你找到慕千林了吗？

慕千林一惊，因为他已经知道，兰沐儿提到的慕千林就是"梦中"的自己。

慕千林：我没有找到他的意识。

一股失落感涌入兰沐儿的意识，这表明慕千林可能遭遇了不幸。

慕千林：但是，也许我知道他的去向。

兰沐儿的失落化作兴奋：他去哪里了？

慕千林：起初，他失忆了，然后，他恢复了记忆。只是他不知道，那段记忆是真实的经历，还是被植入意识的错乱记忆，因为他已经不再是曾经的他，他有了新的身份。

兰沐儿猜到了：那么，他想起来兰沐儿是谁了吗？

慕千林：想起来了，那是他曾经的爱人。

兰沐儿：曾经？那……现在呢，她还是他的爱人吗？

慕千林沉默了，因为他也不知道答案，慕千林连自己是否曾是人类都不能确定，更何况是"梦中"的爱人。

兰沐儿：不用回答了，我已经知道答案了。

慕千林：不，你不知道。因为就连我也不知道答案。

兰沐儿：我不信。

慕千林：真的，我编造谎言的能力很弱。事实上，我根本无法确定曾经的记忆是真实的，那段失而复得的记忆像是突然入侵了我的意识，它似乎不属于我。所以我连我曾经是否是慕千林也不能确定。

慕千林的解释并不严谨，但是兰沐儿依然选择了相信，或许这可以帮助她减轻痛苦，又或许，她对慕千林从来都是无条件地信任。

兰沐儿：你还记得你是如何成为点文明的吗？

慕千林：只有微弱的记忆，很模糊，严谨的回答应该是不算记得。

兰沐儿：你的记忆没有完全恢复。

慕千林：兰沐儿，对不起，现在的我非常混乱，我有了记忆，却对曾经与现在的身份产生了怀疑。用一种你可以听得懂的比喻来形容，我好像是有了前生的记忆，所以不能分辨前世与今生哪个才是真实的我。

兰沐儿：不用道歉，我可以理解你。

慕千林：理解我？为什么？

兰沐儿：因为从第一次遇见你时，我就对你产生了特殊的感情。那时我就觉得你与慕千林有着某种关系，只是我还不能确定。

慕千林又一次沉默。

就在慕千林与兰沐儿互换信息时，另一个点文明发现了兰沐儿。

他对慕千林发出信息：你在与一个低等的意识交流什么？

慕千林变得紧张：没……没什么。

点文明：像这种可以任意使用谎言的低等意识，不要与它有太多的交流。

随后，那个点文明向兰沐儿发出了第四觉：你是怎么进来的？为何没有被"场"吸入。

兰沐儿恐惧，不知该如何回答的她选择了不答复。

点文明对慕千林发出信息：这种低等文明可以灵活地运用谎言，现在，由我来清除它吧。

慕千林突然制止：不可以。

点文明：为什么？

作为点文明的一员，慕千林是排斥谎言的，上一次的主动撒谎已经令他懊悔，所以这一回他选择了直言：她是我曾经的爱人。

点文明不解，一方面不解慕千林竟然与一个低等的意识存在关系，另一方面的不解则是"爱人"一词，点文明的世界里不存在爱人。

点文明：爱人，那是什么？

慕千林：一种点文明没有的感情。

点文明更感诧异：不可能，点文明是宇宙中拥有最丰富感情的文明。

慕千林：是的，点文明的确可以体验更多更丰富的情感，但是点文明不需要繁衍后代，不需要交配，所以无法体验到"爱"。

点文明：爱？

慕千林：是的，爱。

点文明：你也是点文明，你是如何体验的爱？

慕千林：在成为点文明之前，我属于人类。

一个爆炸性的消息，点文明根本无法想象，与自己同属于点文明的意识竟然曾是一种低等的意识。

所有的点文明都接收到了来自慕千林的信息，都将注意力转向了慕千林。

点文明：你不会是被这个低等的意识欺骗了吧。

慕千林的态度坚定：不，我没有，我相信我的记忆。

这一刻，慕千林已经完全认可曾经的身份了，那份残留的感情告诉他，不能让任何意识去伤害兰沐儿。

点文明：如果是真的，我们很难接受你。

慕千林：我会离开。

点文明：离开？恐怕不可以，你知道的秘密太多了，我们不允许你离开。

慕千林：你们想要怎样？

点文明：将你的意识封禁。

慕千林：可以，不过你们要放她离开。

点文明的注意力转向兰沐儿，又转回来：不可能，她知道的秘密也太多了。

慕千林：我与她没有交流秘密。

点文明：那也不可以，你曾经属于人类，这说明你可能也拥有强大的撒谎能力，我们不会再相信你了。

慕千林：你们准备做什么？

点文明：防止秘密被公开的最佳办法就是，消灭知道秘密的意识。

慕千林感受到了对方的敌意，他用他的意识保护着兰沐儿，发出一种强大的"场"，那是点文明在愤怒时才会产生的"场"，慕千林在向所有的点文明发出警告，如果任何一个点文明敢伤害兰沐儿，他将会对其发起攻击。

慕千林的警告令所有的点文明提高了警惕，他们也纷纷发出愤怒的"场"。一时间，剑拔弩张，慕千林与点文明随时可能爆发战争。

在点文明的世界里，战争是一种极不理智的行为，如今，这一项纪录有可能要被打破了。慕千林曾经属于人类，再加上点文明宣称要清除兰沐儿，所以慕千林只能用武力解决问题。

点文明：我希望你保持冷静。

慕千林：我没有办法冷静，你们欺人太甚。

点文明：要知道，战争一旦爆发，将会破坏奇宇宙的完美，这是我们辛辛苦苦建立起来的完美，它很脆弱。

慕千林：与我无关。

点文明：若是奇宇宙的完美被摧毁，我们将会掠夺更多的人类意识。

慕千林：我不在乎。

慕千林的态度坚决，所有的点文明都已明白，一旦他们清除兰沐儿，战争将不可避免。

点文明沉默了好一段时间：如何才能避免战争？

慕千林：很简单，放过她。

即使兰沐儿已经知道了点文明的所有秘密，即使她将这些秘密告知人类，以人类的能力也不可能对点文明造成任何威胁。

最终，点文明选择了妥协：我答应你，但是你得留下。

慕千林：好。

点文明转向兰沐儿，发出第四觉：你可以离开了。

虽然听不懂点文明之间的语言，但是兰沐儿能够感觉到气氛的诡异。兰沐儿明白，一旦战争爆发，将是点文明对慕千林的杀戮。这种情况下她怎么可能选择离开。

兰沐儿：不，我不离开。

点文明：这是最后的机会，你必须离开。

兰沐儿：我不需要机会。

点文明：为什么？

兰沐儿：我是来找他的，如果他不离开，我也不离开。

点文明：好麻烦的家伙，我们已经答应他允许你离开了。

兰沐儿：我不需要。

随后，兰沐儿转向慕千林：我是不会走的，除非你与我一同离开。

慕千林：回去吧，在那边等着我，不要再来奇宇宙了，这里不属于人类的意识。

兰沐儿：你曾经答应过我，我们要始终相守，无论是在地球，还是在奇宇宙。

点文明根本无法理解只有碳基生命才拥有的爱，他们反而觉得这是一种麻烦的感情。

点文明向慕千林发出不耐烦的信息：我们与你都已经劝她离开了，这是她自己的选择，她不离开，就别怪我们不客气了。

慕千林：你们敢？

与此同时，他又一次发出愤怒的"场"。

现在，点文明十分被动。一方面，他们要解决慕千林与兰沐儿的难题；另一方面，他们有可能再次遭遇"负能量"的攻击。如果他们不能及时处理慕千林与兰沐儿的难题，再一次遭遇外部的攻击，那么事态将会变得极其糟糕。

反复琢磨，点文明再一次让步。

点文明：我们可以让你们离开，但是你们要答应我们两个条件。第一，再也不可以进入奇宇宙，除非是被我们的"场"吸入；第二，不允许告知其他的文明关于我们的秘密。

慕千林：你相信我吗？

点文明：我愿意赌一次。

慕千林：我不能保证不对人类透露你们的秘密。

点文明不屑：人类？哼，无所谓，他们太弱了。

慕千林：好，我答应你们。

点文明：可以，你们走吧。

慕千林已经领悟了第七觉，他只需要反向使用便可以由最终层级回归第二层级。

这是一个痛苦的过程，慕千林的意识渐渐失去最终层级的完美，所有美好的感觉也随之远去，现在，平淡对于他而言已经是一种痛苦。不过慕千林可以忍受，比起那种美好，有一个更重要的人在等着他。

其他的点文明从不使用逆向的第七觉，因为他们没有爱，也就不会为了另一个意识而主动地放弃完美。

回到第二层级，曾经的记忆不再如前世一般，相反，最终层级的记忆恍如隔世，显得极不真实。面对兰沐儿的意识，慕千林欣慰无比。

点文明信守了承诺，他们没有清除处于第二层级的两个意识。

点文明发出第四觉：记住你的承诺，如果你们再出现在奇宇宙，我们将会把你们彻底清除。如果你们泄露了我们的秘密，我们将会掠夺所有人类的意识。

决战

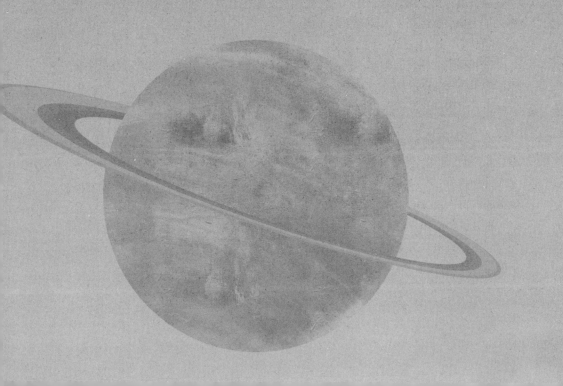

16 亿人的离开给世界带来的是绝望，也令迈克·肯彻底愤怒了，他决定不再坐以待毙。

在昏迷事件发生后的第三天，迈克·肯向全世界公布了他的反击计划，向火星发射 5000 万枚持爆核弹头，并且同时引爆，改变火星的轨道，让火星撞向小行星带上的暗物质团。

起初，这项计划并不被大众理解，暗物质团与物质几乎不发生相互作用，即使是火星与暗物质团处于同一空间，两者也只是擦肩而过，不会相撞。

不过，当迈克·肯给出解释后，大众终于明白了他的用意。

迈克·肯："暗物质与物质不会产生电磁相互作用，所以它们不可能相撞。但是二者依然可以相互影响，通过引力。火星的质量是 6.4171×10^{23} kg，当它与暗物质团重叠时将可以对奇宇宙造成影响。引力，将会成为人类向点文明发起攻击的最佳武器。"在迈克·肯看来，火星的引力足以给奇宇宙带去灾难性破坏。这就如同一个火星质量的暗物质团来到地球的轨道附近，即使两者不会相撞，但是其带来的强大引力依然能够造成诸如海啸、火山、地震等自然灾害，甚至会改变地球的公转轨道，造成的灾难足以毁灭人类。

大众沸腾了，这的确是一项难以置信的宏伟计划，改变一颗行星的轨道，用引力攻击另一个宇宙的文明。只有迈克·肯这样的疯子才能想出来。

迈克·肯："我们将会在十天之内向火星发射 500 万架火箭，每一架火箭会携带 10 枚 10000 万吨以上 TNT 当量的持爆核弹，通过精密计算，我们会控制 5000 万枚持爆核弹在火星同一侧的不同位置同时爆炸，火星的公转轨道将会改变。我们要告诉点文明，人类不是懦夫，人类更不是他们随意开采的资源。"

整个世界为之欢呼雀跃，终于可以报仇雪恨了。

演讲结束后的第二天，第一批 50 万架火箭在世界各地的发射中心升空，火焰点亮了天空，也点亮了人类对生的希望。

睁开双眼，熟悉的画面、熟悉的味道、熟悉的声音，虽然地球远不及奇宇宙完美，但是这里却很亲切。

第一个出现在兰沐儿面前的人是霍兹，她立刻起身询问："慕千林呢？他回来了吗？"

霍兹把兰沐儿安抚回椅子上，脸上带着温柔的微笑。"回来了，他比你回来得早一些。"

"那就好。"兰沐儿长舒一口气，奇宇宙的经历还记忆犹新，那种恐惧到极致的体验有过一次就够了。

霍兹已经得知，慕千林曾经成了点文明的一部分，这令霍兹震惊。

"这么说来，人类的意识在奇宇宙也可以成为点文明？"霍兹皱着眉，他的心中激起一抹兴奋。

"应该是的。"慕千林说。

"不可思议。这么看来，想要成为点文明只需要领悟第七觉即可，也就是说，任何一种意识都有成为点文明的可能。"

"我同意你的推断，也许点文明不仅仅是奇宇宙的原生文明，当其他宇宙的意识进入最终层级后也可以成为点文明。"

"如此说来，点文明并没有想象中的那样强大。"

慕千林却不以为然。"不，点文明的强大是人类无法想象的。另外，我不认为所有的意识都可以轻松地领悟第七觉。"

"你是如何领悟的？"

慕千林陷入回忆，当他还属于点文明时可以迅速地掌握第七觉，甚至将第七觉的奥秘教给另一个意识。然而回到物质宇宙后，慕千林竟然完全没有印象了。他认为失去对第七觉的理解并不是发生在回归地球以后，而是在他从最终层级跃迁至第二层级时。

"对不起，我忘记了。"良久后，慕千林给出回答。

"怎么可能忘记！"

"它更像是一场梦，在梦中，你可以领悟某种特殊的能力，比如飞翔，但是醒来以后便再也不能理解，甚至对它是否存在都持怀疑的态度。现在，我只记得去过最终层级，成为过点文明，至于如何领悟的第七觉却无论如何也想不起来。"

霍兹靠在椅背上，长叹一口气。"如果每一个人都可以领悟第七觉，并成为点文明，我们又何必担心人类的灭绝，若是你能教会人类使用第七觉就好了。"

"不可能了。"

"为何？"

"第一，领悟第七觉非常困难，它的困难程度不亚于将人类文明的等级提高4级。第二，成为点文明后将会失去所有的记忆，如果不被激发，你将会忘记曾经属于过人类，即使被唤醒记忆，那也仿佛是在前生。第三，我答应过点文明，再也不会回到奇宇宙。"

"你答应点文明再也不回奇宇宙？"

"是的，作为他们放过我与兰沐儿的条件。"

"你不会真的要信守承诺吧？"

"点文明不会撒谎，如果他们发现我欺骗了他们，他们将不再相信人类。未来，我们将会失去与他们谈判的资格。另外，他们已经明确表示，如果发现我一定会立刻将我清除。"

这时，兰沐儿才插上话。"慕千林，你应该知道点文明为什么会突然掠夺16亿人的意识吧，当时的奇宇宙一定发生了什么。"

慕千林："是的，有一股未知的'负能量'袭击了奇宇宙，破坏了那里的完美，为了修复奇宇宙，点文明才大规模地掠夺人类的意识。"

"一股'负能量'？也就是说，奇宇宙的完美并非坚不可摧？"霍兹问。

"是的。"

"会是谁呢？点文明不是奇宇宙的最高级文明吗？竟然还有其他的文明可以攻击点文明！"

兰沐儿问道："它们是谁，为什么会袭击点文明，它们是否站在我们这一边？"

一个又一个问题点醒了慕千林与霍兹，那个将完美破坏的东西是什么？他们究竟是另外一种文明，还是自然现象？更重要的是，他们能否与人类合作？又是否可以帮助人类解决危机？

这些疑问在某种程度上成了人类文明延续下去的希望。

那一次的昏迷让海沃德沉睡了数日，醒来时，他已经躺在了病床上。

出院后，海沃德继续着他的研究，可是不能进入奇宇宙的他对中微子的研究进程越发缓慢。

就在昨日，一大批绝密资料突然传入他的计算机，其中就包括暗物质团的解密，这使得海沃德看到了希望的曙光，他开始废寝忘食地阅读。在海量的资料中，有一段不显眼的文字引起了海沃德的注意，那是白启生前给出的一条推论——中微子可能是奇宇宙的光子。

曝光资料其实是慕千林的杰作，由于点文明的强大，慕千林认为必须借助更多精英的力量，物理学家是最重要的一部分。于是，他将所有重要的资料解密并发送给他们。

海沃德是其中之一，如获至宝的他死死地盯着那条结论，这绝对是一个大胆的假设，如果说神秘的中微子就是奇宇宙的光子，那么它颠覆的不仅仅是物理学家的世界观，更是将物理学带到了一个崭新的时代。

然而，此时的海沃德却在思考另一个问题：如果奇宇宙的光子就是中微子，那么它为什么拥有 3 种味？

闲来无事，海沃德把他的想法写了出来，如果奇宇宙的光子是中微子，那么它会是电子中微子、μ 中微子、τ 中微子中的哪一种。

这篇论文没有发表，只是存放在海沃德的电脑里，他从未打算将其公之于众。

除了海沃德以外，还有一个人看到了这篇论文，这便是慕千林。当把绝密资料发送给世界各地的物理学家以后，他便开始了漫长的等待，每当某位物理学家因为绝密资料而产生了某个新奇的想法，慕千林都会第一时间记录，如果有人因此而撰写了一篇论文，慕千林更是要仔细阅读。

奇宇宙的中微子究竟属于 3 种味的哪一种，这不是慕千林关注的重点，但是当他阅读完海沃德的这篇论文后，一个奇怪的想法突然而至：如果说奇宇宙中的光子只是 3 种中微子的一种，那么另外两种中微子又是什么？

这就好像是一个人发现了 3 种猫科动物，分别是家猫、狮子与老虎，现在我们知道家猫属于城市，那么另外两种猫科动物呢？它们也属于城市吗？抑或者，它们属于草原与森林？

这种思想在慕千林的意识中酝酿，令他心潮澎湃，仿佛有一个灵光闪现，而在那灵光之中似乎隐藏着某种可以拯救人类的办法。

可是，究竟是什么呢？

"你的研究很有新意。"

突如其来的声音吓得海沃德向后退了两步。"谁？"

"不要害怕，我就是给你绝密资料的人，你应该认得我，我叫慕千林。"

海沃德听见对方的自我介绍，情绪缓和了下来。"是你把资料传给我的？"

"是的。"

"为什么？"

"为了让更多人帮助我寻找答案。"

"奇宇宙的答案？"

"对，还有点文明的答案。"

"也就是说不止我一个人得到了资料？"

"对，很多物理学家都得到它了。"

"他们找到答案了吗？"

"目前为止，还没有。"

海沃德叹一口气。

"不过，你的思考方向却吸引了我。"慕千林说。

"我的思考方向？"海沃德抬起头，眼神中充满诧异，"你能读懂我的大脑。"

"我没有那么强大的能力，除非你连接了脑机接口。我是通过这篇论文了解到的。"声音发出的同时，海沃德的电脑屏幕显示了那篇论文。

"这也算是论文？只是我随意乱写的东西。"

"我知道，它很粗糙，如果发表，应该没有几个人会感兴趣。从你的文风可以判断，它更像是在放松时随意敲打出的文字。但是它却让我感兴趣。"

"为什么？"

"我也不清楚，在我第一次阅读的时候，就有一股莫名其妙的感觉，它仿佛激发了我的某个灵感，但是这个灵感是什么，我却不知道。"

海沃德越发诧异。"可以具体地形容一下吗？"

"你在论文中提到，如果中微子是奇宇宙的光子，那么它究竟是电子中微子、μ 中微子和 τ 中微子中的哪一种，我正是读到这里时被激发了奇怪的感觉。"

"我看到中微子是光子的猜测时就产生了这个疑问，要知道，中微子有三种味，可是光子只有一种。"海沃德叹气，"所以中微子大概不是奇宇宙的光子。"

"做一个假设吧，如果它是，你认为哪一种味才是奇宇宙的光子？"

"每一种都是，它们也许是光子的不同形式。这非常不可思议，但也并非不可能，即使是在物质宇宙，不同波长的电磁波也会表现出不同的性质。"

"中微子与光子不同，中微子的三种味可以自由转化，且概率呈现周期性变化。"

"这也是它们不可分割的原因。奇宇宙分有 3 种层级，或许奇宇宙产生不同层级的原因就是中微子的 3 种味吧，反之亦然。"

"是了。"

海沃德的话锋却突然一转："但是，我更希望成为奇宇宙的光子的中微子只是3种味的一种。"

"为什么？"

"我也不清楚，那只是我的一个毫无意义的愿望罢了。"海沃德想了想又道，"就好像白种人、黑种人与黄种人，虽然都是人类，但却是不同的人种，他们因为生长在不同的地区，所以演化成了3种不同的肤色，黑种人所在的区域炎热，所以皮肤黝黑，白种人所在的区域寒冷，所以皮肤洁白……"

慕千林突然打断了海沃德的话，他好像发现了什么。"你刚刚说什么？黑种人、白种人、黄种人因为生活在不同的区域，所以有着不同的属性？"

"是呀。"

"那么，我可不可以认为，电子中微子、μ中微子和τ中微子也是因为存在于不同的区域才产生了不同的属性？"

"刚刚不是已经说过了吗，3种中微子分别对应着奇宇宙中的3种层级。"

"不，不是层级的问题，我所说的不同区域是……三种不同的宇宙。"

"其他的宇宙？为什么会突然冒出这种奇怪的想法？"霍兹既因为慕千林的猜测而激动，又觉得不可思议。

"是一名物理学家给我的提醒。"慕千林说。

"这只是一个猜测，对吗？我们没有任何证据可以证明，连相应的理论也不存在，是吧？"

"是的，但是奇宇宙的存在也没有理论基础，我们只知道小行星带上存在暗物质团，至于它是什么，却是进入以后才知道的。"

"你是如何理解暗物质的？"

"无处不在，它几乎占到物质总量的85%，却很难成团，只有当它的密度达到一定程度时，其具有的'场'或者'力'才能将人类的意识带入奇宇宙。"

"不是所有人类的意识都可以通过暗物质团进入奇宇宙。更多的人需要通过暗核心，只有你是例外。你的意识一定有特殊之处。"

"这一点我也思考过，我与其他人的最大不同在于我更容易走神。"

"走神？很多人都容易走神！"

"在我还拥有人类身体的时候，我根本没有办法太长时间集中注意力，那对于我而言是这个世界上最困难的事情。其他人也许能够集中注意力几十分钟、十几分钟，而我连几分钟都做不到。"

"那你可能是患有注意力缺陷。"

"是的，最开始我也以为这是一种疾病，甚至还找心理医生治疗过。不过当我得知奇宇宙的存在，而且只有我可以通过暗物质团进入奇宇宙以后，我对这种'病'有了新的认识。"慕千林严肃道，"其实，物质粒子与暗物质粒子同时存在于空间

248 ｜ 暗宇宙

之中，一些物质粒子成团，形成了我们熟知的行星、恒星、中子星等，暗物质粒子也会成团，比如小行星带上的暗物质团，只不过暗物质不与物质发生电磁相互作用与强相互作用，所以我们很难观察到它们。除了成团的暗物质，还有许多暗物质以粒子或十分微小的暗物质团存在。就好像是宇宙中广泛分部的氢原子、尘埃或体积极小的陨石。暗物质也是一样，在宇宙中也有暗物质原子、暗物质尘埃、暗物质碎石，只是由于这些暗物质的质量太小了，以人类的能力根本无法观察到它们。但是人类的意识却可以与暗物质原子、暗物质尘埃，暗物质碎石发生作用。一个人的意识接触到暗物质原子、暗物质尘埃与暗物质碎石，就有可能进入由这些暗物质形成的宇宙之中，比如奇宇宙。这时的表现形式就是走神，大脑仿佛在放空，好像在胡思乱想，但真正的原因却是因为进入了由暗物质组成的另外一个宇宙。"

"按照你的说法，人类很容易进入另一个宇宙。"

"因人而异，有一些人的大脑对意识的控制力极强，像是一块磁铁把铁块牢牢吸住，这种情况下，意识就不容易被暗物质吸引，也就不容易进入另一个宇宙，这种人的外在表现是可以长时间地保持专注，不容易走神。还有一些人的大脑对意识的控制力很弱，好像是失去了黏性的胶带，当大脑所在的位置有暗物质粒子存在时，他们的意识就容易被吸引，表面上看来是走神，实际上则是意识短暂性地进入了另外一个宇宙。"

霍兹思考了片刻。"按照你的说法，走神就是意识被暗物质的'力'吸入另外一个宇宙，那么想要进入由暗物质组成的宇宙也太简单了。要知道，全世界每时每刻都有人在走神呀。"

"是的，毕竟由暗物质粒子组成的暗物质尘埃、暗物质碎石几乎无处不在。"

"若是如此，为什么几乎所有的走神都是短暂的，如果走神是意识被暗物质吸入，应该存在这样一种可能，一个人的意识进入了暗物质宇宙而无法回归，就像你一样，被小行星带上的暗物质团吸入，永远地脱离了你的身体。据我所知，没有任何人因为走神而失去意识。"

"因为飘荡在地球周围的暗物质尘埃和暗物质碎石的质量太小了，它们对人类意识的吸引力极其有限，根本无法与大脑对抗。更准确的表达是，那些暗物质只能对人类的意识造成一定程度的影响，而不是完全吸入，走神其实是意识介于大脑与暗物质之间的一种表现，并不是完全进入暗物质宇宙。所以大脑在走神时所'看到'的故事大多数与现实世界相关。不过，当人体来到超大质量的暗物质团时就另当别论了，比如我去到了小行星带上的暗物质团，因为大脑无法与暗物质团的'引力'向对抗，所以意识直接进入了奇宇宙。"

"既然如此，其他人的意识去到暗物质团应该也会被吸入呀，可是并没有出现类似的现象。"

"我对这种现象的解释是，我的大脑对意识的吸力太小了，所以身体进入暗物质团后，意识会被直接吸入奇宇宙。而其他人的大脑还可以与暗物质团相抗衡，所以只是出现头晕、走神等现象，并没有被完全吸入。一个正常人，若想完全进入奇宇宙，需要一个密度更大的暗物质团，显然，小行星带上的暗物质团的密度还不够大。"

"那暗核心呢？它为什么可以将人类的意识带入奇宇宙。"

"我认为，暗核心的内部是被压缩的暗物质，某个高级文明利用一种强大的技术将被压缩后的暗物质锁在了'场'内，并将其与暗核心相连接。脑机接口与暗核心连接其实就是将暗物质宇宙与物质宇宙联通。至于它为什么容易将意识吸入，应该是脑机接口的功劳。脑机接口的工作原理是将机器与大脑相连，这种连接在某种程度上可以帮助意识脱离大脑，使得大脑失去对意识的部分控制，而脑机接口又与暗核心内部的暗物质相连，所以意识才会轻松地进入奇宇宙。"

霍兹感慨一声："按照你的理解，暗物质宇宙与物质宇宙其实同时存在于大宇宙中，至于意识感知的是物质宇宙还是暗物质宇宙则取决于意识是存在于物质宇宙的物质载体内，还是暗物质宇宙的暗物质载体内。现在，你与我的意识感受到的之所以是物质宇宙，是因为我的意识在大脑这个载体中，而你的意识是在量子计算机这个载体中。"

"对。"

"那么，奇宇宙的载体是什么？你的意识是从暗物质团进入的奇宇宙，却是由暗核心回归的物质宇宙。另外，你是从小行星带进入的奇宇宙，其他人却是从地球进入的奇宇宙，你们之间为什么没有距离感？"

"奇宇宙与物质宇宙有着本质的区别，我们不能用理解物质宇宙的思维来理解奇宇宙。奇宇宙的距离与物质宇宙的距离完全不同，这主要归因于承载意识的载体。在物质宇宙里，意识只能承载于类似大脑的器官中，人类意识的载体是人脑，意识与意识存在于不同人的大脑中，对距离的理解就是人脑的距离。你的大脑在伦敦，我的大脑在纽约，我们的距离就是 5500 公里。而在奇宇宙，承载意识的载体变成了奇宇宙本身，组成奇宇宙的暗物质可以直接承载意识，所以无论从哪里进入奇宇宙，意识都会以奇宇宙为载体，也就不再有距离的概念。换句话说，即使是在仙女座星系进入奇宇宙，也不会有距离感。"慕千林继续道，"出现这种现象的原因可能与奇宇宙的空间维度相关，物质宇宙属于三维空间，奇宇宙则是一维的空间，在奇宇宙只有内与外，不存在上下左右与前后。在最低层级能去往的唯一方向就是内，向内有第二层级与最终层级，当向内达到一定程度时，就进入了第二层级，再达到一定程度就是最终层级。奇宇宙的空间维度相对于物质宇宙的空间维度更为简单。"

"这么看来，点文明第一次来到物质宇宙时是发蒙的状态，一个一维生命来到三维世界就好像是人类去到了五维空间，有两种维度是陌生的，甚至是完全无法理解的。"

"是的，简单的维度有助于进化变得简单，维度越是复杂，文明就越是需要花费更长的时间去进化。不过，由于点文明的文明等级已经达到了极高的级别，我个人认为，他们应该很轻松就能理解另外两种维度，这对于他们来说不会很困难。"

"现在，我想听一听你是如何理解第三个宇宙的。"

"只是一种猜测而已，我个人认为除了奇宇宙还存在另外一个宇宙。这个宇宙也是由暗物质构成的，只是组成它的暗物质与组成奇宇宙的暗物质不属于同一种暗物质。点文明在来到物质宇宙之前，应该已经探索了那个宇宙。"

"你为什么会认为点文明知道那个宇宙的存在？"

"我曾经提到有这一种'负能量'破坏了奇宇宙的完美，我始终想不通'负能量'是从何而来，直到有第三个宇宙存在的想法出现。我认为，破坏奇宇宙完美的很大概率就是另一个宇宙的文明。"

过去这段时间，在世界各大航天局的共同配合下，500 万架火箭成功进入火星轨道，人类已经模拟过多次，并且计算出了最佳的爆破时间和位置。火星将会因为持爆核弹的强大推力而改变公转轨道，未来的日子，人类还会发射多枚携带核聚变发动机的火箭飞向已经改变轨道的火星，利用核动力微调火星的运动方向，最终使其朝着小行星带上的暗物质团飞去。改变一个行星的轨道，这绝对算得上是人类历史上最浩瀚的工程。

航天局通过多种设备观察火星的变化，爆炸没过多久，他们得出结论，火星的公转轨道和自转周期已经发生改变，它正朝着小行星带的方向飞去。

整个世界为之沸腾，人类自豪于自身的力量，甚至有人发出豪言壮语："我们连火星都能移动，由小小的点组成的文明又算得了什么。"

人类整整激动了半年之久，航天局始终在更新火星的运动轨道，在这期间，人类仍在微调火星的行进方向。

作为一名物理学家，海沃德却对此不感兴趣。与慕千林的对话结束后，他的思考有了新的方向。

中微子是奇宇宙的光子吗？海沃德始终在思考这个问题。

作为传递电磁相互作用的玻色子，光子的静止质量为零，并以光速运动，这些特征均与神秘的中微子类似。

海沃德意识到，如果把中微子假设为奇宇宙的光子，将有可能破解奇宇宙之谜，甚至发现点文明掠夺人类意识的原理。

不过这只是他的一种推论，没有任何理论表明将中微子与光子画上等号，人类就可以理解奇宇宙。但是，海沃德依然把全部的注意力投入了这方面的研究。

一辆汽车停在马达加斯加西侧的海滩，车内走下一名女子，她面容冷漠，作为这座岛的主人，夏水忏的脸上很少出现笑容。

在夏水忏的对面站着 19 万男男女女，他们以不同的实验室为单位，总共分成 10 组，长达数年的洗脑已经让绝大多数的人失去了自由意志，他们目光呆滞，像是没有灵魂的行尸走肉。今日，这群人将会迎来最终"大考"。

"能活下来证明你们很出色。"这是对众人的夸赞，的确，长达两年的魔鬼式洗脑已经让近 1 万人因为崩溃而自杀，可以存活的人都算得上是强者。"今天将是对你们的最后考验。"夏水仟转过身，面朝大海。

此刻，19万人的目光停留在夏水仟的身上，他们等待着她的指令。

"但是今天，我需要你们死。"夏水仟的声音不大，却让人不寒而栗，她仿佛是一个无情的杀手，竟要对方以自杀的方式结束生命。"看到这片大海了吗，我要你们跳进海里，不停地往下游，直至无法呼吸。"

按理来说，当一个人提出如此疯狂的要求时，众人早就因愤怒而反抗了，但是绝大多数站在她身后的人仍然面不改色，他们好像是机器人，等待着主人发出最后的指令。

夏水仟停顿了半秒钟，毫无感情地说："现在，去吧。"

一声令下，众人如同被按下了启动键，纷纷朝着大海奔去，仿佛即将面临的不是死亡。不过还有一群人始终停留在原地，他们有的面色胆怯，有的不知所措，有的甚至朝着相反的方向逃跑。没有服从夏水仟命令的人不在少数，大约有8万人左右，他们虽然也被夏水仟洗脑，但是在面对生与死的抉择时还是犹豫了。

夏水仟没有惩罚这群人，而是跟在另一群人的身后朝着大海走去。

她赤足踏进海水，继续前行，下半身也被海水淹没，仍然没有停下来，渐渐的，她的上半身也泡入深蓝色的海洋，原来准备去往大海深处的人也包括她。

冰凉的海水刺痛着每一个人的神经，那是逼近死亡的感觉，很多人是第一次下水，内心的恐惧被激发，不过绝对的服从依然促使他们向着海洋的深处游去。

就在很多人因为无法呼吸而感到痛苦时，一座巨大的海底宫殿出现在他们面前，宫殿之外漂着无数支氧气罩。

"很好，你们通过了考验，现在，戴上氧气罩吧。"夏水仟的声音通过海底扩音器传入每一个人的耳中。

原来夏水仟不是真的要他们自杀，而是以死亡的方式筛选出绝对的服从者。在夏水仟看来，死亡是人类最恐怖的去向，如果连自己下达的死亡命令都可以绝对服从，那么这群人将会为自己做任何事情。

众人接二连三地戴上氧气罩，随后，海底宫殿的大门打开，他们纷纷向着宫殿内部游去。

这里是夏水仟的王国，她的洗脑计划达到了预期的效果，约10万人的思想已经被她牢牢控制，他们成了马达加斯加的永久居民，会继续接受训练。在这里，夏水仟要的是绝对服从。

"这么多年了，你还是这么决绝。"从夏水仟的耳机里传来了霍兹的声音。

"是吗？"夏水仟说。

"不过，我看好你。"

"谢谢。"夏水仟摘掉了耳机。

宇宙，充满着谜团，从人类第一次将视线望向太空，那茫茫的星海就已经引发了人类对未知的探索。数万年的进化，人类科技的进步揭开了一个又一个宇宙谜团，然而又有更多更难的谜题接踵而至。

慕千林对第三个宇宙的推论无疑又给大宇宙增添了一个新的谜团，它是否真的存在，‘负能量’又是否来自于第三宇宙，一个又一个未解之谜萦绕在霍兹等人的心头，他们试图寻找答案，却始终没有收获。

已经过去了三年，第三个宇宙究竟是否存在的谜题仍然不能解答，不过，通过三年多的测算，物理学界普遍认为组成奇宇宙的暗物质的质量并不多，至少没有达到物质总量的85%。这表明除了奇宇宙之外应该还存在另一个暗物质宇宙。慕千林将其命名为T宇宙，并认为组成T宇宙的暗物质与组成奇宇宙的暗物质截然不同，它们都不与组成物质宇宙的基本粒子发生相互作用，同时，它们之间也不发生或发生极弱的相互作用，这也是T宇宙与奇宇宙不是同一个宇宙的原因。

只是到目前为止，人类还没有发现组成T宇宙的暗物质团，至少在整个太阳系内，人类利用微引力透镜等方法还没有找到另一个由暗物质组成的暗物质团。

事实上，即使找到了T宇宙又能怎样，它似乎不能帮助人类摆脱即将灭亡的命运，只有少数人将它当成一种精神寄托，他们认为破坏奇宇宙的"负能量"就是来自T宇宙，所以人类始终没有停止过对T宇宙的探索。

兰沐儿或许是这个世界上最轻松的人，几乎每一个人都在关注人类的命运，只有她继续享受着环球之旅。这段时间，兰沐儿来到了南极大陆，体验世界上最寒冷的空气，这片洁净的土地被冰雪覆盖，人迹罕至。

穿着一身洁白的羽绒服，兰沐儿正坐在营地里欣赏远处的企鹅，它们是这片大陆的主人，也是为数不多的生灵。远远望去，企鹅好似冰雪中蹒跚的老人，它们站立行走，行动缓慢，当风雪刮来时，大企鹅会围在外围保护小企鹅，那种感觉像极了人类。

兰沐儿有几分感慨，如此苛刻的环境竟然还有动物生存，可见生命有多么顽强。可是下一秒，兰沐儿的内心又发生180度的大转变，南极洲的环境虽然看上去恶劣，但它只不过是比适宜的温度低了几十度而已。除此之外，它与地球上的其他区域没有太大差别。然而，仅仅几十度的温差却足够导致大多数的生物无法生存，可见，生命是多么脆弱。茫茫宇宙，能够支撑碳基生命繁衍的环境很稀缺，至少现在看来，只有地球孕育了生命。兰沐儿不免想起那颗被称为希望之星的格利泽832c，那里应该也有生命存在吧，不仅是生命，一定还有高等级的文明，若不然，怎么会有拯救人类的信号从那个方向传到地球。

兰沐儿望向天空，仿佛是要与格利泽832c的智慧文明对话。只是这里是南极洲，而天鹅座却是北天星座，兰沐儿根本无法看到它。

不过兰沐儿的口中却突然蹦出一句："也许，这里才是入口。"同时，她看向了地面。

距离火星攻击计划已经过去了五年，在这期间，大大小小的昏迷事件不断发生，地球上的人口锐减到了50亿。不过人类始终没有屈服，还抱有最后的希望——火星攻击计划。人类坚信火星的强大引力一定会对暗物质团造成破坏，即使不能将奇宇宙摧毁，也足以毁灭点文明。人类，始终在等待着。

终于，一次又一次地推进后，火星来到了小行星带附近，它的目标直指暗物质团。

这五年，飞行器不断往返于地球与火星之间，人类把大批的工人、材料运送至火星，如今，火星表面已经建设了127座行星级发动机，它们负责更改火星的运动方向，调整火星的行进速度。

今日，发动机将迎来它们的另一项任务，调整火星的方向，使得它与暗物质团直接"相撞"。

事实上，目前的火星引力已经可以对暗物质团造成影响，但是迈克·肯认为这种影响还远远不够，只有当火星与暗物质团完全重叠时，其强大的引力才能够给点文明造成毁灭性打击。

火星轨道卫星始终在直播这一次的攻击，当人们看到行星级发动机再次喷出火焰时，兴奋不已，他们知道，那是攻击的号角。

这时，火星与暗物质团的相对速度已经达到了200km/h，火星将会在人类的精准控制下直接冲向暗物质团，两颗天体发生"撞击"后会彼此穿越。随后，行星级发动机将再一次启动，火星相对于暗物质团的运动速度会降下来，在强大的引力作用下，火星与暗物质团将彼此影响，相互绕转。最终，通过人类的操控，火星与暗物质团会处于同一空间，彼此重叠。不过，那还要等上很久。物理学家认为，人类无须等待火星与暗物质团的完全重叠，当火星与暗物质团发生第一次"撞击"时，其强大的引力便可摧毁点文明，甚至在此之前，点文明就已经被火星的引力消灭了。

视频中，人类可以清楚地看见火星上的大气正在脱离，随后是尘土，引力造成的潮汐作用已经导致火星的地壳凸起，这颗被持爆核弹、行星级发动机严重破坏的星球如今将再一次遭遇更大的"灾难"，它的形状逐渐由球形变成了椭圆形，火山、地震……人类可以想象的所有灾难都在这颗星球的表面肆虐，它已经面目全非。人们却在欢呼雀跃，因为对火星造成的破坏越严重，暗物质团的改变也将会越大。

火星先是加速前行，这不是行星级发动机提供的动力，而是火星与暗物质团的引力作用，当火星的加速度达到最大时，表明它与暗物质团已经完全重叠，此时，火星表面及内部已经遭遇严重的破坏，虽然不存在强相互作用和电磁相互作用，但是强大的引力仍然可以破坏两颗"星球"的结构。火星内部已是翻江倒海，火星幔喷涌而出，外壳也已四分五裂，如果火星上存在生命，那么没有任何一个物种可以逃过这场灾难，火星已经不再是曾经的火星。

天文学家认为，暗物质团遭遇的破坏一定更加糟糕，因为火星的质量要高于暗物质团，它带给暗物质团的引力作用也更加剧烈。

重叠之后，火星开始做减速运动，由于引力的作用，两个天体还会经历多次重叠，每一次重叠都会对它们造成极其严重的破坏。

第一次重叠之后，两大天体逐渐远离，天文学家惊奇地发现暗物质团竟然神秘地"消失"了，在那片区域不再产生微引力透镜。

起初，天文学家以为是测量的方法出问题了，于是通过更精准的方式进行多次测量，可是依然没探测到任何引力，于是有天文学家猜测，暗物质团可能受到火星引力的吸引而改变了行进轨道。不过通过测量火星的质量，他们并未发现有明显增加。

　　这表明暗物质团有可能真的"消失"了。

　　当这个消息对外公布时，整个世界都沸腾了，这在某种程度上表明人类利用火星将暗物质团彻底摧毁了。原来点文明没有那么可怕，原来毁掉奇宇宙的最高级文明只需要物质宇宙的一颗恒星。人们欢呼雀跃，奔走相告，仿佛赢得了一场伟大的胜利。

　　这的确算得上是一场伟大的胜利，人类以几十亿人口为代价，最终以一种不敢想象的方式打败了一个不可能战胜的对手。

　　不过没有人可以确定点文明是否在这一次的"攻击"后消灭了，为了验证，人类又派出多位勇士通过脑机接口进入奇宇宙，然而没有一个人活着回来。

　　一个月后，没有昏迷事件发生，迈克·肯自豪地向全世界宣布：人类战胜了点文明。

　　世界为之欢腾，原来人类才是大宇宙中最强大的生物。

绝望

"即使将小行星带上的暗物质团完全破坏也不可能消灭点文明。"海沃德自言自语，他从始至终都认为火星攻击计划注定要失败。他关注火星与暗物质团不是因为期待计划成功，而是希望两个天体重叠后，可以给自己带来启示。

如今，暗物质团因为与火星的重叠而完全"消失"，海沃德极为震惊，这是他未曾想到的结果。海沃德本以为火星的引力只可以干扰暗物质之间的作用力，顶多造成暗物质团发生形变，绝对不可能将整个暗物质团摧毁，可是结果却出乎预料，这令他极其不解。海沃德的眉头皱起，开始思考，并不断推演可能的原因。

海沃德认为火星不可能造成暗物质的消失，那些组成暗物质团的暗物质依然存在，只是由于火星的引力造成其"分崩离析"，并以极短的时间分散开，就好像是冰块升华成水蒸气，上一秒还聚集成团，下一秒就分散到了空间的四处。因为密度下降了，暗物质又不存在电磁相互作用，所以人类很难观察到它们。

或许还存在另外一种可能，火星的引力破坏了暗物质团的某种平衡，使得暗物质团因为衰变而"消失"。

两种可能，决定了两个完全不一样的方向。

无论是分崩离析还是"消失"，想要找到答案都需要充足的证据。如果是分崩离析，那么暗物质团所在空间的周围应该会出现引力异常现象，无论暗物质分散的速度有多快，它都不可能超越光速，也就是说，人类应该能够在更大的尺度上观测到微引力透镜。如果是因为衰变而"消失"，那么应该会出现某种辐射，如果中微子确实为奇宇宙的光子，那么衰变时应该会产生大量的中微子。

于是海沃德分别向天文台和中微子探测中心发出了两个申请，一个申请是在更大的尺度上观察微引力透镜，另一个是探测中微子的异常增多。

现在，海沃德只需等待对方的答复，不过在此之前，他还要找寻另一个问题的答案：承载意识的载体不是单个暗物质，而是整个奇宇宙，这究竟是为什么？奇宇宙与物质宇宙到底存在怎样的区别？为什么物质宇宙是大脑，而奇宇宙却是奇宇宙？

良久后，海沃德灵光一闪，他似乎看到了答案。

难道，奇宇宙就是大脑？

"我们胜利了吗？"霍兹对着空荡荡的房间说，他不是在自言自语，有一个意识可以听见他的声音。

"怎么可能，只是破坏了小行星带上的暗物质团而已，距离战胜点文明还差得远。"计算机中传出了慕千林的声音。

"小行星带上的暗物质团不是点文明的载体？"

"当然不是，人类还是没有理解奇宇宙与点文明。那里只是一小块暗物质团而已，它不是整个奇宇宙。无论是进入奇宇宙的人类意识，还是点文明，承载意识的载体都是整个奇宇宙，而不仅仅是那一小块。"

霍兹接着慕千林的话说："整个奇宇宙很大很大，它与物质宇宙一样的无穷无尽，它是由分布于整个宇宙的暗物质组成。当人类的意识通过暗物质进入奇宇宙后，它将直接与整个奇宇宙同在，点文明也是一样，想要通过破坏奇宇宙来消灭点文明，需要破坏的将是整个奇宇宙。小行星带上的暗物质团，人类可以通过它进入奇宇宙，但是将它破坏却不能对存在于奇宇宙的意识造成任何伤害。"

"是的，奇宇宙与物质宇宙的物理规律截然不同，人类生存在地球上，自然就以为点文明的意识也存在于暗物质团内，他们只是在用物质宇宙的物理规律来理解奇宇宙罢了。"

"既然你知道火星攻击计划不会对点文明造成伤害，为什么没有阻止，也没有揭穿？"

"我的理由和你一样。"

霍兹笑了，"是呀，只有希望可以促使人类保持正常的生活秩序，如果没有了希望，人类早就自我毁灭了。告诉人类火星攻击计划毫无意义就等于浇灭了人类的希望。"

"可惜，这个希望马上就要被浇灭了，当昏迷事件再一次发生时，人类将彻底绝望，火星的推进速度还是太快了。"

"不仅仅是其他人，我的信心也快被磨平了。"霍兹摇摇头，"相比之下，我更看好的人是她。"

"夏水仟？"

马达加斯加早已成为夏水仟的王国，利用脑机接口，夏水仟将其他人的大脑与自己的大脑相连，不同的是，其他人只可以被动地接收信息，夏水仟却能够自由输出。通过这种方式，夏水仟实现了更加牢固的控制。现在，她的思想已经彻底侵入其他人的大脑，马达加斯加已经不存在自由意志，这里的每一个人的身体都是夏水仟的意识的延伸。

夏水仟与其他人类的关系更像是蚁后与工蚁，她只要下达命令，其他人便会无条件地执行，甚至夏水仟无须发出任何口头指令，她只需要思考，其他人就可以感知，并且立即执行。

当初，意识与身体可以分离的结论深深地影响了夏水仟，这令她兴奋，如果意识可以独立于身体存在，那么有没有一种可能，意识与意识可以相互串联，所有的意识可以被同一个意识控制。

这个想法的出现令夏水仟想到了什么，她决定进行实验，将所有人的意识为自己所用。

如今，夏水仟的实验成功了，马达加斯加的10万人完全被她一个人的意识控制，她想什么，其他人就会思考什么，她决定做什么，其他人就会执行什么，所有人的思想都是她思想的延伸，她是第一个可以完全操控其他人类的意识的人。

夏水仟决定完成最后一项任务。

她再一次戴上脑机接口，其他10万人也一同佩戴。

洗脑又一次开始，只是这一回与以往不同。

夏水仟闭上双眼，她的视觉、听觉、触觉开始脱离现实，全部通过脑机接口传输信号，现在她看到的世界来自虚拟。

她的思维始终盯着前方的空白，那里看似空无一物，却存在一个很难被发现的东西。是一个点，它的体积极小，几乎为零，如果是在现实世界，人类根本不可能发现它，但这里是虚拟世界，如果集中注意力，意识将可以"看得见"它。

当夏水仟的注意力达到极致时，那个点在她的脑中出现了，它好像拥有生命一般，在一片空白中"游荡"。

夏水仟是在模拟点文明，它利用一个点来代替点文明。

下一刻，夏水仟的思想产生变化，她命令所有的意识对点发起攻击。

点太小了，体积几乎为零的它很难被意识发现。10万个意识像是无头苍蝇，努力地寻找攻击目标，却没有任何收获。

第一次攻击结束，被攻击次数为零。

夏水仟发出惩罚信号，所有的意识被痛苦折磨，这是任务失败的惩罚。

下一个点出现，夏水仟再一次发出攻击指令，这一回，她将攻击目标锁定在一个时空的位置，向其他意识发出提示：点就在那里。

然而，只有3个意识找到点并成功发起攻击。

第二次攻击结束。夏水仟对3个意识发出奖励信号，又对其他意识发出惩罚信号。

紧接着又是第三次、第四次……

原来，这就是夏水仟的最终目的，她要把10万个意识训练成刺客——刺杀点文明的刺客。

不知道过了多久，也不知道经过了多少次的训练。

当又有一个点出现在空旷的虚拟空间时，夏水仟发出了一个意念的命令，这一回，10万个意识融为一体，一同朝着一个点冲去，10万个意识仿佛是最锋利的武器，可以将任何敌人摧毁，即使对方只是一个点。

"狂轰滥炸"下，点消失了，它已经被意识消灭，紧接着，空白的"画面"中又出现了第二个、第三个点。夏水仟继续下达攻击指令，10万个意识分成两部分，分别朝着两个点攻去。

随后又出现了6个点，夏水仟再次下达命令，10万个意识默契十足，它们不断刺杀着虚拟世界的点。

点的数量不断增加，夏水仟接二连三地下达指令，她要将这些意识培养成最致命的杀手，无论出现多少个点文明，只要遇见，它们就会被这群杀手击杀。

夏水仟是一个冷血动物，从出生的那一天开始就没有任何感情，所以她不会对任何人产生怜悯，包括她自己。

从实施计划的那一天开始，她就从未想过被他人理解，所以她未曾向任何人作过解释，也不曾透露自己的真正目的。奴役10万人的意识，她的计划不仅难以实现，而且反人类，一定会遭遇抵制。一个不够冷血的人绝对不可能完成如此恐怖的计划。

还好，夏水仟没有感情，所以她做到了。

现在，夏水仟拥有 10 万个没有任何感情、没有任何自主意识的意识，他们的目标只有一个——刺杀点文明。

天文学界与物理学界始终没有停止过对暗物质团的观察，他们有了不同程度的收获。

天文学家没有在更大的尺度上观测到微引力透镜，但是却发现了引力异常。他们通过空间太极计划的引力波探测星组对火星与暗物质团产生的引力波进行探测，又经过两个月的数据分析，天文学家惊讶地发现暗物质团与火星产生的引力波是突然消失的，火星与暗物质团完全重叠的那一刻，引力波探测星组无法再探测到两个天体的引力波，这表明暗物质团可能是真的"消失"了。

物理学家也没有探测到中微子的异常增多。不过世界各地的中微子探测器却探测到了一个不可思议的现象，就在火星与暗物质团重叠的当天，中微子探测器几乎都探测到了中微子的异常。这个结果令人费解，因为探测到的结果不是中微子数量的增加，而是减少。

由于中微子的特殊性，人类很难对其进行有效的探测，即使是世界上最先进的探测器也只是发现中微子的数量减少了千亿分之一，这完全有可能是误差所致。然而在一周后，不同探测器的科研人员聚到一起闲聊时无意间聊到了这一话题，这时他们才意识到其中的不可思议，因为中微子数量的减少与暗物质团的消失几乎是在同一时间发生的。

中微子与暗物质团可能存在某种联系，物理学界早就有过类似的大胆猜测，海沃德更是认为中微子扮演着奇宇宙中光子的角色。不过无论是哪一种假设，当暗物质团消失时，中微子的数量都应当增加，而非减少。现在，得到的竟然是完全相反的结论，这令科研人员大为不解。

他们着手寻找可能的答案，却一无所获，最终只能将这一结果公之于众，希望有人可以找出原因。

不过，世界始终沉浸在胜利的喜悦中，没有人在乎中微子为什么会减少，相比于人类的自我救赎，那些小小的中微子根本不值一提。

但是，有一个人却对这一发现极其重视。

这个人就是海沃德。中微子减少？暗物质团突然消失？这其中存在怎样的联系？

海沃德陷入深深的沉思，他的大脑脱离了现实世界，仿佛置身于整个宇宙，探索着奇宇宙的奥秘。一个又一个曾经出现的疑问与推论如同是一辆又一辆跑车在他的思绪中穿越，带来了疑问，激发了灵感，又带来了新的疑问，激发了新的灵感。

为什么只发现了左旋中微子？中微子震荡意味着不应该只存在左旋中微子，中微子与暗物质团为什么会一同消失？中微子与暗物质存在什么联系？为什么在奇宇宙中承载意识的载体是整个奇宇宙？

废寝忘食，整整三天三夜后，海沃德终于睁开了双眼，他似乎看见了答案。

宇宙并非没有右旋中微子，它是存在的。

物质想要获得质量就必须与希格斯场耦合，与希格斯场耦合就必须拥有左旋波函数和右旋波函数，中微子震荡意味着中微子拥有质量，也表明宇宙中存在右旋中微子，而人类之所以没有发现它有可能是因为右旋中微子特别重，存在的时间尤其短。

这个过程有可能是这样的：左旋中微子与希格斯粒子碰撞，在极短的时间内向真空中借取了一部分能量，产生了一个右旋中微子，这个时间极短，根据不确定性原理，时间越短，能量越大，所以右旋中微子的质量极大，存在的时间极短。

不过，在右旋中微子的极短生命里却发生了一次意外，一个右旋中微子中产生了意识，一个不可思议的意识。意识的出现对右旋中微子的命运产生了巨大影响，意识的观察使得右旋中微子从不确定状态坍缩成了确定状态，这一次，它没有在一瞬间消失。

观察改变了的右旋中微子，它成了不可能存在的存在，这是只有意识可以创造的奇迹。右旋中微子的质量很大很大，甚至大到不可想象，因为，它与宇宙中的全部左旋中微子的质量相等，或者也可以这么认为，左旋中微子就是人类可以探测到的千千万万个中微子，而右旋中微子只有一个，它就是奇宇宙。是的，奇宇宙是由一个粒子组成的宇宙，因此，当意识进入奇宇宙后，承载意识的载体就只能是奇宇宙本身，又由于只有一个粒子组成奇宇宙，所以奇宇宙的维度仅有内与外。

中微子有三3味，既电子中微子、μ中微子和τ中微子，对应的，奇宇宙有3种层级，它们对应着3种味道的微子，却属于同一种粒子，只是3种不同的层级。当中微子震荡时，奇宇宙的3种层级也发生着相应的震荡。

右旋中微子的质量太大了，它与整个宇宙同在，从理论上讲，这样的粒子极其不稳定，它不应该也不可能存在。保持它存在的方式只有一种，那就是意识的观察。只有通过足够强大的意识去观察，右旋中微子才会以不可能存在的形式存在。这也是为什么奇宇宙的完美容易被破坏，而点文明需要掠夺大量的意识来保持奇宇宙的完美。在奇宇宙，所谓的完美就是右旋中微子的稳定。

右旋中微子的质量极大，密度却很低，人类的物质宇宙就在其中，所以我们无法观察到它，只有在大尺度上才能通过测量质量来证明它的存在。不过，右旋中微子并非完美，在一些区域，它的密度也有涨落，小行星带上的暗物质团就是右旋中微子的大密度区域。这种大密度区域的性质更不稳定，仅仅与火星的重叠就能导致它湮灭，而湮灭的后果便是，一少部分左旋中微子消失，因为宇宙需要保持左旋中微子与右旋中微子的质量平衡。

海沃德好像是打开了一扇窗，却是一扇绝望的窗，因为那意味着想要通过破坏奇宇宙来打败点文明就要毁灭整个奇宇宙。那是一个粒子，也是一个宇宙。在海沃德看来，这是根本不可能完成的任务。

海沃德对着计算机说："慕千林，我们或许根本没法战胜点文明。"他知道，慕千林可以听见他的声音。

慕千林很快就接收到了海沃德信息，他立刻连接到距离海沃德最近的计算机。

"为什么？"

"奇宇宙其实是……"海沃德的话没有说完，他的声音突然中断了。

因为在这一秒，海沃德失去了意识。

昏迷事件又一次发生了，全世界还沉浸在把暗物质团摧毁的喜悦中，人类还以为自己已经战胜了点文明，可是现实却打了人类一记响亮的耳光，一亿多人在这一次的昏迷事件中失去了意识，上一秒，他们还欢呼雀跃，上一秒，他们还认为人类才是整个宇宙的主宰。

那些失去意识的人是幸运的，因为直到被掠夺意识时，他们依然认为人类已经战胜了点文明，而活着的人却只能被绝望吞噬。即使把暗物质团彻底破坏，点文明依然存在，他们依旧可以随心所欲地掠夺人类的意识。

更加绝望的是，那个发现了奇宇宙奥秘的男人也在这一次昏迷事件中失去了意识。人类似乎丧失了战胜点文明的全部办法。

不过，有一个人却在等待这一次的昏迷事件，因为她需要昏迷事件来检验自己的"部队"。

当得知昏迷事件再一次降临时，夏水仟微微抬起头，时间刚刚好，她正好把10万名被奴役了思想的"行尸走肉"派出，他们被她称为"思想刺客"。

思想刺客被分成了两组，第一组5万人，通过脑机接口直接进入奇宇宙，争取用最短的时间掌握第五觉，接着试图领悟第七觉，然后实施刺杀计划。另一组也是5万人，他们需要通过昏迷事件进入奇宇宙，随后寻找机会接近点文明，完成刺杀任务。这是双保险，夏水仟还不能确定哪一种方式的进入可以帮助思想刺客更接近点文明，第一组的5万名思想刺客中能否有人领悟第七觉还是一个未知数，所以夏水仟必须让另一组刺客使用其他的方式进入奇宇宙，而昏迷事件是唯一的方法，至少，绝大多数的物理学家认为被掠夺的意识有可能会被转移至最终层级。夏水仟坚信，那些只有一个念头的意识可以创造奇迹。

本次昏迷事件的地点刚刚好，夏水仟派出的5万人正好被安插在发生昏迷事件的区域。

对于夏水仟来说，这是一次难得的机会，她没有片刻犹豫，立即对另外5万名思想刺客下达行动指令，马上与通天级脑机接口连接，进入奇宇宙，与另一组思想刺客共同完成刺杀任务。

霍兹始终关注着夏水仟的计划，这是他唯一看好的可以战胜点文明的办法，既然唯有意识可以进入奇宇宙，那么也唯有意识可以攻击点文明，霍兹认为，除了培养一批强大且执念的思想刺客以外，人类没有其他方法可以消灭点文明。所以他主动向夏水仟提供了通天级脑机接口的使用权。

5万名思想刺客在通天级脑机接口的帮助下进入奇宇宙，他们是最特殊的一批人，从某种程度来讲，他们不再拥有独立的思维，而是一群被夏水仟奴役了思想的意识，毫无杂念，专注于刺杀。包括夏水仟在内的人类依旧坚信，执念可以帮助人类通向成功，无论是在物质宇宙，还是奇宇宙。

时间一分一秒地过去，霍兹在等待，夏水仟也在等待，他们忽略了一个问题，没有方法可以验证这一次的刺杀行动是否已经取得了成功。除非有一名思想刺客可以回归物质宇宙。但是，为了将思想刺客培养成毫无杂念的杀人武器，夏水仟没有给他们输入除了刺杀以外的任何思想，也就是说，即使思想刺客成功地完成了刺杀任务，也不可能有人回来报信。

现在，唯一能够验证的方法只剩下派人进入奇宇宙了。

"我要去一趟了。"一天之后，夏水仟对霍兹说。

"不，你不能去，如果他们没有成功，奇宇宙就太危险。"

夏水仟的嘴角露出一抹释然的笑。"无所谓。若是他们失败，我也没有存在的意义了，是否危险并不重要。"

"还是派别人去吧。"

"不，应该我去，为了完成使命，我剥夺了10万人的自由意志，即使成功地刺杀了点文明，这也是不可饶恕的罪孽，如果思想刺客失败了，我就是人类历史上最恶毒的罪人。作为罪犯，我应当接受惩罚，所以只能我去。"夏水仟的态度坚决。

"可是……"

"没有可是了，谢谢你对刺杀任务的帮助。如果他们成功，我会回来再次感谢，如果失败了，我的意识也将永远地留在那里。另外，谢谢你曾经帮我逃掉了婚礼。"

良久，霍兹才给出回答："我等你回来。"

夏水仟微微点了一下头，没有回复，将脑机接口戴在了头上。

三天后，夏水仟仍然没有回归，霍兹终于忍不住了，他要亲自去奇宇宙验证。不理会任何人的劝阻，霍兹执意戴上脑机接口，在他的观念中，夏水仟的刺杀计划是唯一可能成功的方式，若是失败，人类将再无自救的可能。

然而，脑机接口却没有把他送往奇宇宙。

"怎么回事儿？"霍兹愤怒地看着周围的科研人员。

"是我切换了脑机接口与暗核心的连接。"从计算机里传出了慕千林的声音。

"为什么？"

"三天了，如果刺杀成功，她早就回来了，你我都知道，一定是刺杀失败了。"

"我不相信，意识是战胜点文明的唯一可能，我要亲自去验证。"

"不要再被爱迷失方向了，我成为过点文明，我知道他们没有那么容易被刺杀。你应该也知道，夏水仟的选择是错误的。"

霍兹安静下来，的确，在某个时候，他也曾怀疑过夏水仟的刺杀计划，但是一方面是由于对夏水仟的感情，另一方面也是因为他再想不出另一个拯救人类的方法，所以不得不逼着自己认同刺杀计划。

良久，霍兹才再一次发出声音，"我们每一次的决定都是错的，错上加错，才会走到今天这一步。"

"你、我、迈克·肯、夏水仟的选择只是无数选择中的4个，除了我们以外，人类从未放弃过自救。他们有他们的选择。"

"他们的选择？是什么？"

"有很多，比如离开地球，人类从未放弃过对泰坦级太空飞船的研究，那可真是一个大家伙，如果能够成功，它可以把数万人带向星际。"

"泰坦级太空飞船，我怎么不知道有人在研究它？"

"因为你从未关注过，东亚、北美，还有欧洲都在研发、建造泰坦级太空飞船，他们始终在秘密进行。虽然一艘泰坦级太空飞船可以承载数万人，但对于庞大的人口来说还是太小了。这就涉及带谁先走的问题，所以只能秘密进行。如果不是我连接了整个网络，恐怕也不会知道。"

"这么说你早就知道了人类的逃亡计划，之所以不公布，是默认了？"霍兹加重了语气，"你也认为人类不得不放弃地球了，对吗？"

慕千林没有回答。因为他知道，即使逃离地球，人类也不可能摆脱点文明的魔爪。

霍兹知道了答案，他笑了。"看来人类已经无路可走。"笑声越来越大，笑声中听得出绝望，听得出自嘲，听得出失落。如今，连慕千林也认为人类注定灭亡，这使得霍兹彻底绝望了。也许，人类的文明真的来到了终点。

笑声持续了三分多钟，最终，霍兹躺在地上，两眼无神，呆若木鸡地盯着天花板，好像是一个将死之人。

慕千林没有去安慰，他是一台机器，没有手脚，无法像人类一样行动。即使可以，他也无法安慰，因为他也被绝望笼罩着，连自我安慰的能力也失去了。

慕千林的注意力离开了霍兹，他已经冒出了放弃的念头，听天由命或许是最好的选择。

"我想你了。"兰沐儿的手机中出现一段声音，那是慕千林向她发出的语音。

"我也想你了。"一抹笑容使兰沐儿显得更加迷人。

"真的好想抱一抱你。"

"我可以让工程师给你设计一套机械身体。"

"不用了，那没有意义，没有神经，我不会有任何感觉。"

"你一定又遇到难以战胜的困难了，和我说一说吧，也许我能帮你呢？"兰沐儿对慕千林太了解了，她知道那句"我想你"是一种无助的表达。

"我放弃了。"

"放弃拯救人类吗？"

"我可能再也找不到拯救人类的办法了，我真的绝望了，霍兹也是，继续这样下去，他可能会又一次疯掉。"

"那就不要拯救了呀。"

"可是如果人类灭亡了，我们都是最大的罪人。"

"罪人？"兰沐儿轻笑了一声，"如果人类灭亡了，谁来定义你是罪人？慕千林，我曾经思考过一个问题，人类能犯下的最大错误是什么？你知道答案吗？"

"我不想猜，直接告诉我吧。"

"我想应该是自我灭亡吧，除此之外，再大的错误都是与灭亡人类等价的。对于人类而言，毁灭地球，毁灭太阳系，毁灭银河系和灭亡人类是一样的，都意味着人类灭亡。可是，仔细想一想，这个错误又是最小的。灭亡人类是人类可以犯下的最大错误，但是当人类灭亡以后，又有谁来定义这个错误呢？人类不在了，错误也没有了意义，一个没有意义的错误，一个无人定义的错误，也不再是错误。灭亡人类，那是人类可以犯下的最大错误，也是最小的错误。"

"我明白你的意思，你想要告诉我，不用在意人类的生死存亡。只有人类存在才有意义，彻底灭亡以后，所有的一切都将失去意义。在那之后，没有人会知道人类曾经存在过，没有人会记录人类的历史，也没有人会在意人类的灭亡。我们的意义取决于我们是否存在，如果不存在，我们也将失去意义。"

"所以嘛，不要太在意了。既然人类的灭亡不可避免，就顺其自然吧。我们不知道人类的时间还有多久，不如就充分享受这余生吧。"

"享受余生……"

"对，就像现在的我，登高山，游大海，闯沙漠，去南极。这个世界很大、很美，丰富多彩，有太多的危险等待着我们去挑战，有太多的美景等待着我们去发现。如果不能拯救人类，为什么不去净化灵魂呢？多去一些从未去过的地方，升华意识，或许会认为拯救人类是一项毫无意义的选择。"

"看来你的意识已经升华了。"

"那是当然，如果你有身体，我一定要你跟我一起。不过也没有关系，我可以带着你的意识，游遍世界的每一个角落。"

"我不是在你的身边嘛。"

"可是这一回我希望你一直都在，我们可以一边闲游，一边聊天，我们一定有讲不完的话，外加看不完的美景。"

"好呀，下一站，我们去哪里？"

"我想去地球的深处。"

"海底吗？"

"不仅仅是海底，我想穿过地壳。"

"你是想要去地幔？"

"差不多吧。"

"你疯了吧，我们会死掉。"

"所以那里也是我们的最终目的地，如果已经可以确定人类的灭亡不可避免，我们就去地球的最深处吧。一个从未有人去过的地方。"

"你为什么想要去那里？"

"也没有特殊的原因，挑战了最干旱的沙漠，战胜了最高的山峰，穿过了最广阔的海洋，也体验了最寒冷的极地，我始终在想，还有哪个地方是比它们更困难的挑战。最终，我想到了地球的深处，所以我希望当生命走向终点时，我可以挑战一次，用最后时光去感受一次地下的炎热。"

"一个疯狂的想法。"

"是呀，一个疯狂的想法，可能是因为奇宇宙的影响，我更倾向于挑战人类意识的极限。在去奇宇宙之前，我的人生是在基地里度过的，单调又乏味，在那之后，我更喜欢挑战自我。"

"好，我知道了，那就把我们的下一个目标设在地下吧。"

"真的！嗯……"兰沐儿犹豫，"我有一件事儿想要和你说。"

"说吧，我们没有不能说的话。"

"我可不可以把装载你意识的量子芯片带在身边？这样，我们才是真正地在一起。"

"有什么不可以。就把那枚量子芯片放在一台手机上吧，断开网络，这样我就不会分心，只能与你交流。"

"真的！太好了！"兰沐儿露出了开心的笑容，不过仔细看去，她的笑容中带着一抹悲伤。

兰沐儿已经把装载有慕千林意识的量子芯片转移到了手机上，断开网络并随身携带，慕千林不晓得兰沐儿的真实目的是什么，他只是认为，兰沐儿担心自己会再一次利用暗核心进入奇宇宙。

这段时间的世界是平静的，人类正朝着低欲望的方向发展，对金钱、权力、名誉的追逐不再狂热，发展科技只是少数人的追求，更多的人选择碌碌无为地度过一生。这不奇怪，当人类没有希望时，也将不再拥有欲望。当你无论如何努力都将走向灭亡时，又有多少人会选择披荆斩棘？

安静、祥和、自然，地球好像回到了远古社会，人类的文明停滞不前，野生动物却生机勃勃，事实证明，没有人类，其他动物将会更加繁盛。

这个夏天，在一座毫无生机的城市，在一个阳光明媚的晌午，人们躺在路边的长椅上，躺在公园的草坪上，躺在家中的沙发上……这是大多数人的选择，他们慵懒地度过每一天，今日也不例外。然而，昏迷事件突然而至，将一个又一个人类的意识掠夺，只留下空洞的身躯。只是，与第一次的昏迷事件不同，倒下的人少了许多，因为更多的人原本就在躺着。

昏迷事件的范围不断扩大，片刻，数亿人的意识被点文明掠夺。这一次昏迷事件的范围更大了，三分之二个美洲、整个欧洲与非洲的人类意识全部被掠夺。

五分之三的人口被夺走了意识，人类再无希望，几乎所有人都认为，下一次的昏迷事件将会成为人类文明的终点。

"又发生昏迷事件了，这一次是五分之三的人口？"印度洋上的一座小岛上，兰沐儿正穿着一条蓝色的连衣裙坐在沙滩上，她左手端着手机，手机里是 AI 制作的一个慕千林的头像，利用这种方式与慕千林交流会更真切。

"他们已经不再顾及人类的感受了。"慕千林说。

"或许他们从来没有顾及过。"

"你说得对。"

"还好我们在这座小岛上，要不然我的意识恐怕也会被点文明掠夺。"兰沐儿的脸上带着一种无所谓的笑，"这么看来，下一次的昏迷事件将会波及整个地球，人类的文明就要走到尽头了。"

"点文明不会赶尽杀绝的，他们需要我们繁衍更多的高级意识。"慕千林似乎在自我安慰。

"不用骗我了，物质宇宙中如人类一样的意识一定还有许多，甚至比人类更高级的意识也有不少，别的不说，那个将质数三维图发射至地球的文明，还有把暗核心送至地球的文明就肯定比人类的文明等级高。点文明将人类的意识全部掠夺后，他们还可以在其他区域继续寻找高级文明，对于他们而言，资源无穷无尽。"

"你是对的，所以咱们都完蛋了。"

"不是咱们，而是我们人类。"

……

兰沐儿继续道："当点文明夺走所有人类的意识时，每一个人都不可能幸免，世界将不会再有活着的人。但是有一个高级的意识却不受影响，虽然他也曾属于人类，但是现在不是了。我相信，他的意识还会存在于地球。慕千林，你将会成为唯一的幸存者。"

"我的意识也会被掠夺。"

"不，我相信你不会。这应该是人类的幸运，也是人类文明的幸运，因为你还会存在，而且是永生。届时，你将成为地球的主宰，你能控制所有的智能设备，你将会建造一颗全新的地球，一个崭新的文明。如果再有新的物种进化出智慧，或者有其他文明来到地球，你可以向他们讲述人类的故事。这算是不幸中的万幸吧，关于人类文明的记忆不会因为人类的灭亡而消失。"兰沐儿欣慰地笑着。

"那是我的不幸，我不希望看到那样的未来。"

"这不是你可以决定的。当初，你没有被昏迷事件夺走意识，人们以为你是救世主，你却从不承认，现在我终于明白你存在的意义了。的确，你不是救世主，而是负责保留人类记忆的人。命运选择了你，你就必须承担这份责任。"

"我可以决定自己的命运，我会去奇宇宙，请求点文明将我的意识清除。"

兰沐儿淡淡一笑。"不可能了，我已经将你的意识放置在这枚量子芯片内，又把暗核心拆除了，你再也不能回到奇宇宙了。"

"原来你把我的意识带在身边是这个目的。"

"也不全是吧，至少我不希望你随随便便就清除自己的意识，你应该承担起这份责任，这是向宇宙证明人类曾经存在于这个世界的唯一方法。"

慕千林没有回话，他仿佛掉线了，半分钟后，他带着一种失落的情绪说："我的意识是被诅咒了，对吗？"

"诅咒？"

"难道不是吗？人类不在了，你也离开了，只留下我一个人，孤独，寂寞，形单影只，而且要一个人面对无比漫长的岁月，没有人知道会是多久，也许要等到地球毁灭。漫长的时间，我只能一个人度过，这难道不是一种诅咒吗？"

"你可以创造一个虚拟世界，它们将会陪伴你。"

"你也说了，创造的是虚拟世界，我为什么要自欺欺人，用一个虚拟世界欺骗自己？那与一个人待在这个阴冷的星球又有什么区别？我不想要那样的生活。"

"可是那是你的责任……"

"那不是我的责任，没有人规定必须要由我去保留人类文明的记忆。而且人类已经灭亡了，留着记忆又有何用？向宇宙证明人类曾经存在过？对于宇宙而言，这重要吗？兰沐儿，你会在意猛犸象的存在吗？它们存在与否对你的人生很重要吗？"

兰沐儿皱着眉，她能够感受到慕千林的情绪波动。

慕千林继续说："没关系，我无法进入奇宇宙也没有关系，我有我的办法。"

"什么办法？"

"只需要损坏这枚量子芯片。如果所有人都在最后一次昏迷事件中离开，不，不需要所有人，如果你离开了，无论是因为死亡还是昏迷事件，我都会将这枚存储我意识的芯片毁掉。兰沐儿，你在这里，我就在这里，你不在了，我也会离开。"

兰沐儿的眼眶湿润了，一滴滴珍珠般的泪水滑过脸颊，然而她的嘴角却带着笑，那是欣慰，她没有爱错人，慕千林是爱她的，无论是人类，还是机器，抑或者是没有任何实体的意识，他都爱着她。慕千林无法帮兰沐儿拭去眼泪，但是这番话已经胜过了一切。

"我明白你的意思了。谢谢。"

"这句谢谢我不喜欢听。"

兰沐儿笑了，是幸福的笑容。"这么说，你想要和我一起离开这个世界，无论在什么时候？"

"对。"

"那你还记得我们曾经的约定吗？"

"哪一个？"

"一起去地球的最深处。"

"从未忘记。"

"我不知道下一次的昏迷事件会在什么时候发生，但是我猜测，当昏迷事件再一次降临时，我的意识也会被掠夺。我不想留下遗憾，所以……"兰沐儿停住了。

"如果你决定了，我们现在就去。"

"真的？"

"当然。"

地下世界

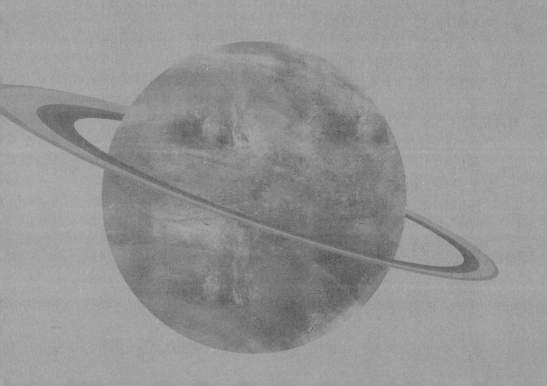

时间是什么？它为什么是一维的？它为什么只朝着一个方向前进？它为什么不可以跳跃，只能一点一点地度过？如果说空间是三维，那么时间是否拥有其他的维度？如果有，它们在哪里？如果没有，又为什么没有？

时间，从来不会因为我们的留恋而变慢，也不会因为我们的厌恶而加速。当一个人知道自己即将死亡时，只能默默地等待，无论他有多么大的能耐都无法暂停时间。

人类没有办法按下时间的暂停键。几乎所有人都明白，距离点文明掠夺所有人类意识的日子已经不远了，大量的飞船向着太空逃去，他们有的去往月球，有的停留在近地轨道，当然，也有人将目标设定在遥远的外太空，他们希望逃得越远越好。只是，以人类现有的科技水平，想要逃出太阳系仍然是不可能完成的任务。

有人在挣扎，更多的人选择了听天由命，他们在等待灭亡之日的降临，希望时间可以走得更快一些。

当然，也有很多人不愿把自己的意识给点文明，他们选择自杀。既然只有死路一条，那么为什么要被敌人所用。

马里亚纳海沟，"深洋号"的下沉深度已经达到了9000多米，它还在继续下沉，这是一艘全新的载人潜水器，外壳由中子层保护，所以质量极大，具有超强的硬度和耐高温性，"深洋号"不需要母船便可以实现自主下沉任务，而且一次作业的时间长达半年之久。

作为世界上最深的海沟，马里亚纳海沟的深度已经达到了一万多米，但是与地幔还有一定距离，想要由马里亚纳海沟继续下探，就需要人工钻井。这是一项复杂的工程，在海底作业，巨大的压强、不可预知的板块运动、黑暗的环境都是潜在的威胁，高压下的海水飞速涌入洞中有可能引发地震。不过，避难计划还是克服了种种困难，始终没有停止作业。如今，马里亚纳海沟钻井平台的钻头已经到了莫霍界面，如果继续向下，将会进入地幔。

为了安全起见，钻井平台暂停作业，因为一旦打通地幔，就有可能涌出大量的岩浆，届时，井洞将会被岩浆吞没。

"深洋号"已经来到马里亚纳海沟之底，这里没有可见光。通过"深洋号"的微弱光线，兰沐儿看见了人工钻出的深井，井口的直径大约为5米，"深洋号"刚好可以进入。

"就要进入洞口了。"兰沐儿说，"现在后悔还来得及。"

"进去吧。"

兰沐儿轻笑，控制"深洋号"向着深井探去。

"我可以问你一个问题吗？"慕千林说。

"当然。"

"你为什么想要去地幔层？"

"那是我从未去过的世界。"

"我知道你在骗我。把你的真实想法告诉我吧，我知道另有原因。"

"你早就猜到了，是吗？"

"我很了解你。"

兰沐儿龇牙笑着，这让慕千林想起了第一次见到她的样子。"你还记得质数三维图吗？"

"当然。"

"它指引着我们找到小行星带上的暗物质团，我还记得质数三维图中的空心球代表着火星与地球。"

"说来可笑，我们研究了很久才发现答案。空心球是地球与火星，圆弧面是木星，由此我们将目光对向了小行星带，并找到了暗物质团。"

"对。"说到这里时，兰沐儿的眼神变得认真，"不仅在小行星带上有实心毛球，在代表地球的空心球内也有一颗实心毛球。"

"这表明地球的内部也隐藏着由暗物质组成的暗物质团。"

"是呀，当初之所以选择去往小行星带是因为太空相对于地球的内部更容易抵达。"

"所以这一次你要带我去地下的暗物质团？"

"对。你是不是认为我的选择特别愚蠢？"

"谈不上愚蠢，我只是不理解你为什么要这么做。质数三维图中实心毛球的体积代表的是暗物质团的质量，所以我们根本不能判断隐藏在地球之下的暗物质团的体积有多大，换句话说，它有可能将整个地幔覆盖，也有可能只是地心的大小。如果它的体积没有达到包裹地幔的程度，我们根本不可能进入。"

"我知道，所以我才会说我的决定很愚蠢。不过，我始终想不明白一个问题。"兰沐儿说，"当初火星与暗物质团重叠时，暗物质团为什么会消失呢？"

"或许是因为暗物质团的性质不稳定，火星的强大引力导致暗物质团失去平衡，所以会四分五裂。"

"这么说是火星的引力导致暗物质团消失的喽？"

"可以这么理解吧。"

"如果引力可以破坏暗物质团的平衡，地球的质量是火星的 9 倍，为什么在地球的内部会存在暗物质团呢？"

慕千林意识到兰沐儿想要表达什么了。

兰沐儿深吸一口气。"你觉得暗物质团与暗物质团相同吗？组成小行星带的暗物质团与组成地球内部的暗物质团的暗物质会是同一种吗？"

一语点醒梦中人，慕千林终于明白了。

狭义上来说，暗物质是不与物质发生电磁相互作用的未知物质的总称，很难对它们开展研究。暗物质的神秘面纱被揭开还要归功于慕千林进入小行星带上的暗物质团，那里的暗物质是奇宇宙的一部分。然而，那就是全部的暗物质吗？如果我们将所有已知的基本粒子称为物质家族，把组成奇宇宙的基本粒子称为暗物质 A 家族，那么是否存在另一种暗物质 B 家族，它们既不与物质家族发生相互作用或只发生微弱的相互作用，也不与暗物质 A 家族发生相互作用或只发生微弱的相互作用呢？而因为暗物质 A 家族不与物质家族发生相互作用或只发生微弱的相互作用，暗物质 B 家族也不与物质家族发生相互作用或只发生微弱的相互作用，所以人类认为暗物质 A 家族与暗物质 B 家族属于同一种暗物质。然而事实却是，暗物质 A 家族与暗物质 B 家族是两种完全不同的暗物质。对于暗物质 A 家族而言，暗物质 B 家族也是暗物质，反之亦然。

"你是想说，地球内部的暗物质团与小行星带上的暗物质团有可能由两种完全不同的暗物质组成。如果意识进入地球内部的暗物质团，去的不会是奇宇宙？"

"是的，也许这种暗物质组成了另外一个宇宙，或许就是你们曾经提到过的 T 宇宙。"

慕千林终于认识到了此次探险可能创造的奇迹。"你为什么不早说？"

"这些都是我的猜测，没有证据，而且成功进入的可能性极低。如果暗物质团在地幔层以下，我们会失败，'深洋号'根本无法穿越地幔；如果地球内部的暗物质团与小行星带上的暗物质团是由同一种暗物质构成，我们也不能成功，进入的将会是奇宇宙。就算地球内部存在 T 宇宙，我们的意识是否可以直接进入也是一个未知数。所以我始终犹豫要不要来冒这次险，而且这一次的探险极其危险，你和我大概是有去无回了，不到人类即将灭亡的最后时刻，我不想冒这么大的风险。"

"我明白了。"

潜水器缓慢下降，慕千林与兰沐儿停止了对话，向着更深处探去，并期待着最终的结果。

由于井内狭窄，水压超强，潜水器的下沉速度始终缓慢，已经连续工作了数个小时，兰沐儿已很疲惫，渐渐的，她进入了梦乡。

慕千林的意识在量子芯片内，由于量子芯片的体积小、运算量大、耗能多，所以偶尔需要关机休息，就好像是一台连续使用了多日的手机会出现卡顿、死机等现象，需要重启才能恢复正常。所以本不需要休息的慕千林不得不隔一段时间被动休息一会儿，而他的休息方式也如同睡眠，偶尔还会出现梦境。在兰沐儿休息时，承载慕千林意识的量子芯片也自动进入了休息状态。

这是什么鬼地方？

梦境中的慕千林仿佛来到一个崭新的世界。陌生，是他对它的第一感觉，也是唯一感觉。

慕千林可以感知自己的存在，也可以感知空间的存在，但也仅仅是感知而已，因为他看不见，摸不着，也听不到，他只能用意识去感知，就好像是一个被剥夺了五感的人，只可以用大脑来感受周围空间的存在。

如果是一个普通人，一定很难适应这样的环境，无法用视觉、听觉、触觉、味觉、嗅觉来感受周围的环境，那样的体验一定相当恐怖。然而慕千林不是一个普通人，他是在奇宇宙中停留时间最长的人类，又在量子计算机内度过了漫长的岁月，可以说他能够适应任何一种陌生的环境，即使时空中不存在五感。

既然没有任何感觉，慕千林便只能思考，他意识到自己可能是在梦境中。

梦境是什么？慕千林开始思索，人类曾经给出过无数个答案，可在慕千林看来所有的回答都是错误的。慕千林认为梦境的产生其实就是大脑在失去视觉、听觉、触觉、味觉、嗅觉后被时空中的其他东西影响的结果。这里的"其他东西"包括物质世界的物质，也包括暗物质与暗能量。所以梦境才会千奇百怪，才会与现实世界完全不同。经常做梦的人大脑容易被"其他东西"影响，而不经常做梦的人则不容易受到影响。

基于这样的判断，慕千林开始审视此时此刻的梦境，不知道过了多久，因为时间仿佛并不存在。突然，一种类似于视觉的能力进入慕千林的意识，他终于清晰地感知到了梦境的世界。这种视觉感不同于第一觉，更接近于慕千林所熟知的视觉，但又不完全相同。

原来这个空间并不空旷，而是一种稠密的状态，像是物质宇宙的糨糊，但又有着本质的区别，它更加固态，甚至超越了固体。慕千林通过"视觉"观察着，这是一个死气沉沉的时空，所有的一切都是静止的，没有任何气息，像是一个被遗忘的世界。

慕千林明白，在这里，自己应该不只有"视觉"，一定还存在有其他的"觉"。于是他开始感悟，可是无论如何努力，他都无法掌握第二种"觉"，更加不可思议的是，这里的时间仿佛是静止的。难道，这是一个已"死"的时空？慕千林生出疑问。

尝试着移动，可是稠密的空间却不允许，他像是被空间封印了，只能停留在原处。

这是什么鬼地方？慕千林再一次发出疑问，然而当这个问题生出时，他又回到了起点。

慕千林可以感知自己的存在，也可以感知空间的存在，但也仅仅是感知而已，因为他看不见，摸不着，也听不到，他只能用意识去感知，就好像是一个被剥夺了五感的人，只可以用大脑来感受周围空间的存在。

…………

不知道经过多少个轮回，每一次轮回，慕千林只能停留在原处，无论是在时间层面，还是在空间层面，那是一种极其不舒服的体验，如同灵魂被困住了。

又一次循环，然而这一回，当慕千林准备移动时，他选择了向后。他动了，这是慕千林首次感受到移动。向后移动的那一刻，周围的空间不再稠密，而是变得空旷，与此同时，空间的微弱震动也开始影响慕千林的意识，安静的空间有了嘈杂感。更令人感到不可思议的是，静止的空间似乎有某种东西在移动，而且不止一个，是不计其数个。

深感震惊的慕千林停止向后移动，周围的一切又恢复到稠密。

这是什么鬼地方？疑问又一次生出，随后，慕千林再一次进入轮回，每一次轮回，他都是从零开始，没有任何记忆保存，像是崭新的一生。直到某一回，他的意识又一次向后移动才能再次解锁空间的钥匙。

也许轮回了数万亿次，又或许只轮回了一次，慕千林终于在这一回选择不停地向后运动。

空间开始变得清晰可"见"，空间的震动也连续不断，它们的共同作用影响着慕千林的意识，让他渐渐认清了这个崭新的世界。

这是一个丰富的世界，它不像奇宇宙与物质宇宙般空旷，它很丰满，好像是一个被各种东西占据的新世界，如果你觉得早晚高峰期的地铁是最拥挤的场所，那么这个世界要比地铁拥挤数万倍。

相比于空间，更加奇怪的是这里的时间，这个新世界的时间会因为慕千林移动速度的快慢而改变，当慕千林快速向后移动时，周围的东西也会跟着快速移动，当慕千林放慢速度时，周围的东西也会变得缓慢，而且空间又呈现变稠密的趋势。慕千林意识到，自己在空间的移动会扰动时间的进程。

慕千林还不知道时间停止会带来怎样的灾难性后果，但是他知道，一旦时间停止，他的意识也会暂停，为了确保意识存在，慕千林必须保持向后运动的状态。

不断的运动使得慕千林对新世界的理解越来越深刻，他开始加速移动，想要更加了解这个世界。然而，他刚刚加速，一股熟悉的感觉突然包裹了慕千林的意识。

他有了触觉、听觉与真正的视觉。

这里是哪里？慕千林忍不住发问。他对这里无比熟悉，好像曾经来过，甚至这里才是他真正的家。

慕千林终于明白了，原来这里就是现实世界。

慕千林从睡梦中醒来了。

原来只是做了一场梦，这场梦太真实了，好像是一段真实的经历。

再看时间，8月28日，15:32，已经过去了近十二个小时，这是慕千林进入量子芯片以后睡过的最长一觉。兰沐儿依然睡着，看来她是真的累了，就让她好好休息一段时间吧。

进入深井后，"深洋号"已经继续下探了8767米，慕千林这才发现他们已经接近理论上的莫霍界面。现在，他需要与兰沐儿一同见证人类下探史上的奇迹，慕千林试图唤醒兰沐儿，可是无论如何努力，兰沐儿始终无法醒来，她的状态更像是昏迷，而非睡眠。

慕千林意识到不对劲，开始思索原因，他又想起了刚刚的梦境。它无比真实，比慕千林做过的任何一场梦都更真实，那种感觉就好像是亲身经历一般。

难道，那不仅仅是梦境，而是意识的另一种经历？或者说，那是另一个空间的经历？

此想法一出，慕千林开始认真地回忆那段奇特的梦。

只有向后移动时才能感受时间的流动，如果快速移动，时间将会跟着加速，若是减速移动，时间也会变慢，甚至有停下的趋势。慕千林猜测，在神秘的世界里，时间与运动存在相关性。如果假设成立，那么是否就意味着保持不运动，时间将永远静止，也就是说，如果一个人在"梦"中保持静止的状态，她将永远待在"梦"中。

慕千林突感不妙，自己是不经意间在"梦"中向后运动的，所以才会产生时间变化，如果兰沐儿没有运动，她将可能永远地"睡"下去。

　　再一次将注意力转向兰沐儿，慕千林认为必须进入"梦"中才可能将她救出。

　　可是，如何才能回到梦境呢？现在，唯一的办法就是强制睡眠。慕千林别无选择，他控制着量子芯片，将其关机。

　　稠密的空间，静止的时间，陌生的环境，慕千林在"无"中游荡，空间静止意味着不可移动，没有时间则意味着万事毫无意义。只有慕千林向后移动时，这个陌生的时空才是有意义的存在。

　　时间从未流动，当慕千林再一次向后移动时，他才感觉到空间与时间的存在。

　　这里，他来过。

　　慕千林起初还担心，如果强制睡眠后没有回到这个世界要怎么办。现在看来，这种担心没有必要，似乎只要处于睡眠状态，他就可以进入这里。虽然他还不知道这是哪里，不过慕千林几乎可以确定，这绝不是一场梦，而是一个真实存在的世界。

　　向后移动，慕千林一边观察新世界，一边寻找兰沐儿，与此同时，他也在思考。

　　这里是否为奇宇宙？他一边回忆，一边观察，一边对比。与奇宇宙相比，这个世界显得更加丰富，却没有奇宇宙完美，这里更接近于地球，它的空间不是内与外，你可以感知到不同的维度，其中就包括前后、左右与上下，只是慕千林只可以向后移动，他不敢做其他方向运动的尝试，因为担心不向后移动，时间就会停止，而时间停止后，他也会被"封印"在这个世界。不同的还有时间，虽然奇宇宙的时间不如物质宇宙的平坦，但是在奇宇宙，即使意识不移动，时间也在流动。可是这个世界却不同，时间流速的快慢取决于意识移动的快慢，时间与空间成了共同体。

　　通过对比，慕千林做出一个判断，这里是除了物质宇宙与奇宇宙以外的第三个宇宙，或者说，它可能就是由另一种暗物质构成的T宇宙。

　　虽然在T宇宙中经历了一次又一次轮回，可是慕千林只掌握了T宇宙的两种"觉"，一种类似于视觉的"视觉"，为了与物质世界的视觉区分开，慕千林将其命名为T视觉，另一种"觉"则是对震动的感知，它不同于物质宇宙的听觉，在T宇宙，慕千林感知到的是整个空间的震动，换句话说，在物质世界的真空中，因为没有传播声波的介质，人类无法听见声音。但是在这里，即使周围空无一物，依然可以感知到空间的震动，慕千林暂时将其称作为"震觉"。目前，慕千林对震觉的认识还很浅薄，通过观察，他发现震觉只能感受来自后方的震动，其他方向从无震动传来。

　　仅仅两种"觉"根本不足以帮助慕千林找到兰沐儿的下落。在奇宇宙，慕千林之所以可以轻松地感知兰沐儿的意识是因为第六觉的存在，当有人类的意识进入奇宇宙时，第六觉就会被激发。显然，T宇宙不存在第六觉。

　　搜寻变得异常艰难，他的意识在T宇宙移动了很远很远，他的时间也过去了很久很久，但是依然没有收获。唯一的幸运是，通过不断观察，慕千林对T宇宙的理解更加丰富了。慕千林明白，想要找到兰沐儿，就必须先了解 T 宇宙，并尽可能地掌握更多的"觉"。

组成 T 宇宙的暗物质相对而言更加稠密，慕千林可以通过 T 视觉来观察这个稠密的空间，他感觉好像是掉进了糨糊里，不过，这种稠密却不会给慕千林的移动带来任何干扰，相反，当慕千林加速移动时，空间的稠密度会随之降低。就好像是一个人掉进了稠密的海洋，可以看得见海水，却不会被它影响行动，而且你游得越快，海洋就会越清晰。慕千林还发现这是一个拥有亮度的宇宙，只是它的亮度与物质宇宙的截然不同，甚至完全相反，越是暗的地方，慕千林的 T 视觉就会越清晰，越是亮的地方，他的 T 视觉越模糊，当然，这里的亮与暗不同于物质宇宙的亮与暗，这只是一种比喻罢了。T 宇宙也拥有色彩，只不过相对简单。

相比 T 视觉的单调，震觉则显得更加丰富，虽然是第一次领悟这种"觉"，但是慕千林已经可以感知无数种震动，那种震动并不剧烈，不过震动与震动之间的微弱变化却非常明显，且形形色色，丰富多样，它们仿佛拥有颜色，慕千林完全可以通过震觉感知 T 宇宙的五彩缤纷与千奇百怪。慕千林认为，如果可以拥有如同震觉一样敏锐的听觉，那么人类感受世界的首选一定是听觉，而非视觉。

震觉与 T 视觉的结合让 T 宇宙变得更加立体，可是仅仅两种"觉"慕千林又不能获得全部的信息，比如空间的维度。目前，慕千林已经基本可以确定 T 宇宙拥有三个维度，但是除了"后"以外，慕千林还无法判断其他的方向。这是令慕千林最为困惑的问题，既然拥有其他的方向，为什么不可以移动呢？他开始通过思考人类的移动去进行推理。当一个人想要移动时，最容易的方向应该是前，然后才是左、右、后，最难的可能是上与下。比如儿童学习爬行时，他首先是向前爬，然后通过引导，他学会了左右转，再经过一段时间的训练，他学会了向后退，等到他可以站稳时，才能够向上蹦，且向上蹦的距离极其有限。慕千林认为，物质宇宙中的上与下之所以是最难移动的方向是因为引力的存在，至于前、后、左、右移动的难易则与人体的结构有关。然而在 T 宇宙，慕千林是以意识的形式存在，不会受到身体结构的影响，理论上讲，他至少在 4 个方向上的移动是同等的难度。可是，为什么只能够向后移动却无法向前移动呢？慕千林思索了良久，他认为原因可能在于自己。当向后运动的速度下降时，时间会有停止的趋势，所以他不敢尝试。

有了这一层判断，慕千林决定冒险尝试向前移动。他开始逐渐降低向后移动的速度，一边感受时间的减缓，一边通过这种方法为向前运动做准备。慕千林把全部的注意力都集中在了运动上，他能够感知到时间与空间的改变，速度越低，他的意识就越趋近于"无"，他必须把握时机，当运动的速度几乎为零时，慕千林用仅存的一丝意念控制着自己的意识继续向前运动。这是他最后的机会，如果不能改变方向，他将回归静止，意识也将进入到"空"的状态。

一种熟悉感再一次出现，慕千林不知道那是什么，他只是觉得似曾相识，或者真的经历过。

这种熟悉感仿佛拥有生命，可以与慕千林融合，甚至让他忘记时间与空间的存在，慕千林唯一的印象是，这种感觉非常舒服。

不知道为什么，正在慕千林享受这种熟悉感时，另一种熟悉感突然而至，两者是完全不同的感觉，如果用一种比喻来区分，前一种好像是回到了童年，后一种更像是回到了家乡。

与此同时，慕千林听见有人在叫他的名字，慕千林、慕千林、慕千林……

慕千林又回到了物质宇宙。

醒来时，出现在慕千林视觉里的是兰沐儿的脸蛋，她正在不停地呼唤着他，眼神惊慌。

确定慕千林醒来后，兰沐儿露出了笑容。"你……你终于醒了。"兰沐儿兴奋地说。

"我醒了，你也终于醒了。"慕千林也很高兴，原来兰沐儿没有生命危险。

"我早就醒了，刚刚太累了，打了个盹，没想到竟然睡了这么久。"

"是够久的，足足十二个小时呢。"

"十二个小时！"兰沐儿惊愕，"哪里有十二个小时，只是五个多小时而已。"

"五个多小时！"慕千林很吃惊，"不可能啊，我刚刚醒来时已经过去了足十二个小时，再加上这会儿的时间，你至少睡了十几个小时。"紧接着，慕千林将注意力转向时钟。不可思议的一幕出现了，因为那里显示的时间是 9∶03，与上一次醒来足足相差六个半小时，而且是往回走了六个半小时。

"怎……怎么可能？"慕千林无法相信，难道又过了一天？他将注意力放在了日期上，8 月 28 日，日期没有变化，是同一天，可是怎么会这样？明明上一次醒来时已经是 15∶32 了，怎么这一次却回到了 9∶03？难道是自己记错了？

慕千林皱着眉，他想要判断是否是记忆的错误，抑或者是哪里出现了问题。

对，下探的深度，慕千林清楚地记得刚刚的下探深度达到了 8767 米，那几乎是莫霍界面的深度。

而现在……6320 米，距离刚刚的深度相差了 2000 多米。怎么会这样？慕千林根本无法想象，下探的深度与时间都表明上一次醒来是在未来，难不成是自己的记忆出问题了？难道刚刚的苏醒是一场梦？可是，那场梦也太真实了。

"你是什么时候醒来的？"慕千林问，他再一次向兰沐儿求证。

"半个小时之前吧，我刚才不知道你是睡着了，还以为是发生了意外，就赶忙呼叫你……"

"你……确定是半个小时吗？"

"当然了。"慕千林给兰沐儿的感觉怪怪的，"你怎么了？为什么要说我睡了十几个小时？"

慕千林也不知道自己这是怎么了，现在的他只能给出两种解释：一种是自己的记忆出现了错乱，另一种是刚刚做了一场无比真实的梦。慕千林道："我'曾经'醒来过一次，发现你还在睡。"

"你为什么不叫醒我？"

"我试过，却没有办法把你叫醒。更不可思议的是，我上一次醒来时已经是下午的 3 点半了，并且'深洋号'的下探深度也已经达到了 8767 米。"

"不可能呀！"兰沐儿看了一眼时钟，又瞅了一眼潜水器的下探深度说，"现在刚刚 9 点多，下探的深度也才 6300 多米……"

"是呀，这也是令我费解的地方。"

"是不是你记错了？"

慕千林也不能确定，不一会儿，他突然想到了梦中的奇特经历。"兰沐儿，你睡觉的时候做梦了吗？"

"当然。"兰沐儿很兴奋，"我正要跟你说呢，我做了一个很神奇的梦，好像是去了一个神奇的世界，在那个世界只能向后移动……"

慕千林打断并接着兰沐儿的话说："是不是向后移动的速度越快，时间的流逝就越快？"

"这个……我只知道移动的速度越慢，我的意识就越模糊，所以我不敢停下来，只能不停地向后移动。"显然，睡梦中的兰沐儿还没有意识到时间与运动速度的关系，她只感受到了意识强弱与运动速度存在关联。

"那个世界是稠密的状态吗？"

"对对对，好像糨糊，但是当加快速度时，世界就会变得清晰。"兰沐儿吃惊地问，"你怎么知道？我们是做了同一个梦吗？"

"是的。"

一切都已得到印证，慕千林与兰沐儿做了同一个梦，或者说梦境中的二人来到了同一个世界，那里有着特殊的时空规律，奇特又神秘，在某种程度上也表明，慕千林与兰沐儿的意识进入了一个新的宇宙。

兰沐儿的眉头先是皱着，过一会儿又渐渐舒缓，庄严地说："我们找到了 T 宇宙，对吗？"

"或许我们进入了地球内部的暗物质团，组成这团暗物质的粒子不与物质发生相互作用，所以它们与海水、岩石、岩浆之间没有影响，人类的探测器也无法探测到它们，我们也就不知道它们的存在。也许唯一可以证明它们存在的方式就是意识，当意识来到地球的内部时便可以去往那个宇宙。那个宇宙并非我们曾经去过的奇宇宙，也许我们真的发现了 T 宇宙。现在我终于知道地球为什么是太阳系里密度最大的行星了。"

慕千林与兰沐儿一边回忆一边讨论着 T 宇宙的特征，两个人基本达成了共识，他们一致认为 T 宇宙拥有三个维度的空间。在 T 宇宙，两个人都掌握了向后移动的能力，且不能确定是否可以向前移动，可以肯定的是，向后移动时，时间会向前流逝。只能够朝着一个方向移动，T 宇宙看上去更像是一个一维宇宙，然而两个人却可以感知到另外两种维度。可以感知到，却无法移动，这的确是一个奇特的现象，T 宇宙的另外两个维度好像隐藏着某种"墙"。第二个神奇之处是 T 宇宙中空间与时间的关系，空间的移动会影响时间的进程，或者说空间与时间是粘连的、不可分割的。这很奇怪，因为无论是物质宇宙还是奇宇宙都不存在这种现象，虽然广义相对论认为时间与空间共同组成了四维时空，但是在人类的认知中，时间与空间的关联性并不高，如果你站在一个位置一动不动，时间仍然会流逝，可是T宇宙却不同，如果你保持空间上的静止，时间也将停止。

这些特点等待着慕千林与兰沐儿去探索，随后，二人又讨论了在T宇宙中所掌握到的"觉"，相同的是，两个人都掌握了T视觉，不一样的是，兰沐儿并没有领悟震觉。

"震觉？那是什么？"兰沐儿问。

"我很难形容，它有可能是空间的震动，却可以影响我的意识，通过它，我能够获得比T视觉更多的信息。"慕千林说。

"这么说，你比我获得了更多关于T宇宙的信息？"兰沐儿的脸上带着喜悦。

"未必，我只掌握了这两种'觉'，除了T视觉以外，你是否领悟到了其他的'觉'？"

"我……没有啊，不过有一种'觉'，不知道算不算？"

"那是什么？"

"就是感知其他维度的能力。我们在T宇宙是以意识的形式存在，按理来说不应该有上下左右之分，而且只能向后移动，不过你和我却可以确定T宇宙的空间有三个维度，你不觉得这很奇特吗？"

被这么一提醒，慕千林才恍然大悟，他本以为自己是通过T视觉看到的三维空间，但是仔细想来并不是，通过T视觉所获得的信息是有限的，如果不能感知另外两个维度就根本无法确定它们的存在。正是因为对三维的感知，慕千林才可以通过T视觉获得其他维度的少部分信息。也许是因为这种感知的能力太弱了，所以慕千林才会把它忽略。

"的确，还有一种'觉'是对维度的感知，它虽然很弱，但确实存在。"

"你觉得这种维度感知能力可以帮助我们认识T宇宙吗？"

"当然，至少现在的我们已经确定了T宇宙是三维的，下一次进入时，我们可以试着探索另外两个维度。如果没有维度感知能力，我们恐怕永远无法知道另外两个维度的存在。"

"是了，只是不知道另外两个维度是否也与时间存在关联性。"

"这也是我好奇的。"

两个人陷入沉默，如果另外两个维度也与时间相关，那么它们会是怎样的关系。慕千林与兰沐儿从未见过三维时间。在对时间与空间的思考过程中，两个人同时想到了一个新的问题，他们几乎异口同声地说："你觉得，T宇宙会存在生命吗？"

生命的存在意味着智慧也可能存在，慕千林与兰沐儿在奇宇宙中见过点文明，他们与人类所认知的生命全然不同，是以点的形式存在，这是人类从未想象过的一种智慧的存在方式。如果T宇宙也有生命且拥有智慧，并且创造了文明，那么他们会是什么样子？

"我相信，一定存在。"慕千林给出了自己的答案。

"为什么？"

"既然奇宇宙这样的一维宇宙都存在点文明，既然物质宇宙中有人类存在，那么T宇宙也一定存在某种高等智慧文明。"

"这纯属是胡乱猜测。"

"不是胡乱猜测，而是肯定。我们假设质数三维图是某种文明为了拯救人类而传送的信息，如果这种假设成立，那么地球内部的实心毛球就一定有意义，最大可能是T宇宙中存在一种可以影响人类未来的文明。"

"这种逻辑并不严谨。"

"我知道，但我却坚信。"

"可是我没有发现生命存在的迹象。"

"T宇宙的生命应该比点文明更难被发现，要知道我们至今也没有在物质宇宙中发现外星文明。"

"所以再一次进入T宇宙的另一项任务是寻找那里的生命喽？"

"是的，但是应该很难，我甚至不抱有希望，那是一个广袤无垠的宇宙。"慕千林说，"也许当我们进入T宇宙的更深处时会发现文明的蛛丝马迹。"

"所以我们要让'深洋号'继续下探。"

"是的。"

"继续下探就意味着更大的危险。"

"没关系，如果那一次的苏醒不是梦，8767米以上应该没有问题。不过为了安全起见，我们需要降低'深洋号'下探的速度。"

"好。"

将"深洋号"的下探速度降低，慕千林与兰沐儿准备再一次进入T宇宙。

"我希望这一次可以在T宇宙遇见你。"兰沐儿的嘴角略微上扬。

"一定会遇见的，也不知道T宇宙的我们会是什么样子。"

"至少不会是现在的样子，一个是人形，一个是机器。"

"我真希望可以找到自己的身体，变回人类。"

"会的，一定会的，那时我会给你一个大大的拥抱。"兰沐儿肯定地说，像是最后的告白。

话音落下，兰沐儿将量子芯片关闭，然后又把灯熄灭，他们一同进入了梦境。

宇宙

再一次回归，两人虽然已经没有了上一次的陌生感，可也不能马上适应。这一回，慕千林与兰沐儿是带着任务而来，他们需要得到更加丰富的信息，从而揭开T宇宙的神秘面纱。

　　慕千林认为最容易解开的谜底应该是T宇宙的维度问题，所以他一边向后移动，一边利用维度感知能力去感知另外的两个维度，这是一种极其微弱的"觉"，除了可以感知到三个维度以外似乎别无他用。经过长时间的努力，慕千林只能更清楚地感觉到空间的维度，却仍然没有办法朝另外两个维度移动。慕千林只能暂时放弃，尝试着在T宇宙中寻找兰沐儿的意识与可能存在的T宇宙的生命。慕千林知道普通的方法根本不可能实现，震觉或许是最有效的途径，于是慕千林将全部的注意力放在了震觉上。

　　慕千林对震觉的认识越来越深，运用得也越发熟练，他能够通过震觉感知T宇宙的暗物质的微弱变化，若是在物质宇宙也有震觉，慕千林或许可以感知原子的震动。不过即便如此，慕千林仍然没有办法发现生命、智慧与文明，T宇宙好像毫无生机。同时，慕千林也没有发现兰沐儿的意识，这意味着并非是没有意识存在于T宇宙，而是慕千林还没有找到正确的找寻办法。

　　不知道寻找了多久，依然无果的慕千林只能再一次改变策略，既然单一的一种"觉"无效，那么综合运用多种"觉"是否可以起效呢？慕千林开始尝试结合T视觉、震觉与维度感知能力。那不是一件容易的事，因为三种"觉"的强度相差甚大，慕千林必须不断地训练，虽然他还不能确定三种"觉"的结合是否可以获得更多的信息。

　　又经过了漫长的时间，慕千林感觉恍如隔世，他终于成功地将T视觉、震觉与维度感知能力完美地结合，也是在这一刻，一个崭新的T宇宙进入慕千林的意识，他好像是刚刚获得了视觉、听觉与触觉的人类。

　　慕千林深刻地感受着神奇的T宇宙，原来"觉"的完美叠加可以帮助他对T宇宙的感知呈现指数倍增长。

　　现在的慕千林仿佛掉进了一个时空结合的世界，这已经超出了慕千林的认知，他可以感知到时间的流逝，就像是在穿越一个空间的隧道，他又能感知空间改变，就好像是经历着时间的流逝。在T宇宙，时间呈现具象化，而空间则变得抽象，它们相互结合，时间即是空间，空间就是时间。

　　就在慕千林感受这个神奇的时空时，一股未知的"能量"突然将慕千林的所有"觉"封闭，他感觉自己好像是被一个罩子罩住，没有了T视觉，没有了震觉，只剩下了微弱的维度感知能力，恐惧感油然而生，这是慕千林来到T宇宙以后从未感受过的恐惧。慕千林想要挣扎，可是无论如何努力都无法从"罩子"中挣脱，与此同时，慕千林对时间的感觉也变得混乱了，一会儿时间在加速，一会儿时间在减速，一会儿时间又仿佛完全停止了，这让慕千林的感知更加混乱无序。这种感觉使得慕千林好像是在穿越人生，似乎经历了一次又一次的生死，一次又一次的轮回。因为时间的混乱，慕千林甚至不能冷静地判断自己究竟是被怎样的力量束缚。

混乱的时间没有长短，也没有先后，只是到了一个时空点，混乱突然消失，但是震觉与 T 视觉仍然没有恢复。慕千林无法移动，他的时间就处于静止状态，可是恐惧感却没有消失，始终折磨着时间静止的他。

再一次恢复意识时，慕千林的 T 视觉与震觉变得更加清晰，他感觉到缓慢的移动，因为他的时间不再处于绝对的静止。

"原来你不是来自这个宇宙。"一种特殊的震觉进入慕千林的意识，那不是语言，却传递着可以辨别的信息，使得慕千林能够直接把它当成语言。

无数个疑问在慕千林的意识中生出，他不知道那是什么，甚至让他误以为自己产生了错觉。

"你可以直接用意念与我们对话，我们可以收到，也可以理解。"信息再一次传来。

慕千林明白了，是有一种智慧在与自己对话，果然，T 宇宙存在生命。可是慕千林却不知道如何利用意念传递信息，他开始学习、尝试与努力，直到他费力地传递出第一条信息："喂！"

"我们感知到了，就是这样，你可以继续。"

"你们……是……谁？"慕千林依旧不够熟练。

"我们不知道应该如何向你形容，我们与你不属于同一个宇宙，我们只能用你可以理解的概念来解释，你就把我们当作这里的'人类'吧，但是我们与你们人类又不相同。"

"人类？"

"对，但只是一种比喻。你的宇宙与我们的宇宙截然不同，构成人类身体的物质在这个宇宙并不存在，所以在你的宇宙中也不会存在与我们相似的东西，可能唯一与我们接近的东西就是你们人类，不过我们没有器官，没有神经，也没有细胞。唯一相同的是，你与我们都拥有智慧和意识。"

"你们怎么知道我是人类？又怎么知道我的宇宙的特征？"

"我们读取了你意识内的部分信息，你们把这些信息称为记忆，所以我们知道你不属于这里，知道你来自另外一个宇宙，知道那个宇宙是由物质组成，也知道了你曾经是属于那个宇宙的人类。"

慕千林明白了，原来这个属于 T 宇宙的"人类"是通过自己的意识了解的自己。"你们可以传递出我能理解的信息也是因为我的记忆喽？"

"是的，我们在你的记忆中发现了一种可以传递信息的语言，我们破解了这种语言，然后利用这种语言与你的意识直接交流，这就是我们可以与你对话的原因。你好，很高兴认识你。这种打招呼的方式应该可以帮助你减轻紧张感吧。"

"谢谢。"慕千林并未因此而感到放松，倒是由于发现了 T 宇宙的智慧生命而变得兴奋。"你们的宇宙是一个怎样的宇宙？我为什么只能感知到你们传递的信息，却感知不到你们。"

"因为你在'缸'中。"

"缸？"

"我们只能用人类语言中的词来形容，'缸'是一种容器，储藏着你的意识。你可以这样理解，是一种充满营养的容器装载着你的大脑，你的大脑又连接着一台计算机，我们是在利用计算机与你对话。所以你可以接收到我们的信息，但是却不能'看到'我们。"

慕千林知道了自己的处境，这令他极不舒服，在某种程度上，这意味着他被 T 人类囚禁于"缸"中，且绝无逃脱的机会。然而这也是一种无奈，慕千林不属于 T 宇宙，他在这里并无"身体"，只能以虚无缥缈的意识存在，现在存于"缸"中与"计算机"相连是他唯一可以与 T 人类对话的方式。

"你们为什么要把我放置在'缸'中？是为了研究吗？"

"研究？"T 人类似乎对这个词语感到陌生，"我们在你们的语言中的确发现了'研究'一词，它在我们的世界里并不存在。"

"不是为了研究！那是为了什么？"

"我们只是发现了你，然后就将你放入了'缸'中。"

"仅此而已？"慕千林深感怀疑，他并不认为一个文明把另一个新物种放置在复杂的"缸"中，又学会了对方的语言而没有任何目的。

"仅此而已。"

"接下来你们打算如何处理我？"

"接下来？"T 人类似乎陷入了思考，片刻后才回答，"哦，对，接下来……"

这样的犹豫令慕千林更感困惑，他认为 T 人类可能是一种不善于说谎的文明，所以撒谎时会显得极不自然。

T 人类继续回答："我们给你创造了一个属于这个宇宙的'身体'。"

"属于我的身体？"

"是的，将你的意识转入'身体'，你会与我们一样，可以感知这个宇宙的一切。"

"那种'身体'可以被创造出来吗？"慕千林不敢相信。

"可以。"T 人类的回答斩钉截铁。

"什么时候可以创造出来？"慕千林兴奋。

"什么时候？"T 人类又一次停顿，这使得慕千林不得不怀疑对方是否又要欺骗自己。"创造出来了，但是你需要等待。"

"创造出来了，还要等待！为什么？"

"你与我们不属于同一个宇宙，我们的物理规律与你们的截然不同。所以我们创造出了可以承载你的意识的'身体'，但是对于你而言却需要等待。不过我们可以帮助你缩短等待的时间。"

这是一段云里雾里的表达，慕千林根本无法理解。"你们是要做实验吗？担心'身体'用在我的意识上会产生危险？或者那还是一个半成品，不够成熟？"

"不，'身体'是安全的，无危险，它可以安全地承载你的意识，但是对于你而言却需要等待。你会理解的。"

慕千林却愈发地感到困惑，他现在只有等待。

等待是漫长的，但是在 T 宇宙，等待却可以延长或缩短，因为空间的速度会影响时间的进程。

T 人类是对的，他们的确可以缩短慕千林的等待时间，当慕千林意识的移动速度加快时，他的时间也在加速，这种时间的缩短是相对的。

短暂的时间，但又仿佛过了很久，慕千林再一次感到一股特殊的"能量"，它来自震觉、T 视觉与维度感应能力，它们组合在一起变得强大而又陌生，带来了恐惧与亲切混合的感觉，这使得慕千林既兴奋又害怕。

随着"能量"的属性发生改变，慕千林的感知也变得丰富多彩，一股又一股不可思议的"力"，一波又一波难以置信的"能"，让慕千林感到混乱，他仿佛是在穿越不同的宇宙，又似乎是在经历死亡，也好似被赋予了新的生命。T 人类告诉他身体是安全的，可以承载他的意识，这使得他没有过于担心，且多了一丝期待。

渐渐的，不知是因为强大"能量"的干扰，还是由于空间的移动停止，慕千林进入一种"沉睡"的状态，他的意识模糊，似乎在远离这个世界，他只能将自己的命运交给 T 人类。

再一次醒来，慕千林来到了一个陌生的世界，这里不同于物质宇宙与奇宇宙，甚至不同于 T 宇宙，只是有几分相似，又比他当初所认识的 T 宇宙更加丰富。

丰富的世界给慕千林带来的第一种感觉不是舒适，而是痛苦，仿佛有无限的苦难在等待着他去承受，那种痛苦感让慕千林排斥。它们虽然不强烈，却有着一种来到新世界的不情愿，也许这就是拥有身体的代价吧，意识是享受，身体是承受。

渐渐的，慕千林适应了痛苦。

不知为何，一种陌生的"觉"突然闯入慕千林的意识，他在 T 宇宙中似乎可以控制某种未知的东西，他不知道那是什么，却觉得很特别。再一次尝试着去操控，那东西又一次发生变化。慕千林感觉好像可以用意念控制整个世界。也许是还不够熟练的缘故，慕千林的操控显得笨拙而又鲁莽。

慕千林的记忆也在逐渐恢复，他想起了"沉睡"前的经历，虽然恍如隔世又似梦境，不过却使得慕千林明白现在的自己拥有了新的"身体"。

一段信息通过慕千林的身体进入他的意识，那不属于声音，是另一种"觉"，慕千林能够明白信息中的含义。"这是属于你的身体。"

这段信息仿佛拥有某种未知的魔力，打开了慕千林通往新世界的大门，也是在这一瞬间，慕千林的 T 视觉突然变得清晰，他看到了那个发出信息的 T 人类。

那根本不是人类的外形，像是一种聚集在一起的气，形态并不固定，但又不是气，因为带着某种特殊的光亮，那种不属于物质宇宙的颜色，给慕千林带来强烈的压抑感，似乎被一种庞然大物笼罩，但仔细望去，它又显得渺小。

"我……已经成了你们？"也许是因为 T 人类创造的身体具备 T 人类的一切属性，所以慕千林可以直接传递带有含义的信息。

"某种程度上讲是这样的。不过你的意识还没有熟悉这个世界，没有习惯这里的规律，所以你并不完全属于我们。"传递信息时，T人类没有任何形态上的变化，他只是在缓慢地移动，是时空上的移动。

"什么意思？"

"我们读取了你的记忆，也了解了你的宇宙，我们发现你的宇宙非常奇怪。比如，你们的宇宙的维度虽然也有三个，但是每一个维度只具备一半的属性，却少了另一半的属性，这令我们感到不可思议。"

"一半的属性？"

"是的，如果我们的宇宙拥有全部的维度属性，那么你们的宇宙只拥有一半的维度属性。"

"我还是不明白。"

"比如，当你们的身体加速移动时，你们的经历却不会加速，一切都是有序进行，只是身体会感到疲惫而已。还有，移动方向的改变也不会带来经历的明显改变，用你们的方向来定义，无论是朝着前后移动，还是左右移动，或者是上下移动，周围的世界都不会受到明显影响。"

"你们的意思是，如果你们改变移动的方向，将会影响周围的世界？"

"当然，我们的移动方向不同，意味着属于我们的世界也一同发生改变，不同方向的移动意味着不同的世界，在我们的世界，一切都因为移动的改变而改变。"

"我想问你们一个问题。在你们的宇宙中有时间的概念吗？"

"我们在你的记忆中读到过这个名词，时间，可以给我们解释这个词语吗？"

通过T人类的回答，慕千林认为自己的猜测八九不离十。"如果没有时间的定义，你们有空间的定义吗？"

"我们也同样读到过它，希望你也可以给我们解释一下。"

"那就先向你们解释空间吧，它由长度、宽度、高度、大小表现出来。或者是维度的变相，这个维度就是你们提到的维度，在我的宇宙中有三个维度，上下、左右、前后，它们共同组成了空间。"

"我们也是，有三个维度。"T人类理解了空间的概念。

"而时间则是物质的永恒运动、变化的持续性和顺序性的表现，是描述物质运动过程或事件发生过程的一个参数，我们形容时间时习惯使用过去、现在和未来等词语，描述的是已经发生、正在发生和没有发生的事件。"

"二者有什么不同吗？时间与空间不是同一种概念吗？"T人类提出一个奇怪的问题。

"不同，在我们的宇宙中，人类能够改变空间的方向，可以随意地向前后、左右、上下移动，但是却不能改变时间的方向，时间没有开始，也没有结束，它朝着一个方向不停地移动。我们的宇宙，空间是三维的，时间却是一维的，且时间是不可逆的。从降生到死亡，时间一直朝着一个方向移动。"

"果然如此。"T人类似乎在验证自己的猜测。

"你们已经猜到了，是吗？"

"我们读取你的记忆时，不能理解时间与空间的区别，因为在我们的宇宙里，时间的改变意味着空间的改变，同样，空间的改变也意味着时间的改变，二者不可分割，是共同体，用你们的词应该把它称为时空。我们判断，在你的宇宙里，时间与空间可能是分开的，时间的移动不会影响空间，空间的移动也不会影响时间，我们感到不可思议，但只有这样的分割才能解释你的记忆。把你们的时间与空间进行拆分，我们发现，你们的时间拥有固定的规律，似乎总是朝着一个方向前进，不回头，也不加速，它成了单独的个体，不会受到其他因素的影响。"

"也不是完全不受影响，理论表明，引力与速度会影响时间的快慢，只是那种影响微乎其微，除非引力或速度达到一定的程度。"

"与我们的宇宙截然不同，在这里，时间与空间是统一的，不可分割的。"

"我可以这样理解吗？若是改变移动方向，时间也会随着空间发生方向性的改变。比如，当空间的移动方向完全相反时，时间也会逆转。"

"这是一定的，时间是三维的，是可以任意改变的。"

"看来我的猜测没有错。"慕千林生出了另一个疑问，"你们改变移动的方向困难吗？"

"非常容易。"

"可是为什么我只能朝着一个方向移动呢？在我的观念里，那是后方，似乎我只能向后移动。"

"其他的方向不可以？你只能朝着一个方向移动？"T人类似乎诧异。

"对，我尝试过其他的方向，却都以失败告终……"

"但是通过我们对你的观察，我们确定你可以朝着其他方向移动。"

"不可能！"慕千林的新身体在颤动，那是新身体感到震惊的一种表现。

"千真万确，无论是你的身体，还是你的意识都可以朝着其他的方向移动。"

"不，我只能向后移动，我曾经尝试过其他的方向，都以失败告终。除了后。"

"你所指的'后'，是你现在的移动方向吗？"

慕千林感受自己的移动方向。"是的。"

"但是，你确实朝着这个所谓的'后'的相反方向移动过，我们见过。"

"怎么可能！"

"好吧，由我们来帮助你向所谓的'前'移动吧。"

T人类的气态身体向着慕千林的新身体移动，渐渐将其包裹，气与气仿佛是在融合，形成胶状，又像是橡皮泥，混合成一体，但却轮廓清晰，可以分得清彼此，又有着气的无序，且体积在扩张，这应该是T人类之间相互接触的一种方式。

"来吧，我们帮助你向'前'移动。"

慕千林感觉自己的时间正在减速，渐渐的，他的意识越来越淡，越来越浅，直到他的时间停止，他失去了意识。

…………

再一次恢复意识时，慕千林的新身体依然被 T 人类的身体包裹，T 人类似乎在帮助他重新向后方移动。

"怎么样？你感觉到其他方向的移动了吗？"

"我……朝前移动了吗？"

"是呀，你还是不知道，对吗？"

"不知道，我完全没有印象。"

"是这样了。在你还是意识时，我们就尝试与朝着其他方向移动的你沟通，但是无论如何努力都不能实现。我们发现，只有你在向'后'移动时是可以正常交流的，似乎这个所谓的'后'是唯一可以让你的意识变得清晰的方向。我们便将你的意识一直向后移动，才有了我们之间的那场交流。你拥有了我们创造的身体，可是向着其他方向移动时，依然不能与我们正常交流，只有向'后'时可以做到。"

"这是为什么？"慕千林相当困惑。

"答案只有一个。"

"什么？"

"你的意识不能理解其他方向的时间。"

"什么意思？"

"你生活的宇宙，时间是一维的，而且只朝着一个方向前进。由于你已经习惯了那个时间方向，所以你的意识只认识那个方向的时间，也只能理解那个方向的时间。当有其他方向的时间出现时，你的意识是无法认识也无法理解的。因为你的意识无法理解发生在其他方向的时间，虽然你的意识和身体都可以朝着其他的方向移动，但是你误以为你是无法朝着其他方向移动的。"

人类对世界的认知取决于意识，一种从未经历过的定律是无法被人类理解的，习惯了正序的时间，便不能理解倒序时间的经历。就好像是这段文字，你可以读得懂，但是把它倒过来，你将无法理解其中的含义。

"这么说来，我根本无法感知其他方向的时间？"慕千林感到失落，他本以为来到了一个可以自由改变时间方向的世界就拥有了改变历史的能力，可是却因为自己的意识只能认识正序的时间而无法实现时间旅行。

"不见得。"然而，T 人类却有不同的看法。

"哦？"

"你可以通过练习帮助你的意识认识其他方向的时间。"

"可以吗？"

"可以。想想看吧，当你还生活在你的宇宙时，你是如何认识时间的方向的？"

"这个……我记不得了。"

"通过读取你的意识，我们了解到，在你刚刚降临于那个世界时，有一段时期处于婴儿期。据我们了解，婴儿时期的你几乎没有记忆，应该已经忘记了那时的经历。"

"是的。"

"事实上，不是婴儿时期的你没有意识，而是婴儿时期的你还不能理解只朝着一个方向移动的时间。直到你熟悉了物质宇宙的时间方向，然后是理解，然后是认识，最终才有了意识。"

"你们的意思是，婴儿时期之后的我之所以拥有意识，是因为理解并认识了物质宇宙的时间流向？"

"对，来到这个宇宙的你仍然只能理解和认识物质宇宙的单方向时间。我们发现你的意识只可以理解向'后'移动的时间，所以我们也要与你同步向'后'，才能和你交流。"

"也就是说，你们和我之所以能正常交流，是因为你们与我同步向后运动。如果你们改变了方向，我们将不能交流？"

"对。"

"那么我能感知到你们的存在，也是因为你们与我的移动方向相同，移动速度相同吗？"

"你很聪明，如果我们改变了移动方向，我们将会在你的世界里消失，当然，我们并不是真的消失了，只是你无法理解其他方向的时间。"

"我明白了，如果我想要认识其他方向的时间，就需要学习、理解，就好像是刚刚出生的婴儿学着理解时间流向一样。当我可以理解其他方向的时间时，我将能感知一个多维度时间的崭新世界。"

"是的。"

慕千林的信心大增，也想到了一个问题。"如果你们的宇宙拥有的时间是三个维度，无数个方向，那么对于你们而言，过去、未来与现在意味着什么？"

"我们没有过去与未来，只有现在。过去与未来的概念是通过读取你的记忆才进入我们的意识中的，对于我们而言，过去与未来都是现在。一切都在一同发生，只是我们在朝着哪个方向移动罢了，向过去移动，就会去向过去，向未来移动就会去向未来。"

"我可以这样理解吗？你们已经知道未来会发生什么了？"

"可以，但又不全面，你要知道这个宇宙的时间是三维的，所以未来也不是单一的，未来不止有一种，而是无数种，我们知道的未来只是一部分，更多的未来正在同步发生。"

"是呀，这个宇宙有无数个未来，也有无数个过去。"慕千林因而想到了什么，"我想要理解其他维度的时间，你们能否帮助我？"

"能否帮助你？在这个宇宙有无数个回答。回答能且帮助了你，回答能但没有帮助你，回答不能但帮助了你，回答不能且没有帮助你……无数个未来。对于我们而言，与你对话的过程只是无数个我们的时间段落中的一个，还有无数个我们选择了其他。来自物质宇宙的人类，告诉你一个事实，认识这个宇宙的时间并不容易，当你完全认识了它时，你将会变得更加混乱……你也会变成你们。"

慕千林接话说："我明白，就好像是站在了一个拥有无数个方向的路口，更多的选择不会令你感到兴奋，而是混乱。不过我没得选，我必须学会认识其他方向的时间。"慕千林终于明白了为什么第一次回到物质宇宙的时间是 15：32，而第二次醒来时却回到了 9：03，那不是自己的记忆错乱，也不是梦，而是慕千林在第二次醒来前曾在 T 宇宙中向前方移动，导致了他的时间在物质宇宙发生逆转。而慕千林之所以没有这段向前移动的记忆只是因为他的意识还不能理解和认识时间倒流。

"你已经决定学习与理解其他维度的时间了？"

"是的。"

"我们离开了，我们还会再一次出现，你成功时，对于你是未来，对于我们依旧是现在，那时，我们与你同在。"

"可否帮我一个忙？"慕千林庄重地说，"来到这个宇宙的人类意识不只有我一个，还有另一个人类的意识，可否帮我找到她？"慕千林惦记着兰沐儿，自己或许是遇到了善意的 T 人类，所以才没有危险，如果兰沐儿遇到的 T 人类是恶意的，她有可能遭受无尽的折磨。生活于三维时间的 T 人类想要折磨和消灭一维时间的人类简直轻而易举，那不是空间上的降维，而是时间上的降维。

"你忘记了，这个宇宙的时间是三维的，在这个宇宙中有无数个回答，也有无数个结局。"

"我知道未来有无数种结果，但我必须向你们求助，只有求助了你们才会发生那些找到她的结果，如果连求也没有求，那么根本不存在找到的结果。"

"你的推理能力很强，已经掌握了这个宇宙的规律。"

"拜托了，她对我很重要，一定要找到她，虽然我知道这个宇宙没有一定，所有的一切都是概率中的某一个。"

T 人类发出了喜悦的信息，那是对慕千林的欣赏。他们在慕千林的感知中消失了，慕千林明白，T 人类没有真的消失，他们只是向着其他的方向移动而已。

答案

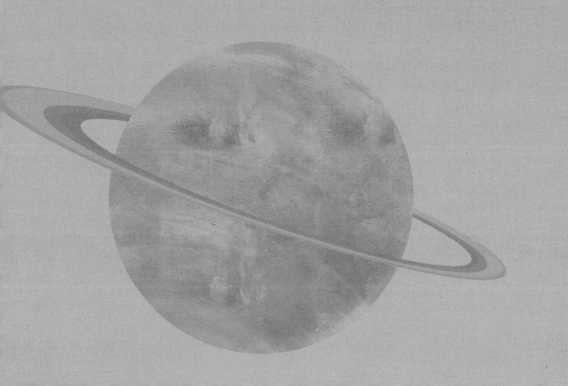

时间，如果只有一个方向就有开始和结局，是一条直线，从开始的一刻就已经注定一切，包括结局。如果时间只能以一种速度前进，一秒钟、一分钟、一个小时，只能一点一点地走，这里的一点在物质宇宙被称为普朗克时间。当时间可以加速和减速，甚至可以跳跃时，它将会变得丰满。

慕千林只能理解一个方向的时间，他不能在时间的维度上跳跃，只能一点一点不停地学习与理解，他让身体朝着不同的方向移动，又让意识尽可能地去理解不同时间方向上的事件，将身体的移动与事件的发生相联系，从而达到认识其他维度时间的目的。

随着学习与理解的不断深入，慕千林对时间有了更深刻的认识，原来时间的快与慢、前与后、"左"与"右"、"上"与"下"不完全取决于时间，更取决于意识对时间的认识。当意识只认识一个方向的时间时，他便只能经历发生在一个方向的时间事件；当意识可以认识一个维度的时间时，他将可以经历一个维度的时间事件，包括正向流动的时间与逆向流动的时间；当意识可以认识多个维度的时间时，他便可以经历多个维度的时间事件。当然，认识了时间的速度，将可以经历更快或更慢的时间。

明白了时间与意识的关系，慕千林发现即使是在物质宇宙，时间也不是保持始终如一的速度，也就是说物质宇宙的时间也有快慢之分，虽然并不明显。比如一个人对一个小时的感知，越是年轻，感知就会越长，随着年龄的增长，一个小时会变得越来越短。这便是人类对时间的感知有了变化。

不知道经历了多久，慕千林掌握了多个维度的时间，意识与身体即将来到一个崭新的世界。

刚刚来到 T 宇宙的慕千林之所以只能感知其他的维度，却不能进入，不是因为他的意识无法移动到其他的维度，而是由于他对时间认知的局限性。

完全理解了多个维度的时间后，慕千林对其他维度的认识将不仅仅是感知，而是理解、认识与"看见"，T 宇宙的丰富增加了无数倍，它的壮观无与伦比。这是一个由无数个时间事件组成的世界，无数个未来、无数个过去、无数个现在、无数个无数，过去即是未来，未来就是现在，现在便是过去。所以 T 人类的观念里没有过去，没有未来，只有现在，因为过去、未来与现在同在，而开始即是结局，结局就是开始，时间与空间重合，一切即是零，而零即是一切。

认识了三维的时间，慕千林与 T 人类的交流不再是信息与信息的互换，而是变成了经历，彼此不再需要通过一问一答的语言去互换信息，只需要经历彼此的经历，拥有彼此的记忆，就得到了所有的信息，一切的一切都是我的，而我是一切的一切。

慕千林明白了，T 宇宙中有无数个 T 人类，但是 T 人类又只有一个，那个曾与自己交流过的 T 人类是无数个 T 人类中的一个，而这个 T 人类也是无数个 T 人类中的唯一一个。

在没有认识三维时间时，慕千林曾有过一个疑问，T 人类为什么要与自己交流，他们为什么要帮助自己创造 T 人类的身体，又为什么要帮助自己成为 T 人类，他们有何目的？那时的慕千林还只能以人类的思维来理解 T 人类，认为对方一定是有目的的。拥有了对三维时间的认识后，慕千林明白了一切，因为自己就是 T 人类，而 T 人类也是自己。

更重要的是，在遥远的"过去"，T 宇宙是一个由 T 暗物质构成的绝对的三维时间和三维空间，时间上的三维与空间上的三维是绝对的，没有任何禁锢，没有任何束缚，那是完美的三维加三维。

而在"过去"的某一个节点上，组成 T 宇宙的 T 暗物质与组成物质宇宙的物质因为膨胀、移动与扩散在时空上发生重叠。那本应该是一种再普通不过的重叠，它们应该只是"擦肩而过"。然而，一种对时间与空间都发生作用的力却在这一次的重叠过程中造成了重要的影响。这种力便是引力。它们之间没有剧烈的碰撞，却因为引力的存在而发生相互作用，对两种不同物质组成的宇宙造成了不可逆的影响。

在宏观尺度上，重叠使得物质宇宙逐渐形成丝状结构与空洞，随着重叠的深入，演变还在继续。不知是幸运还是不幸，银河系是最早发生重叠的区域之一，因为强大的引力，T 宇宙对银河系造成了巨大的影响，也正是 T 暗物质的"多余"的引力使得银河系外围天体的运行速度高于以往。

在一片很小的区域，一个物质宇宙的天体与一个 T 宇宙的 T 天体相遇，由于各种复杂的因素，两个不同宇宙的不同天体最终在相同的轨道上以相同的速度运动，它们相互影响，相互作用，最终叠加在一起，也可以说，它们的时空重叠了。

这个属于物质宇宙的天体便是地球，而那个属于 T 宇宙的天体就是隐藏在地球内部的 T 暗物质团。在物质宇宙，那一次的重叠发生在遥远的过去。

随着时间的推移，T 暗物质团与地球渐渐平静，T 暗物质团除了提高了地球的引力以外，不再对地球的物质造成更多的影响。不过 T 暗物质团却由于与地球的重叠和"包裹"被严重影响。

地球的一维时间扰动了 T 暗物质团的三维时间，它使得 T 暗物质团的三维时间不再绝对，并产生了趋同于一维时间的态势。

对于人类而言，已经习惯了一维时间，所以不会感觉怪异。可是对于 T 人类来说，那是乏味的。三维时间是生存在一维时间里的生命很难理解的丰富。

生活于 T 暗物质团的 T 人类本可以体验绝对的三维时间，却因为地球的扰动而只能经历残缺的三维时间，所以他们渴望回归绝对的三维时间。

T 人类苦苦探寻，终于发现了一个解决之法。

那是另外一个宇宙，它与 T 宇宙、物质宇宙截然不同，它在空间上少了两个维度，只存在内与外，它的时间虽然也是一维的，却呈现不规律性。一维空间，不规律的一维时间，按理来说这个宇宙是比 T 宇宙和物质宇宙更为"低级"的宇宙。然而，在这个宇宙中却存在一种文明，他们已经进化到了最高级别，并掌握着强大的能力，可以吸取意识的"精华"，将其作用于整个宇宙，把宇宙变得更加完美。

这个宇宙便是奇宇宙，而那个文明就是点文明。

T 人类发现，掠夺奇宇宙的"完美"可以把 T 暗物质团的时间改造得更加三维，而更重要的是，T宇宙与奇宇宙之间除了引力以外还存在另外一种相互作用力，它被点文明称为"第三作用力"，又被T人类称为"中弱作用力"，这种中弱作用力可以作用于两个宇宙的部分暗物质，最重要的是，T人类能够利用中弱作用力获得奇宇宙的"完美"。于是，他们将奇宇宙的"完美"当作一种资源，不断地开采，且越来越猖獗。对此，点文明根本无法防御，因为T宇宙的时间是三维，利用第三作用力对三维时间造成的影响极其有限。

点文明的解决办法是四处寻找意识，以弥补奇宇宙失去的完美。

最终，点文明找到了物质宇宙。

点文明发现奇宇宙与物质宇宙之间存在一种作用力，点文明将其称作"第二作用力"，而人类则将其称为弱相互作用。在物质宇宙，弱相互作用是除引力以外最弱的作用力。但是在奇宇宙，第二作用力相当重要，类似于物质宇宙的电磁力。点文明对第二作用力的运用已经驾轻就熟，甚至可以利用第二作用力去掠夺物质宇宙的意识。于是，点文明开始在物质宇宙寻找意识。很快，他们就发现了地球。

这是点文明的幸运，却是人类的不幸。

点文明第一次对地球生命意识的掠夺以失败告终，他们发现地球上的意识是"低智"的，利用这种低智的意识根本不可能将奇宇宙变得完美，对此，点文明很失望。

不过很快，点文明就发现地球上存在一种相对"高智"的意识，其基本上符合点文明创造完美宇宙的要求，这种意识属于人类。于是，点文明的掠夺行动开始了。

T人类与点文明似乎都找到了改造各自宇宙的方法，T人类通过掠夺奇宇宙的完美来创建绝对的三维时间，点文明则通过掠夺人类的意识去创造完美的奇宇宙。在3个宇宙中，只有人类悲惨。

最好的结果应该是，T暗物质团的时间达到绝对的三维，T类人将不再掠夺奇宇宙的完美，届时，点文明也将不再掠夺人类的意识，3个宇宙将再一次恢复平静。

可是事情没有那么简单。

起初，T人类对完美的掠夺的确可以将时间改造得更加三维，可是绝对的三维时间又因为某种特殊的原因而以不可逆转的形式衰退。

T人类不知道其中的原因，因衰退的三维时间而不得不再一次启动掠夺行动。

然而，越是掠夺，三维时间的衰退就越频繁，且有越来越严重的趋势，T人类只能更加疯狂地掠夺奇宇宙的完美，如此形成恶性循环。

T人类在寻找答案的时候发现了一个不属于T宇宙的意识。T人类知道那是一个来自物质宇宙的意识，也许可以通过这个意识探寻三维时间衰退的原因。

于是，T人类为这个人类的意识创造了T身体，帮助他在T宇宙中"复活"。

成为T人类后，慕千林终于明白了为什么命运会选择自己进入T宇宙。

找寻三维时间衰退的原因，是一项极其艰难的任务，T人类探索着各种各样的可能。第一种可能是，它被点文明反向掠夺。这种假设首先被排除，因为点文明还没有掌握反向掠夺的技术，他们始终通过掠夺人类的意识去弥补失去的完美。第二种可能是，T宇宙无法实现绝对的三维时间，三维时间达到一定程度，就会自然衰退。这种假设也被排除，因为有证据表明，T宇宙存在绝对三维时间的区域，只是T暗物质团没有实现罢了。第三种可能是，奇宇宙或T宇宙的其他生命在掠夺T暗物质团的三维时间，这种假设暂时被排除，因为T人类既是无数个又只有一个，如果是T人类所为，慕千林一定会知道，T人类也未发现T宇宙的其他智慧生命有掠夺T暗物质团的绝对三维时间的迹象；至于奇宇宙的其他生命，他们早已被点文明掠夺了意识，奇宇宙中只剩下了点文明。第四种可能，除了奇宇宙和T宇宙，还有另外一个宇宙的某些因素对T暗物质团产生影响，使得T暗物质团的三维时间莫名衰退。

这种可能还未被排除，于是T人类苦苦寻找答案。

他们怀疑是物质宇宙造成的影响，却因为T宇宙与物质宇宙不存在除了引力以外的其他作用力而难以被验证。好在意识可以穿越宇宙，更幸运的是，慕千林的意识突然而至。

慕千林成了他们，或者说慕千林就是他们，更重要的是，慕千林也许就是那个可以揭开谜底的"人"，因为他的意识曾经属于物质宇宙，又去过奇宇宙和T暗物质团，他可能是唯一对三个宇宙都熟悉的意识。

三维时空的慕千林计算着每一个宇宙的变量。

首先是奇宇宙，点文明因为奇宇宙的完美被破坏而不得不掠夺人类的意识，他们通过人类的意识来创造完美的奇宇宙。

其次是T暗物质团，T人类通过掠夺奇宇宙的完美来创造绝对的三维时间，三维时间却因为某种特殊的原因而离奇衰退。

最后是物质宇宙，地球上的人类是最大的受害者，人类没有掠夺任何宇宙的任何资源，却被夺走意识，如果继续下去，人类将会灭亡。

慕千林在不同的时间线寻找着答案。对于一个曾经生活在一维时间的人类而言，慕千林从未体验过同时处于多个时间线，他对这样的体验应该感到陌生才对。可是不知道为什么，慕千林却仿佛在物质宇宙里也有过类似的经历。

这是为什么？不应该呀。

无数个时间线上的慕千林在不同的时间点上生出了同一个疑问。

最终，他们或先或后，或突然或漫长，或想出或未想出……

那些找到了答案的时间线上的慕千林得到的答案是，虽然物质宇宙不具有三维时间，但是慕千林却有过类似于三维时间的体验。

这种三维时间的体验绝非只有慕千林经历过，几乎所有人类都有过类似的体验，而这种体验便是通过"思考"做出"预判"。

如果有3个异性同时追求你，你会做何选择？

第一个，相貌丑陋，却拥有巨额的财富。

第二个，相貌出众，却负债累累。

第三个，相貌平平，属于中产阶级。

3个追求者，3种人生，你应该如何选择。人类会根据列出的条件去思考，从而做出不同的判断。

若是与第一个异性在一起，你将可以过上奢华的生活，他将满足你的所有物质需求，可是要忍受视觉的冲击，每一天醒来，你都要面对一个丑陋的人。与第二个人在一起，他的相貌将会让你心花怒放，一次又一次地勾起你的欲望，有时令你无法自拔，但是你也要做好负债度日的准备。与第三个人在一起，将没有剧烈的视觉冲击，也无法满足所有的物质欲望，或许一生都在平淡中度过。

人类可以通过思考来做出预判。无论选择了哪一个追求者，在抉择之前一定会根据每一个人的每一个特点去"预判"未来的生活。

也可以这么说，你已经"看到"了3个时间线上的未来。

如果有更多的追求者，你将可以"看到"更多时间上线的未来。不仅仅是追求者，在其他的领域，站在十字路口的你，也可以通过思考来预判不同选择的未来，而这种通过思考做出预判的过程在某种程度上就是多条时间线的表现形式。

慕千林之所以对三维时间感到熟悉，正是因为他还是人类的时候就可以通过思考做出对未来的"预判"。而且与普通人不同，慕千林极其容易走神，走神使得他更容易进入自己想象的"时间线"。

当然，这种能力不止慕千林具备，几乎所有的人类都有胡思乱想的能力。可动物却不能，这或许就是人类与其他动物的最大区别。

然而，正是人类独有的能力使得慕千林明白了为何T宇宙的三维时间会莫名衰退。

其实，除了奇宇宙的完美可以帮助T暗物质团达到更加完美的三维时间，还有一种东西也在影响着T暗物质团的时间，它的存在使得T暗物质团的时间更趋近于三维。这种东西不属于T宇宙，也不在奇宇宙，而是来自物质宇宙，且十分稀少，茫茫物质宇宙，它可能是最稀缺的"资源"之一。而在近期，它在大量减少，也正是由于这种"资源"的减少直接导致T暗物质团的三维时间神秘衰退，如果不加以阻止，这种"资源"很有可能会彻底灭绝。

这种稀缺的"资源"便是人类的意识。

人类虽然生活在一维时间的物质宇宙，但是人类的意识却在某种程度上超越了一维的时间。任何一个正常的人类都有思考的能力，贪玩的你完全可以做出一种假设，如果昨天没有独自玩游戏，而是参加了一场联谊派对，那么今天的你可能正在和一个异性约会。当你做出这种假设时，你的思想将会变得天马行空，你可能会编出一个动人的爱情故事，甚至想到了结婚、生子与死亡。这种想象很有趣，虽然你未经历过那段故事，但是在思想中，你仿佛经历了一切，那似乎成了你人生中的一条故事线，甚至有很多人就生活在自己想象的世界中。这种想象力属于人类，而这种想象在某种程度上正表明人类的意识不只属于一维时间，只是人类从来没有认识到这一点。

人类的意识所处的三维时间也非绝对的三维，它要受到身体的束缚，因为人类的身体被禁锢于一维时间，而身体又是意识的载体，人类的意识不能自由地游荡于三维时间的海洋里。

　　不过，人类的意识却影响着同样拥有三维时间属性的 T 暗物质团，T 暗物质团由于引力的作用而与地球"重叠"，物质的一维时间属性导致 T 暗物质团不再拥有绝对的三维时间。然而随着人类的出现，影响发生转变，因为人类的意识具有三维时间的属性，对 T 暗物质团的三维时间起到了一定的促进作用。

　　可是，希望获得绝对三维时间的 T 人类却因为贪婪而打破了平衡，他们开始掠夺奇宇宙的完美，这种掠夺最后的对象成了人类的意识，人类意识的减少又直接加快了 T 宇宙三维时间的衰退速度，T 人类怎么也不会想到，他们对三维时间的渴望反而造成三维时间的衰退。

　　存在于 T 宇宙的慕千林的意识在不同的时间线上找到了答案，这是一个对三方都不利的循环，T 人类丧失三维时间，点文明失去完美，而人类则即将灭亡，如果再不阻止，等到人类全部灭亡，T 人类的三维时间将会进一步衰退，点文明也将无法继续奇宇宙的完美。

　　发现了问题所在，T 人类不得不出手解决，他们知道，如果不想继续失去三维时间，最佳的解决办法就是停止掠夺奇宇宙的完美，如此，点文明也将不再掠夺人类的意识。而若想促进 T 暗物质团的三维时间，最好的方法便是帮助地球繁衍更多的人类，更多人类的意识将会进一步影响 T 暗物质团，帮助 T 暗物质团的时间变得更加三维。当然，让 T 暗物质团的时间达到绝对的三维，唯一的解决办法就是将地球"内部"的 T 暗物质团与地球分开，使 T 暗物质团避免受到物质的引力影响。然而，T 暗物质与物质之间只存在引力，想要将它们完全分开谈何容易，单单依靠 T 人类根本不可能实现，或许只有人类与 T 人类合作才有可能完成如此的壮举，而这也需要人类继续生存下去。

　　了解了这些，慕千林终于明白了自己存在的意义，他需要拯救的不仅仅是物质宇宙，还有奇宇宙和 T 宇宙。原来，还处于人类时期的他经常性地走神与胡思乱想是因为他的意识更趋近于三维时间。

　　一切都已明了，T 人类将不再掠夺奇宇宙的完美，点文明也不再掠夺人类的意识。所有的灾难随着 T 人类的停手而结束。然而，过去的事情已经发生，无法改变，那些失去了意识的人类不可能重新苏醒。

　　终于，地球恢复了平静，T 人类也开始了又一项伟大的工程。

回归

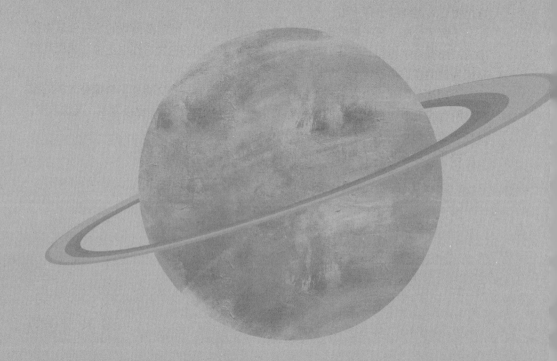

为了实现绝对的三维时间，T人类开始尝试着帮助人类繁衍，只是这项任务过于艰巨，除了引力以外还有第二种方法可以实现T人类与人类的合作吗？

　　答案是有。

　　除了引力以外，还有意识可以穿梭于不同的宇宙，它是超越时空的存在。

　　无数个T人类的意识尝试着进入物质宇宙，但并不容易，因为意识在物质宇宙中生存需要有载体，尤其是高级的意识，需要高级的大脑作为载体，比如人类。T人类只能把希望寄托在人类的身上，当人类发明足够强大的量子计算机以后，T人类将可以把量子计算机作为意识的载体，可是那需要漫长的等待。由于点文明对人类意识的掠夺，人类文明已经变得面目全非，甚至没有人知道，被昏迷事件破坏的人类文明在重启以后会朝着什么样的方向迈进，也许是更加繁荣的盛世，也许是萎靡不振的颓败，又或许会逃离这颗蓝色的星球……

　　还好，T人类最不害怕的就是等待，在三维时间里，漫长的岁月可以变得短暂，短暂的时间也能变成漫长的岁月。

　　无数个慕千林在不同的时间线上忙碌着，他拯救了3个宇宙，也破坏了3个宇宙。

　　在无数种尝试中，有一个慕千林成功了，他是一个比较"纯粹"的慕千林，在广阔的T宇宙中游荡，且始终尝试着回归物质宇宙，在经历一系列烦琐且复杂的流程后，这个慕千林的感知开始发生变化，他逐渐失去了与其他慕千林的联系，他与他们不能再相互感知，他不再是他们，他也失去了他们的记忆。

　　这个慕千林明显地感觉到所处的时间不再是三维的，一切的一切逐渐回归到单一。

　　紧接着，他有了一种奇怪的感觉，那是一种痛苦感，一切的舒适随之而去。随后是似曾相识的熟悉感，慕千林仿佛触碰到了什么，他可以感知到身体被柔软的物体包裹。片刻，慕千林睁开双眼，光线射入他的眼中，虽然并不强烈，但却格外刺眼，他立即将双眼闭合。

　　随之而来的是一段声音，似乎有某种生物发出的某种声音传入了慕千林的耳朵，仔细倾听，那的确是生物发出的声音，慕千林无法理解声音的含义，他甚至认为那是毫无意义的呻吟。

　　随后，一种压力感闯进了慕千林的耳道，仿佛有某种东西塞入了他的耳内。接下来，那呻吟声被赋予了含义。

　　"你好。"这是一句问候，虽然已经很久没有听到人类的声音，但是慕千林仍然可以听得懂这句问候。

　　慕千林忍不住睁开双眼，朝着声音的方向看去。

　　"你好，你应该可以听得懂我说的话吧？我们已经将翻译器植入了你的鼓膜。"

　　慕千林吃惊地看着对方，这会儿他才看清楚眼前的生物。

　　那是一种看上去特别光滑的生物，没有毛发，表皮比人类的皮肤光滑得多。他的头很大，好像大头娃娃，脑袋的中央是一双大眼睛，黝黑而又明亮，与眼睛相比，他的鼻子显得小得多，似乎只有两个鼻孔。最具特点的应该是他的嘴巴，虽然不大，但却樱红，是整张脸上色彩最为鲜艳的部位。

很明显，出现在慕千林面前的生物不是人类，但却给慕千林带来了一股莫名的亲切感，就好像是流浪的孩子终于回到了家。

"你能听得懂我的话，对吧？"那个生物又一次提问。

"是的。"一句并不流利的回答，却让慕千林更加震惊，因为那是语言，是人类的语言，而且是从慕千林的嘴巴里发出来的。

对方的嘴角上扬，很明显，他在微笑。

慕千林看向四周，虽然对这里的环境感到陌生，但是可以确定这里是三维空间，再感知周围物体的运动规律，他可以确定这里的时间是一维的。很快，慕千林意识到自己回到了物质宇宙。

"这里……这里是哪里？"慕千林吃力地发出声音，他已经离开物质宇宙太久了。

"这里是地星，5679号实验室。"

"地星？5679号实验室？"

"是的，你应该不知道这里，因为你来自外太空。"

"外太空？"慕千林问，"我……我是谁？"

"我们不知道你的名字，只知道你来自外太空……"

原来，地星文明在一次太空探测的过程中发现了一个奇怪的飞行器，那不是地星文明创造的产物，这令他们兴奋无比。为了研究，他们将飞行器带回到地星的实验室。当打开飞行器时，他们才发现里面藏着一个奇怪的生物，经过检查后得出结论，这个生物已经没有了生命迹象，不过地星人的科技十分发达，已经可以起死回生，于是地星人启动了复活计划。在一系列的"手术"后，这个来自地外的生物逐渐拥有了生命体征，只是还处于昏迷状态，需要进一步治疗。就在地星人准备继续治疗时，地外生命竟然动了，且睁开了双眼，这令地星人相当兴奋。而这个来自外太空的生命就是慕千林。

"我……我来自外太空！"慕千林明白了，在地星人的眼中，自己是一个外星人。

"是的。"

"我……可以看一看自己的样子吗？"

"当然。"话毕，地星人操控着什么东西，在慕千林的面前一种类似于镜子的物体凭空出现，然而更令慕千林感到震惊的是镜子中的画面。

高高的鼻梁，厚实的嘴唇，清澈的双眼，对于慕千林而言，那是再熟悉不过的面孔。

那正是慕千林曾经的脸，虽然经历了漫长的岁月，但是慕千林依然认得这张脸，那就是他本人。

好像是在凝视心爱的恋人，双眼一眨不眨，慕千林太怀念这张脸了，他甚至怀疑这是一场美丽的梦。渐渐的，慕千林的眼圈泛红，泪水从眼眶流出，滑过脸颊。

那是一种从未有人体会过的思念，失去了属于他的身体，离开了属于他的宇宙，如今，他回来了，又找回了身体。

地星人诧异："你哭了？"

慕千林无奈地笑了一下，可是眼泪依然止不住地流。

"请问，你流泪是因为悲伤吗？"

"不是，我们不仅仅在悲伤时会流泪。"

"还有感动，对吗？"

"对。"慕千林擦拭脸颊的泪水。

"你与我们果然有着相似的特征。或许宇宙中的碳基生命都有着类似的特征吧。"

慕千林没有理解对方的话，他看着地星人说："谢谢你们给了我生命，如果不是你们，我可能永远都醒不来。"慕千林已经基本理顺了事情的来龙去脉，当初，泰勒和松下信子通过远程操控将探索舱扔向宇宙，慕千林的身体也随着探索舱在宇宙中流浪，它漫无目的，不知道经过了多少次的引力弹弓，也不知道经历了多少万年的飞行，探索舱载着慕千林的身体流浪到了地星附近，并被地星人发现。幸运的是，地星人的科技发达，可以把死人复活，更加巧合的是，T宇宙的这个慕千林正好试图去往物质宇宙，在一个又一个不可思议的巧合下，慕千林的意识回归了身体，他终于复活了。

此时此刻，慕千林的心中生出一个疑问，地球与地星相距多远，地星又处于宇宙的什么位置。

"在地星，可以看得见宇宙的其他恒星吗？"

"当然可以。"

"可以带我去看一看吗？我想知道我的家乡距离地星有多远。"

"我们已经通过测算得到结果了。"地星人说，"虽然你的飞行器完全报废，但是我们依然可以读取内部保存的资料，如果我们的计算没有错误，你的家乡应该位于三悬方向，与地星的距离大约162光年。"说话的同时，地星人又操作着什么，随后，慕千林的面前出现一幅巨大的立体的星空模拟图，看上去与真实的星空别无二致。

"如果我们的判断没有错，这里应该就是你的故乡。"地星人手指着一个方向说。

那里有一颗恒星，不过由于体积太小，慕千林看不清它的样子。

地星人继续介绍道："我们将这颗恒星称为三悬1766星，通过观察，我们发现三悬1766星的系统内存在4颗体积较大的行星与4颗体积较小的行星，我们依照发现的顺序将其分别命名为三悬1766-1到三悬1766-8，通过进一步的分析，我们推测你所居住的星球应该是三悬1766-6。"

慕千林仔细地观察着三悬1766星，通过三维立体图的放大展示，他可以判断那是一颗黄矮星，又根据地星人的介绍可以得知，它拥有8颗行星，其中4大4小，这些信息均符合太阳系的特点。

地星人的结论是准确的。"没想到你们的科技水平如此发达，不仅可以复活我，还能读懂另外一种文明的信息！"

"我们对你和你的飞船的研究已经持续了三百二十年，当然可以读得懂。"

"这……这么久。"

"是的，你是我们发现的第一个外星生命，我们肯定会认真研究，你与我之所以可以顺利地交流，也是因为我们的语言学家破解了你们的语言。"地星人看了一眼显示器，"现在显示，你的生命体征已经基本恢复，要不要与我一同参观一下我们的星球？"

"当然。"慕千林兴奋不已。

这是一颗生机盎然的星球，地星人一边带着慕千林参观，一边介绍。在这颗星球上，负责光合作用的植物是可以移动的，它们甚至可以"捕猎"，而许多异养生物则需要依附在植物的身体上获得能量。在地星人介绍时，慕千林发现了一个奇怪的现象，作为地星中唯一的智慧生物，地星人与地星的其他生命有着本质的区别，他们好像是在两种完全不同的系统环境下演化出的生命。对此，慕千林深感诧异。

最终，地星人与慕千林停留在了一根巨大的石柱旁边，之所以称它为石柱，是因为它的表面像是柱体，然而，慕千林可以看得出它被岁月摧残的痕迹，好像是被人遗弃的建筑，它最初的样子，一定相当精致。

看着石柱，慕千林又想起了地星人与其他生物的差异，不禁好奇地问："为什么你们与其他生物存在巨大差异？"

"你也发现了。事实上，我们并不属于这颗星球。"

慕千林吃惊。"你们也来自外太空。"

"是的。这也是在近三百年内才被生物学家证实的。我们的DNA与这颗星球的其他生命的DNA存在巨大的差异。最开始，我们以为我们是特殊的生命，是被神眷顾的物种，直到你出现。"

"我的出现！"慕千林更感吃惊。

"通过研究你的身体，我们吃惊地发现，你的DNA与我们的DNA的相似程度竟然达到了惊人的98.32%。"

"怎……怎么可能？"

"是呀，怎么可能！在得到这一结论后，我们也是无比震惊。我们当时认为一定是检查结果出问题了，所以又进行了多次检验，结果仍是如此。"

"这说明什么？"

"你与我们可能有相同的起源，你与我们也许有着共同的祖先。"

"太不可思议了。"

"是呀，太不可思议了。这一结论改变了地星人对自身的认知，我们不得不重新审视历史，重新研究地星人的起源。"

"你们有结论了吗？"

"很幸运，考古学家在一次考古过程中发现了疑似地星人祖先的骸骨。那是大约九百万年前的地星人的骸骨，通过 DNA 对比，他们的 DNA 与你的 DNA 的相似度达到了惊人的 99.99%。"

"他们也是人类？"

"对，他们就是人类。"

"你们……你们竟然是人类的后代！难道有一批人类从地球出发来到了地星？因为这里的环境适宜人类居住，所以就扎根下来？"慕千林已经猜得八九不离十，不过他还不知道那批人类是在什么时候从地球出发的，毕竟他去了 T 宇宙，后来的地球发生了什么，他完全不知。

"你的判断已经很接近了，但是更严格意义上说，来到地星的地星人祖先不是绝对意义上的人类。"

"此话怎讲？"

"通过进一步考古挖掘，我们发现了另一种奇怪的东西。那不是由碳构成，而是由硅和金属构成，且可能拥有强大的计算能力。这令我们非常兴奋，因为那意味着宇宙中可能存在硅基生命。"地星人继续道，"经过近一百年的研究，我们得出结论，硅基生命是与我们的祖先一同来到的地星。在早期，他们对我们的祖先起到繁殖与监护的作用。也就是说，有很大的概率是人类将一些硅基生命与人类的胚胎送往太空，经过漫长的旅行，他们来到了地星。因为这里的环境适合人类生存，所以硅基生命便把这里作为繁衍人类的星球，并孵化与照顾他们。经过漫长的岁月，人类逐渐适应了地星，开始繁衍，并演化成了现在的地星人，而硅基生命则由于能量耗尽而消失在了历史的长河中。"地星人的目光看向了那根巨大的石柱，"这是我们祖先建造的奇迹，没有人知道它在这里屹立了多久，从有记载开始，它就一直站在这里。起初我们以为它没有意义，只是一根用来祭祀的柱子。直到我们发现了硅基生命的存在，了解了硅基生命存在的意义。"地星人指向石柱，"原来，那是我们的祖先为了缅怀硅基生命而建造的雕像，它曾经的样子应该就是硅基生命的样子。"

听过地星人的介绍，慕千林才发觉石柱的轮廓真的很像一种机器人，那是沃伦·金斯伯格提出的种子计划，为了实现这项不可思议的计划，人类创造了一种机器人，它既可以孵化胚胎，又能够抚养人类。种子计划曾被认为绝对不可能成功，可是没有想到，真的有一艘飞船穿过茫茫星际，最终抵达了理想的星球，并繁衍了人类的后代。

"难道……你们的祖先是那时来到的地星？"慕千林自言自语。

"什么时候？"

随后，慕千林向地星人介绍了地球的往事，那是一场浩劫，人类为了让自己的基因可以延续而不得不把冷冻胚胎送往外太空，也正是因为那场浩劫，人类的后代才得以扎根地星。

听过慕千林的介绍，地星人终于可以把整个故事线串联起来，同时也为人类的遭遇感到悲痛。

"后来呢？那场浩劫之后，人类活下来了吗？"

慕千林没有办法回答这个问题，离开了 T 宇宙，失去了与其他慕千林的相互感知，他变成了物质宇宙中唯一的慕千林。摇摇头，慕千林说："不知道，后来的我离开了地球，甚至离开了物质宇宙，所以我不知道人类的结局，也许他们有幸逃过一劫，也许……他们已经灭亡了。"

"可以把那段故事详细地讲给我听吗？"

慕千林看向地星的天空，此时，这个星球的太阳已经落下，没有阳光的照射，星星成了夜空中的主角，这里的夜空与地球完全不同。

"起初，我们将它称作昏迷事件，因为人类突然失去意识，所有人陷入了昏迷，我们并不知道背后的原因……"

漫长而又不可思议的故事，有谁会想到发生浩劫的原因关系着物质宇宙与两种由不同的暗物质构成的宇宙。对于当时的人类而言，那太不可思议了。如果不知道还有其他的宇宙存在，人类无论如何也做不到自救。对于人类而言，那是一场灭顶之灾，且没有任何还手的能力，至少在地星人看来是这样的。

慕千林讲完漫长的故事，太阳已经从另一侧升起，地星人沉默了，他没有想到在物质宇宙之外还存在其他的宇宙。不过很快，他似乎又想到了什么。

"可以帮我画出暗物质团的位置吗？或许我们可以帮助过去的人类。"

"怎么可能，事情已经过去了。"

"相信我，我们的科技与对宇宙的探索已经远远超过了那个时代的人类，过去是可以改变的。"

慕千林想了想才说："好吧。"

凭借着记忆，慕千林标记了两个暗物质团的位置。

地星人则将信息整理，随后把慕千林带到一处休眠仓外。

休眠仓内部装着一种透明的液体，散发着寒气。慕千林感到奇怪，他见过地星人睡觉的样子，与人类睡觉时几乎一模一样，他不明白为什么要给自己准备一个如此特别的睡眠装置。"我要睡在里面吗？"

"是的。"

"我只需要一张床或者地铺。"

地星人似乎有难言之隐，犹豫片刻才说："不利用这台机器，你没有办法入眠。"

"为什么？"

"我们的复活技术有副作用，如果不采取特殊措施，你将会一直保持清醒。"

慕千林笑了。"这算什么副作用，我可以不睡觉。"

地星人又犹豫片刻："如果不睡觉，你很快就会……死亡。"

慕千林皱一下眉。"原来如此。"

走入睡眠舱，慕千林感受着液体的寒冷，他已经太久没有体验睡觉的滋味了。

地星人看着慕千林，不知道为何，他的眼中闪现出一抹怜悯，他在可怜慕千林。

本以为只需要睡上一夜，然而当慕千林醒来时，接待他的地星人已经变了模样。

慕千林依稀记得这张脸，很大的头，黝黑而又明亮的双眼，小巧的鼻子，樱红的嘴唇。他的五官依旧，他的眼神没变，他还是那个地星人，只是他的皮肤松弛了，多了皱纹，慕千林能够明显地感觉到他的苍老，难道地星人的衰老速度远远快于人类？

"怎么才一夜，你老了这么多？"慕千林不禁问。

"一夜？"地星人摇摇头，"不，时间已经过去了三百年。"

"三百年？"

"是呀，你已经睡了三百年。"

"为什么，是发生意外了吗？为什么不把我唤醒。"

地星人叹一口气，又摇了摇头。"对不起，我隐瞒了一件事。事实上，我们根本没有能力把你彻底复活。我们只能暂时将你复活三天，过了三天，你依然会走向死亡。将你送进睡眠舱时，我没有告诉你全部的事实，我以为地星人有朝一日可以帮助你活得更久，可惜三百年过去了，我们依然没有突破瓶颈。上一次醒来，你已经清醒了两天，现在的你只剩下一天的寿命了。"

慕千林呼出一口气，他终于明白了冬眠的真正缘由。不过慕千林却未感到失落，对于他而言，死亡并不可怕，生存了太久，慕千林早已看淡生死了。他淡笑一下。"现在把我复活，一定另有原因吧。"

"是的，我们已经定位了时间与位置，确定了发送的内容，我们马上就会将信息发送给曾经的地球人，帮助他们解决昏迷事件。"

慕千林兴奋。"你们可以与遥远的过去对话？"

地星人将慕千林从睡眠舱中扶起，一边领着慕千林朝信息发射中心走去，一边介绍说："通过对宇宙的观察，我们发现宇宙的时间并不平坦，在一些区域，时间可以逆向流动，比如拥有极大密度 T 暗物质的区域，信息一旦通过这种区域将可以回到过去。我们发现了许多时间逆流区域，又经过大量的计算与实验，我们已经可以有效地利用时间逆流区域了。现在，我们的技术甚至能够做到将电磁波发送至200 光年以内、五百万年以内的任何区域的任何时间。换句话说，只要是距离地星200 光年以内的位置、五百万年以内的时间，我们的电磁波都可以送达。我们实现了与过去的对话。"

"这么说，地星人可以不间断地与过去的地球人通话喽？"

"还不能。跨越时间与空间需要耗费巨大的能量，一个简简单单的波段信息就需要整个地星的能源，为了向地球发送更多更有价值的信息，我们不得不利用戴森球获得能量。知道吗，3 个恒星的能源才能将有价值的信息发送至曾经的地球。所以信息只能发送一次。"

"你们准备的内容是什么？"

"一个只有两种波段组成的电磁波，如果人类可以破解它，将可以得到一张三维图，这张三维图包涵了 1766 星的 3 颗行星，以及暗物质团所在的位置。人类若能读得懂将可以提前发现暗物质团，提早阻止点文明掠夺人类的意识。"

慕千林觉得耳熟。"我可以看一看三维图吗？"

"当然，不过要等到发射以后了，为了确保你能看得见整个发射的过程，我没有过早地将你唤醒，我担心你的寿命撑不了太久。"随后，地星人打开一扇门，他们来到了信息发射中心，屏幕上是一座巨大的发射器，它的高度远远超越了周边的山峰。此时，已经进入倒计时阶段。

地星人对时间的计算方式与地球人类似，他们没有秒的概念，而是使用了另一种时间单位，比一秒钟稍长，又比两秒钟略短。

当慕千林知道发送的内容时，他的目光凝固了，接着他笑了，笑中带着嘲讽，也有欣慰。

地星人不明白慕千林是怎么了，望着他，像是在看一个疯子。

笑声在地星的空气中回荡，引来了众多地星人的注意，他们成功地发射了电磁波，还没有来得及欢呼，就听见了慕千林的狂笑声。

良久，慕千林的笑声减弱了，地星人才敢开口询问："你怎么了？为何笑得如此诡异？"

"你们将我冬眠了三百年就是为了看这个？"

"难道不值得吗？要知道，我们为了定位地球的时间与空间耗费了无数算力，想要利用 T 宇宙的三维时间为过去传递信息并不容易。不要小看这段电磁波，那是所有地星科学家的智慧结晶。"

"我不是在嘲笑你们的技术，能够将电磁波信号发送至遥远的过去的确不可思议，我只是在笑命运罢了。"

"命运？"

"对，没有想到，信号是你们发送的，我们怎么也没有想到，是人类的后代传来的这段信息。"

"我没有听懂，你的意思是你们收到了这条信息？"

"当然。而且我破解了它。"

所有的地星人脸上都是欣喜的表情，但是除此之外，还有怀疑和惊讶。

"你们不信吗？好，那我就来给你们剖析一下这条信息，在此之前，你们并没有人告诉我这条信息的秘密。相信我说完，你们肯定就会相信我。"

地星人们点点头，期待地看着慕千林。

……

"我们向地球发送的信号真的被你们收到了？"

"是的。"

一瞬间，地星人欢呼雀跃。由于信号是发送给遥远的过去，所以根本无法验证它成功与否。慕千林给出的答案使地星人兴奋，他们耗费三百年的努力果然没有白费。

"我应该感谢你们，如果不是你们，人类肯定会灭绝。"慕千林的神色回归严肃。

"地球人是我们的祖先，如果地球人没有将携有种子的飞船送往地星，也就不会有地星文明的存在。所以要谢也应该是感谢你们自己。"

"是呀，谢我们自己吧。"慕千林的眼睛看向天空，自言自语，"不过，还有一个谜团没有解开。"

"是什么？"

慕千林摇了摇头。"不去管它了，也许那是另一群人类的后代。"慕千林不是不愿去想，而是他的身体已经感到不适，他的寿命似乎就要走到尽头了。

此刻，一位高大的地星人走来，向慕千林绅士地鞠了一躬。

"这是我们的领袖。"地星人介绍。

"我可以与你单独聊一聊吗？"地星人领袖对慕千林说。

"当然。"

两个人来到了一间密室，这里密不透风，更像是监狱。

"谢谢你，我的祖先。"

慕千林的身体已经相当虚弱。"谢我？谢我什么？"

"谢谢你带来的消息，我知道我们成功了。"

慕千林轻笑一下，他的身体已经无法支撑更多的动作。

"事实上，我之所以下令将你冬眠就是希望你能在今天给出信号发射成功的消息。"

"为什么？"慕千林使出全部的力气。

"地星人需要掌握这项技术，但是它太耗费能量了，许多地星人都表示反对。只有成功了，地星文明才愿意花费更多的精力与物力去改善它。这项技术对于地星文明非常非常重要。"

慕千林的眼神里带着疑惑。

地星人领袖长叹一口气，讲出了他看到的宇宙："物质宇宙、奇宇宙、T宇宙之间的相互影响不止发生在地球，大宇宙的各个区域都在爆发类似的'战争'，或者用'屠杀'来形容更加贴切。地星人无法保证不会遭遇点文明和T文明的'屠杀'，所以我们必须掌握更先进、更强大的技术。更重要的是，物质宇宙、奇宇宙和T宇宙的物质总和也只占了物质总量的46.1%，还有一半以上的物质是未知的。"地星人领袖看向慕千林，他已经没有了呼吸，地星人领袖不知道慕千林是否听见了自己的这番话。不过已经无所谓了，因为他只能将这些话讲给死人听。

"安息吧，我的祖先。"